T0349274

LA CIUDAD DE LOS

BASTARDOS

Primera edición: octubre de 2018

Título original: CITY OF BASTARDS
Text Copyright © 2018 by Andrew Shvarts
Published by Hyperion, an imprint of Disney Book Group.
Published by arrangement with Pippin Properties, Inc. through Rights
People, London.

© De esta edición: 2018, Editorial Hidra, S.L.
  http://www.editorialhidra.com
  red@editorialhidra.com

Síguenos en las redes sociales:

 @EdHidra /editorialhidra /editorialhidra

© De la traducción: Guiomar Manso de Zúñiga

BIC: YFH

ISBN: 978-84-17390-02-2
Depósito Legal: M-31320-2018

Impreso en España / *Printed in Spain*

LA CIUDAD DE LOS BASTARDOS

ANDREW SHVARTS

TRADUCCIÓN DE
GUIOMAR MANSO DE ZÚÑIGA

Editorial Hidra

Para Sarah.

PRÓLOGO
LOS FEUDOS CENTRALES

La vimos por primera vez cuando estábamos a unos cinco días de distancia a caballo. La noche había caído sobre los Feudos Centrales, pero un único punto de luz blanca permanecía en la distancia. Una iluminación suave y potente, como si el sol se hubiese atascado al deslizarse por el horizonte. Proyectaba un resplandor fantasmagórico sobre los vastos campos de trigo por los que llevábamos semanas viajando, los largos y delgados tallos oscilaban en torno a nuestro carruaje mientras rodaba con un sonoro traqueteo por la Senda del Rey.

—Allí está —murmuró Lyriana con la cara pegada a la ventana del carruaje como un niño ante una tienda de caramelos—. Mi casa. —Sus ojos dorados centelleaban, anegados de lágrimas.

Salió el sol y esa luz blanca se difuminó. Seguimos adelante. Pasé el día arrellanada sobre los elegantes almohadones del carruaje, bebiendo demasiado *brandy* y acurrucada entre los brazos de Zell, de los que nunca jamás me aburría.

Pero ¿sabes lo que sí era aburrido?

Los campos de trigo. Campo de trigo tras campo de trigo tras campo de trigo. Ya lo sé, lo cojo. La gente necesita trigo. A la gente le gusta el pan. Pero ¿tenía que ser nuestro cultivo principal tan increíblemente soso? ¿No podíamos comer bayas mei o flores de hielo o melocotones?

Los melocotones me hacían pensar en Jax. Y pensar en Jax hacía que se me comprimiera el pecho y me escocieran los ojos.

Bebí más *brandy*. Dormí. Zell me sujetó entre sus brazos sin decir ni una palabra, deslizando las yemas de los dedos con gran suavidad por mis brazos desnudos, arriba y abajo.

A la noche siguiente pudimos distinguir la luz con mayor claridad, y tenía aún menos sentido. De cerca era una columna de luz, una torre, como si alguien hubiese clavado un enorme clavo refulgente en el suelo.

—Oh —dije como una tonta—. *Lightspire. Torre de luz.* Ahora lo entiendo.

Lyriana se rio entre dientes.

Me deslicé hasta un lado del carruaje, abrí la ventana de rejilla y saqué la cabeza para ver mejor. Un viento cálido me golpeó la cara, demasiado cálido para esa época del año. Intenté obligar a mis ojos a entender lo que estaban viendo. En la oscuridad iluminada bajo la columna pude distinguir el borroso contorno de una ciudad: altas murallas de piedra, chimeneas humeantes, alguna que otra torre dorada de templo. La columna de luz palpitaba de manera muy tenue y, de vez en cuando, si guiñaba los ojos de la forma adecuada, parecía menos una única columna refulgente y más cientos de pequeñas luces, encajadas entre sí como los hexágonos de un panal. Por un segundo me sentí aliviada de haber logrado entenderlo, antes de pensar que no, que eso tenía incluso menos sentido.

—Es imposible —dijo Zell. Él también estaba asomado a su ventana, su pelo negro azabache ondeaba al viento; ya le había crecido bastante desde que se lo afeitara en aquel bosquecillo al borde del Markson, hacía una eternidad.

—¿El qué? —preguntó Ellarion. El primo mayor de Lyriana, el hijo del difunto Archimago Rolan, era el cuarto miembro de nuestra pintoresca expedición. Yo no había querido que viniera con nosotros porque no quería tener que ver a nadie que no fuesen Zell o la princesa, pero él había insistido en que debía hacerlo, como guardaespaldas de Lyriana. Sin embargo, en los últimos días, había empezado a apreciar su compañía; era gracioso, de una forma relajada y vaga, del tipo me-importa-todo-un-bledo.

—La luz —contestó Zell, con los ojos fijos en el horizonte—. Es como una torre, con cientos de ventanas iluminadas con velas, pero… es demasiado grande.

Demasiado brillante. Ningún hombre podría construir nada semejante.

—Ahora empiezas a entenderlo, amigo mío. —Ellarion sonrió. Se reclinó contra los blandos almohadones del banco del carruaje, sus vivaces ojos rojos resplandecían de manera vibrante contra su piel negra. Cuando le vi por primera vez, me recordaron a las rosas en el jardín de Lady Evelyn, pero ahora decidí que eso no era correcto. Eran más calientes que unas rosas, más peligrosos, como las titilantes brasas del fondo de una hoguera. Cada vez que sonreía, los anillos de sus manos palpitaban de color carmesí.

Mi viaje estaba siendo de lo más rutinario: cuando no estaba bebiendo sorbitos de *brandy* (vale, engulléndolo) enterrada tan hondo como podía en el pecho de Zell, miraba por la ventana e intentaba acostumbrarme a los Feudos Centrales. Los campos de trigo bullían de trabajadores, chicos y hombres descamisados que sudaban bajo el ardiente sol y contemplaban asombrados nuestro carruaje. Pasamos por al lado de caravanas de mercaderes y pelotones de soldados de maniobras y, una vez, vimos una *troupe* entera de artistas ambulantes que viajaban desde las Baronías del Este. De vez en cuando, vislumbraba animales en los campos, enormes criaturas semejantes a toros con extremidades gruesas y diminutas cabezas, apenas más grandes que mi puño. Según Lyriana eran Tiradores, creados por la Hermandad de Lo para servir a los granjeros. Yo los llamaba monstruos-vaca de culo feo.

Desde un puente que cruzaba un río manso, vimos las ruinas ennegrecidas de un castillo, solo unas cuantas columnas solitarias de piedra sobre una colina.

—Todo lo que queda del Reino de Jakar —explicó Ellarion, con un orgullo ligeramente incómodo—. Mis antepasados lo conquistaron hace seiscientos años.

—Oh. Guay. ¿Bien por ellos? —contesté, y bebí otro trago. Durante los primeros dieciséis años de mi vida, había soñado a diario con salir de la Provincia de Occidente y ver el resto del mundo, Lightspire y los Feudos Centrales en particular. Pero ahora estaba ahí y todo me parecía tan... ¿extraño? No era porque fuera diferente, porque sabía que sería diferente; sabía que la gente tenía un aspecto diferente y se vestía de manera diferente y comía comida picante y se tomaba su religión mucho más en serio. Pero había otras cosas... cosas que no lograba discernir del todo pero que parecían más profundas. Aquí todo daba la sensación de ser más viejo, más rígido, como si la forma de vida hubiese sido decidida hacía siglos y nadie la hubiese cuestionado hasta entonces.

En mi mente se me aparecieron gigantescas secuoyas y playas de arena negra y anchos ríos fangosos y franjas danzarinas de luz esmeralda. Se me quedó el aire atascado en la garganta y sentí una añoranza tal que tuve que echar mano de hasta el último ápice de fuerza de voluntad para no romper a llorar.

Seguimos adelante.

Durante la primera mitad del viaje, Lyriana había parecido ella misma, como si el paisaje familiar de su provincia de origen le levantara los ánimos. Parloteaba desde su asiento sin parar. Nos contó la historia de la región, los distintos tipos de cosechas y, a veces, cosas completamente aleatorias como una anécdota sobre la vez que Ellarion se había caído a un pozo cuando tenía siete años (él juró que había bajado porque le habían retado a hacerlo). Pero a medida que nos acercábamos más y más a Lightspire, el buen humor de la princesa parecía evaporarse. Se volvió más callada, más reservada, pasaba la mayor parte del día mirando por la ventanilla, pensativa. ¿Estaba nerviosa? ¿Asustada?

Más de una vez, la pillé rascándose despistada el interior de la muñeca, la cicatriz de piel quemada donde solía estar el tatuaje de su emblema. Cuando partió de Lightspire, había sido una Hermana de Kaia, una orden de magos dedicados a ayudar a las gentes de Noveris. Pero había roto su voto sagrado de pacifismo y había matado, para proteger y para vengar. Ahora regresaba a casa como una apóstata, una maga sin orden.

Pensé que sería insensible hurgar en el asunto, así que decidí guardarme mis preguntas para mí misma. Lo logré durante un día, más o menos.

—Entonces, ¿qué es exactamente un apóstata? —pregunté mientras nuestro carruaje daba botes por un tramo polvoriento—. Quiero decir, ¿qué significa en realidad?

Ellarion y Lyriana intercambiaron una mirada incómoda.

—Los verdaderos apóstatas son escasos —explicó Ellarion—, porque la sanción por violar los preceptos de tu orden a menudo supone la muerte. Para Lyriana, habrá un juicio. Luego un veredicto.

—Un castigo —dijo Lyriana, su voz neutra, sin mirarnos.

—No te preocupes, prima —la tranquilizó Ellarion—. La única razón por la que rompiste tus votos fue para salvar al reino, y eres la princesa, la futura reina. Te dejarán ir con una palmadita en la muñeca. —Sus ojos saltaron hacia la zona de piel quemada—. Vale. Lo admito, he escogido un mal ejemplo.

—Pediré que me juzguen igual que a cualquier otro mago que rompa sus votos, que no me den ningún trato especial en virtud de mi apellido —insistió Lyriana, porque claro, ¿cómo iba ella a optar por la salida fácil?—. Si la justicia de la corona no es justa para mí, entonces no es justa para nadie.

—Típico de Lyriana —suspiró Ellarion, como si me leyera la mente—. No te pierdes una a la hora de hacerte la vida más difícil a ti misma. —Estiró la mano y le dio unas palmaditas en el brazo—. Con juicio justo o sin él, estoy seguro de que no te va a pasar nada —dijo, y ¿era eso un levísimo deje de incertidumbre en su voz?

Ahora era *yo* la que estaba nerviosa.

Nos paramos a descansar en Penitent Springs, un pueblo medio muerto construido al lado del monumento de un Titán, tan desgastado que el rostro era una losa lisa de piedra resquebrajada. Había un grupo de peregrinos, encabezados por un sacerdote barbudo y larguirucho, reunidos a su sombra, las cabezas gachas en oración silenciosa. Compartimos una gran buhardilla en la posada, porque Ellarion insistió que era más seguro para todos estar donde él pudiera vernos. Y, obviamente, un minuto después se fue a la taberna a echar un trago. Cuando me asomé a la sala, estaba ligando con la guapa camarera: había levantado una mano para hacer que una espiral de fuego rodeara sus dedos como un halo. Ella le miraba alucinada, los ojos llenos de asombro, y sí, iba a tardar un rato.

Lyriana estaba dormida, así que Zell y yo nos escabullimos a una gran pradera cercana. Nos tumbamos en una mullida alfombra de hierba, mi cabeza acurrucada en el hueco de su hombro, su brazo fuerte y musculoso a mi alrededor. Zell olía a escarcha y su tacto era cálido y reconfortante. Solo quería quedarme ahí tumbada para siempre, no tener que volver a moverme jamás. Sus profundos ojos oscuros lanzaban destellos a la luz de la luna mientras levantaba el brazo hacia el cielo y señalaba las constelaciones de los dioses que adoraban los zitochis, los Doce. Esas cuatro estrellas eran la cogulla de la Arpía, y esas tres eran el vestido de la Novia, y esas, esas cinco formaban el escudo del Padre Gris…

¿Sinceramente? Yo no veía más que un puñado de estrellas. Pero le dejé seguir, porque me encantaba oírle hablar.

Después nos besamos y me quitó la camisa por encima de la cabeza, y prácticamente se arrancó la suya. Saboreé su aliento, sentí su corazón latir contra el mío, deslicé los dedos por las cicatrices de sus brazos desnudos. La primera vez que habíamos hecho el amor, allá en los baños del Nido, había sido frenético, impetuoso, un enredo de piernas y brazos y labios y pasión. Esto era diferente: lento, tierno, más besos que mordiscos, más abrazos y mirarse a los ojos. Por un momento, solo por un momento, me sentí feliz de verdad.

Esa noche soñé con mi hermano y me desperté sollozando.

Seguimos adelante.

A la mañana siguiente, estábamos lo bastante cerca de Lightspire como para que pudiese, por fin, distinguir la columna por completo. Era una torre, desde luego, pero una torre tan alta que hacía que todas las demás torres que había visto hasta entonces no pareciesen más que cutres chimeneas. Era tan ancha como el patio entero del castillo de Waverly, y se estiraba tan alto hacia el cielo que la cima se perdía entre las nubes. No era recta y rectangular, sino que giraba en espiral con gruesas curvas redondeadas, como una serpiente enroscada en torno a un báculo. No había ningún borde duro, ni ladrillos sueltos, ni engorrosos parapetos. Toda esa cosa era tan suave y lisa como el cristal. Aunque, más asombroso que cualquier otra cosa eran los colores. Esta no era una torre de piedra fría y gris; demonios, no creo que estuviera hecha de piedra en absoluto. En lugar de eso, rielaba y palpitaba, danzaba verde y azul y amarilla, como las escamas de un pez a la luz del sol.

Había visto metal como ese una vez. Hacía muchos, muchos años. Cuando aún era la hija bastarda que miraba a su padre con estrellas en los ojos, los dos habíamos visitado el castillo de Lord Collinwood. En sus ostentosas salas abarrotadas de cosas, las paredes llenas de cabezas de osos gruñendo que juraba haber matado él mismo, nos había enseñado su posesión más preciada. Era un cetro, un bastón igual de largo que mi brazo con una bola redonda y giratoria en un extremo. Estaba hecha de un metal tan liso como el cristal, que brillaba verde y azul incluso a la titilante luz de las velas.

—¡Acero rielante! —había exclamado Lord Collinwood casi sin respiración—. ¡Fabricado por los mismísimos Titanes!

Esa era la razón de que la torre se alzara hasta una altura tan imposible, de que centelleara con un brillo tan imposible; porque toda esa maldita cosa estaba hecha de acero rielante. *Ningún hombre podría construir nada semejante*, había dicho Zell, y tenía toda la razón. Yo sabía que Lightspire estaba construida sobre las ruinas de los Titanes. Sabía que la familia Volaris había descubierto en las criptas de los Titanes los poderosos anillos que les proporcionaban la magia, que todos sus sacerdotes veneraban a esos dioses desaparecidos, que todo el poder del rey provenía de los restos de la antigua raza que una vez gobernó sobre todos los hombres.

Pero una cosa era saquear unas ruinas. Otra muy distinta era vivir en ellas.

—La Espada de los Dioses —dijo Ellarion, con una sinceridad poco característica en la voz—. Sede del Trono. Corazón del reino.

—Nuestro hogar —añadió Lyriana, y los dos se apresuraron a hacer un gesto de reverencia al unísono: se llevaron dos dedos al espacio entre los ojos, al cuello y a la base del esternón.

Zell y yo intercambiamos una mirada escéptica.

Al acercarnos, pude ver mejor la ciudad que se extendía alrededor de la torre, o al menos las partes de la ciudad que asomaban por encima de la inmensa muralla de piedra que la rodeaba. Era grande, muchísimo más grande de lo que había imaginado jamás, se extendía hacia el horizonte hasta donde alcanzaba la vista. La población más grande en la que había estado nunca era Bridgetown, que me había parecido enorme en aquel momento, pero esto hacía que Bridgetown pareciese un puñado de cabañas hechas de paja. Por todas partes alrededor de la torre se veían los tejados de lo que supuse que serían las partes más nobles de la ciudad: altos muros de piedra, campanarios pintados y, de cuando en cuando, algún obelisco dorado o un monumento a los Titanes. No podía ver los edificios más pequeños al otro lado de la muralla, pero sí veía docenas de columnas de humo, lo que significaba que probablemente hubiera cientos y cientos de casas. En las historias que nos había contado Lyriana, había mencionado de manera casual los barrios de la ciudad: el próspero Círculo Dorado, los muelles de Moldmarrow, el andrajoso barrio de Ragtown. Me había imaginado... ya sabes, barrios. Pero ahora me daba cuenta de que era probable que cada uno de ellos fuese una ciudad por *sí mismo*.

Y eso eran solo los edificios del interior de las murallas. Ahora que estábamos a un día de distancia, podía distinguir una segunda ciudad que se extendía por *fuera*. El gran río Adelphus entraba en la ciudad desde el noreste, un flujo constante de naves mercantes hacía fila para pasar la inspección en las verjas, pero las otras orillas estaban cubiertas de una maraña de chabolas destartaladas que habían crecido a lo largo de las murallas como percebes. Eso era el Círculo Oxidado, explicó Lyriana. Puesto que conseguir la aprobación para entrar en Lightspire podía llevar días, incluso semanas, se había formado un segundo círculo entero en torno a sus murallas, con posadas y burdeles y tabernas para entretener a los cansados viajeros.

—Es un antro de crimen e indecencia —dijo.

—Sí —confirmó Ellarion con una gran sonrisa—. Es superdivertido. —Estaba despatarrado en su asiento con una copa de yarvo entre las manos, ese licor especiado con canela que tanto gustaba por estos lares. Su holgada camisa de seda estaba abierta en el cuello y pude ver media docena de chupetones recientes en su pecho suave y sin pelo.

Me pilló mirándole. Las comisuras de su boca se curvaron en una sonrisa al tiempo que levantaba las cejas de manera sugerente mirando a mi cuello. Pestañeé, confusa, y entonces lo pillé y levanté el cuello de mi propia camisa.

—Soldados —dijo Zell, la frente apoyada contra el cristal de la ventana—. Vienen deprisa.

Me deslicé hasta su lado y me apreté contra su espalda, apoyando la barbilla en su hombro. Era cierto; allí, acercándose por la carretera, había soldados, docenas y docenas de hombres de Lightspire. Marchaban con aire marcial hacia nosotros, lanzas y estandartes en alto, sus pulidas armaduras plateadas reflejaban tanto el sol que tuve que cubrirme los ojos. Un repentino temor me atenazó el estómago. ¿Qué era todo eso? ¿Por qué necesitaban soldados?

Ellarion debió de percibir mi preocupación, porque reprimió una carcajada.

—Relájate, rebelde. Es solo nuestra escolta.

—¿Necesitamos escolta?

—Soy la princesa. *Siempre* necesito escolta —dijo Lyriana, con un levísimo asomo de amargura. Se giró bruscamente y se inclinó hacia Ellarion—. Dame esa copa. Necesito beber algo.

Ellarion parpadeó.

—Pero… tú no bebes.

Lyriana levantó la muñeca en alto.

—Las Hermanas de Kaia no beben. Yo ya no soy una Hermana, ¿verdad? Así que dame esa copa.

—Yo... quiero decir... es solo que no estoy seguro de... —intentó Ellarion. Luego se rindió.

Sentí como si debiese decir algo, porque por divertida que fuese Lyriana cuando estaba achispada, quizás ese no fuese el mejor momento. Pero luego vi la mirada de determinación en sus ojos y supe que no tenía nada que hacer. Le quitó a Ellarion la copa de las manos y bebió un trago largo y profundo. Luego la dejó caer y se dobló por la cintura, tosiendo y boqueando.

—Yarvo —dijo Ellarion, encogiéndose de hombros—. No es para todo el mundo.

Seguimos adelante.

La escolta se reunió con nosotros justo cuando entramos en el Círculo Oxidado. El comandante, un hombre alto que llevaba un casco con cuernos, ladró unas órdenes y sus hombres se apresuraron a ocupar sus puestos: formaron dos columnas gruesas y reanudaron la marcha a ambos lados de nuestro carruaje. Al entrar en la ciudad, entendí por qué. Se había formado una gran multitud, que bordeaba las calles y nos observaba boquiabierta. Los soldados empujaban a la muchedumbre hacia atrás para despejar el camino, pero seguía habiendo muchísima gente, que empujaba y forcejeaba para intentar echarnos un buen vistazo.

Nos miraban con los ojos muy abiertos, y yo los miraba a ellos, como alucinada. Había ciudadanos de los Feudos Centrales, por supuesto, muchos, muchos ciudadanos de los Feudos Centrales, pero también había oriundos de las Tierras del Sur con sus relucientes cabezas calvas, y Orientales con gruesas sombras de ojos y el pelo teñido de colores brillantes. Y luego había personas a las que no reconocía: hombres altos con cogullas blancas y círculos rojos pintados alrededor de los ojos, niños con las manos y los rostros tatuados, mujeres con la cara escondida detrás de anodinas máscaras blancas. Y todos ellos, absolutamente todos, nos miraban a *nosotros*.

Estelas multicolores iluminaban el cielo en lo alto, mientras docenas de Susurros volaban de vuelta a sus casas. En el carruaje hacía calor, un calor sofocante incluso, pero un escalofrío gélido recorrió mi columna. Todo esto parecía tan raro, tan fuera de lugar. Hacía dos meses, yo era la chica del parapeto, la que observaba cómo se acercaba la procesión real. Yo era una cara más entre la multitud, una de las mironas, la persona que veía el espectáculo desde lo lejos. Esa era yo, no esta chica del carruaje elegante, no la chica de al lado de la princesa, no la persona que los desconocidos pugnaban por ver. Esta no era yo.

Y aun así… ahí estaba.

—No lo entiendo —dijo Zell en voz baja. Había aprendido a descifrar su actitud durante el trayecto hasta Lightspire, o al menos se me daba mejor. Sabía cuándo su mirada pensativa significaba que estaba preocupado y cuándo solo significaba que estaba sumido en sus pensamientos, y había empezado a detectar las diminutas sonrisas que a veces intentaba ocultar, como cuando me inclinaba hacia él y le daba un besito en un lado del cuello. Pero había veces, como ahora, en las que seguía siendo un misterio, el mismo chico callado y distante que me había mantenido a salvo durante nuestro viaje por Occidente—. ¿Por qué nos miran así?

—Estás en un carruaje con la princesa —dijo Ellarion.

—No —contestó Zell—. Eso no es lo que quería decir.

Pocas cosas en el mundo me daban más miedo que ver temor en los ojos de Zell. Ahora estaban saliendo más y más soldados, flanqueaban nuestro carruaje mientras rodábamos entre las casas de madera del Círculo Oxidado. Miré a Lyriana y a Ellarion e intenté encontrar consuelo en sus expresiones tranquilas, pero el consuelo no llegó. En lugar de eso, había una voz nueva dentro de mi cabeza, una voz de pánico tembloroso, una voz que subía de volumen a pasos agigantados. ¿Y si todo aquello era un terrible error? Yo era hija de Lord Elric Kent, el mayor traidor que había conocido Noveris jamás, el hombre que había matado al mismísimo hermano del rey. Y en vez de huir o esconderme o cualquier otra cosa remotamente sensata, estaba entrando en carruaje hasta el mismo corazón del reino.

Lyriana me había prometido que estaría a salvo… pero ¿qué pasaría si se equivocaba?

El carruaje se detuvo, con tal brusquedad que casi me caigo de mi asiento. Ellarion se colocó bien la camisa, se alisó el pelo rizado y comprobó su aliento contra la palma de su mano. A continuación, con una gran sonrisa que hizo centellear todos sus dientes perfectamente blancos, abrió la puerta de par en par.

—Hora de reunirse con el rey.

Me volví hacia Zell en busca de orientación, pero él parecía tan perdido como yo. ¿Qué podíamos hacer siquiera llegados a ese punto? Estábamos a las puertas de la ciudad, rodeados por lo que parecía un ejército entero de soldados Volaris. De un modo u otro, nuestro sino estaba sellado.

Así que salí del carruaje, seguida de Lyriana, que se tropezó, y de Zell, que la sujetó para que no cayera. El sol en lo alto era increíblemente caliente y brillante. Estábamos justo a las puertas de la ciudad, encajonadas en esas murallas que había visto desde la lejanía. Y si habían parecido grandes desde la distancia, ahora se veían enormes, gigantescas losas de piedra parduzca se alzaban tan alto que casi tuve que dislocarme el cuello para alcanzar a ver la parte de arriba.

Una vieja rima infantil brotó de pronto en mi mente: *Lightspire, Lightspire, jamás caerá / pues no hay ejército tan grande como las murallas de la ciudad.*

La puerta que tenía ante mí era quizás más impresionante aún que la muralla en sí. Por lo que nos había contado Lyriana, sabía que esta era la Puerta del Rey, una entrada especial que solo se abría para la realeza; no era necesario que nosotros hiciésemos cola. Dos enormes losas curvas, como las lápidas más grandes del mundo, se alzaban ante mí, cerradas, con aspecto de necesitar un millar de hombres para abrirlas aunque fuese una rendija. Sin embargo, estas losas no eran lisas como las murallas. Tenían un mural tallado en ellas que mostraba a los Titanes cuando fundaron la ciudad. Reprimí un escalofrío. Vale, lo minucioso de los detalles era increíble y la destreza artística era mayor que la de cualquier talla que hubiese visto jamás, pero al fin y al cabo, seguía siendo una talla de los Titanes, y los Titanes eran supersiniestros. Hasta entonces, solo los había visto en estatuas o tapices, pero verlos ahí como gigantes, sus caras idénticas, con sonrisas eternas más grandes que el carruaje en el que había venido, parecía menos un signo de devoción y más un monumento para aterrorizar a los invasores.

Una trompeta bramó, luego otra, cinco toques atronadores. El suelo retumbó, el aire crepitó y sentí ese cosquilleo eléctrico, esa vibración palpable en los huesos que significaba que estaba ocurriendo algo mágico. Era raro lo familiar que se había vuelto esa sensación. Levanté los ojos para ver a media docena de magos sobre la muralla, todos hombres, todos descamisados, sus pechos relucientes de sudor, el pelo colgaba por sus espaldas en largas trenzas. Lyriana me había hablado de esos tíos, los Manos de Servo, la orden de magos ingenieros que proporcionaba potencia a la ciudad. Cantaban como un solo ser, sus voces un retumbar profundo y ondulante, y levantaban las manos al cielo y las giraban, daban vueltas y vueltas, como si estuviesen agitando faroles invisibles.

El aire se removió y parecía más espeso. Mis oídos vibraban con un rugido sordo y zumbón, y noté sabor a polvo seco y arena mojada. Los adoquines temblaban bajo nuestros pies y a nuestro alrededor giraban motas de polvo en espirales antinaturales. Dentro de las murallas, pude oír metal chirriar y el traqueteo de unos engranajes al girar, algún tipo de gigantesco mecanismo oculto. Las puertas temblaron y luego, con un retumbar ensordecedor, se abrieron poco a poco.

Solté una exclamación ahogada. Así que así es como lo hacían, la forma en que podían tener una muralla tan grande y abrir puertas tan gruesas. En ese momento, por fin me di cuenta de lo poderoso que era en realidad Lightspire, lo poderosos que eran los Volaris. No era solo la magia, aunque claro, la magia era una gran parte de ello. Era todo ello. La magia, la ciudad, las ruinas de los Titanes, esta extensa ciudadanía, que llevaba consigo conocimientos y fuerza de todos los rincones de Noveris.

¿Mi padre había pensado que podía vencer a *esto*? ¿Que tendría una opción siquiera?

Mi sino no había quedado sellado cuando entré en la ciudad. Había quedado sellado allá en el castillo de Waverly, en el minuto en que mi padre había invitado al Archimago a bajar a aquella playa. Porque no había forma de ganar esta guerra, de derrotar a los Volaris, ninguna oportunidad de victoria, ninguna esperanza de independencia para Occidente. La única opción que teníamos era la única opción que habíamos tenido siempre: arrodillarnos ante los Volaris y rezar por que fueran misericordiosos.

Las puertas se abrieron de par en par, revelando la extensa y colorida ciudad que había tras ellas. Al menos lo poco que podía ver de ella, más allá de la gran multitud de soldados. Estos no eran solo infantería real como la que nos había escoltado. Llevaban armadura ligera, de cuero fino, y aunque todos llevaban una espada plana y curva en su cadera izquierda, llevaban la mano derecha libre a su lado, adornada con anillos. Y sus ojos… un mar de colores relucientes, algunos rojos, algunos naranjas, unos pocos de un tembloroso azul hielo.

Caballeros de Lazan.

Magos de batalla.

Sus caras permanecieron duras e impertérritas, incluso cuando se apartaron para dejar paso a un hombre que caminaba hacia nosotros. Esperaba al rey, pero el hombre que salió a nuestro encuentro era viejo, su rostro curtido y su piel de un marrón claro, no del profundo negro de la familia Volaris. Una larga barba blanca enmarcaba su boca estrecha, y sus ojos grises relucían con una amabilidad silenciosa. Una fina cadenilla de plata descansaba sobre sus clavículas, con un medallón de hierro en el centro, un gran ojo. Nada de anillos, así que no era un mago, pero aun así había algo poderoso en él, algo que irradiaba autoridad. Quizás fuera la forma en que la muchedumbre guardaba silencio cuando sus ojos se posaban en ellos. O quizás fuera la forma en que caminó por delante de los magos, la determinación que exhibía ante los guerreros más elitistas del reino, como si fuesen mero populacho.

—¿Quién es ese? —susurré.

—El Inquisidor Harkness —me contestó Lyriana con otro susurro—. Guardián de la paz. Mano derecha de mi padre.

—El jefe de los espías —añadió Ellarion y, por una vez, su voz sonó plana y respetuosa.

El Inquisidor Harkness salió por las puertas abiertas hasta la plaza en la que esperábamos. Todo el mundo pareció contener la respiración cuando nos miró de arriba abajo. ¿Nos estaba… juzgando? ¿Evaluando?

¿Sentenciando?

Después de una eternidad, asintió para sí mismo y dio media vuelta, satisfecho.

—¡Es ella! —gritó—. Puedo confirmarlo, Majestad. Es verdad que es vuestra hija. ¡La princesa Lyriana ha vuelto a casa!

Los magos que había detrás de él volvieron a apartarse y el pesado silencio que flotaba sobre la plaza dio paso al parloteo de un millar de susurros. Salió un hombre y, a cada paso que daba hacia nosotros, el gentío se excitaba más y más, un murmullo que se convirtió en un retumbar que se convirtió a su vez en un clamor. Le eché un solo vistazo al hombre, y sí, no había duda, *ese* era el rey Leopold Volaris. Llevaba una ropa ridículamente recargada: una levita bordada, con volantes de encaje en los puños, pantalones pirata ceñidos, las perneras decoradas con brillantes perlas, una larga capa vaporosa con ribete dorado y un dibujo floral de colores estridentes. Su corona era un delicado circulito de acero rielante que danzaba multicolor a la luz y proyectaba sombras arcoíris sobre todas las superficies a su alrededor. Llevaba también un reluciente anillo lavanda con la gema más grande que había visto en toda mi vida. Y sus facciones no podían haber sido más Volaris. Tenía los labios carnosos de Lyriana y el pelo rizado de Ellarion, pero más que nada se parecía a su hermano, el exArchimago Rolan, con el mismo pelo canoso y relucientes ojos turquesas. Pero mientras Rolan era duro como el hierro, el rey Leopold mostraba blandura; además sus facciones eran redondeadas y su barriga muy abultada. Tenía aspecto de haber visto muchas menos batallas y muchos más bufés.

—¡El rey se aproxima! —bramó un soldado con la voz más alta y más profunda que había oído jamás.

La reacción fue instantánea. En un solo movimiento, la muchedumbre que teníamos detrás se dejó caer sobre una rodilla e hizo una reverencia con la cabeza inclinada y las manos cruzadas a la espalda. Todos los soldados a nuestro alrededor hicieron lo mismo, e incluso Ellarion y Lyriana los imitaron. Antes de pensarlo siquiera, mi cuerpo se movió, poseído por algún instinto primario de seguir a la manada, e hice también una reverencia.

Me quedé mirando los adoquines. Esto era normal, ¿no? Él era el rey. Uno se inclinaba ante el rey. Todo el mundo se inclinaba ante el rey.

Excepto Zell.

Oí un susurro extenderse entre la multitud, un murmullo tenso, antes de que se me ocurriera mirar por encima del hombro. Ahí estaba Zell, todavía de pie, la única persona erguida ante un mar de figuras arrodilladas. Todas las cabezas estaban vueltas hacia él, todos los ojos le miraban, algunos sorprendidos, pero muchos con lo que parecía una gran ira. Delante de mí, el rey Leopold parpadeó, confuso. El Inquisidor Harkness arqueó una ceja inquisitiva.

Contuve la respiración y sentí que se me comprimía el pecho. ¿Cómo no había visto esto venir? Zell era un adalid del único pueblo de Noveris que no había sido conquistado. Mientras que todos los demás vivían con adoración, miedo o silenciosa subordinación hacia el rey, los zitochis enarbolaban su independencia como un emblema de orgullo y escupían sobre todos los que se arrodillaban. A pesar de todo lo que había hecho el padre de Zell, él seguía siendo un zitochi, seguía siendo leal a su herencia y a su cultura. Arrodillarse ahora, unirse al resto de nosotros, sería traicionar los valores que más profundamente le definían.

Pero si no se arrodillaba... si no lo hacía...

No. No podía perderle. No podía perderle a él también.

—Por favor —dibujaron mis labios sin un solo ruido, mirando a sus profundos ojos marrones—. Hazlo.

Zell cerró los ojos y respiró hondo, abriendo mucho las aletas de la nariz.

Entonces se dejó caer sobre una rodilla y agachó la cabeza y cruzó las manos a la espalda.

La muchedumbre soltó un palpable suspiro de alivio.

—Benditos sean los Titanes —dijo Ellarion entre dientes, y Lyriana asintió. Yo seguía aguantando la respiración. ¿Cuánto tiempo pensaba aguantarla?

Por suerte, Lyriana me ahorró cualquier tensión adicional.

—¡Padre! —chilló, y corrió hacia él, el vestido ondeando a su espalda, los brazos abiertos. Logró dar cuatro pasos y luego se trastabilló, un obvio tropezón de ebriedad que la hizo caer sobre los adoquines.

—¡Mi niña! —exclamó el rey Leopold, y corrió hacia ella por la plaza. Lyriana levantó la vista, abochornada, pero entonces ahí estaba él, agachado a su lado. La ayudó a levantarse y la estrechó entre sus brazos. En ese momento no eran el rey y la princesa, las personas más poderosas del mundo. No eran dos magos, capaces de provocar muerte y destrucción. Eran solo padre e hija, reunidos después de pensar que se habían perdido el uno al otro para siempre, abrazados y llorando bajo la cálida luz del sol.

Se me llenaron los ojos de lágrimas. Era dulce, tan condenadamente dulce... Pero había algo más, una sensación tensa y desagradable que odiaba creer que todavía pudiesen ser celos.

Reprimí ese sentimiento, reprimí esas lágrimas. Me había prometido que no iba a hacer eso. No iba a darle vueltas al pasado. No me iba a obcecar con Padre y con mi casa. No iba a pensar en Jax. No podía hacerlo.

Entonces el rey levantó la vista, miró en mi dirección... y todo lo que sentí fue miedo. Soltó a Lyriana y se dirigió hacia mí, despacio, con cautela, del modo en que te acercarías a una serpiente enfurecida. Una docena de Caballeros de Lazan le siguieron como una sombra, las manos sobre la empuñadura de sus espadas. La gente a mi alrededor se apartó instintivamente, y si ellos tenían miedo, yo estaba aterrada. Levanté la vista hacia él, le miré a los ojos, y luego volví a bajarla de inmediato, como si acabara de mirar de frente al sol. La pura enormidad del momento me abrumaba. Era el rey de Noveris, el rey Leopold Volaris en persona, y estaba ahí de pie, justo delante de mí.

—¿Eres ella? —preguntó, su voz todavía quebrada por la emoción—. ¿La bastarda de Lord Kent?

—Lo soy —confirmé, y menos mal que estaba arrodillada porque de lo contrario hubiese visto lo mucho que me temblaban las rodillas—. Lo era.

—Padre —dijo Lyriana con suavidad, y apretó una mano sobre el brazo del rey—. Ella me salvó la vida. Se lo debo todo.

El rey Leopold la miró, luego al Inquisidor, que se limitó a hacer un pequeño gesto afirmativo con la cabeza.

Entonces el rey se abalanzó hacia mí y me agarró. Me levantó para darme un gran abrazo y me estrechó con fuerza entre sus brazos. Dejé escapar un sonido de lo más extraño, a medio camino entre un gemido y un graznido, y creo que mi cerebro explotó dentro de mi cabeza, porque si apenas podía asimilar estar arrodillada ante el rey, desde luego que no podía asimilar ser abrazada por él. Olía a perfumes especiados y su barriga era blandita como una almohada, pero nada de eso importaba porque *me estaba abrazando.* El mismísimo rey.

—¡Tengo contigo la más grande de las deudas! —bramó—. ¡Declaro que ya nunca más serás una bastarda, Tillandra, y te doy la bienvenida a nuestra gran ciudad!

A nuestra espalda, la muchedumbre estalló en un clamor monumental. Mi corazón tronaba en mi pecho. Lyriana sonrió, con lágrimas en los ojos, e incluso Ellarion esbozó una sonrisita. Solo Zell seguía impávido, aún inclinado, una rodilla en tierra, la cabeza gacha, los ojos cerrados. Le llamé por su nombre, pero no creo que pudiese oírme por encima de los vítores del público. Los Caballeros de Lazan se movieron para cerrarse en torno a nosotros, para conducirme a la ciudad, para protegerme, a *mí.* Estaba sucediendo de verdad. Estábamos finalmente, realmente, a salvo.

¿Verdad?

UNO

Me gustaría decir que me acostumbré a Lightspire relativamente rápido.

Tardé solo una semana en acostumbrarme a la comida. Vale, algunas cosas eran tan picantes que hacían que me ardiera la boca y tenía que recurrir a toda prisa y medio ahogada a un vaso de leche. Pero mientras supieras lo que pedías, podía estar increíblemente rica. Enseguida descubrí que me gustaba cualquier comida que terminara en *rellia*, que por lo que pude deducir significaba *horneado en un hojaldre perfectamente ligero y crujiente*. Había *chen rellia*, que era un hojaldre de pollo, y *marr rellia*, que era un hojaldre de carne, y *porro rellia*, que no podía explicar del todo, pero llevaba cerezas y yogur y solo una pizca de canela, y sabía como el cielo y los rayos de sol.

Tardé un poco más, quizás un mes, en acostumbrarme a la ropa. Oh, era preciosa, desde luego; eso lo sabía incluso antes de probármela. Ya de niña había soñado con llevar vestidos de Lightspire, con sus relucientes colas ondeantes y sus intrincados dibujos florales y sus mangas ceñidas y elegantes que se ataban mediante un lazo entre los dedos. Pero una cosa era soñar con llevar esa ropa y otra era ponérmela de verdad, no solo para ir a un elegante baile de disfraces, sino para pasear por la calle. Lyriana hizo que un equipo de expertas costureras me tomara medidas y les encargó personalmente un armario entero de vestidos. Y aunque yo sonreía y asentía y miraba boquiabierta, durante mucho tiempo me sentí como una impostora cuando los llevaba puestos, como una niña pequeña que se hubiese colado en el vestidor de su madrastra.

Acostumbrase al ruido fue más difícil. Allá en el castillo de Waverly, a menos que hubiese una fiesta o una pelea en el patio, las noches eran tranquilas y silenciosas. Si asomabas la cabeza por la ventana, oías el canto de los grillos, el silbido del viento, quizás el lastimero ulular de un búho. Pero Lightspire era ruidoso, ensordecedoramente ruidoso. Mis primeras dos noches allí no pude dormir porque los ruidos al otro lado de mi ventana eran demasiado abrumadores: gritos de personas regateando en los bazares nocturnos, el relincho de caballos, el crujir de las ruedas de los carruajes, el silbido de los Susurros y los graznidos de los Centinelas, el lejano rugido del río Adelphus y, por encima de todo ello, el zumbido constante de la magia, que era parte ruido en tus oídos y parte runrún en tus huesos.

¿Sabes a lo que no me acostumbré nunca, incluso después de llevar seis meses en Lightspire?

A los despertadores.

Estúpidos, terribles y demoníacos relojes despertadores.

Me desperté con un gruñido al oír su espantoso zumbido, agité el brazo de manera infructuosa hacia el sonido. Pero por supuesto, la monstruosidad Artificiada que era mi despertador no iba a apagarse de un simple manotazo. Era un artilugio caro, manufacturado por el Gremio Gazala: un gran frasco de cristal unido a un diminuto reloj mecánico. Cuando las manecillas del reloj llegaban a las siete de la mañana, un pequeño bulto de piedra encantada al fondo del frasco emitía una chispa de energía mágica, un orbe de un azul traslúcido que quedaba suspendido dentro del frasco y rebotaba contra su superficie de cristal una y otra vez con un repicar exasperante. Lyriana me lo compró después de que me quedara dormida por cuarto día consecutivo y no apareciera por nuestras clases matutinas.

Refunfuñando, rodé fuera de la cama y crucé descalza el frío suelo de piedra de mi habitación hacia la cómoda. Sin apenas molestarme en retirarme de los ojos el enredado pelo castaño rojizo, alargué el brazo y metí furiosa la mano en el frasco de cristal. Una vez más sentí ese ardiente cosquilleo cuando el orbe azul se pegó al fondo del cristal, parpadeó y se extinguió.

—Cállate —masculló—. *Solo. Ca. Lla. Te.*

—Tillandra, querida, eres un verdadero encanto por las mañanas —dijo una voz ronca con acento.

Me giré para ver a mi compañera de cuarto, Markiska San Der Vlain IV, sentada delante de su tocador, una brocha de maquillaje en una mano y un racimo de uvas en la otra. Yo tenía el aspecto de, bueno, de una persona que acabara de salir tambaleándose de la cama: desaliñada y sin lavar y desorientada. El lustroso pelo rubio de Markiska rodeaba su frente en un pulcro recogido tipo corona y colgaba por su espalda en tres elegantes trenzas, cada una de las cuales terminaba en un anillo de plata que colgaba justo por encima de su cintura. Ese día llevaba ropa tradicional de Sparra, lo que se traducía en una ceñida falda hasta las rodillas, una camisola suelta de seda y media docena de collares. Tenía la piel pálida, más pálida aún que la mía, pero adornada con docenas de tatuajes morados y rosas: unos peces bailaban en sus muñecas, varias ramitas de hiedra trepaban por sus pantorrillas, una reluciente anguila con cuernos recorría su clavícula. Una noche me había contado, medio borracha, que tenía otro, una rosa marina en flor, pero que solo sus amantes tenían la oportunidad de verlo.

—Por todos los demonios del infierno helado, ¿cómo consigues tener tan buen aspecto a las siete de la mañana? —refunfuñé.

—Levantándome a las cinco. —Sonrió, sus dientes blancos enmarcados por unos labios pintados de morado.

—Mentira. —Me serví un vaso de agua de una garrafa cristalina y derramé al menos un tercio—. No existen las cinco de la mañana. Es solo algo que se inventaron los sacerdotes para asustar a los niños.

Markiska soltó una ruidosa risotada, aunque para ser justos, lo hacía todo de forma ruidosa.

—Algunas de nosotras todavía tenemos chicos a los que impresionar. No todas tenemos a un imponente guerrero zitochi que nos dé un revolcón cada noche.

—No es… Él no… Quiero decir, no *todas* las noches… —Me sonrojé y me miré los pies. No sé por qué hablar de acostarme con Zell todavía me daba tanta vergüenza. No es como si fuese un secreto para nadie, y desde luego no para Markiska, que me había enseñado a atar un lazo morado a la manivela de la puerta cuando necesitaba una noche de intimidad. Zell y yo estábamos juntos y todo el mundo lo sabía. Y aun así, ahí estaba, roja como un tomate.

Markiska se volvió hacia su espejo para aplicarse una centelleante línea dorada bajo los ojos. Era originaria de Sparra, una de las Baronías del Este, y el día que nos conocimos me enseñó dos cosas importantes. Una: las Baronías del Este no eran una única región homogénea sino siete ciudades estado diferentes, cada una con su propia historia, rica cultura y tradiciones, y agruparlas a todas como si fuesen una sola región era marginar todas sus identidades individuales, cosa que era dañina, ofensiva y maleducada. Y dos: que Sparra era de lejos la mejor.

Markiska me gustó de inmediato.

—Hablando de impresionar a chicos —dijo, terminando su ojo izquierdo y pasando al derecho—. ¿Vienes conmigo esta noche a la fiesta de Darryn Vale?

—Oh, ¿es esta noche? —pregunté, aunque sabía muy bien que era esa noche—. No lo creo. Tengo planes.

—Mentirosa.

Me planteé mantener lo dicho, pero luego me lo pensé mejor. Markiska podía leerme como un libro abierto.

—Vale. Ya sabes que me siento incómoda en ese tipo de situaciones. Todo el mundo se conoce y son todos tan elegantes y sofisticados...

—Tillandra, ¿cuántas veces te lo tengo que explicar? Eres una estudiante de la universidad más prestigiosa del reino. Vives con la hija del barón de Sparra. Y eres la mejor amiga de, oh, eso es, *la princesa*. —Dio una sonora palmada—. ¡Métetelo en la cabeza! ¡Ahora *tú* eres sofisticada!

Sacudí mi desgreñada melena.

—Pues no me siento así en absoluto.

—Nada que un buen baño no pueda arreglar. —Abrió su joyero de madera y sacó su pulsera favorita, un fino brazalete de relucientes perlas moradas. Parece ser que solo se encontraban en la bahía de Sparra, en la boca de algo llamado almejas de sangre—. Por favor, ¿vienes? Esta es la última fiesta grande antes del Día de la Ascensión, y me lo paso muchísimo mejor en esas cosas cuando estás tú —dijo—. Incluso puedes traer a tu apuesto y taciturno chico guerrero.

—¿Zell puede ir? —Ahora había captado mi interés. Quiero decir, es probable que una fiesta elegante en la hacienda de la familia más rica de Lightspire no fuese su primera elección para esa noche, pero también sería un cambio agradable en nuestra rutina nocturna habitual: beber en el Mewling Serpent o pasear por la alta muralla que rodeaba el Círculo Dorado. Ambas actividades solían acabar con un revolcón, pero, eh, una fiesta también podía hacerlo, ¿no? Para empezar, ¿no era ese el objetivo primordial de las fiestas?

—Oh, por favor. —Markiska sonrió de oreja a oreja—. Quiero ver las caras de todos esos enclenques y delgaduchos chicos de Lightspire cuando vean entrar a un hombre de verdad.

Arqueé una ceja.

—Para alguien que dice estar obsesionada con los chicos, te pasas mucho tiempo metiéndote con ellos.

—¿Qué puedo decir? —Markiska sonrió, esa sonrisa irónica de tiburón que me indicó, en cuanto la conocí, que era mucho más astuta de lo que dejaba entrever—. Soy una chica de misterios insondables.

Tras un bañito y un rato rebuscando en mi absurdamente grande grande, me encontré cruzando la gran extensión de hierba que constituía el corazón de la Universidad. Todavía era temprano, la enorme torre de la Espada de los Dioses brillaba esmeralda a la luz del sol, pero el patio ya estaba atestado de gente. Algunos alumnos se apresuraban por los senderos junto a mí, mientras que otros descansaban bajo el denso follaje de los cerezos en permanente floración, leyendo un libro o simplemente echándose una siestecita. Había vendedores ambulantes a los lados de los caminos de adoquines, ofrecían a voz en grito hojaldres humeantes y vasos de cerveza fría. Un grupo de estudiantes estaba sentado en círculo sobre la hierba, daban palmas mientras una chica alta y bonita, con el pelo recogido en tensas trenzas, tocaba una flauta de cuatro tubos. En las proximidades, un catedrático con gafas daba clase a un trío de novicios del Gremio Gazala; giraba las manos en delicados círculos mientras danzarines orbes rosas revoloteaban alrededor de sus dedos.

Esto era la Universidad en pocas palabras: asombrosa y abrumadora, familiar pero totalmente extraña. Sabías que era algo muy importante porque ni siquiera tenía un nombre real; todo el mundo la llamaba simplemente la Universidad, a secas. Como aprendí en mi extenso curso de orientación, era casi tan vieja como la propia ciudad de Lightspire, el centro educativo más grande de todo Noveris, el gran cerebro jugoso que informaba al reino. Durante siglos, había sido una institución exclusiva para magos, un santuario amurallado para que nuevas generaciones de Maestros de Bestias y Mutantes y Caballeros pulieran sus habilidades. Pero con la caída de Occidente y el final de la Gran Guerra, había abierto sus puertas a todo el mundo. Bueno, todo el mundo que pudiese permitirse ir a un sitio así. Que de hecho no era para nada tanta gente. En la actualidad, además de a cualquiera que hubiese mostrado tener dotes mágicas, la Universidad acogía a los hijos de las familias nobles de Lightspire, de diplomáticos de visita y de los comerciantes más poderosos.

Y a mí, por supuesto. La hija bastarda de Lord Elric Kent, el hombre que había cometido el más grave acto de traición de la historia reciente y que en esos momentos libraba una guerra contra la corona. Y cuyos hombres estaban, mientras lees estas mismas palabras, luchando contra, y matando, a los hermanos y hermanas de muchos de los mismísimos estudiantes que pululaban a mi alrededor.

Sí. Yo encajaba *de miedo*.

Cuando llegué a Lightspire, el rey y su consejo habían discutido durante días lo que hacer conmigo. Algunos de los nobles habían querido verme juzgada por traición, un ejemplo para todo el que pudiera planteárselo. Pero el rey Leopold me había defendido, se negaba a castigar a la chica que había salvado la vida de su hija, así que este era el compromiso al que habían llegado. Me quedaría en Lightspire bajo la tutela de los Volaris, una prisionera en el sentido más técnico de la palabra. Pero también se me permitiría ir a la Universidad, para tener la misma oportunidad de aprender y crecer y disfrutar que cualquier otro niño rico de Lightspire. Y cuando me graduara, se me daría la oportunidad de jurar lealtad al rey y ser libre, una verdadera ciudadana de Lightspire.

Y eso es lo que siempre había querido, ¿no? Con lo que había soñado quizás todos y cada uno de los días de mi infancia. Llevar preciosos vestidos de Lightspire, disfrutar de la ciudad del asombro, vivir la deslumbrante vida de los más nobles de los nobles. Esa era ahora mi vida. Y así seguiría siendo.

Guiñé los ojos hacia el cielo, me puse una mano a modo de visera para protegerme de la luz. Según el gran reloj dorado encastrado entre las sinuosas escamas de la Espada de los Dioses, eran las diez menos cuarto. Tenía clase a las diez. Historia, y estábamos dando algo interesante: la conquista de las Tierras del Sur. No era tiempo suficiente para ir a por algo de comer, aunque me sonaban las tripas, pero sí era suficiente para ir a por una amiga.

Crucé el patio a toda prisa y giré a la izquierda hacia un bonito edificio de ladrillo rojo. La Universidad tenía seis residencias principales, pero Bremmer's Cottage era sin duda la mejor, reservada solo a los más adinerados y privilegiados. O, en este caso, más regios. Les hice un rápido y escueto gesto de saludo a los dos Guardias de la Ciudad apostados a la puerta y entré corriendo.

La habitación de Lyriana estaba en la planta baja, un apartamento espacioso con su propia cocina y cuarto de baño. Su nombre era, y no es broma, Cuarto de la Princesa. Golpeé con los nudillos la gruesa y elegante puerta.

—¡Lyriana! ¡Soy yo! ¿Vienes a clase?

Silencio.

Volví a llamar.

—¡Eh! ¡En serio! ¿Vienes?

Más silencio. Eso no era típico de ella. Lyriana solía estar lista para salir incluso antes de que yo llegara, con una hoja llena de preguntas que hacer durante la clase. A menos...

La puerta se abrió un poco y vi la cara de un chico de los Feudos Centrales a través de la ranura, sus facciones angulosas y apuestas. Sus ojos castaños se cruzaron con los míos sorprendidos.

—No pasa nada —dije—. Soy amiga de Lyriana. Solo he venido para acompañarla a clase.

—Oh, vale —dijo, con la cadencia aturdida de alguien que todavía no podía creerse del todo lo que le estaba sucediendo. Dado que es probable que se hubiese despertado en la cama con la princesa, no podía culparle. Eché un vistazo a su espalda y vi la habitación de Lyriana: la cama deshecha, ropa desperdigada y una botella de vino vacía tirada sobre la cómoda. Pude oír agua correr al otro lado de la puerta cerrada del cuarto de baño; Lyriana se estaba preparando

El chico salió de la habitación a toda prisa. Seguía mirando a su alrededor como si estuviese seguro de que le iban a pillar en cualquier momento. Era mono, muy mono, con profundos ojos oscuros y espeso pelo negro, con un corte moderno. Aún se estaba abotonando la camisa, y tenía unos abdominales en los que podrías forjar una espada. Le reconocí vagamente de una de mis clases, el hijo pequeño de no sé qué familia poderosa.

—Relájate. —Le sonreí—. No te has metido en ningún lío. —*Y no vayas a creer que eres el primero*, pensé, pero no se lo dije.

—Ah. Gracias. —Me devolvió la sonrisa—. Yo solo... Quiero decir, ella es... ya sabes... Así que pensé...

De repente, la sonrisa amistosa se borró de su cara; acababa de darse cuenta de quién era yo exactamente. Abrió los ojos como platos, luego los entornó hasta que no fueron más que unas estrechas ranuras. Apretó los labios en una línea fría y dura. Me planté una fachada estoica, pero por dentro suspiré.

—Debería irme —dijo.

—Creo que sí.

Pasó por mi lado, todavía abotonándose la camisa, y de hecho incluso me apartó de un empujón. Y justo cuando pensaba que ese encuentro tan incómodo había terminado, musitó algo en voz baja, justo lo bastante alto como para que yo le oyera.

—Sucia traidora.

Me quedé sola en el pasillo, observando como se alejaba, boquiabierta y sin palabras. Quería gritarle algo. Quería darle un puñetazo en los riñones. Pero me limité a quedarme ahí plantada, mirándole pasmada. Porque por un lado, ¿quién se creía que era, para hablarme de ese modo? ¿De verdad creía que podía portarse como un cretino *conmigo* e irse de rositas? ¡Yo cenaba con el rey una vez al mes! ¡Era la mejor amiga de la princesa! Si se lo dijera a ella, si se lo dijera al rey, el chico lo iba a pagar muy caro...

A menos que estuviese equivocada. Y esa era la otra cara de la moneda, el contrapunto, el pensamiento que siempre merodeaba por el fondo de mi mente, la insistente duda que albergaba desde que crucé las puertas de la ciudad. Porque, ¿y si no se estaba portando como un cretino en absoluto? ¿Y si todos ellos, los estudiantes, los profesores, los nobles y los plebeyos, y si todos me veían en realidad de ese modo? La traidora, la extranjera, la chica que solo seguía con vida porque el rey era un blandengue débil y sentimental. ¿Era ese tío realmente un cretino?

¿O solo era la única persona en esa ciudad lo bastante valiente como para decirme la verdad?

DOS

Unos minutos más tarde, Lyriana y yo caminábamos la una al lado de la otra hacia el edificio redondo y abovedado llamado el Salón de Historia. Lyriana estaba espectacular, por supuesto, porque siempre estaba espectacular; mis recuerdos de nuestro viaje a través de Occidente eran borrosos por las emociones, pero recuerdo vagamente verla preciosa con el pelo empapado de agua de mar y el vestido cubierto de arena. Ahora, parecía el ejemplo perfecto de una princesa en la universidad, con un estrecho vestido azul de mangas abullonadas y delicadas flores de saúco bordadas por el cuello. Su pelo negro como el carbón caía en pulcras trenzas por su espalda y sus ojos dorados brillaban contra su suave piel negra.

Ese tío impresentable no le llegaba ni a la suela del zapato.

—¿Va todo bien, Tillandra? —me preguntó—. Pareces distraída.

Odiaba lo fácil que le resultaba leer mi estado de ánimo.

—Estoy bien. Es solo que tengo muchas cosas en la cabeza.

Me miró fijamente, una ceja arqueada, luego suspiró.

—Le viste saliendo de mi habitación, ¿verdad? A Jerrald, quiero decir.

—Si ese es el nombre del chico mono y desgreñado que intentaba escabullirse, sí —le dije. Pensé en decirle lo otro, lo que me había susurrado, pero decidí no hacerlo. Si se lo contaba, se enfrentaría a él y se crearía un conflicto innecesario. No necesitaba ese tipo de drama.

Estaba claro que Lyriana tampoco lo necesitaba. Se llevó una mano a la frente y soltó un gemido desolado.

—No debí hacer eso —dijo—. Solo íbamos a hablar. Pero entonces… estaba siendo tan encantador… Y ese vino… Y estaba tan guapo… —Negó con la cabeza—. La última vez. Nunca más. Lo prometo.

Había dicho lo mismo después de su último lío, y del anterior a ese. Para ser sincera, no sabía cómo sentirme sobre esta nueva faceta suya. Quiero decir, por una parte, bien por ella por conseguir lo que quería; se había pasado la vida entera tan reprimida, que era difícil culparla por tener un poco de diversión sin ataduras. Pero por otra parte, algo sobre la forma en que había ocurrido todo me afectaba para mal y encendía algunas alarmas de preocupación protectora que ni siquiera sabía que tenía.

No es que me preocupara su reputación, ni que me importaran todas esas tonterías de Lightspire de «el valor de una mujer es su pureza». Había estado en las suficientes fiestas de la Universidad para saber exactamente lo que la nobleza de Lightspire, tan casta de puertas afuera, hacía de puertas adentro. No obstante, lo que me molestaba era que a *ella* sí le importaba, o al menos, le *había* importado la mayor parte de su vida. La Lyriana que había conocido en Occidente, diablos, la Lyriana que había conocido durante todo nuestro viaje, era alguien que había seguido las reglas, no solo porque tuviera miedo de romperlas, sino porque creía en ellas de una manera genuina y profunda. Esa creencia la había guiado. La había convertido en quien era. Y ahora ya no estaba, desangrada con Jax en el frío suelo de piedra de una torre de Occidente.

Contuve la respiración. Yo estaba a salvo. Estaba bien. Estaba contenta.

Llegamos a las puertas de madera tallada del Salón de Historia y Lyriana las abrió con el hombro.

—Hay una fiesta esta noche —dijo, su voz rebotó contra los suelos de mármol de la sala central del edificio—. La da Darryn Vale en la mansión de su padre. Creo que va a ser uno de los mayores eventos sociales del año.

—Sí, Markiska me lo mencionó.

—¡Deberías venir! —exclamó Lyriana mientras girábamos por el pasillo—. La hacienda de los Vale es increíble.

Estaba bastante segura de que si iba a esa fiesta no sería por la hacienda, pero no me molesté en corregirla.

—Puede que Zell también venga.

Los ojos de Lyriana se iluminaron.

—¿De verdad? ¡Es emocionante! ¡Me da la sensación de que hace semanas que no le veo!

Eso era porque hacía semanas que no le veía, pero Zell llevaba unos días en los que no era precisamente la persona más sociable del mundo.

—No prometo nada —dije—. Hablaré con él hoy y ya veremos.

—Oh, por favor, porque yo... yo... —Lyriana se quedó helada y dejó que sus palabras se perdieran a media frase. Me di la vuelta y seguí la dirección de su mirada. Allí, en el otro extremo de la sala, había tres mujeres jóvenes, todas con largas túnicas verdes y elegantes velos de gasa delante de la cara. Sus anillos parpadeaban de color esmeralda.

Hermanas de Kaia. Y antes, hermanas de Lyriana.

Mierda.

Lyriana se frotó la cara interna de la muñeca izquierda, seguramente sin darse cuenta siquiera. La quemadura se había curado y ya solo quedaba una tenue cicatriz blanca donde una vez estuvo su tatuaje. Sus dedos delgados estaban desnudos, ni un solo anillo a la vista.

Había asistido como público al juicio de Lyriana, lo vi desde los bancos de la sala de juicios del décimo piso de la Espada de los Dioses. Me había sentado al lado de

Ellarion, y al principio del juicio, él se había mostrado tan confiado como de costumbre.

—Relájate. No le va a pasar nada. Es la princesa. —Pero a medida que salían los testigos, su ánimo se había ido ensombreciendo y sus anillos palpitaban de un carmesí cada vez más y más intenso. Resultó que el juicio apenas era acerca de Lyriana. En lugar de eso, de lo que quería hablar todo el mundo era de la política de la situación. El Inquisidor Harkness habló en tono sombrío de agitación en el reino. De protestas en todas las provincias, sobre desigualdad e injusticia. Molari Vale, el comerciante más rico de la nación, dio un discurso grandilocuente acerca de la santidad de la ley de los Titanes y de cómo no se debía permitir a nadie violarla, princesa o no. El Capitán Welarus de la Guardia de la Ciudad habló del aumento en el número de Discípulos Harapientos, el culto antimagia originado en el propio Lightspire. E incluso la Archimatrona Marlena, cuya vida había salvado Lyriana, reclamó la necesidad de una condena justa e imparcial para preservar la imagen de la Hermandad a ojos del público.

Para cuando entró el rey Leopold en el círculo, no había ninguna duda de que el veredicto iba a ser malo.

—Mi hija, Lyriana Ellaria Volaris, ha pecado a ojos de los Titanes y ha roto el compromiso más profundo entre un mago y su orden —dijo, con voz algo temblorosa—. Aun así, lo hizo para proteger al reino y para salvar la vida de muchos de nuestros magos. Debe ser castigada y, de la misma forma, también debe ser recompensada.

—Respiró hondo. Pude ver cómo le temblaban las manos—. Lyriana no será ejecutada y no se la despojará de su título. Pero como maga apóstata, se le prohíbe unirse a otra orden o volver a hacer magia en toda su vida, so pena de muerte. Lyriana, hija mía... ya no eres una maga.

Para mí aquello no tenía sentido, pero Lyriana me lo había explicado esa noche en mi habitación, mientras lloraba entre mis brazos. Las tensiones entre plebeyos y magos eran muy grandes en Noveris, incluso cercanas al punto de ebullición. Los nobles, incluso los Volaris, estaban aterrados de que la rebelión de mi padre en Occidente pudiera ser la cerilla que hiciera estallar en llamas todo el reino. Castigar a Lyriana demostraría a la gente que los Volaris también tenían que cumplir las leyes; tener a una reina no maga podría pacificar a una generación. Era bueno para el reino. Para la paz.

Quizás esa lógica tenía sentido para los políticos, pero al ver a Lyriana ahora, al ver la tristeza en sus ojos mientras miraba a las Hermanas, a mí solo me parecía una sarta de patrañas. Lyriana había crecido con magia, la había usado toda su vida. Todo lo que hizo fue vengar a Jax y matar a Razz, posiblemente la peor persona del mundo. Si no hubiese sido por ella, los ejércitos de mi padre estarían ahora mismo en los Feudos Centrales, haciéndolos estallar *literalmente* en llamas. El rey debería haberla llamado heroína, no haberla despojado de su identidad.

—Eh —dije, interponiendo mi cuerpo entre sus ojos y las Hermanas—. Esta noche iré a la fiesta. Con Zell.

—¿De verdad? —dijo, mientras se secaba los ojos con el lateral de la mano.

—De verdad. —Y supongo que con eso me había comprometido, al menos, a velar por ella—. Y ahora date prisa. Vamos a llegar tardísimo a clase.

TRES

Al final resultó que la clase de Historia no era interesante en absoluto. Se redujo a estar sentados en el aula redonda, apretujados en los incómodos bancos de madera, mientras un profesor con voz temblorosa se enrollaba sin fin acerca de la conquista de las Tierras del Sur. Aprender cosas sobre la guerra era más o menos lo único que me había gustado de mis clases en el castillo de Waverly, pero resultó que todas y cada una de la clases de Historia en Lightspire tenían exactamente el mismo patrón: los Volaris querían conquistar Algún Sitio; Algún Sitio tenía unas defensas espectaculares que todo el mundo pensaba que eran infranqueables; sí, vale, pero los magos eran mejores. Lo peor de lo peor habían sido las clases sobre la Gran Guerra, que no habían hecho más que hablar una y otra vez de la total superioridad de los ejércitos de Lightspire, la patética debilidad de los rebeldes de Occidente y todo un puñado de barbaridades acerca de la «inferioridad inherente» del liderazgo de Occidente. Me había costado hasta el último ápice de fuerza de voluntad no levantarme y gritar: «Entonces, ¿por qué tardasteis tanto en vencernos, mamones?»

Hoy no era tan malo, ni de lejos, pero mucho más aburrido. No tardé nada en desconectar de la clase y dejar que mis ojos pasearan por el círculo de estudiantes. Lyriana estaba sentada a mi lado, anotando hasta la última palabra que decía el profesor como si fuese un decreto de los cielos. En realidad, era casi la única que lo hacía; las dos chicas que tenía al otro lado estaban cuchicheando entre sí, otra estaba dormida, y el tío que tenía delante estaba dibujando lo que parecía un oso con enormes pechos y un sable. En el otro extremo de la sala, enfrente de mí, en la ultimísima fila, había tres tíos que ni siquiera se molestaban en fingir que prestaban atención. Hablaban sin cortarse un pelo, soltaban grandes carcajadas, y uno incluso se levantó para ir a coger un gran pedazo de pan que compartió con sus amigos. Reconocí al tipo del medio, el del pelo recogido en relucientes trenzas con cuentas: Darryn Vale, hijo de Molari Vale, el hombre más rico de Lightspire. No me sorprendía que el profesor no se atreviera a mandarle callar.

Por suerte, el reloj de la Espada de los Dioses enseguida dio las doce y se terminó la clase. Lyriana quería irse a leer (que estoy casi segura que significaba ir a «echar una cabezadita»), lo cual me vino muy bien porque tenía la tarde libre y había alguien a quien quería ver. Pero primero, tenía que hacer un recadito rápido.

El Nido de los Susurros era una de las zonas más ajetreadas de la Universidad, un edificio redondo de ladrillo justo al borde del campus. Era una de las estructuras más modernas del lugar, con una reluciente fachada roja y ventanas semitransparentes. Dos enormes cilindros de alambre sobresalían de su tejado plano y se oía movimiento en ellos cuando los Susurros entraban y salían volando, el cielo en lo alto iluminado por estelas plateadas cuando pasaban como una exhalación. En el interior, un largo mostrador de madera dividía la habitación por la mitad. A un lado había estudiantes y profesores, que esperaban en largas filas para recoger su correo. Al otro estaban los trabajadores del Nido, cada uno con su propia ventanilla, afanados en rebuscar entre los sobres y entregar las cartas.

Allá en Occidente, los Susurros eran escasos y caros, empleados solo por los lores más poderosos para entregar mensajes de gran importancia. El único tipo que había visto jamás eran los Habladores, diminutos búhos relucientes con ojos como galaxias que eran capaces de recordar tus palabras exactas y repetírselas a quien quisieras. Los Habladores eran caros, incluso aquí, pero el estudiante medio podía permitirse un Portador, pequeños faisanes redondos con garras enormes, esculpidos por la Hermandad de Lo para transportar cartas y pergaminos.

Escudriñé las ventanillas de los trabajadores y sonreí cuando encontré un rostro familiar. Marlo Todarian era, sin lugar a dudas, mi trabajador favorito del campus. Un chico bajito y regordete de unos veinticinco años. Tenía el pelo negro y rizado de los oriundos de los Feudos Centrales, la piel color bronce de los nativos de las Tierras del Sur y los centelleantes ojos verdes que solo encontrabas en Occidente. Solía llevar grandes collares de madera, pendientes de perlas y, a veces, me vendía pasteles de carne que preparaba su novio. Una vez le pregunté de dónde era y me contestó encogiéndose de hombros que era un verdadero noveriano, porque tenía un poco de cada parte del reino.

—¡Tilla! ¡Mi occidental favorita! —exclamó con una sonrisa radiante cuando me acerqué a su ventana.

—Soy la única occidental que conoces —le contesté, devolviéndole la sonrisa—. ¿Hay correo para mí?

Dio media vuelta, sus dedos rebuscaron con una precisión asombrosa por las enormes estanterías que tenía a la espalda.

—Solo una carta —dijo, y sacó un pequeño cuadrado de papel—. Parece un folleto de la Boutique de Madame Coravant invitándote a comprar en su tienda un vestido para el Día de la Ascensión.

Solté un gemido de frustración. Si me veía obligada a ir a ese baile de máscaras, al menos obligaría a Lyriana a comprarme el modelito.

—Bah, tíralo, ¿quieres?

—Un placer. —Marlo lo lanzó por encima del hombro y el folleto dibujó un arco perfecto hasta una papelera—. ¿Puedo ayudarte en algo más?

Me apoyé contra la ventana, mi voz apenas más que un susurro.

—¿Alguna noticia de Occidente?

Como trabajador del Nido de Susurros, era obvio que Marlo tenía terminantemente prohibido leer el correo de nadie. Pero aun así, estaba al día de todo lo que sucedía en el reino, o al menos cualquier cosa lo bastante importante como para pasar por sus manos. Desde que había entablado amistad con él, había sido mi mejor fuente de información acerca de lo que estaba sucediendo en mi provincia natal, lo cual era muy útil, puesto que los periódicos de la ciudad solo publicaban historias del tipo: «¡El glorioso ejército de Lightspire triunfa de nuevo!» Marlo me había contado lo de los refuerzos que el rey había enviado, lo de las batallas brutales que habían tenido lugar en las estribaciones de las Montañas Frostkiss, lo de la lenta marcha sin cuartel de las fuerzas de Lightspire. Le preguntaba porque *tenía* que preguntar, porque *tenía* que saber, aun cuando me estaba preparando para lo inevitable, para el día en que me dijera que Lord Kent había sido derrotado, que mi padre estaba muerto.

Sin embargo, hoy Marlo se limitó a encogerse de hombros.

—Nada nuevo, me temo.

Parpadeé.

—¿Eh? ¿Qué quieres decir con nada nuevo? ¿Cómo es posible?

—Bueno, yo... —empezó, pero antes de que pudiese terminar, un alumno corpulento de espesa cabellera y grandes patillas me apartó de un empujón.

—¡Eh! ¡Trabajador! —dijo a voz en grito—. Te pagan para repartir el correo, no para charlar. —Cruzó los brazos delante del pecho, sus brazaletes dorados tintinearon. Tenía un grueso anillo en cada dedo índice, sus gemas refulgían de un marrón opaco—. ¿Tienes alguna carta para Tevus Tane?

Los labios de Marlo esbozaron una sonrisa educada.

—Mis más sinceras disculpas, señor. Un momento, por favor. —Dio media vuelta y volvió a rebuscar en las estanterías. Regresó con un grueso sobre amarillento—. Aquí tiene.

El estudiante se lo arrancó de las manos con el ceño aún fruncido.

—Espero que no pensaras que te iba a dar una propina —dijo, y se alejó de malos modos.

Marlo soltó un suspiro de cansancio y alargué el brazo por encima del mostrador para darle una palmadita en el hombro.

—Creo que mi compañera de habitación se enrolló con ese tío —le comenté—. Bueno, lo intentó, porque entonces él se emborrachó y acabó llorando porque su madre no le quería.

Marlo se rio entre dientes.

—Y por eso eres mi alumna favorita, Tilla. —Metió la mano debajo del mostrador y sacó un hojaldre de carne, envuelto en fino papel de seda—. Toma. Garrus lo ha hecho esta mañana. Invita la casa.

Normalmente, costaría cinco rojos, esos papeles a rayas con una imagen del rey, pero no pensaba rechazar un hojaldre gratis. Me lo llevé a la nariz, aspiré el olor de la rica costra con hierbas, la sabrosa carne especiada.

—Huele fenomenal...

—Desde luego que sí. —Marlo sonrió—. Escucha, si quieres, Garrus y yo solemos ir a una taberna en Rooksbin, La Oca Loca. Si vas por ahí, estoy seguro de que te enseñará a hacerlos...

Si no supiese que a Marlo le gustaban los hombres, hubiese pensado que me estaba tirando los tejos.

—Veré si estoy libre —dije, aunque tenía mis dudas. Rooksbin estaba al otro lado de la ciudad y tenía bastante mala reputación. Además, Lyriana había intentado enseñarme a cocinar una vez y le prendí fuego a la cocina de la residencia; no me apetecía demasiado repetir *esa* experiencia.

—Claro —dijo Marlo, y sus ojos me dijeron que sabía que no iría—. Lo digo en serio. Si alguna vez necesitas un amigo, pásate por ahí.

—Gracias, Marlo. Eres el mejor. —Me guardé el hojaldre en la bolsa y me dirigí a la salida, a través de la alta puerta arqueada en la valla de hierro que rodeaba la Universidad. Lightspire era una ciudad de vallas y muros, anillos dentro de anillos dentro de anillos, y vivir en ella significaba pasarse todo el tiempo aprendiendo a orientarse no solo por el laberinto de calles sino por las varias puertas y pasadizos, saber a qué Círculos tenías acceso con tu pasaporte y de cuáles quedabas excluido. La Espada de los Dioses estaba en el centro, enorme y reluciente, hogar de la familia real y sede de la Corte. Alrededor de la Espada de los Dioses estaba el Círculo Dorado, que contenía propiedades fastuosas, lujosos jardines y mercados de gama alta. Más allá de la muralla de piedra que rodeaba el Círculo Dorado estaba el Círculo de Hierro, tres veces más grande, con barrios de una calidad que iba de aceptable a genuinamente inseguros. Luego venían las murallas de la ciudad propiamente dichas, tan imponentes que bloqueaban los rayos de sol a partir de las cinco de la tarde. Y fuera de ellas estaba el Círculo Oxidado y el mundo más allá.

La Universidad estaba situada cerca del borde del Círculo Dorado; de hecho, sus edificios más lejanos se apoyaban contra la muralla del Círculo. Salí por la verja, donde el aburrido centinela ni siquiera se molestó en comprobar mi pasaporte; a nadie la importaba quién abandonaba el Círculo Dorado, solo quién entraba. Mi destino era el Cuartel de la Guardia de la Ciudad, una estructura anodina de piedra a unos quince minutos a pie, justo lo bastante cerca como para que no mereciera la pena tomar un carruaje.

Durante mis primeras semanas en Lightspire, no hacía más que perderme, y tenía que molestar a los transeúntes para pedirles indicaciones, pero ahora conocía el camino bastante bien, al menos en lo que respectaba a esa zona de la ciudad. Es bochornoso lo mucho que me enorgullecía de eso. Orientarme en el laberinto de las calles, colarme por los callejones, que un vendedor callejero me saludara al pasar como si fuese una clienta regular... me hacía sentir segura de mí misma y cosmopolita, como alguien local, como si perteneciera ahí o, al menos, como si quizás algún día pudiese llegar a pertenecer a ese lugar. La mayor parte de la ciudad, sin embargo, todavía me resultaba desconocida, una gigantesca extensión de barrios extraños y enrevesados caminos, pero ¿este pequeño tramo de seis manzanas desde la Universidad hasta el Cuartel? Esto era *mío*.

Por eso me fijé en el mendigo de inmediato. Estaba en un callejón que solía usar como atajo, tirado en el suelo contra una pared de ladrillos pardos. Era viejo, de unos sesenta años quizás, la cabeza calva, las facciones hundidas y arrugadas, la ropa poco más que unos andrajos harapientos que dejaban a la vista unas escuálidas y raquíticas costillas por debajo. Le miré, sorprendida, porque nunca veías mendigos tan cerca del Círculo Dorado.

—¿Señorita? —me llamó, estirando el cuello hacia mí. Visto de frente, tenía un aspecto aún más demacrado; su ojo izquierdo no era más que una cuenca vacía y estiraba hacia los transeúntes una mano huesuda y temblorosa—. Por favor... tengo mucho frío y hambre... ¿No le daría una monedita a un viejo hambriento?

—Yo... yo... —tartamudeé, mucho más atribulada de lo que debiera. Por los infiernos helados, ¿qué demonios me pasaba? Era un viejo hambriento y yo estaba forrada. Por supuesto que podía ayudarle—. Claro. Solo deme un segundo.

Abrí mi bolsa, rebusqué entre el montón de libros para encontrar mi monedero y, mientras lo hacía, el mendigo se inclinó hacia atrás con una sonrisa.

—Gracias, señorita. Me ha salvado la vida.

—Claro —dije. Levanté la vista hacia él y me quedé helada. Si antes había estado sorprendida, ahora me había quedado patidifusa. Al echarse hacia atrás, la camisa del hombre se había movido y había dejado al descubierto su hombro izquierdo. Allí, sobre la piel curtida, había un tatuaje, su tinta negra descolorida pero aún discernible: el anillo de un mago, pero en lugar de una gema reluciente, en el centro solo había una calavera de cuencas vacías. Ya había visto ese símbolo antes, por supuesto, porque era inevitable: en los periódicos, en las clases y, sobre todo, en los pósteres de «Se busca». El emblema de los Discípulos Harapientos.

Ese hombre, ese mendigo de aspecto inofensivo, era un sectario. Y no un sectario cualquiera, sino un miembro de la secta más peligrosa y fuera de la ley de la ciudad, un grupo del que solo se hablaba en susurros callados, un grupo tan prohibido que la pena por pertenecer a él era la muerte. Los Discípulos Harapientos no solo cuestionaban la política de los sacerdotes de Lightspire, como hacían los occidentales, o adoraban a los Titanes con sus propios rituales, como hacían los herejes de las Tierras del Sur; rechazaban por completo la religión del reino. El dogma central de la fe en los Titanes era el Mandato Celestial, la creencia de que los Titanes habían Ascendido a los cielos y habían bendecido deliberadamente a la ciudad de Lightspire con el don de la magia, para que sus gentes gobernasen el continente y llevaran a la humanidad a la grandeza. Pero los Discípulos Harapientos decían que ese mandato era una falacia. Su líder, una misteriosa figura llamada la Sacerdotisa Gris, predicaba que los Titanes nunca habían pretendido que los hombres tuviesen magia, que se la habían confiado a los Volaris para que la guardaran, no para que la robaran para sí mismos; predicaba que los magos eran inmorales, que los Volaris tendrían que enfrentarse al castigo divino.

Y los Discípulos Harapientos no solo creían esto de manera pasiva. Actuaban en consecuencia. Los miembros de la secta destrozaban estatuas de magos y quemaban templos, robaban caravanas de religiosos y saqueaban los santuarios. Hacía un mes le habían prendido fuego a un barco de peregrinos en el puerto, obligando a todos los que estaban a bordo a huir mientras se hundía. No habían matado a nadie, aún no, pero la mayoría de la gente en el Círculo Dorado creía que solo era cuestión de tiempo.

Por lo que tenía entendido, era el único grupo del reino más odiado que los occidentales.

Sentí esa inquietante sensación, esa que notas cuando sabes que alguien te está mirando. Eché un vistazo por encima del hombro y vi a un par de mujeres de la nobleza en la calle. Me miraban con suspicacia. De repente me di cuenta de lo sospechoso que parecía aquello: una chica de Occidente agachada en un callejón, a punto de ofrecerle dinero a un mendigo con un tatuaje de los Discípulos Harapientos. ¿Informarían de que me habían visto hablando con él, dándole dinero? ¿Dudarían por un solo segundo de que estaba en connivencia con él? ¿O simplemente serviría esto para confirmar lo que ellas, lo que todo el mundo, creía en secreto: que yo era la hija de un traidor, que estaba tramando algo contra ellos, que nunca jamás podría ser leal? ¿Me mirarían a *mí* del modo en que yo le estaba mirando a él?

—¿Señorita? —preguntó, la voz temblorosa, y en ese segundo el tatuaje apenas importaba; era solo un anciano, enfermo, débil, hambriento. Un anciano que necesitaba ayuda.

Pero aun así, cerré la bolsa y me aparté de golpe. Reemprendí mi camino por el callejón, me alejé de él mientras me llamaba con tono confundido. Las mujeres asintieron, quizás incluso un poco satisfechas de ver que no le había ayudado. Eso debía de haberme cabreado. *Sí* que me cabreaba. Pero cerré los ojos y seguí andando. No estaba en Lightspire para alimentar a los mendigos o resolver injusticias. No era una rebelde o una activista. Era solo una chica que intentaba vivir su vida lo más silenciosa y pacíficamente posible, una chica que mantenía la cabeza gacha, que hacía elecciones inteligentes, que hacía la elección segura. Esa es quien *tenía* que ser.

Unos minutos más tarde, estaba tres manzanas más allá y me acercaba a la voluminosa fachada del Cuartel. El centinela de la garita levantó la vista para comprobar mi pasaporte, pero solo como formalidad. Me conocía muy bien.

—Tu chico está en el patio —dijo, señalando con el pulgar por encima del hombro.

Al entrar, pude oír la voz de Zell y me escondí entre las sombras para verle trabajar. Zell estaba al borde del campo de entrenamiento delante de un maniquí de madera, observado por una pequeña hilera de reclutas jóvenes. No reconocí a cuatro de ellos, pero el de la derecha, el de la cara barbilampiña y grandes ojos dulces, era Jonah Welarus, el hijo quinceañero del Capitán y fan número uno de Zell. Los reclutas no llevaban camisa, sus torsos relucían de sudor, pero Zell llevaba el uniforme completo. La ceñida camisa de seda azul abrazaba su cuerpo, los dos botones de arriba desabrochados de modo que se le abría en la zona del cuello. Sus pantalones oscuros iban remetidos en unas altas botas de cuero que le llegaban justo por debajo de las rodillas. No llevaba guantes, ahí no, así que las hojas de vidrio nocturno de sus nudillos centelleaban amenazadoras a la luz. Llevaba el pelo muy corto, del corto reglamentario de la Guardia de la Ciudad, afeitado casi al cero por los lados, con una estrecha línea negra azabache en la parte superior. Una funda anodina colgaba de su cinturón, pero vacía. La espada, de hoja plana y curva, estaba en sus manos.

Los cinco jóvenes observaban extasiados los movimientos de Zell delante de ellos. Les estaba enseñando el *khel zhan*, su fluido estilo de lucha zitochi. Se movía con elegancia, con suavidad, como si estuviese bailando sobre la punta de los pies. Se acercaba y se alejaba del maniquí de entrenamiento con infinita paciencia y precisión. Sostenía la espada en alto delante de él, su superficie pulida brillaba con intensidad. Entonces, de repente, atacó: se puso en cuclillas y luego saltó y se volvió a agachar, su espada dio una cegadora serie de tajos horizontales, cortando por el aire tan deprisa que todo lo que se veía era un brillante borrón metálico. Columpió la espada, una vez, dos, tres veces, luego giró en redondo y se puso en pie, envainando la espada en su cadera con una rápida floritura.

Detrás de él, el maniquí se tambaleó. Se le cayó el brazo izquierdo. Luego el derecho. A continuación, la cabeza cayó de su cuello de madera perfectamente cortado y rodó por el suelo.

Los otros reclutas observaban pasmados, y Jonah Welarus incluso empezó a aplaudir.

—Parece difícil, pero una vez que tu cuerpo encuentra el ritmo del *khel zhan*, hacer eso no cuesta ningún esfuerzo —explicó Zell, usando la voz suave, formal, de pronunciación precisa, que adoptaba cuando estaba trabajando—. Practicad los pasos básicos hoy. Diez series de juego de pies, diez series de bloqueo a estocada. Seguiremos mañana.

Los jóvenes asintieron. Zell dio media vuelta limpiándose el sudor de la frente con el dorso de la mano, y de repente me vio. Las comisuras de sus labios esbozaron una pequeña sonrisa y me derretí por dentro, como hacía siempre.

Incluso después de que el rey hubiese decidido dejar que me quedara como pupila en la Universidad, no había tenido ni idea de lo que hacer con Zell. Los occidentales eran poco frecuentes en Lightspire, pero los zitochis eran inauditos, así que no había ninguna comunidad a la que pudiera unirse. La Universidad estaba descartada; no le admitirían, y lo último que quería Zell era pasarse el día sentado en un aula sofocante. Fue Lyriana la que encontró colocación para él. No hacía más que hablar de las increíbles habilidades de lucha de Zell, así que el Capitán de la Guardia de la Ciudad, Balen Welarus, le había pedido que las demostrara en un enfrentamiento con sus tres mejores guardias. Después de que Zell les pateara el culo sin ningún esfuerzo, el Capitán Welarus le había ofrecido un trato: Zell podía alojarse en el Cuartel y trabajar para la Guardia de la Ciudad y, a cambio, enseñaría a los otros reclutas el *khel zhan*.

Me daba la impresión de que era la mejor salida posible. Zell tenía un sitio en donde dormir y un trabajo en el que podía aprovechar sus habilidades mientras seguía estando, en gran medida, seguro y libre.

Y el uniforme le quedaba bien.

Le quedaba... muy, muy bien.

Cruzó el campo polvoriento hacia mí, sus ojos oscuros clavados en los míos.

—Tilla —dijo. Con nadie por ahí cerca, hablaba con su propia voz, más baja y ronca, su acento zitochi claro y sin enmascarar—. No te esperaba tan pronto.

—Pensé que podía darte una sorpresa. —Metí la mano en la bolsa y saqué el hojaldre—. Marlo te envía saludos.

Zell cogió el hojaldre y, al inclinarse hacia mí, me besó. Un beso profundo y apasionado. Se me aceleró el corazón y deslicé los brazos a su alrededor y le abracé con fuerza. ¿Cómo podía seguir gustándome tanto aquello, todas y cada una de las veces? Nos quedamos ahí al menos un minuto, entrelazados. Luego Zell se apartó un poco.

—¿Ese es ahora el precio estándar de un hojaldre? —pregunté—. ¿Un beso?

—Un beso realmente bueno —aclaró Zell.

Sonreí de oreja a oreja.

—¿Sigues libre esta noche?

—No tengo turno de noche hasta dentro de tres días. —Sonrió y se metió el pastelito en la boca—. ¿Sigue en pie nuestra cita aquí para practicar?

Mierda. ¡Mierda! Sabía que se me estaba olvidando algo. Hacía unos días, le había prometido a Zell que en nuestra siguiente noche juntos iría al Cuartel a continuar mi entrenamiento de *khel zhan*. Y me había olvidado por completo de esa promesa cuando acepté ir a esa fiesta. ¡Mierda!

¿Lo peor? Que esta ni siquiera era la primera vez. Ya le había dejado plantado la última ocasión en que acordamos practicar (tenía que estudiar para un examen de Matemáticas) y la vez anterior a esa (con resaca después de haber salido con Markiska). No es que no quisiese practicar mi *khel zhan*. Era solo que... en realidad ya no parecía tan importante. Cuando estábamos ahí fuera, en los bosques, perseguidos por Razz y sus mercenarios, aprender a defenderme había parecido algo así como la cosa más vital del mundo. Pero aquí, en la ciudad, rodeada de guardias y murallas y magos...

Todavía quería aprender a luchar. De verdad. Pero lo quería en teoría, del modo que quería dormir bien y seguir una dieta equilibrada, de la forma en que quieres algo que en realidad no te vas a molestar en conseguir. Y para ser realmente sincera, lo quería sobre todo por lo mucho que Zell quería enseñarme.

Leyó mi silencio como si fuese un libro abierto.

—Has hecho otros planes.

—Lo siento. —Hice una mueca—. De verdad, lo siento muchísimo.

Un destello de desilusión cruzó su rostro.

—No pasa nada. ¿Cuáles son tus otros planes?

—Bueno. Uhm. Verás. —Hacía un rato, estaba impaciente por pedirle que viniera conmigo, pero ahora solo me sentía como una gran cretina—. Darryn Vale da una gran fiesta, y bueno, pensé que podríamos ir...

—¿Una fiesta? —preguntó Zell, y algo en su expresión cambió al instante. De pronto, ya no era ese nuevo Zell, el encantador Guardia de la Ciudad que me recibía con besos. Era el viejo Zell, el de nuestro viaje, el que había perdido a Kalia, el de la tempestad de dolor e ira atrapada detrás de su fría fachada. Era el Zell del que me había enamorado, y al mismo tiempo era el Zell que me preocupaba. A este Zell no podía descifrarle, ni comprenderle; solo podía intentar adivinar lo que estaba pensando a partir de las más mínimas pistas, como un investigador cuando intenta imaginar cómo era un castillo a partir de sus ruinas.

—Zell, lo siento mucho —balbuceé—. No tenemos que ir. Ni siquiera pensaba ir, pero Markiska y Lyriana no hacían más que insistir en que fuera y dijeron que podías venir y solo pensé... no sé, podría ser divertido, pero no tenemos que ir si no quieres. Podemos practicar toda la tarde y...

Zell me interrumpió con un beso, y entonces había vuelto, el nuevo Zell, el que sonreía.

—Iremos a tu fiesta —dijo—. He oído hablar de los Vale. Según el intendente general del Cuartel, tienen una colección inmensa de armas que se remonta a la edad

74

de los Titanes ¿Crees que podremos escabullirnos para echarles un vistazo?

Sonreí.

—Bueno, depende. ¿Cómo te sientes acerca de besarme delante de un puñado de espadas y lanzas?

—Sorprendentemente interesado.

—Ese es mi chico. —Le besé de nuevo—. ¿Quedamos en la puerta de los Nobles a las seis? Pediré un carruaje para nosotros.

—¡Zell! —gritó una voz ronca desde el otro lado del patio. Balen Welarus, el jefe de Zell, el Capitán de la Guardia de la Ciudad. No sé de dónde había sacado su hijo ese aspecto tan dulce, porque desde luego no era de su padre, un hombre corpulento con una cara ancha y rubicunda, pelo desgreñado y un aliento que siempre apestaba un pelín a licor.

—¡Capitán! —Zell se cuadró en un saludo seco.

El Capitán Welarus me miró con el ceño fruncido, como si fuese un perro sarnoso que se estuviese paseando por su prístino suelo de mármol.

—Estás de servicio, zitochi. Eso significa entrenar a esos reclutas, no charlar con tu amiguita.

No me gustaba que hablasen de mí en ese tono, y no me gustaba *nada* la forma en que escupió la palabra *zitochi*, pero era difícil sentirse ofendido por un hombre cuyo rostro tenía el aspecto de un tomate enfadado.

—¡A la orden, Capitán! —ladró Zell—. ¡Ahora mismo, Capitán! —Me miró y se encogió de hombros a modo de disculpa—. El deber me llama. ¿Te veo a las seis?

—Allí te veo.

Di media vuelta y emprendí el camino de regreso a la Universidad. Zell iba a ir a la fiesta, y eso estaba bien, pero ese momento que habíamos tenido me inquietaba. Ese segundo en el que su máscara parecía haberse caído para revelarme al verdadero Zell bajo ella. A lo largo de las últimas semanas habíamos tenido cada vez más momentos como ese. ¿Había algo que le inquietaba? ¿Qué era lo que no me estaba contando?

Sin pensarlo siquiera, volví a entrar en el callejón, el que había utilizado como atajo. Me quedé helada al darme cuenta de que tendría que lidiar con el mendigo otra vez. Pero ya no estaba, solo quedaba un trapo arrugado en donde había estado sentado. ¿Habría vuelto al Círculo de Hierro, consciente de que solo podía quedarse por ahí un rato antes de que alguien le denunciara? ¿O ya le habían detenido, arrastrado a alguna celda para ser interrogado, o lo que fuese que hacían con los sectarios? Recordé la confusión en su voz cuando pasé por su lado, la forma en que su mano había temblado, sus esqueléticas costillas huesudas. Sectario o no, había sido un anciano hambriento y yo le había ignorado. La vieja Tilla, la Tilla del castillo de Waverly, la chica testaruda que se escabullía por los túneles y no se andaba con chiquitas, le hubiese ayudado, y a la mierda las consecuencias. Pero esa Tilla no había pasado por lo que había pasado yo. Esa Tilla no había perdido lo que había perdido yo. Esa Tilla aún tenía a Ja...

Aparté ese pensamiento de mi mente, lo escondí en las oscuras profundidades de mi cabeza donde debía quedarse. No podía pensar en eso, no podía pensar en él, no podía volver a abrir esa herida otra vez. Ahí no, ahora no, así no. Sentí las rodillas débiles y la visión se me nubló por los bordes, y pude sentir cómo empezaba otra vez; el pánico, el terror, ese ataque de ansiedad devastador que podía reducirme en un momento a un despojo sollozante. No. No, no, no. Respiré hondo. Conté hasta diez. Pensé en los labios de Zell, en mi cama, en la fiesta, en ese feliz segundito en el que me había sentido confiada. Conté hasta diez de nuevo, esta vez hacia atrás, y de algún modo conseguí alejarme del borde, forzar a ese demonio a volver a su botella, encerrar ese dolor donde debía quedarse.

—Estoy bien —me dije—. Estoy bien.

Y casi me lo creí.

CUATRO

Llegué de vuelta a mi habitación de la residencia cuando el reloj de la Espada de los Dioses daba las dos, lo que me daba quizás diez minutos para llegar a mi clase de Poesía Clásica de Lightspire. Lo responsable hubiese sido ponerme en marcha de inmediato, así que en vez de eso me quité los zapatos y me dejé caer en la cama. Me hundí en el colchón mullido y blandito, y me dije que sería solo un minuto, pero incluso mientras lo hacía, sabía que era mentira. No había forma humana de que fuera a levantarme en al menos una hora.

—¿Un mal día? —preguntó una voz.

Estiré el cuello para ver a Markiska sentada en su silla, las piernas cruzadas con delicadeza. Tenía un libro en el regazo, una de esas delgadas novelas románticas de tapa blanda que importaba de Sparra.

Una vez había intentado leer una y tuve que dejarla después de diez páginas porque no paraba de sonrojarme.

—No ha sido maravilloso —admití, dividida entre mi deseo de que me dejaran en paz y mi deseo igual de intenso de que me consolaran—. Es solo... Es... no sé.

Markiska dejó el libro en la silla y cruzó la habitación para sentarse a mi lado al pie de la cama.

—Tilla, cariño —dijo, y estaba claro que íbamos por el camino del consuelo—. ¿Qué pasa?

Solté un suspiro.

—Es solo que... Les estoy muy agradecida a los Volaris. Me han salvado de mi padre, me han dejado quedarme en su ciudad, me han dado esta vida y esta escuela y este futuro y todo eso.

Markiska arqueó una ceja.

—¿Pero...?

—Pero es agotador tener que fingir todo el rato —dije—. No hago más que sentir los ojos de todo el mundo fijados en mi espalda, esperando a que dé un paso en falso. Así que tengo que portarme bien y no llamar la atención y evitar generar suspicacias y es... es tan cansado. Sé que todo lo que hay en esta ciudad es mucho mejor que mi casa, pero... a veces echo de menos ser simplemente yo. —Rodé sobre el costado—. Lo siento. Sé que suena raro y egoísta. Es probable que te cueste entenderlo.

—¿Que me cuesta entenderlo? —Markiska se echó a reír—. Tilla, ¿crees que *quiero* ir a esa fiesta esta noche?

—¿Ah, no? —Parpadeé confusa. Quiero decir, no había hecho más que hablar de ella durante toda la semana.

—¡No! —exclamó, y juro que parecía que su voz era un poco más ronca, su acento un poco más marcado, como si por fin se estuviese quitando la máscara, o al menos levantándola un poco—. Oh, por los Titanes, no. Lo que quiero, más que nada en el mundo, es ponerme mi camisón más holgado y cómodo, abrir una botella de vino y tumbarme en la cama a leer novelas toda la noche.

—Entonces... ¿por qué vas?

—Porque tengo que hacerlo —dijo, como si fuese la cosa más obvia del mundo—. Molari Vale es el comerciante más poderoso de Lightspire, lo que le convierte en un competidor directo de mi padre. Esta fiesta no es solo una fiesta; es una reunión de la gente más influyente de la ciudad, los nobles y los comerciantes y los artistas, la gente que da forma y equilibrio al reino. Necesito estar ahí, mezclarme con ellos, reír, flirtear, cautivar a personas como Molari y ese patán de hijo suyo. Ese es mi propósito, Tillandra. Es la razón de que mi padre me enviara a este sitio.

Me senté, intrigada. Siempre había sabido que Markiska tenía un lado astuto, que había un elemento de artificio en ella, incluso conmigo. Pero nunca le había oído hablar de ello de un modo tan abierto.

—Así que eres... como... ¿una espía?

—No. Solo la hija más inteligente y más guapa del barón de Sparra, sirviendo con humildad a mi gente de la mejor forma que sé. —Estaba claro que se me estaba escapando algo, porque soltó un pequeño suspiro y sacudió la cabeza—. Piensa en ello de este modo. Imagina que eres un noble de Lightspire, un Lord inventado con un nombre rimbombante y una mansión aún más rimbombante. Estás planeando una nueva aventura empresarial y necesitas comprar tres carretas de sedas del Este. ¿Dónde las compras? Bueno, las sedas de Orles son las de mejor calidad. Y las sedas de Malthusia tienen el mejor precio. Lo más probable es que te decidas por la una o la otra... y entonces recuerdas a esa chica. La chica de Sparra a la que conociste en aquella fiesta. Guapa, con una risa radiante, la que flirteó contigo mientras compartíais una copa de vino, la chica en la que sigues pensando, sin cesar. La chica de tus sueños. —Ladeó la cabeza y, lo admito, en ese momento, se la veía realmente despampanante, una diosa—. Así que compras las sedas de Sparra. Y te sirves una copa y te dedicas a pensar en ella mientras tu mujer ronca a tu lado.

Me eché hacia atrás para apoyarme en la pared, escarmentada y un poco alucinada. ¿De verdad era así la vida de Markiska, lo que siempre rondaba por su cabeza? ¿Era todo ello, toda su persona, una farsa para representar a su baronía? A mí ya me costaba bastante mantener la apariencia de «occidental agradecida y leal»; no podía ni imaginar la presión de tener que ser siempre la perfecta representante de toda tu gente.

—¿Cómo lo haces? ¿Cómo consigues mantener las apariencias todo el tiempo sin perder la cabeza?

—Simplemente lo hago, supongo —dijo Markiska—. Es algo que aprendí hace mucho, de niña. Puedes quejarte de lo injusto que es y lamentarte de tu destino, o puedes abrazar la absurdidad. Convertirla en un juego. Disfrutar de ser joven y guapa y de que los nobles se lancen a tus pies, y luego reírte de sus estúpidas caras a sus espaldas.

—Eres mi heroína, ¿lo sabías?

Markiska se encogió de hombros.

—Algún día, seremos dos ancianitas ricas, sentadas juntas en una mansión al borde del mar, y nos beberemos todo el vino, acariciaremos todos los perros y recordaremos todo esto con una sonrisa. Hasta entonces, propongo que nos mantengamos unidas y le saquemos el mayor provecho posible a esta ciudad. —Entrelazó las manos y las estiró por encima de la cabeza—. Bueno, ¿nos preparamos para la fiesta?

—Aún quedan cuatro horas.

Esbozó una amplia sonrisa.

—Exactamente.

Llegamos a la puerta de los Nobles a las ocho, dos horas más tarde de lo que le había dicho a Zell. Pero seguía ahí esperándonos, y me recibió con una sonrisa cuando nos detuvimos a su lado, como si llegáramos de lo más puntuales. Esa era una cosa que de verdad me encantaba sobre él; hacer cola solo diez minutos era algo que me ponía de los nervios, pero Zell nunca parecía aburrirse, como si siempre tuviese algo interesante en lo que pensar y estuviese agradecido de disponer de algo de tiempo para hacerlo. Nos estaba esperando debajo de una farola adornada con una Luminaria, una lámpara Artificiada con una brillante llama azul bailando en su interior. Se me escapó una exclamación ahogada cuando levantó los ojos hacia nosotras. Se había cambiado el uniforme de calle por su atuendo formal, una chaqueta azul que le quedaba como un guante y abrazaba su cuerpo esbelto como una segunda piel, con un cuello tan alto que le llegaba justo por debajo de la mandíbula. Un elegante ribete dorado recorría los puños, justo por encima de los guantes negros de piel.

No estoy afirmando que fuese el tío más guapo del reino. Solo digo que era muy probable que así fuese.

—Que los Titanes se apiaden de nosotras. —Markiska silbó en el asiento de enfrente de mí, y a su lado, Lyriana se limitó a sonreír. Nuestro carruaje se detuvo al lado de Zell, que abrió la puerta y entró de un salto para instalarse en el asiento justo a mi lado.

—Lyriana —dijo, y añadió, con cierta vergüenza—, Markiska.

—Ey, Zell —dijo Markiska con voz arrulladora, y supe que le divertía lo incómodo que le hacía sentir. Iba vestida con su mejor traje de Sparra, un espectacular vestido rosa que parecía casi transparente a la luz, con una raja que subía por su pierna y le llegaba hasta la cadera, y un escote bajo y amplio que dejaba a la vista por lo menos el ochenta por ciento de sus generosos pechos. Su brazalete de perlas moradas centelleaba en su muñeca; nunca salía de casa sin él. Yo no era capaz ni de empezar a entender las complejidades de la cultura del maquillaje oriental, pero describiría el aspecto que tenía esa noche como «Caníbal Seductora», con labios rojo sangre, oscuras rayas bajo los ojos, purpurina morada y rosa en las mejillas y mechas de un rojo intenso en el pelo.

Yo iba mucho más sosa, aunque era imposible no sentirse sosa en un carruaje con Markiska y Lyriana. Me había puesto mi vestido más elegante, un precioso traje azul con rosas y vides doradas en flor bordadas a lo largo de la cintura y el bajo. Tenía la espalda abierta hasta más allá de la cintura, y el escote más bajo y descarado de lo que estaba acostumbrada. Para ser sincera, me sentía un poco expuesta, pero entonces vi la expresión de los ojos de Zell mientras me examinaba, esa chispa de deseo.

Oh, íbamos a hacer mucho más que besarnos esta noche.

Delante de nosotros, el cochero ladró unas cuantas órdenes y el carruaje se puso en marcha con una sacudida.

—Bueno —dijo Markiska—, Zell. Debes satisfacer mi curiosidad.

—¿Que debo…? —preguntó Zell.

—¿Es verdad lo que dicen de los hombres zitochis? —Pestañeó coqueta—. Ya sabes. En la cama.

Zell parpadeó.

—¿Qué es lo que dicen?

—¡Bueno, si os parece cambiamos de tema! —dije con una palmada—. ¡Lyriana! Por favor, háblanos de... cualquier cosa. De política. No me importa.

Lyriana me miró pasmada.

—¿*De verdad* quieres que hable de política?

—No. Por los Titanes, no. —Empecé a rebuscar entre las bandejas del carruaje—. Dime que hay algo de beber aquí dentro...

Diez minutos *para nada* incómodos más tarde, volvimos a parar. Me asomé por la ventana de rejilla y solté un silbido largo y lento. Estábamos en el extremo norte del Círculo Dorado, una amplia franja de lujosas propiedades. Algunas personas llamaban a este barrio la Gema, y otras lo llamaban Villa Malditos Ricos, pero en cualquier caso, era donde vivían las familias nobles más adineradas. Y pude ver claramente que los Vale eran los más adinerados de todos.

Las verjas que teníamos delante estaban fabricadas en acero rielante, brillaban iridiscentes incluso a la tenue luz de la luna. Unos gruesos muros de piedra ocultaban a la vista la propiedad que había al otro lado, pero a través de los barrotes pude ver lo suficiente: un lujoso jardín iluminado por Luminarias giratorias, una enorme fuente adornada con estatuas, y una mansión palaciega del tamaño de un pequeño castillo. Un guardia privado, vestido con una ostentosa camisa con chorreras y zapatos de hebillas absurdamente grandes, daba la bienvenida a cada carruaje y comprobaba que sus ocupantes estaban en la lista de invitados. Di por supuesto que nos dejarían pasar sin echarnos ni un vistazo porque, ya sabes, íbamos con la princesa, pero cuando paramos a su lado, nos inspeccionó igual que a todos los demás, incluso hasta el punto de solicitar el pasaporte de Lyriana. De repente me vino a la mente una vieja adivinanza.

¿Quién es más poderoso que el hombre más poderoso?

El hombre que le paga.

Nuestro carruaje aparcó dentro y desembarcamos. Le eché mi primer buen vistazo al lugar y, por todos los Titanes, si la fiesta tenía buena pinta desde fuera, era absolutamente increíble una vez dentro. El jardín estaba lleno de invitados reunidos en pequeños grupos; reían y flirteaban y bebían yarvo de elegantes copas doradas. Una banda entera, veinticinco músicos con todo tipo de instrumentos, tocaba una canción preciosa en un escenario en alto. Alrededor del escenario había seis Doncellas de Alleja, las caras pintadas de blanco, sus ojos brillando morados. Levantaban sus manos anilladas hacia el cielo y las hacían girar en patrones delicados, mientras por encima de sus cabezas, docenas de orbes azules y blancos y rojos danzaban al ritmo de la música. Varios keflings, criaturas creadas mediante magia para permanecer eternamente como pequeños gatitos de pelo rosa luminiscente y ojos enormes, paseaban por el jardín; saltaban para atrapar las capas ondeantes y ronroneaban cuando los invitados los acariciaban. Sirvientes con atuendos deslumbrantes zigzagueaban entre los invitados con bandejas de plata llenas de chisporroteantes tiras de carne y migas sazonadas de queso especiado y algún tipo de gelatina reluciente en una hoja que no me atreví a preguntar qué era.

—Uau —susurré. Quiero decir, ya había estado en algunas fiestas en Lightspire, pero esas habían sido más modestas, quedadas de madrugada en el Observatorio o un puñado de gente que se retaba con juegos de beber en la taberna del campus. Pero esto, esto era un exceso en toda regla. Hacía que las masivas fiestas de mi padre en el Gran Salón parecieran cutres fiestuchas en las Dependencias de Servicio.

¿Sinceramente? Me hacía sentir un poco incómoda. Podía soportar los vestidos y la Universidad y lo de ir en carruaje. Sin embargo, esto... esto era demasiado.

Pero no quería que se me notara. No delante de Lyriana y Markiska, que parecían entusiasmadas, y desde luego tampoco delante de Zell, que parecía prestado a empalarse con las cuchillas de sus propios nudillos. Forcé una sonrisa lo mejor que pude y le cogí de la mano.

—Es increíble, ¿verdad?

Su rostro era un duro bloque de piedra.

—Algo así —dijo en voz baja—. Si alguna vez volviera a casa, si alguna vez les contara todo esto, no me creería nadie.

—No hay nada en el mundo como esto —dijo Markiska—. ¡Venid! ¡Tenéis que ver la pajarera!

—Espera, primero... —Lyriana le hizo un gesto a un sirviente que pasaba por ahí—. ¿Bebidas? Bebidas. —El criado era un hombre mayor de los Feudos Centrales, uno que parecía haber pasado más años de los debidos en los oxidados suburbios del Círculo de Hierro. Su rostro estaba surcado por profundas arrugas, sus ojos cansados e inyectados en sangre. Llevaba el mismo atuendo ridículo de todos los demás sirvientes, con la camisola de chorreras y los leotardos morados. Corrió a nuestro encuentro al ver el gesto de Lyriana, su cabeza agachada con humildad, y habló con voz ronca y humilde.

—Majestad. Estimados invitados. ¿En qué puedo servirles?

—Nos gustaría pedir unas bebidas, por favor —dijo Lyriana.

—Y algo de comer —añadió Markiska—. Ostras. Mataría por una ostra.

—Es mi mayor placer servirles. —Metió la mano en el bolsillo para sacar una toalla doblada y caliente—. ¿Puedo tener el honor de lavarles las manos?

¿Esto era normal? Supongo que sí que lo era. Lyriana estiró sus manos con delicadeza y el sirviente se las masajeó con la toalla húmeda. Lyriana le dio las gracias con una leve genuflexión, pero cuando el hombre se volvió hacia Zell con la misma oferta, Zell se quedó mirando la toalla con ojos incrédulos.

—No. No, gracias.

—¿El caballero rechaza un lavado de manos? —preguntó el sirviente, confuso, como si fuese un guion para el que le faltaba una buena respuesta—. Espero no haberle ofendido.

—No —dijo Zell—. No lo ha hecho. Es solo... que no necesito que alguien me lave las manos. Puedo lavármelas yo solito. Todo esto resulta muy extraño.

Hice una mueca. Tenía razón, pero no era el tipo de cosa que podías decir así sin más, en voz alta.

El sirviente parpadeó y no pude discernir del todo su expresión, una especie de mezcla de honesta indignación y respetuosa supervivencia.

—Mis más sinceras disculpas por hacerle sentir incómodo —dijo.

—No se disculpe —contestó Zell, y ahora era él el que sonaba desconcertado—. No ha hecho nada mal. Es esta situación la que está mal.

Unas cuantas cabezas se giraron en nuestra dirección. La ansiedad se retorció como un nudo en mi estómago. Zell era mi novio, lo que significaba que realmente debería ponerme de su lado. Pero al mismo tiempo, esto parecía una verdadera nimiedad como para montar un drama, y no se me ocurría ningún modo en el que hacer de esto algo aún más grande pudiese acabar mejor.

Era obvio que Markiska era de la misma opinión.

—Zell, cielo, quizás estés exagerando un poco —dijo. Su cara sonreía, pero su tono era cortante.

—No estoy exagerando —gruñó Zell en respuesta—. Solo estoy intentando...

Y por suerte fue interrumpido por una enorme campana que repicó desde el escenario de los músicos. Todas las cabezas se giraron en esa dirección, donde dos hombres, Darryn Vale y su padre, se estaban acercando al borde del estrado. El sirviente que teníamos delante se irguió de repente, como si acabara de recordar su lugar. Lyriana se inclinó hacia él.

—Yarvo. Cuatro vasos. Consiga una cosecha fuerte.

El hombre asintió y se alejó. Cogí a Zell de la mano y le di un apretoncito en un intento por calmarle, pero no me devolvió el apretón. Su rostro se veía duro, una máscara que reprimía su ira. ¿Por qué le había molestado tanto eso? ¿Qué le estaba pasando en realidad?

Antes de que pudiese preocuparme por lo mucho que me había equivocado al llevarle conmigo, se hizo el silencio entre el gentío. Darryn Vale se acercó a la parte de delante de la tarima. De acuerdo, supongo que era del montón: ojillos marrones y una cara redonda y suave que parecía no haber conocido un solo día duro. Lo que le faltaba en apariencia, lo compensaba con vistosidad: su pelo negro como el carbón le llegaba hasta los hombros en trenzas cuajadas de gemas centelleantes, y los botones de la túnica marrón a medida, que le quedaba como un guante, eran brillantes rubíes. La multitud que nos rodeaba estalló en aplausos al verle acercarse, y me encontré aplaudiendo con ellos, aunque solo fuese por encajar. Zell fue el único que se abstuvo de aplaudir, los brazos cruzados.

—Uau —exclamó Darryn. Se tambaleaba un poco al caminar, prueba de que había empezado la fiesta pronto. Las Doncellas de Alleja cerraron los ojos y alargaron las manos hacia delante, con los dedos corazón y anular levantados; así el sonido de la voz de Darryn llegaba sin esfuerzo a todos los rincones del jardín—. Es tan tan maravilloso ver a tanta gente aquí. No os voy a aburrir a todos con un discurso absurdo —dijo Darryn—, pero Casa Vale tiene algo bastante importante que anunciar. Así que... con todos vosotros, el hombre que ha hecho que todo esto sea posible... ¡mi padre!

Se produjo una gran ovación y Darryn, sonriente, dio unos pasos atrás cuando su padre avanzó por el escenario. Molari era un hombre grande, con espesa barba gris alrededor de unos gruesos mofletes y el pelo entrecano recortado con gran pulcritud. Hablaba con la cadencia fácil y atronadora de un hombre acostumbrado a dar discursos.

—Amigos, vecinos, rivales e invitados. Os doy la bienvenida a mi humilde morada. —Un murmullo de educada diversión se extendió entre el público. Molari sonrió, una sonrisa amplia y amistosa, pero su voz profunda adoptó un timbre grave—. La verdad... estos son momentos difíciles. Una banda de sectarios de baja cuna siembra el caos en nuestras calles, profana nuestros templos y aterroriza a nuestros honrados ciudadanos.

Muchos plebeyos, jóvenes y mayores, se están volviendo en contra de las piadosas costumbres que han guiado a nuestra civilización durante siglos. Se entregan a la blasfemia y el vicio. ¡Y toda una provincia entera de traidores ha decidido escupir a la cara de nuestro gran reino y declarar la guerra a nuestro modo de vida!

Un coro de abucheos enfadados resonó por el jardín, y yo clavé los ojos en mis pies con gran determinación. De repente me sentía muy, muy expuesta.

—En el pasado, un puño contundente hubiese aplastado las amenazas extranjeras —continuó Molari—. Pero ya no vivimos en esa época. Nuestros líderes se han vuelto blandos, débiles, cobardicas. Le han fallado a la gente de esta ciudad.

Otro murmullo de enfado recorrió la multitud, y este me hizo mirar a mi alrededor en genuina confusión. ¿Estaba esta gente... abucheando al rey? ¿Era ese un sentimiento común del que no era consciente? ¿O solo le estaban siguiendo la corriente porque la atmósfera animaba a ello? Por todos los demonios del infierno helado, ¿qué era lo que *creían* de verdad todos los presentes?

—En tiempos como estos, es importante que la gente de bien, los prósperos, los fuertes, se mantengan unidos —continuó Molari. Miré de reojo a Lyriana para ver cómo se estaba tomando todo aquello. Su expresión era impertérrita, impasible—. Hace mucho tiempo que la Baronía de Orles es amiga de Casa Vale. No solo compartimos negocios, sino que compartimos valores. Es un estado orgulloso, de gente leal, trabajadora y pía. —A mi lado, Markiska soltó un resoplido burlón; supongo que su máscara perfecta no incluía alabar a baronías rivales—. Y por esa razón, ha llegado el momento de unir nuestro dominio al suyo, de forjar una alianza que llegue desde los salones de esta gran casa hasta las preciosas ciudades de la orilla Este. —Sus dientes blancos centellearon cuando sonrió—. ¡Es un gran placer para mí anunciar el compromiso entre mi hijo, Darryn Vale, y Celeste D'Antonia, la baronesa de Orles!

La reacción del público fue genuina, vítores y exclamaciones de sorpresa a partes iguales. Aún era una total forastera, pero incluso yo sabía que esto era algo muy importante; nobles tan poderosos como los Vale no se casaban nunca fuera de la ciudad, y desde luego jamás lo hacían con alguien que no fuese un feudocentralita de pura cepa. Esto contravenía todas las normas sociales, normas que probablemente existían para mantener a raya a hombres como Molari. A mi lado, Markiska fruncía mucho el ceño y, tras sus ojos, pude ver cómo hacía cálculos. Orles era el mayor rival de Sparra en las baronías, y los Vale sus mayores competidores en la ciudad; una alianza entre los dos no podía ser buena.

Darryn Vale, por otra parte, parecía ajeno a todo ello.

—¡Así es, señoritas! ¡Estoy fuera del mercado! —Sonreía de oreja a oreja, con un pavoneo que sugería que no tenía ni la más mínima intención de estar fuera del mercado.

Molari ni siquiera prestó atención a su comentario.

—Os pido a todos que levantéis vuestras copas y brindéis conmigo, ¡por esta feliz unión y la prosperidad de nuestra gran gente! —Levantó su copa enjoyada hacia el cielo—. ¡Por los Titanes! ¡Por la gente! ¡Por Lightspire!

La multitud rugió y yo intenté hacer todo lo posible por volverme invisible. Desde luego, el hombre había dado un discurso de mil demonios, pero todo este asunto me había dejado muy, muy perturbada. Entre el vapuleo verbal a los occidentales, las críticas subrepticias al rey y la elevación de Orles (que en realidad solo me importaba por Markiska), toda esta fiesta empezaba a parecer decididamente hostil. Eché una miradita a los otros.

—A lo mejor… deberíamos irnos…

—No pasa nada —dijo Lyriana, y me dio la impresión de que se estaba convenciendo a sí misma tanto como a mí—. De verdad. Molari siempre le ha lanzado dardos envenenados a mi padre y nunca ha significado nada. Es solo la política de la ciudad.

—La *mala* política —intervino Markiska, y su mueca hostil desapareció, sustituida por su habitual semblante astuto y radiante—. Quiero decir, jamás creí que fuera a decir esto, pero de verdad que me apiado de Celeste de Orles. ¿Creéis que tiene alguna idea de lo que le espera? —Hizo un gesto con la cabeza hacia el escenario, donde Darryn, de algún modo, ya le estaba tirando los trastos a una chica—. Es imposible que ninguna alianza compense el tener que casarse con él.

—¡Exacto! —Lyriana sonrió, haciendo un esfuerzo, y se agachó para darme un apretoncito en la mano—. En serio, Tilla. Es solo un discurso. Después de unas cuantas copas, todo el mundo lo habrá olvidado y solo querrá bailar.

—Y no te preocupes por lo que ha dicho sobre los occidentales. No tiene nada que ver contigo ni con Zell —añadió Markiska—. Todo el mundo sabe que los dos sois bienvenidos aquí.

—Vale —dije, y deseé haber sonado más convincente. Pero mis ojos seguían analizando a todos los presentes, seguía preguntándome si simplemente debía coger a Zell e irnos, seguía preguntándome si alguna vez podríamos estar de verdad a salvo. *Todo el mundo sabe que los dos sois bienvenidos aquí.*

Excepto, aparentemente, nosotros.

CINCO

Tengo que darle la razón a Lyriana en esto: después de unas cuantas copas, todo el mundo pareció olvidarse del discurso. Incluida yo.

No estoy segura de cuánto tiempo pasó. ¿Una hora? ¿Dos? Algo así. Todo lo que sé es que me bebí una gigantesca copa de vino, me autoproclamé propietaria de la mesa de los postres y, de algún modo, logré convencer a Zell de que me diera unas vueltas por la pista de baile durante dos canciones enteras. Tenía la piel caliente y cosquillosa y la cabeza en ese estado perfecto de borrachera flotante, y de algún modo me encontré en un balcón del segundo piso de la mansión. Zell se había ido en busca de un cuarto de baño y me había dejado sola, así que me apoyé contra la baranda y contemplé la espectacular vista. La banda había vuelto al escenario y tocaba ahora un vals melódico, mientras sus doncellas hacían que deslumbrantes serpientes de luz giraran en torno a ellos. Por todas partes a su alrededor, los invitados estaban achispados y empezaban a ponerse juguetones; pude ver a cuatro parejas distintas muy acarameladas en la pista de baile, y a un trío de chicos que corrían por el laberinto de setos tras una chica que reía sin parar.

—Es la cumbre de la tradición piadosa —dijo una voz justo a mi lado.

Di un respingo, pero al ver quién era, sonreí.

—Ellarion.

Me devolvió la sonrisa. Llevaba meses sin verle, desde el juicio de Lyriana. Tenía veinte años, así que ya se había graduado de la Universidad y era, según los rumores, uno de los jóvenes magos más poderosos del todo el reino. Pasaba los días en la Espada de los Dioses, estudiando para convertirse en el siguiente Archimago, y las noches, haciendo... bueno, en realidad no quería saber lo que hacía durante la noche. Desde luego, daba la impresión de haberse amoldado bien otra vez a la vida de la ciudad: tenía el pelo asalvajado y desgreñado, abultado alrededor de la cabeza, y se había dejado crecer una perilla que enmarcaba sus labios. Sus ojos color rubí relucían incluso bajo la brillante luz de los faroles que colgaban a nuestro alrededor.

—No puedo decir que esperara verte aquí esta noche —dijo—. No aparentas ser una chica a la que le gusta bailar valses con un elegante vestido de fiesta.

—¿Y qué tipo de chica aparento ser?

—¿Copas con los sirvientes, burlas hacia los nobles, caer inconsciente sobre balas de heno?

—Eso ha sido bastante preciso.

Le hizo un gesto a un sirviente que pasaba por ahí pidiéndole otra copa y se giró para apoyar la espalda contra la barandilla.

—Y no ha sido ninguna crítica a tu vestido. Estás impresionante.

La primera vez que Ellarion se había puesto a flirtear conmigo me había sentido halagada, confusa y un poco alarmada. Pero ahora sabía que simplemente era así todo el rato: un mujeriego elegante y desconcertante. De hecho, una vez que le conocías, podía ser encantador. Sobre todo si sabías cómo contestarle en el mismo tono.

—¿Y a cuántas chicas les has dicho eso mismo esta noche? ¿A veinte? ¿Treinta?

—Si no apuestas por cifras de tres dígitos es que no me conoces bien.

Reprimí una sonrisa. A Lyriana le daba vergüenza Ellarion, y Zell se mostraba un poco incómodo en su presencia, pero a mí había llegado a gustarme, del mismo modo que había llegado a gustarme Markiska. Además, me sentía tan insegura esos días, tan impostora, que era agradable estar con personas tan confiadas, tan a gusto en su propia piel.

—¿Puedo hacerte una pregunta? —me dijo, bajando la vista hacia sus manos. Los anillos rojos palpitaban, un minúsculo orbe de llamas rodaba por sus dedos como una moneda—. Una seria.

—Oh, Dios mío.

Por una vez, Ellarion no sonreía.

—Es acerca de mi prima, Lyriana. Sé que sois buenas amigas, tienes más confianza con ella que yo, y solo quería... asegurarme de que está bien.

Ladeé la cabeza y le miré con suspicacia, porque tenía claro que iba un poco demasiado achispada para enfrentarme a Ellarion el Serio.

—Está bien. Quiero decir, es Lyriana. Estudia mucho y se preocupa demasiado e intenta actuar como si todo estuviese bien, incluso cuando no lo está. —Hice una pausa—. Eso último puede que haya revelado demasiado.

—Ya —dijo—. Es que... la considero algo así como una hermana pequeña y quiero protegerla, mantenerla a salvo. Y he oído algunos rumores acerca de ella y a lo que se ha estado dedicando...

—Te juro que si tú, de todas las personas posibles, estás juzgando lo que hace en su intimidad, te tiro por este balcón...

—¡Oh, no, para nada! —Levantó las manos a la defensiva y la pequeña bola de llamas se extinguió en una nubecilla de humo gris—. Puede hacer lo que quiera y con quien quiera, y los Titanes saben que si alguien necesitó rebelarse alguna vez, es ella. Solo quiero que sea feliz.

—Oh —dije, sintiéndome al mismo tiempo culpable y un poco sorprendida. Ellarion nunca me había parecido un tipo sensible—. Mira, allá en Occidente le tocó pasar por momentos duros. No sé cuánto sabes, pero perdió a alguien. *Perdimos* a alguien. Y sí, de acuerdo, ahora se está pasando un poco y quizás algo de esto se deba a que, bueno, así mantiene el dolor a raya. Pero está intentando superarlo.

Un viento frío sopló por el balcón e hizo que la Luminaria oscilara con un centelleante repicar metálico. Nos quedamos ahí juntos bajo su luz danzarina, en silencio durante un largo momento contemplativo.

—Todos lo estamos —dijo Ellarion al final, tan bajito que apenas le oí. Claro. Ellarion era hijo del Archimago Rolan, a quien mi padre había asesinado de manera brutal. Solo porque Ellarion no estuviese con nosotros en ese viaje no quería decir que no hubiera perdido también a alguien.

—Ellarion...

Se estiró y me dio unas palmaditas en el brazo, su mano parecía de una suavidad y una calidez imposibles.

—Cuida de ella, Tilla —dijo, y se alejó despacio. Observé cómo doblaba una esquina y luego, un minuto después, oí esa risa ronca y la risita tonta de con quienfuese que estuviese flirteando ahora.

Me volví hacia la barandilla y decidí aplazar la reflexión sobre el trasfondo de Ellarion para otra ocasión, ahora solo me apetecía perder la consciencia en algún lugar blandito. Escudriñé el jardín en busca de alguna señal de Markiska o Lyriana.

Y entonces le vi a él.

El hombre estaba en el otro extremo de la plazoleta, al lado del estanque, casi oculto entre las sombras de la casa de invitados. A diferencia del resto de los presentes, llevaba solo una gruesa túnica marrón, lisa y sin adornos, con la capucha bien calada sobre la frente, de modo que no lograba verle la cara. Y por alguna extraña razón, no se movía. A su alrededor, la gente bailaba y reía y hacía piruetas, pero ese hombre se limitaba a estar ahí de pie, entre las sombras, tan quieto como una estatua. La acechante oscuridad de su rostro oculto se levantó hacia mí.

Se me erizaron todos los vellos de la nuca y sentí cómo se me retorcía el estómago en un apretado nudo de temor. Había algo raro en él, algo muy, muy raro. Una parte de mí sabía que debería dar media vuelta y marcharme en ese mismo momento, dirigirme de vuelta a la seguridad de la casa, pero en vez de eso me incliné hacia delante para intentar verle mejor...

Y en la oscuridad de debajo de su capucha, sus ojos parpadearon brillantes y relucientes, los ojos de un mago. No eran carmesíes ni turquesas ni dorados, sino de un color que no había visto jamás, un furioso gris palpitante, como el humo que sale de una hoguera. Sus ojos ardían con esa luz gris desde el otro extremo de la fiesta, y podía verlos con gran claridad porque *me estaba mirando directamente a mí.*

Me eché hacia atrás con una exclamación y me estampé directamente contra alguien, y hubiese gritado de no haber reconocido al instante ese torso firme y ese olor a escarcha. Di media vuelta y me refugié en los brazos de Zell.

—¿Tilla? —me preguntó, confuso—. ¿Qué pasa? ¿Va algo mal?

Señalé por encima de la barandilla con mano temblorosa.

—He visto un… un… —Pero el hombre había desaparecido, el lugar en donde había estado se veía ahora completamente vacío. Un millón de explicaciones plausibles inundaron mi cabeza al instante: era solo un guarda; era alguien que quería gastar una broma; eran mis propios ojos borrachos jugándome una mala pasada—. He visto a un tipo —le expliqué—. Parecía… no sé. Siniestro. Aunque lo más probable es que no fuera nada.

—¿Estás segura?

Eché otra miradita al punto vacío al lado de la casa de invitados.

—Sí. Olvídalo.

—Vale, si estás segura… —dijo Zell, y me di cuenta de que, de hecho, parecía entusiasmado, entusiasmado de verdad, no solo entusiasmado-para-seguirme-el-juego—. Porque tengo algo que quiero enseñarte. —Zell me tomó de la mano y me arrastró hacia el interior de la casa, donde los pasillos estaban cuajados de alfombras multicolores y las paredes de exuberantes cuadros de Antiguos Ciudadanos Ricos de los Feudos Centrales. No tenía ni idea de a dónde íbamos, pero Zell parecía que sí: bajamos por unas escaleras, doblamos una esquina y nos dirigimos hacia una gruesa puerta de madera decorada con una intrincada filigrana dorada.

—Creía que habías ido al cuarto de baño —le dije.

—Puede que haya ido en busca de las armas —admitió con un adorable toque de timidez. Entonces, abrió la puerta de un empujón—. He encontrado algo aún mejor.

No sé lo que esperaba que fuera la misteriosa sorpresa de Zell, pero desde luego, no esperaba que fuese un despacho. Unas estanterías rebosantes de libros se alzaban imponentes a nuestro alrededor, tan altas que era necesaria una escalera para llegar a los tomos más altos. Había un escritorio de madera de secuoya cubierto de montones de papeles con fórmulas complicadas. El mapa más grande que había visto en mi vida, más alto que Zell, colgaba de la pared; mostraba todo el continente de Noveris, cubierto de líneas punteadas que supuse que eran rutas comerciales. Mis ojos saltaron de manera involuntaria hacia la costa occidental y un dibujo sorprendentemente preciso del castillo de Waverly.

¿Estaría aún en pie siquiera?

Zell estaba centrado en otra cosa. Cruzó la habitación hasta un libro enorme sobre un pedestal de madera, tan grueso como un ladrillo y tan largo como mi brazo. La tapa de cuero era sencilla, sin dibujos, solo unas grandes letras grabadas: *Historia ilustrada de mis viajes por Noveris*, por Markellus Volaris III.

Zell abrió el libro y empezó a pasar las páginas a tal velocidad que solo pude captar pequeños fragmentos de dibujos: un castillo en ruinas, algún tipo de látigo de púas, lo que parecía una serpiente alada cubierta de pelo. Al final, encontró la página que buscaba y dio un paso atrás, sonriendo.

—Mira.

Me incliné hacia delante. La página entera era un dibujo de colores vivos, y tardé un segundo en comprender lo que estaba viendo. En el centro había una montaña, alta y con la cima nevada, pero mientras que un lado era rocoso e irregular, el otro parecía haber sido alisado, como una piedrecita pulida en la orilla. Y creciendo de ese lado liso, como musgo de un tronco, había una ciudad hecha de piedra, con distintos niveles de edificios que subían por la ladera de la montaña como escaleras. Algunos escalones estaban cubiertos de casas diminutas, con pequeñas chimeneas y columnas de humo, mientras que otros tenían edificios mucho mayores, como el inmenso palacio abovedado de la cima. Por encima de la ciudad, unas caras enormes habían sido talladas en la pared de la montaña, sus ojos vigilantes girados hacia los edificios con mirada protectora. Reconocí unos cuantos como dioses de Zell: Rhikura, la reina arpía, Ellizar, el guerrero ciego, y el anciano barbudo conocido solo como el Padre Gris.

—Es Zhal Korso —dije con dulzura—. Tu casa.

—Es un dibujo precioso. —La voz de Zell sonaba callada, reverente, como un colegial en un templo—. Realmente capta la esencia de la ciudad.

—Parece fabulosa.

Zell pasó la página, y la siguiente tenía varios dibujos más pequeños.

—Ese es el Salón de los Dioses —dijo, señalando una sala enorme bordeada por altísimas estatuas—. Y esa sala de ahí, la de la gran silla de piedra, ahí es donde se sienta el Jefe de los Clanes. Donde *solía* sentarse mi padre, antes de...

Zell dejó la frase sin terminar, y no le culpaba. La última vez que vimos a su padre, le habíamos dejado paralizado y deshonrado en el suelo del Nido... que después volé por los aires por accidente. No sabíamos quién gobernaba ahora a los zitochis, porque no es como si los Susurros fuesen volando hasta la tundra, pero fuera quien fuera, se había aliado con mi padre. Los zitochis luchaban ahora junto a los occidentales, lo que hacía que la guerra fuese mucho más difícil para los Volaris.

Zell pasó la página y sus dedos se detuvieron en seco. Toda la página mostraba un dibujo de tres mujeres de pie sobre una especie de escenario circular. Llevaban gruesos mantos de piel que colgaban a su espalda como capas, dos del blanco suave de los osos de nieve y uno del marrón opaco de un alce. Al principio creí que llevaban máscaras, pero entonces caí en la cuenta de que solo llevaban la cara pintada, como había pintado Zell la mía allá en Bridgetown. Una iba caracterizada de Rhikura, la piel gris y moteada, mientras que otra tenía la piel azul y diminutos carámbanos en el pelo. La tercera llevaba la cara pintada de negro por completo, excepto los ojos, que eran totalmente blancos, como si se le hubiesen vuelto hacia atrás en las cuencas. No quería saber qué diosa era.

—Son *zhantaren* —explicó Zell—. Las enviadas de los dioses. Representan *El renacimiento de Terrala*. El pie de foto dice que es una fiesta de la cosecha, pero eso no es verdad en absoluto. Trata de la muerte y el renacimiento del mundo, el éxodo de mi gente. Es una de mis fiestas favoritas. Recuerdo estar sentado en los salones de niño, viendo a mi madre actuar...

Se le quebró la voz y, cuando levanté la vista hacia él, sus ojos brillaban de lágrimas reprimidas. Oh, no. Solo le había visto llorar una vez, cuando me contó la historia de su primer amor y cómo su hermano la había matado. Verle así ahora, con solo mirar dibujos de Zhal Korso... De repente me sentí fatal, me di cuenta de lo mucho que añoraba su tierra. ¿Se sentía así todo el rato? ¿Era esto lo que estaba intentando reprimir constantemente?

—¿Crees...? —preguntó, vacilante, como si le diera miedo incluso darle voz a la pregunta—. Cuando esta guerra termine. Cuando Occidente se haya asentado. ¿Crees que algún día, podríamos volver ahí arriba? ¿Crees que podría volver a verlo? Para enseñártelo.

—Oh, Zell. —Pasé los brazos alrededor de su cintura y le atraje hacia mí, apreté mi cuerpo contra el suyo. Solo quería que se sintiese mejor. Solo quería que fuese feliz—. Por supuesto. Me encantaría conocer tu hogar. —Eché otro vistazo al dibujo—. Conocer a tu madre.

Un silencio tenso e insoportable se cernió sobre nosotros. ¿Me había pasado? ¿Debería haberme limitado a abrazarle y mantener la boca cerrada? Intenté hacer equilibrios entre mirarle en busca de una respuesta y mirar hacia otro lado para no presionarle.

Entonces se aclaró la garganta y se frotó los ojos con el dorso de la mano, y la expresión con la que me miró fue la habitual, esa expresión tranquila y razonable, la que cada vez tenía más claro que escondía muchas cosas.

—Lo siento —dijo—. Quizás haya bebido un poco más de la cuenta. Olvídalo.

Lo dudaba mucho, porque lo único que le había visto beber era una única copa de vino.

—Zell, no pasa nada. Puedes hablar conmigo.

Sonrió, y sé que lo estaba pasando fatal, pero esa sonrisa me cabreó de verdad, porque sabía, *sabía*, que era falsa. Estaba sufriendo y me lo estaba ocultando porque, ¿por qué? ¿Porque no le gustaba hablar de ello? ¿Porque no podía confiar en mí? Sé que era injusto por mi parte juzgarle, y sí, seguía un poco borracha, ¡pero aun así! Después de todo lo que habíamos pasado, todo lo que habíamos hecho juntos, todas las noches que habíamos pasado abrazados. ¿Seguía sin poder abrirse a mí con respecto a esto?

Yo podía ayudarle, maldita sea. Podría aliviar su dolor, podría decir las palabras adecuadas. ¡Pero no podía hacer nada si no se abría!

—En serio —dije, con la voz más dura—. Por favor. Habla conmigo.

—Tilla…

Quizás hubiese hablado. Quizás hubiese evitado el tema una vez más. Pero nunca lo sabría, porque a los dos nos interrumpió el sonido de un golpe lejano y unos gritos apagados. Zell se puso tenso al instante, instintivamente, los músculos de su cuello se endurecieron y sus puños se cerraron. Pero yo podía ver por encima de su hombro, a través de la enorme ventana redonda del despacho, que daba a una amplia extensión de hierba en la parte de atrás de la mansión. Había tres figuras, se alejaban de la casa deprisa, dando tumbos, mientras hacían gestos frenéticos, de un modo que parecía claramente poco amistoso. Pude distinguir a dos hombres, uno vestido con un elegante traje carmesí y el otro con una túnica de sirviente. El noble parecía estar amenazando al sirviente, que parecía muerto de miedo, y había una tercera figura que les gritaba a ambos, una chica con un sofisticado vestido verde azulado y el pelo trenzado. Una chica que se parecía un montón a...

Mierda.

Lyriana.

—Vamos. —Agarré la mano de Zell y tiré de él. *Fuera lo que fuera* lo que estaba teniendo lugar entre nosotros, podía esperar. Había visto a Lyriana beberse tres copazos, lo que significaba que corría un gran riesgo de ponerse en ridículo delante de todo el mundo. Antes de que Zell pudiese preguntar siquiera lo que estaba pasando, le arrastré fuera del despacho y por el pasillo hacia la puerta que conducía al exterior.

El aire nocturno nos golpeó con toda su fuerza. Me estremecí y eché a correr, tirando de Zell tras de mí mientras esprintaba hacia el césped. Ese jardincillo estaba detrás de la mansión, en el extremo opuesto a la fiesta, y por suerte estaba vacío, aparte de un tipo inconsciente sin camisa y las tres figuras que había visto por la ventana. La chica era definitivamente Lyriana, y mientras corríamos hacia ella, pude distinguir el resto de la escena. El sirviente, un hombre delgado de mediana edad, estaba tirado de espaldas, las manos levantadas en ademán defensivo. El noble, que ahora vi que era Jerrald, ese cretino de por la mañana, le estaba dando patadas en las costillas.

—¿Crees que puedes mirar así a mi novia, vulgar pedazo de mierda? —farfulló Jerrald, subrayando la frase con una patada.

—¡*No* soy tu novia! —gritó Lyriana, intentando separar a Jerrald del sirviente, y fracasando en su intento. Dado lo tambaleante que se la veía, era una suerte que estuviera en pie siquiera.

—¿Pasa algo? —preguntó Zell, su voz neutra y profesional. Una pequeña parte de mí se hinchió de orgullo, incluso entonces. Era un Guardia de la Ciudad condenadamente bueno.

Jerrald giró sobre los talones, listo para mandarnos a la mierda, pero entonces vio con quién estaba hablando.

—Vosotros —se burló—. La traidora y el chupanieves. *Ahora* sí que es una fiesta.

Lyriana se llevó las manos a la cabeza.

—¡Por todos los Titanes, eres *tan* estúpido! ¿Cómo se me pudo pasar por la cabeza alguna vez que eras mono?

—Por favor, ayuda —imploró el sirviente. Un gran moratón estaba aflorando en su mejilla izquierda, y tenía el labio inferior partido y sangrando—. Este hombre... Me ha atacado sin razón alguna.

—¿Sin razón? —Jerrald se echó a reír, esa risa engreída y cruel que todos los abusones parecían compartir—. ¡Llevabas media hora siguiéndonos allá donde íbamos! ¡Le lanzabas miradas lujuriosas a la princesa! —Se volvió hacia Zell y se encogió de hombros—. Solo estaba defendiendo su honor.

—¡No me hace falta que nadie defienda mi honor! —chilló Lyriana.

Jerrald bufó, abrió las aletas de la nariz, y pude ver que estaba haciendo un esfuerzo sobrehumano por no contestarle a la princesa. Contuvo la respiración, luego dio media vuelta y le pegó otra patada al sirviente, justo en medio de la cara; se le reventó el moratón de la mejilla. Porque si no puedes pegar a quien querrías pegar, ¿por qué no pagarlo con algún pobre infeliz que no puede defenderse?

—¡Ya basta! —ladró Zell, y dio un paso adelante.

—¿O qué? —repuso Jerrald—. ¿Qué vas a hacer, eh? ¿Qué vas a hacer? —Dio media vuelta y caminó por la hierba hacia nosotros, los puños cerrados—. ¡Soy Jerrald Blayne!

—Eres un idiota engreído —dije; alguien tenía que hacerlo.

Esa fue la gota que colmó el vaso. Aullando de rabia, Jerrald se volvió hacia mí y lanzó un puñetazo perezoso y lento hacia mi cabeza...

Que Zell interceptó sin ningún problema. Se puso delante de mí, agarró la muñeca de Jerrald con una mano, se la retorció hacia un lado, y luego dio un golpe fuerte con la mano abierta al exterior del codo de Jerrald. Se oyó un desagradable crujido, como cuando rompes una ramita llena de savia espesa. Jerrald aulló de dolor y su codo explotó. Su brazo quedó invertido en un horrible ángulo imposible. Un chorro de sangre roció el césped y el hueso blanco asomó a través de la piel.

—¡Oh, mierda! —exclamé, mientras Lyriana se plantaba una mano delante de la boca para atrapar su grito de espanto.

Zell soltó a Jerrald y el noble se colapsó sobre las rodillas, su mano inerte cayó flácida en el césped delante de él. Miró incrédulo su brazo destrozado, abría y cerraba la boca como un pez estúpido, sin ser capaz siquiera de emitir un grito. Entonces se le pusieron los ojos en blanco y se desmayó.

—Acabas de romperle el brazo —dije con voz queda.

—Intentó pegarte —se defendió Zell, como si esa fuese la respuesta más normal del mundo—. Hice que se arrepintiera de ello.

—Es un noble —protesté, y mi cerebro estaba atrapado entre mirar con fascinación enfermiza el brazo destrozado de Jerrald y desear desesperadamente apartar la mirada—. Acabas de romperle el brazo a un noble. —Cualquier resto de agradable ebriedad que me quedara desapareció de un plumazo entre las frías garras de un pánico sobrio. El estatus de Zell en la Guardia de la Ciudad había sido controvertido desde el primer momento, y muchos de los nobles más conservadores de Lightspire habían declarado en voz alta su objeción. Ya podía ver los rumores volar: salvaje zitochi mutila a noble inocente en reyerta fiestera entre borrachos—. Esto es malo, Zell. Es muy malo.

—Le estaba dando una paliza brutal a un hombre indefenso —repuso Zell, como si casi no pudiese creerse lo que le estaba diciendo—. Y estaba a punto de pegarte a ti. ¿Quién sabe lo que hubiera hecho si no intervengo?

—Lo sé, pero...

—Oh, por los Titanes celestiales —gimió el sirviente, apoyándose sobre los codos. Todavía le sangraba la cara, pero parecía mucho más preocupado por la escena que tenía ante los ojos—. Juro que no quería tener nada que ver con esto. No quería que ese hombre resultara herido. Solo estaba intentando hacer mi trabajo...

—Relájese. —Lyriana se agachó a su lado—. Yo me encargo de esto. Usted simplemente váyase a casa. No ha visto nada. No ha oído nada. Si alguien le pregunta por la cara, se tropezó y cayó por las escaleras. ¿Entendido?

El hombre la miró pasmado, parpadeó y luego asintió.

—Sí. Lo entiendo, Majestad. Gr... gracias.

Se puso de pie y echó a correr. Lyriana dio media vuelta y se agachó al lado del cuerpo inconsciente de Jerrald. Examinó con cuidado los huesos fracturados que sobresalían como lanzas ensangrentadas a través de su piel. Reprimí una arcada, pero ella no parecía afectada en absoluto, como una cocinera manipulando un ganso desplumado. Supongo que todo ese entrenamiento que había realizado como Hermana la había insensibilizado a la sangre.

—Uf —musitó—. Es una fractura fea. Sí que le has hecho un apaño, Zell.

—No me voy a disculpar —masculló Zell, pero Lyriana le ignoró. En lugar de eso, enderezó el brazo de Jerrald. Un líquido carmesí rezumó por el corte, como salsa de una tartaleta. A continuación, Lyriana colocó los huesos rotos lo mejor que pudo—. Vale —se dijo a sí misma—. Vale, puedo hacerlo.

—¿Hacer qué? —pregunté, aunque ya intuía a qué se refería. Y no me gustaba. Lyriana rebuscó en su bolso y sacó algo, algo pequeño y metálico, con un brillo inconfundible.

—¿Cómo? —susurré—. Te quitaron tus anillos.

—Soy la princesa de Noveris. ¿De verdad crees que no puedo conseguir un anillo?

—Lyriana, te prohibieron usar magia. Dijeron «so pena de *muerte*».

—Sí, bueno, ¿qué crees que va a pasarle a Zell si no arreglo esto?

Estiró su mano larga y elegante y deslizó el anillo en su índice derecho. En cuanto tocó su piel, la gema cobró vida y refulgió con el intenso verde cálido del tupido musgo forestal. Los anillos eran conductos y amplificadores, me había explicado Lyriana. La mayoría de los magos los necesitaban para hacer cualquier tipo de magia, pero para los más poderosos, los Volaris, eran simples herramientas: útiles, pero no necesarios a menos que estuvieran haciendo algo de una dificultad excepcional. Lo cual me hacía sentir muy, muy nerviosa acerca de lo que fuera que iba a hacer Lyriana.

Pero antes de que pudiese decir nada, respiró hondo y cerró los ojos, y ahí estaba, ese crepitar en el aire, ese cosquilleo en la piel, ese sabor a hierba, el olor dulce levemente empalagoso. Lyriana movió las manos por el aire, las deslizó por encima del brazo de Jerrald en intrincados patrones, flexionaba y estiraba los dedos mientras trazaba rayas y espirales invisibles. Los huesos rotos se movían como dedos, intentaban cogerse los unos a los otros, y la piel de los bordes de la herida se enroscaba y desenroscaba como un papel bajo una llama. Jerrald gimió, y ahora fue mi turno de reprimir una exclamación ahogada.

—Vamos, vamos —se esforzaba Lyriana, una gota de sudor rodó por su frente fruncida. Los huesos volvieron a estremecerse, pero no estaban bien alineados y rechinaron unos contra otros con un terrible ruido seco. Miré a Zell en busca de consuelo, pero él parecía tan horrorizado como yo, y recordé medio espantada que, en efecto, Lyriana estaba haciendo esto *borracha*. Por romperle el brazo a Jerrald, es probable que a Zell le azotaran y le despidieran. Por hacerle perder el brazo... Bueno, no podía ni imaginármelo...

Ni lo que le ocurriría a Lyriana si la pillaban.

—¡Vamos! —masculló otra vez entre dientes, y empezó a soplar un vientecillo que hizo que las hojas sueltas revolotearan en espiral a su alrededor. El mundo pareció palpitar, adentro y afuera, como el latido de un corazón, y entonces los huesos del brazo se encajaron como las piezas de un puzle. Muy despacio, ocuparon su lugar original con un clic, reunificados, y una fina membrana de antinatural hueso gris creció de entre las grietas para unirlos otra vez como una tela de araña. Una vez que los huesos se fusionaron, fue el turno de la piel desgarrada, que se cosió por encima de la herida como una mortaja.

—Eso es —dijo Lyriana, y se dejó caer sobre la hierba con los ojos cerrados—. Mucho mejor o, al menos, tan bien como puedo hacerlo. Dado lo borracho que estaba, apuesto a que todo lo que recordará es que se metió en una pelea.

Observé asombrada el brazo reparado de Jerrald. Si no fuese por la pequeña franja de tejido cicatricial donde la piel se había unido, ni siquiera hubieras sabido que había estado roto. Eso, y la sangre que había por todas partes. Fuese lo que fuese lo que había hecho Lyriana, era una magia poderosa, mucho más sofisticada que las artes sencillas que había realizado durante nuestro viaje.

—Has estado practicando —le dije.

Lyriana soltó el aire. Parecía exhausta, el rostro empapado de sudor, el pelo enmarañado, el vestido arrugado y manchado de barro.

—No voy a renunciar a mi magia solo porque mi padre me lo haya ordenado —respondió con frialdad—. Quizás no sea una Hermana de Kaia, pero sigo siendo una maga. Sigo ayudando a la gente. Y siempre lo haré.

—Pero...

—¡No voy a dejar morir a nadie más! —gritó, un rugido atronador, de fuera de este mundo, que hizo temblar el suelo y me golpeó como un huracán. Ahora tenía los ojos abiertos, y ahí estaban, dos orbes de pura luz dorada. Se me aceleró el corazón y se me quedó el aire atascado en el pecho. La última vez que había visto sus ojos así había sido en la torre, en *esa* torre, y el mundo empezó a dar vueltas a mi alrededor y me sentí mareada y cansada y débil, y cuando bajé la vista hacia la hierba, no era Jerrald el que estaba ahí tirado, sino Jax. Era Jax, su pecho rojo y desgarrado, sus ojos blancos y vacíos, porque estaba muerto, muerto, mi hermano estaba muerto.

El sello de la caja se había roto, la herida reabierta, el dolor desenterrado. Ya no había forma de contenerlo.

Aguanté la respiración para ahogar un grito, me ardían los ojos y caí al suelo. Zell me atrapó a media caída.

—¡Tilla! ¿Estás bien? —preguntó, pero en ese momento no le necesitaba a él, no necesitaba preocuparme de si le ocurría algo, no tenía ni de lejos la fuerza necesaria para lidiar con sus secretos y su dolor.

—¡Déjame en paz! —conseguí escupir, y le aparté de mí de un empujón, porque no podía estar cerca de ellos, no podía estar cerca de nadie—. Solo necesito estar sola. Solo necesito irme de aquí.

Lyriana pestañeó, sus ojos se apagaron al instante para recuperar su brillo dorado habitual.

—Tilla. Espera. No quería…

—¡Dejadme en paz! —exclamé, y mis pies ya me estaban llevando lejos, lejos de esa fiesta, de esa casa, del chico que yacía inerte, del chico que sabía que era Jerrald pero a quien no me atrevía a volver a mirar. Antes de que Zell pudiese seguirme, antes de que Lyriana pudiese explicarse, di media vuelta y eché a correr hacia la verja de entrada y me perdí en la oscuridad de la noche.

SEIS

Había un sitio al que solía ir cuando me sentía así, un lugar secreto que ni siquiera Zell o Lyriana conocían. Lo encontré solo unas semanas después de mudarme a la Universidad, en una de esas largas y frías noches en las que estaba demasiado inquieta para dormir. En la planta baja de mi residencia, en un pasillo que conducía sobre todo a armarios de almacenaje, había una chirriante puerta vieja que daba a un tramo de escaleras que descendía hacia un antiguo sótano olvidado. Verás, mi residencia, Workman Hall, era una de las más viejas del campus, pero la mayor parte había sido restaurada para mantenerla a la altura de los otros edificios más modernos. Pero allí abajo, en ese sótano envuelto en sombras y telarañas, estaban los viejos huesos del edificio. Ahí abajo, las paredes eran de ajados ladrillos resquebrajados, la pintura hacía mucho que se había descolorido. Los suelos estaban tan polvorientos que podías dejar un rastro de pisadas para encontrar el camino de vuelta, y el sótano en sí era un laberinto de estrechos túneles, la mayoría de los cuales conducían a puertas cerradas con llave y callejones sin salida, algunos extendían sus dedos hacia una oscuridad desconocida.

Lo sé, era un sitio muy extraño en el que pasar el tiempo sola, y también es posible que fuese horripilantemente inseguro. Pero me gustaba estar ahí abajo. Lightspire era tan moderna y ruidosa, tan abrumadora con su tecnología y su magia y su bullicio. Este sótano, sin embargo, era viejo y era silencioso y era tranquilo. Cuando me sentía muy agobiada, cuando lo único que necesitaba era escapar, iba ahí abajo y me dejaba caer contra una pared y disfrutaba de ese silencio, de ese viejo olor a humedad, del hecho de que era probable que fuese la única persona en el mundo que sabía que ese sitio existía siquiera.

Si cerraba los ojos, casi podía convencerme de que estaba de vuelta en el castillo de Waverly. De vuelta en los túneles.

Me senté en ese sótano y apoyé la espalda contra el duro ladrillo al pie de las escaleras, hasta que mi corazón dejó de tronar y mi pecho dejó de dar la sensación de estarse colapsando sobre sí mismo. No sé cuánto tiempo pasé ahí sentada. Quizás una hora, quizás dos.

¿Qué me pasaba? ¿Por qué era así? Tenía tantas cosas buenas ahí, tantas cosas por las que estar agradecida. Tenía grandes amigos y comodidades sin fin y un futuro a la vista muchísimo más interesante de lo que hubiese podido imaginar jamás. ¿Por qué demonios no podía apreciar todo eso sin más? ¿Por qué tenía que sentirme tan rota por dentro?

Sorbí por la nariz, me froté los ojos, y entonces fue cuando oí una pisada.

Me quedé inmóvil al instante, contuve la respiración. Por un momento, deseé que solo fuese el edificio crujiendo, pero entonces oí otra pisada, y luego otra, el inconfundible repicar de cuero sobre piedra. Y no provenían de las escaleras a mi lado, por donde bajaría otra persona, sino de algún lugar más profundo que el propio sótano, más allá de esos largos pasadizos que no había sido lo bastante valiente como para explorar.

Abrí los ojos y me apreté con fuerza contra la pared, escondiéndome entre las sombras de la escalera. Había dejado la puerta de arriba abierta, y las Luminarias del pasillo proyectaban apenas luz suficiente para iluminar las escaleras. Aparte de eso, solo lograba distinguir los contornos del resto de la habitación, las oscuras sombras de los umbrales de las puertas, la negrura más absoluta a lo lejos.

En un abrir y cerrar de ojos, el sótano había pasado de seguro a muy, muy escalofriante. ¿Por qué demonios estaba ahí abajo otra vez? ¿Por qué era *tan* estúpida?

Las pisadas se acercaban, más y más, cada vez más deprisa. Quería levantarme y salir corriendo, subir por las escaleras y volver al ancho pasillo bien iluminado de la residencia, pero no conseguí obligar a mis piernas a moverse.

Quizás esa persona no me viera. Quizás a esa persona no le importara. Quizás no hubiera nada que temer. Entonces, la persona asomó por una puerta y, oh, Dios, había *mucho* que temer.

Era él, el hombre de la fiesta, el que me había observado desde el otro extremo del jardín. Seguía sin poder verle la cara a la sombra de su capucha, y más en aquella habitación tan oscura, pero sí distinguía su silueta alta y delgada, su larga capa gris. El aire crepitó, un sonido rasposo, extraño y enfermizo. Sentí el pulso de la magia, esa oleada de energía invisible, pero ahora había algo extraño en ella, algo que me revolvió el estómago e hizo que me lloraran los ojos. Un olor a azufre y cenizas llenó mis fosas nasales. El aire alrededor del hombre rielaba y de sus manos emanaban volutas de humo gris, como si hubiese un fuego ardiendo dentro de su piel.

Entonces se le iluminaron los ojos, brillaron desde la oscuridad de su capucha, y vi exactamente lo que era tan raro de ellos. Los ojos de los magos refulgían, pero refulgían de un solo color brillante, como farolillos en su cráneo. Los ojos de este hombre también refulgían, pero no eran ojos en absoluto, solo dos óvalos de luz giratoria gris y negra que se retorcía y giraba en espiral. Era como si alguien hubiese atrapado humo en una bola de cristal y ese humo estuviera vivo y enfadado, desesperado por huir de ahí. A esa luz gris, titilante y palpitante, casi lograba discernir su rostro, pero había algo mal en él, algo retorcido y deforme.

—Tiiiillllllaaaaa —canturreó.

Y vale, sí, esa fue la gota que colmó el vaso. Me levanté de un salto, di media vuelta y eché a correr escaleras arriba más deprisa de lo que me había movido en toda mi vida. Ya no podía ver al hombre, pero aún podía oírle. Oí el silbido de una ráfaga de aire, el siseo del vapor, y oí también otra cosa, un chasquido cortante, como si alguien se hubiese crujido una docena de nudillos al mismo tiempo. No me atreví a mirar atrás y ver lo que estaba pasando, no me atreví a parar. Salí como una exhalación por la puerta del sótano y casi me tropiezo con el último escalón. Llegados a ese punto, me movía por puro instinto, corría no para llegar a ningún sitio, sino solo por alejarme de ahí.

Doblé la esquina a toda velocidad, crucé el vestíbulo vacío de la residencia y subí por la gran escalinata que llevaba hasta mi piso. No podía ver si me estaba siguiendo, y tampoco me importaba. Mis pisadas sonaban atronadoras mientras corría por el pasillo hasta mi puerta. No estaba cerrada con llave, gracias a los Viejos Reyes, así que la abrí de par en par, entré en tromba y la cerré de un portazo a mi espalda. Me temblaban las manos cuando cerré el pestillo. No creía que fuese suficiente para mantenerle fuera, pero quizá le frenara un poco.

Di media vuelta. Mi habitación estaba negra como la boca del lobo, las persianas bajadas para impedir la entrada incluso de la luz de la luna, así que no veía nada.

—¡Markiska! —susurré con tono urgente—. ¿Estás ahí? ¡Despierta!

Solo recibí silencio. Casi seguro que seguía en la fiesta. Avancé a tientas por la habitación oscura, palpando el armazón de la cama hacia mi cómoda. Algo rozó mi cara, algo pegajoso y frío, y lo aparté de un empujón. Mis manos encontraron la cómoda y cogí la pequeña Luminaria que siempre había ahí. Apreté el botón. Una suave luz rosa iluminó la habitación.

Markiska no estaba en la fiesta. Estaba en nuestra habitación, colgando de una viga, con una gruesa cuerda alrededor del cuello. Tenía la cara azul, las venas abultadas contra la piel, la boca abierta. Sus ojos blancos y muertos me miraban fijamente.

Grité.

SIETE

Las siguientes horas pasaron como en una neblina. Cuando intento recordarlas, es como si estuviera mirando los acontecimientos a través de un cristal cubierto de escarcha.

Zell y Lyriana fueron los primeros en encontrarme. Supongo que habían venido a la residencia a buscarme, estaban en el cuarto de baño del final del pasillo cuando oyeron mi grito. Entraron en tromba en mi habitación y me encontraron ahí, en el suelo, con Markiska colgando de la viga.

Lyriana me estrechó entre sus brazos mientras yo temblaba sin control e intentó contener sus propias lágrimas mientras intentaba mantenerme tranquila. Zell, después de un segundo de pasmado silencio, se subió a una silla para cortar la soga y bajar a Markiska. Luego depositó su cuerpo con suavidad en su cama y lo tapó con una sábana. Su mano izquierda colgaba por el borde, sobresalía por debajo de la sábana, y pude ver la piel azul en su muñeca desnuda y las agrietadas uñas coloreadas en las puntas de sus dedos. Tenía ganas de vomitar. Tenía ganas de chillar.

No tenía ni idea de lo que había ocurrido ahí, ni por qué, ni cómo. Todo lo que sabía era que Markiska, la dulce, graciosa y brillante Markiska, estaba muerta. Markiska, mi primera amiga en Lightspire, la que una vez le había dado una patada en sus partes a un pescador borracho por tocarme el culo, la que anhelaba volver a su casa en Sparra, con su familia y su media docena de perros. Markiska estaba muerta.

Y ese siniestro despojo humano de ojos ahumados la había matado.

Intenté decirlo, decírselo a Zell y a Lyriana. Pero las palabras no me llegaban, todavía no. Así que me limité a quedarme ahí sentada con ellos, en silencio, con los brazos de Lyriana a mi alrededor y Zell vigilando en ademán protector a nuestro lado.

El preboste Kendrin, director de nuestra residencia, entró de golpe, echó una sola mirada a la forma tapada bajo la sábana y salió a la carrera dando un agudo alarido. Y quizás una hora más tarde, la puerta se sacudió cuando la golpearon con una fuerza que solo podía significar que había llegado alguien con verdadera autoridad.

Me esperaba a un Guardia de la Ciudad, quizás incluso al Capitán Welarus, pero cuando Zell abrió la puerta, nos topamos con la cara de intensa preocupación del Inquisidor Harkness en persona. Pasó bruscamente por al lado de Zell sin decir ni una palabra, se acercó a la cama de Markiska y levantó la sábana que la tapaba. Echó un rápido vistazo, luego la volvió a tapar con un suspiro.

—Terrible —comentó, sacudiendo la cabeza—. Qué cosa más espantosa.

Se giró hacia nosotros, sus pensativos ojos grises nos miraron de arriba abajo. En los meses que llevaba en Lightspire, solo había interactuado con él unas cuantas veces, pero siempre me había parecido asombrosamente inteligente y cortés, como un abuelo amable que también era un estratega brillante.

—¿Vosotros tres encontrasteis el cuerpo?

—Fue Tilla —dijo Zell, su voz neutra y profesional. El Inquisidor no era solo el maestro de espías del rey y su mano derecha, también era la persona ante quien respondía el capitán de la Guardia de la Ciudad. Lo que le convertía en el jefe del jefe de Zell—. Regresaba de una fiesta y la encontró así.

—Mis condolencias —dijo Harkness con dulzura—. Tendré que hablar con cada uno de vosotros a solas, para oír vuestras versiones.

Lyriana parpadeó, sorprendida.

—No creo que eso sea necesario. Quiero decir, ¿no creerá que...?

Dejó la frase en el aire, incapaz de terminarla, así que Harkness se hizo cargo de la situación.

—Majestad, mi trabajo no es creer —explicó—. Mi trabajo es *saber*. Eso significa obtener declaraciones completas de los tres para poder averiguar con una precisión absoluta lo que ha sucedido aquí esta noche.

—¿Somos sospechosos? —preguntó Zell—. No hay ningún motivo para eso.

—Con todos los respetos, Guardia de la Ciudad Novicio, ¿por qué no dejas que lo juzgue yo mismo? —dijo Harkness—. El hecho es que la pobre joven que yace en esa cama es la hija del barón de Sparra. Y que ha sido encontrada en este estado por la hija del traidor Kent. —Me miró, como si notara mi incomodidad inmediata—. No te estoy acusando de nada, querida Tillandra. Solo comento lo que es obvio. Si puedo ser franco, esta no es una situación ideal. Y lo único que quiero hacer es asegurarme de que tu nombre no sea arrastrado erróneamente por el fango.

—¿Por qué arrastraría nadie su nombre por el fango? —intervino Lyriana, quizás de un modo un poco demasiado agresivo—. Markiska era su amiga, *nuestra* amiga. La gente no pensará... Quiero decir... ¿lo harían?

Harkness suspiró un suspiro cansado.

—No puedo prometeros lo que la gente pensará o no pensará. Estaría mintiendo si dijera que no me han decepcionado a menudo. —Las comisuras de su boca se movieron un poco y me pregunté, no por primera vez, qué era lo que hacía en realidad—. Ninguno de vosotros me parecéis sospechosos de cometer un crimen, pero el hecho es que el padre de Markiska es un hombre muy poderoso que va a querer saber qué ha pasado. Con razón o sin razón, nos va a culpar a nosotros de su suicidio. Y lo último que necesita esta ciudad es...

—No se ha suicidado —interrumpí. Eran las primeras palabras que decía desde que encontré el cadáver, y arañaron con fuerza mi garganta irritada y en carne viva.

Todos los presentes se giraron para mirarme pasmados. Zell parecía alarmado, Lyriana parecía confusa, y las cejas blancas del Inquisidor Harkness se arquearon para mostrar su desconcierto.

—¿Perdón? —dijo.

—Ha sido asesinada —contesté, y es como si hubiese aspirado todo el aire de la habitación—. Por un hombre que me ha estado siguiendo toda la noche. Le vi aquí en el sótano, solo un minuto antes de encontrar a Markiska. Él... tenía ojos de... —Respiré hondo, me daba perfecta cuenta de lo inverosímiles que podían sonar mis palabras si no las elegía bien—. Creo que era un mago.

Nos quedamos ahí sentados en silencio un momento más. Lyriana apretó los brazos a mi alrededor y pude ver profundizarse las arrugas de preocupación en la frente de Zell, cómo su mente repasaba todas las posibilidades. El Inquisidor Harkness soltó un suspiro largo y lento.

—Vaya. Pues tendremos que ir a la Torre de Vigilancia.

Salimos de la residencia escoltados por el Inquisidor y un pequeño grupo de guardias. Pude ver cabezas asomarse por puertas y ojos que nos miraban desde detrás de las ventanas, pude oír a los otros alumnos mientras cuchicheaban y susurraban. Por un instante, deseé haber podido salir de ahí de un modo más discreto, quizás haberme escabullido por la puerta de atrás antes de que llegara el Inquisidor. Después salimos al frío aire nocturno y decidí que no, que estaba más tranquila rodeada por un puñado de soldados armados. El asesino de Markiska seguía ahí fuera, pero fuese lo que fuese, no se atrevería a atacar a una docena de hombres armados.

O eso esperaba.

La Torre de Vigilancia era un edificio estrecho y sin distintivos a tres manzanas de la Universidad, alto y delgado como una lanza clavada en la tierra. Debía de haber pasado por delante de él una docena de veces y nunca lo había mirado de verdad. Pero ahora me pareció que su fachada anodina y sin adornos tenía un aura siniestra. Unos cuantos pájaros volaban en lo alto, batían sus gruesas alas coriáceas para entrar por las ventanas más altas del edificio. Eran Centinelas, pájaros creados por los Maestros de Bestias, con el cuerpo desplumado y fibroso de un buitre y tres ojos rojo sangre en su cráneo, dos a los lados de la cabeza y un tercero justo encima del pico. El Inquisidor los empleaba para vigilar la ciudad, pero nadie parecía entender exactamente cómo funcionaban. Yo solo sabía que me daban pavor.

Harkness nos condujo al interior y subimos hasta un piso con cinco puertas idénticas sin ninguna marca.

—Salas de interrogatorio —explicó—. Me gustaría que cada uno esperaseis dentro de una. Por separado.

Zell se plantó delante de mí.

—Yo me quedo con Tilla.

La ceja de Harkness se movió un poco, la más mínima sugerencia de emoción.

—Sé que quieres estar con tu novia, Guardia de la Ciudad Novicio. Pero te aseguro que tener entrevistas separadas es la forma más rápida y fácil de resolver esto. Y estoy convencido de que eso es lo que todos queremos esta noche.

Sabía que Zell no iba a ceder, y la ultimísima cosa que necesitaba esa noche era que destrozara su carrera por mí.

—Está bien, Inquisidor. Haremos lo que nos diga —dije, y le lancé a Zell una mirada que indicaba que lo decía en serio. Se echó atrás, en silencio.

Y sentí algo, una chispa de... ¿enfado? Estaba mal, lo sé, enfadarme con él por intentar protegerme. Pero ¿por qué era yo la que tenía que acabar siempre sacándole a él las castañas del fuego, la que le impedía cometer esos errores tan tontos? A estas alturas, después de todo, ¿no podía simplemente *saberlo*?

Sin una sola palabra más, nos repartimos por las salas. La mía estaba básicamente vacía, una pequeña celda de piedra con solo una dura mesa de madera y dos sillas. Ni siquiera había reloj, así que no tengo ni idea de cuánto tiempo pasé ahí dentro. Lo estuve caminando arriba y abajo, llorando, rabiando, preocupándome y, una y otra vez, cerrando los ojos y contando hasta diez.

Al final, la puerta se abrió y el Inquisidor entró. Había otro hombre con él, uno al que no había visto nunca. Era delgado y desgarbado, su rostro una calavera demacrada, su cabeza lisa afeitada al cero, su piel de un marrón enfermizo que rayaba en el gris. Llevaba una capa gris sin adornos y sus manos centelleaban llenas de anillos, tres en cada una, con gemas tan negras como la piedra nocturna. Se sentó detrás de la mesa, enfrente de mí, y puso las manos abiertas sobre ella. Guiñé los ojos, intentaba averiguar quién era, y entonces vi el tatuaje en su muñeca izquierda: un simple cuadrado negro.

Oh, *mierda*.

Los Sombras de Fel eran la orden de magos más pequeña y más secreta, tan escasos que, hasta ese momento, no había visto nunca a ninguno. Igual que el Inquisidor, eran elegidos a dedo por su soledad y dedicación, hombres sin esposas ni hijos ni padres vivos, hombres que no podían ser sobornados ni chantajeados, hombres que eran leales hasta la muerte. Servían directamente al rey y al Inquisidor, como interrogadores y asesinos. Y ellos y solo ellos aprendían lo que Lyriana denominaba «magia oscura», artes con nombres como «Desgarramentes» o «Predicción Sanguínea».

Antes de que entrara el Sombra, me había dedicado sobre todo a dejarme llevar por emociones agotadoras sobre lo que le había ocurrido a Markiska, pero ahora, de repente, estaba aterrada.

—Escuche —le dije a Harkness—, yo... no creo que le necesitemos a él para...

—Relájate, Tillandra —me tranquilizó Harkness—. Esto es solo una formalidad, nada más. Creo en tu inocencia. Solo quiero encontrar a la persona que le ha hecho daño a tu amiga. Dime la verdad y no tendrás nada que temer. —Se volvió hacia el Sombra—. Comience.

El Sombra asintió, su rostro impasible e inexpresivo. Y entonces, muy despacio, empezó a tamborilear con los dedos sobre la mesa, índice, corazón, anular, meñique, en un toc-toc-toc-toc constante, como si estuviese tocando un piano invisible. Miré sus manos, sin entender nada, y entonces vi sus anillos empezar a brillar, un pulso parpadeante negro, tan oscuro que pareció absorber la luz a su alrededor. La sala se oscureció y una neblina gris se extendió por los límites de mi visión. Me había acostumbrado al cosquilleo eléctrico de la magia, pero esto era algo distinto, un hormigueo en la piel, un nauseabundo cosquilleo en la parte de atrás de la garganta. Noté sabor a carne en putrefacción y oí el zumbido de insectos. Pero lo peor de todo fue la sensación en mi cabeza, la horrible sensación de que había algo reptando, royendo, como si hubiese una araña ahí dentro, no solo dentro de mi cráneo sino *dentro de mi cerebro*. Arañaba mis recuerdos con sus colmillos y hurgaba entre mis pensamientos con patas afiladas.

Boqueé en busca de aire, pero el aire se había coagulado a mi alrededor.

—¿Qué... qué...?

—Cuéntamelo todo —dijo el Inquisidor Harkness— sobre ese «mago» al que viste.

Y lo hice, porque no tenía ni idea de lo que ese Sombra me estaba haciendo, pero tenía muy claro que no debía mentir. Le conté cómo fui a la fiesta, cómo vi al hombre cerca de la casa de invitados, cómo Zell y yo nos habíamos colado a hurtadillas a ver mapas. Cuando llegué a la parte sobre el enfrentamiento en el jardín de atrás, solo dije que Zell golpeó a Jerrald; era verdad, técnicamente, pero en cuanto lo dije, los anillos del Sombra palpitaron y esa sensación de comezón se hizo tan dolorosa que se me nubló la vista. Seguí adelante a toda prisa. Les conté lo del sótano, lo de ver al hombre allí otra vez, lo de sus ojos aterradores y su aura ahumada, y luego, por fin, lo de encontrar a Markiska en nuestra habitación.

Cuando terminé, el Sombra asintió y su tamborileo se ralentizó.

—Dice la verdad —dijo impasible—, o al menos lo que cree que es la verdad.

—Hmmm —dijo Harkness, y estaba claro que no era del todo la respuesta que buscaba—. ¿Has consumido esta noche alguna sustancia que pudiera alterarte la mente? ¿Hierbapena? ¿Setas adormideras? ¿Polvo de purpurina?

—No —dije. Ni siquiera había oído hablar del polvo de purpurina.

—Pero bebiste. ¿Cuánto?

—Una copa. —Los anillos del Sombra volvieron a palpitar y tuve la sensación de que esa cosa que sentía en mi cabeza, fuese lo que fuese, me daba un buen mordisco. Bufé, rechinando los dientes—. Tres copas, creo. Quizás cuatro.

—Así que estabas borracha —dijo Harkness, sin hacer ningún juicio al respecto—. Y dada la atmósfera de excesos de esa fiesta, no me sorprendería que te hubiesen metido algo más fuerte sin que lo supieras siquiera.

Pestañeé. Incluso a través del dolor y las náuseas, podía ver a dónde estábamos yendo a parar.

—El hombre era real —insistí.

Harkness se limitó a asentir.

—Tu compañera de habitación, Markiska San Der Vlain IV. ¿La describirías como animada? ¿Apasionada?

—Hmm… quiero decir, sí…

Entornó los ojos y el Sombra siguió tamborileando, toc-toc-toc-toc.

—¿Impulsiva, incluso?

—Yo… —Me acordé de la vez que salimos a hurtadillas de la residencia porque la luna estaba tan llena y bonita que ella tenía que verla desde una azotea, del día en que rompió la ventana de un profesor porque él la había llamado odiosa—. Sí. Era impulsiva. Pero eso no quiere decir que ella…

—¿Sabías que había estado flirteando con varios miembros de la nobleza de Lightspire en la fiesta esta noche? ¿Que se escabulló hacia los dormitorios con un joven?

Pestañeé, porque, uhm, ¿cómo sabía él eso?

—No, no lo sabía. Le perdí la pista en la fiesta bastante pronto...

—Varios invitados la vieron alejarse con un caballero en esa dirección. Los oyeron discutir. Y uno dice haberla visto abandonar la mansión con lágrimas en los ojos. —Harkness sacudió la cabeza en ademán triste—. Parece que se sentía bastante desgraciada.

Si pensaba eso, de verdad que no conocía a Markiska.

—Estoy segura de que estuvo flirteando —admití—. Lo hacía todo el rato. Pero no sé qué es lo que pretende insinuar.

—A lo mejor un chico la rechazó. Estaba disgustada. Sensible. Borracha, quizás algo peor —dijo Harkness—. Tú misma has dicho que era apasionada e impulsiva. ¿De verdad crees que es tan improbable que una chica así pudiese, dejándose llevar por el momento, cometer una tontería?

No me gustó nada cómo enfatizó la palabra *chica*.

—No. Se lo estoy diciendo. Esto ha sido un asesinato. —Pero incluso mientras lo decía, me di cuenta de que no importaba. Harkness podía decir que lo que le importaba era la verdad, pero todo lo que quería en realidad era su versión de los hechos. Por eso no me había presionado para que le diera más detalles sobre la pelea de Zell, aunque era obvio que había estado ocultándoles algo. No me creía, ya está, y sería muchísimo más fácil decirle al barón de Sparra que su hija se había suicidado después de reñir con un chico que sugerir siquiera que había sido asesinada. Así que hacerme pasar por este interrogatorio, someterme a lo que me estaba haciendo el Sombra, fuera lo que fuera, no solo era desagradable, si no que *no servía para nada*. Era una mera formalidad.

—No se mató —dije, con tanta rabia que espero que el Sombra la sintiera en mi cerebro.

No reaccionó, pero creo que su tamborileo perdió un momento el ritmo.

—¿Hemos terminado, Inquisidor? —preguntó.

—Solo una pregunta más —dijo el Inquisidor, y con una velocidad sorprendente para un hombre de su edad, se acercó a mí y se inclinó por encima de la mesa. Me eché hacia atrás, sobresaltada. Sus ojos me taladraron y, de pronto, era como si fuese un hombre completamente diferente. Todo asomo de amabilidad, simpatía, comprensión, desapareció de un plumazo, y todo lo que quedó fue la expresión agresiva de un buitre. Caí en la cuenta de que lo del abuelo amable no era más que una farsa, una fachada para hacer que la gente confiara en él y bajara la guardia. Este era el Inquisidor de verdad, el sicario implacable, el maestro del espionaje detrás de los Centinelas y los Sombras—. ¿Sigues en contacto con tu padre, Lord Elric Kent? —exigió saber—. ¿Eres su espía?

—¿Qu... qué? —farfullé. Me había cogido totalmente por sorpresa. El Sombra tamborileó con mayor intensidad y ese dolor acuciante, lacerante, empeoró—. ¡No! ¡No, por supuesto que no!

—¿Sabes lo que está tramando? —insistió Harkness, acercándose tanto a mí que su cara quedó a tan solo unos centímetros de la mía. Era intenso, demasiado intenso. Podía oler su aliento agrio y ver la gota de sudor que resbalaba por su frente—. ¿Sabes lo que va a hacer a continuación?

—¡No he hablado con mi padre desde que intentó matarme hace seis meses! —le grité de vuelta, y me aparté de la mesa instintivamente—. ¡Lo juro!

El Sombra asintió.

—Dice la verdad. O al menos, lo que cree que es la verdad.

El Inquisidor se le quedó mirando y, por un solo instante, pude ver un destello de sorpresa en su rostro. Entonces, se levantó y dio media vuelta, ocultando así su expresión.

—Ya veo —dijo, sobre todo a sí mismo, su voz otra vez calmada y amable. Patrañas. No me iba a engañar otra vez—. Puede soltarla.

El Sombra dejó de tamborilear definitivamente, y esa horrible sensación se fue apagando junto con el brillo de sus anillos. Cuando el aire volvió a inundar mis pulmones, me di cuenta de lo fuerte que latía mi corazón, de cómo tenía el cuerpo empapado en sudor. Pero más que nada, me di cuenta exactamente de lo que había significado el momento de sorpresa del Inquisidor.

Esto no era una formalidad en absoluto. Era una trampa. Todo ese montaje, todo ese interrogatorio, había sido para ablandarme para ese ataque final. Y había estado genuinamente convencido de que funcionaría, de que estaba a punto de confesar que era una espía de Occidente.

Sentí ira, porque ¿qué demonios? Y por encima de todo, sentí miedo. El Inquisidor era uno de los hombres más poderosos del reino, y desde luego que el mejor informado. Y a pesar de todas las pruebas, estaba seguro, completamente seguro, de que seguía siendo leal a mi padre. Si el rey no hubiese puesto la mano en el fuego por mí, si Lyriana no hubiese sido tan firme en mi defensa, ¿qué me hubiese hecho? ¿Qué me haría ahora si lograba la excusa apropiada?

Y también había otra cosa que me preocupaba, algo que tardé un minuto en identificar. Era la forma en que me había hecho la pregunta acerca de los planes de mi padre, esa chispa de pasión en un hombre que por lo demás se había mostrado tan frío como un cadáver. No había sido la actitud confiada y capaz de un hombre que cree que lo tiene todo controlado. Había habido miedo en su voz, miedo sincero y real.

El Inquisidor, mano derecha del rey, maestro de los Sombras de Fel, temía a mi padre.

Eso era mucho más aterrador que cualquier otra cosa.

Me dejó ir poco después y salí tambaleándome al aire nocturno. Lyriana y Zell me estaban esperando fuera de la torre. Supongo que su interrogatorio había sido mucho más rápido, pero es probable que eso se debiera a que no les habían acusado de ser espías de Occidente. Zell me dio un fuerte abrazo, escondí la cara en el hueco de su hombro, y Lyriana me dio unas suaves palmaditas en la espalda.

—Vayamos a la Espada de los Dioses —dijo—. Puedes pasar la noche ahí. No creo que ninguno de nosotros tengamos ganas de volver a las habitaciones.

Zell, sin embargo, notó que algo iba mal. Me miró con la cabeza ladeada, luego miró otra vez a la torre del Inquisidor.

—¿Estás bien? —preguntó—. ¿Por qué han tardado tanto?

—Es que... yo... —empecé, pero las palabras se perdieron en el aire según abandonaron mis labios. Porque, ¿qué pasaría si les contaba la verdad, si les contaba cómo me había tratado el Inquisidor? Lyriana entraría hecha una furia en el salón del trono, exigiría una explicación, le montaría un pollo enorme a su padre y lo echaría todo a perder. ¿Y Zell? En esta situación, ni siquiera sé lo que sería capaz de *hacer*. ¿Dejaría su trabajo? ¿Entraría en esa torre y atacaría al Inquisidor en persona? Recordé la expresión furiosa de Zell en casa de los

Vale, esa ira que a veces veía bullir detrás de sus ojos. Y sé que no estaba bien dudar de él, mientras me estrechaba entre sus brazos, pero no pude evitarlo. Confiaba en que haría lo que creyese que era lo correcto. Pero no confiaba en que hiciese lo correcto *para mí*.

¿Y esta noche? Simplemente no quería lidiar con ello. No quería tener que defenderme ante el rey. No quería tener que calmar a Zell. Solo quería tumbarme, hacerme un ovillo debajo de una manta en la oscuridad y llorar hasta quedarme dormida. Que todo esto acabara. Quería estar en algún lugar seguro y tranquilo, con las personas a las que quería, sin que hubiese nadie en peligro, nadie muerto. ¿Por qué no podía tener solo eso?

—No pasa nada —dije, negándome a mirar a Zell a los ojos—. ¿Podemos irnos? ¿Por favor?

Me di cuenta de que Zell quería saber más, quería preguntar, y pude ver el momento exacto en que decidió no hacerlo. Se inclinó y me dio un beso en la frente, sus labios cálidos y dulces. Ese beso decía más que cualquier palabra. *Guárdate tus secretos,* decía. *Confío en ti.*

Lo cual solo me hizo sentir mucho peor.

OCHO

A la mañana siguiente, me desperté sobresaltada porque mi cama era tan cómoda que resultaba un poco alarmante. Era como si el colchón fuese en realidad una almohada gigantesca en la que me había hundido, cubierta por almohadas más pequeñas y suaves sábanas de seda. Durante un instante de confusión, no supe dónde estaba, pero entonces vi el pulido y brillante azul del techo en lo alto, la filigrana dorada que se extendía por las molduras, las delgadas cañerías de latón que discurrían por las paredes hacia el inmenso cuarto de baño privado.

Es verdad. Estaba en la Espada de los Dioses.

Ya había estado antes en la gran torre, incluso en los pisos superiores donde vivía la familia real. Antes de que empezara el semestre en la Universidad había ido a visitar a Lyriana, lo que supuso intentar no perder los papeles por el hecho de estar, ya sabes, en el dormitorio de la princesa en persona. Pero una cosa era visitar el lugar, y otra muy distinta, despertarme en él. Me senté en la cama, me froté los ojos con el dorso de la mano e intenté adaptarme al lugar.

La Espada de los Dioses era distinta de cualquier otra cosa del reino, distinta de cualquier otra cosa del mundo. Porque toda ella estaba hecha de acero rielante, todas las paredes, todos los suelos y todos los techos brillaban de manera constante, cientos de colores bailaban por las pulidas superficies metálicas, como un derrame de petróleo a la luz del sol. No había ni un ladrillo ni una piedra a la vista y, aunque los muebles estaban hechos por la mano del hombre, eran de madera intrincadamente tallada: armarios gigantes con minuciosas flores talladas, mesas con garras de león por patas, y los armazones de las camas tenían incrustaciones de piedras preciosas. En los cuartos de baño, colgaban los espejos más lisos y claros, sus superficies tan pulidas como el agua de un estanque en calma, y si empujabas una pequeña palanca de plata sobre los lavabos, lograbas que saliera agua fría o caliente.

De niña, me había pasado los días imaginando lo maravillosas que serían las vidas de los Volaris, pero me había centrado sobre todo en «vestidos realmente bonitos» y «tartaletas rellenas de otras tartaletas». Conocer la verdad hubiese hecho estallar mi pequeña cabecita.

Forcé a mi cuerpo a salir de la cama, y caí en la cuenta de que ahora llevaba un camisón dorado. Caminé descalza por el suelo metálico de la habitación. Alrededor de mis pies aparecieron diminutos halos de luz y el suelo se calentó al instante al contacto con mi piel, porque ¿qué miembro de la realeza podría vivir con la inimaginable crueldad de tener los pies fríos por un segundo? Crucé la habitación hacia el cuadrado enmarcado en la pared próximo a la cama y apoyé la palma de la mano contra el frío metal.

Sentí un hormigueo en la piel y entonces la franja de pared contenida en el marco rieló y desapareció para volverse tan transparente como el cristal. Mi pared se convirtió en una ventana, desde la que pude contemplar los inmensos Círculos de Lightspire desde una altura imposible. El rey y su familia más cercana vivían en la planta cincuenta de la Espada de los Dioses, y la vista nunca dejaba de asombrarme. Era como mirar dentro de la casa de muñecas más intrincada del mundo, como contemplar a toda la humanidad de un solo vistazo. Desde ahí arriba, podía ver las fastuosas mansiones del Círculo Dorado, los mercados, los parques. Podía ver las casas y tiendas del Círculo de Hierro, los barcos que navegaban por el Adelphus, que serpenteaba a través de la ciudad. Y si guiñaba los ojos de la manera correcta, conseguía distinguir a la gente, tan pequeña como mosquitos, corriendo por las calles, viviendo sus vidas.

Intenté evitarlo, pero mis ojos se deslizaron hacia las aulas abovedadas y las altas torres de los relojes de la Universidad.

Me pregunté si el cuerpo de Markiska seguiría ahí.

Me dejé caer otra vez en la cama, me hundí en sus suaves y cálidas sábanas. La Espada de los Dioses tenía un extraño zumbido, omnipresente, como si las paredes vibrasen solo un pelín. Cerré los ojos y me concentré en el sonido y dejé que ahogara los pensamientos que rondaban por mi cabeza.

El nítido silbido de una típica puerta de la Espada de los Dioses me sobresaltó. Oí como se deslizaba para abrirse. Asomé la cabeza de debajo de la sábana para ver a Lyriana de pie en el umbral de mi puerta, vestida con un traje impecable.

—Tilla —dijo con suavidad, como si le costase un esfuerzo incluso decir solo eso—. Hola.

—Eh —dije.

La oí acercarse y sentarse al pie de la cama, y sentí su mano apretarme la pantorrilla, cálida y consoladora.

—Lo de anoche fue horrible.

—Mmm —murmuré, aunque sinceramente tenía mis dudas de que Lyriana recordara todo lo sucedido ayer por la noche. Sobre todo la parte en que, borracha, había fusionado los huesos de un tío para reconstruirlos.

—Espero que te parezca bien que te trajera aquí —dijo—. Es que no podía soportar la idea de volver a la Universidad.

—No, fue la elección correcta. —Me senté, giré la cabeza hacia la ventana—. No estoy preparada para salir ahí fuera. No me siento segura.

Una pausa tensa flotó en el aire.

—Por el hombre, ¿no? —dijo Lyriana al final—. El que viste en el sótano. El de los ojos. —Asentí—. ¿Tenía el Inquisidor Harkness alguna idea de quién era?

Solté un bufido burlón.

—No. Ni siquiera creo que me creyera. —Otro silencio, así que la miré—. ¿Me crees tú?

—Sí. Por supuesto —dijo Lyriana a toda prisa—. Después de todo lo que hemos pasado, he aprendido a no dudar de tu palabra. Es solo que... no logro encontrarle ningún sentido. ¿Quién crees que era? ¿Por qué le haría daño a Markiska?

—Ni idea. —Me volví hacia la ventana y contemplé la inmensa ciudad, llena de oscuros callejones y siniestros escondrijos. Sabía que la política de las Baronías del Este era complicada, que se odiaban los unos a los otros y siempre estaban peleándose, pero por lo que sabía, solían limitarse a guerras comerciales y a extender rumores escandalosos. Pero eso no explicaría por qué el mago me había estado mirando, por qué me había seguido hasta el sótano, por qué sabía mi nombre.

No tenía sentido. Nada de ello.

—Me voy a tomar unos días libres para recuperarme aquí arriba —dijo Lyriana—. Eres libre de quedarte todo el tiempo que quieras. Estoy segura de que nuestros profesores lo entenderán. —Volví a asentir y Lyriana se puso en pie. Se aclaró la garganta—. Mi familia va a desayunar en el salón privado. Mi padre te invita a reunirte con nosotros.

—Oh… yo… quiero decir, vaya… —Intenté encontrar una excusa, y fracasé. La ultimísima cosa que quería en esos momentos era sentarme en un comedor tan elegante y verme obligada a charlar de nimiedades con el rey Leopold, fingir que no estaba aterrada de hacer algo mal y ofenderle. Apenas quería estar con mis mejores amigos, mucho menos con unos desconocidos, y encima las personas más poderosas del continente. Pero era irrelevante lo mucho que deseaba volver a dormirme, no podía decir que no. El rey era el que me había salvado después del desastre de Occidente. El rey era el que me había acogido en esta ciudad asombrosa, el que me había ofrecido esta oportunidad de tener una gran vida. El rey era la única razón de que estuviera a salvo. Y además, el rey era *el rey*.

Así que me di un largo baño relajante en mi bañera privada. Me puse uno de los vestidos del armario, el más sencillo que encontré, y me cepillé el pelo hasta que estuvo moderadamente presentable. Me dirigí al piso de abajo, el cuarenta y nueve, al espléndido e inmenso comedor que llamaban irrisoriamente «el salón privado». Una larga mesa de madera de secuoya, lo bastante grande como para acoger a doce personas, se extendía por el pulido suelo de acero rielante. Las paredes estaban cubiertas de óleos con retratos minuciosos de los grandes reyes de antaño. En un extremo, al lado de la puerta, había una estatua de mármol del mismísimo Leopold, con un aspecto mucho más impresionante que el que tenía en la vida real, con una enorme espada en una mano y una flor de saúco en la otra. Pero en realidad, era imposible centrarse en nada de eso, porque mi atención se fue de inmediato hacia la comida.

La mesa estaba cubierta, de un extremo al otro, de una variedad de todas las opciones de desayuno imaginables. Había crujientes tartaletas fritas con forma de flor, crepes plegadas que rezumaban mermelada de moras, chisporroteantes lonchas de beicon y esponjosos panecillos con un glaseado de miel. En un extremo, había una bandeja llena de al menos una docena de quesos diferentes y dos docenas de aceitunas distintas; en el otro, había un plato lleno a rebosar de *marr rellia*, bolas del tamaño de puños de masa hojaldrada rellena de carne especiada. Y la fruta, fruta por todas partes, enormes boles de cristal rebosantes de inmensos melocotones maduros, jugosas bayas mei, higos chumbos de las Tierras del Sur y bayas de cacao traídas desde las Islas K'olali.

Era impresionante, se te hacía la boca agua e hizo que mi estómago retumbara mucho más alto de lo que era aceptable. Pero también me hizo sentir un poco incómoda, del mismo modo que me había hecho sentir incómoda la fiesta de la Mansión Vale. ¿Cuánto *costaba* todo esto? ¿A cuánta gente se podía alimentar con esto? ¿Se comerían siquiera toda esta comida, o la tiraban a la basura?

Los olores ricos y deliciosos me golpearon como un tsunami, tan abrumadores que tuve que deslizarme en una silla solo para mantener el equilibrio. La familia real ya estaba ahí reunida. Lyriana se sentó a mi lado. Enfrente de ella estaba su madre, la reina Augusta. El rey Leopold estaba a la cabecera de la mesa, y la musculosa estatua de sí mismo, bajo la que estaba sentado, no le hacía ningún favor. Llevaba lo que creo que pretendía ser ropa informal: una camisa morada holgada con mangas abullonadas, un collar de oro con una reluciente gema negra y, por supuesto, su corona de acero rielante. También tenía mermelada en la barba, pero no creo que nadie fuera a decírselo.

Varios sirvientes se afanaban alrededor de la mesa. Servían café caliente, limpiaban migas y sí, puf, lavaban manos. El Sacerdote de Palacio, una marchita cáscara de hombre que parecía tener, con creces, quinientos años, se adelantó, y todos agachamos nuestras cabezas en oración.

—Les damos las gracias a los Titanes por el regalo de estos alimentos, igual que les damos las gracias por todos los dones que nos han otorgado —dijo casi sin voz, las cuentas doradas de su barba tintineaban mientras hablaba—. Que sirvan para fortalecer nuestros cuerpos y alimentar nuestras mentes y nos lleven a todos más cerca de reunirnos con los Titanes en la Ascensión.

—Benditos sean los Titanes —dijimos todos al unísono, incluso yo. No es que de repente me hubiese vuelto religiosa. Si acaso, la constante exposición a los sacerdotes y a las oraciones me estaba haciendo más escéptica que nunca. Pero sabía muy bien que no debía destacar. Si el rey rezaba, yo también rezaba.

El Sacerdote de Palacio se echó hacia atrás y el desayuno empezó. Cogí una de las *marr rellias* y le di un bocado, y vale, ¿sabes qué?, estaba tan buena que podía soportar lo de darles las gracias a los Titanes. Quizás fuesen dioses gigantescos y aterradores que desaparecieron de un día para otro, pero su legado nos proporcionaba esas tartaletas de carne.

—Tillandra —dijo la reina Augusta, y giré la cabeza hacia ella. Tenía, según mis cálculos, unos cincuenta y pocos años, pero una combinación de genética increíble y las mejores Artes Mutantes hacían que pareciera tener unos treinta. Unos pómulos altos y una mandíbula fina enmarcaban su elegante rostro, y su pelo negro estaba trenzado en torno a su cabeza en bandas triples, una corona simbólica debajo de su verdadera coronita de acero rielante. Sus ojos ardían de un dorado vibrante, como los de Lyriana, y su voz tenía un suave trasfondo melódico, como si un pequeño flujo mágico estuviese siempre discurriendo por debajo—. Lamento muchísimo tu pérdida.

—Oh. Uhm. Gracias —murmuré, con la vista fija en mi plato. Siempre que estaba en presencia de la familia real, sobre todo de la reina, de algún modo revertía a ser una tímida chiquilla de cinco años, escondida debajo del mantel mientras mi padre conferenciaba con sus lores—. Yo, eh, os lo agradezco.

—Un suceso terrible —dijo el rey Leopold, cortando un gigantesco chuletón con un cuchillo que tenía perlas en el mango—. Siempre que una persona joven decide quitarse la vida, es tan trágico, tan inexplicable... Un primo mío lo hizo cuando éramos adolescentes. Gregor, creo que se llamaba. Un chico guapísimo, muy prometedor. Y un día, fue y se ahogó en un río. Ninguno de nosotros supo jamás por qué.

No tenía ni idea de cómo responder a eso o, en verdad, cómo responder a nada de lo que decía el rey. Me había pasado mis primeras visitas con él sumida en un asombro total, intentaba comprender su majestuosidad, entender su ingenio. ¿Qué pensaba el rey en realidad? ¿Por qué estaba tan empeñado en protegerme? ¿Cuál era su plan magistral? Pero cuanto más tiempo pasaba con él, más convencida estaba de que en realidad no había ningún ingenio, o para ser sincera, ninguna majestuosidad. El rey era solo... no sé, un hombre. Le gustaba la comida rica y el buen vino, escuchaba a sus sacerdotes y a sus consejeros, y adoraba a sus hijas. En una ciudad llena de serpientes que intentaban sacar provecho de todo, era solo un viejo oso amoroso que quería pasar el rato. No me protegía por ningún plan magistral; me protegía porque le caía bien a Lyriana, y él quería mucho a Lyriana. Era vagamente reconfortante saber que yo no era un peón, pero a su propia forma, esa verdad era aún más inquietante. Significaba que mi seguridad, mi vida, mi bienestar, dependían por completo de *caer bien*.

—¿Por qué querría nadie *se ahogar?* —intervino una vocecilla suave que me ahorró tener que responder. Era la princesa Aurelia, la hermana pequeña de Lyriana, y no la había visto porque estaba sentada en el otro extremo de la mesa, oculta tras la torre de tortitas que había apilado en su plato.

—Ahogar*se* —la corrigió la reina Augusta.

—Creo que esta no es la conversación más apropiada para un desayuno —interrumpió Lyriana—. Y por todos los Titanes, Aurelia, aparta esa ridícula torre de tortitas. Ni siquiera podemos verte.

—Estaba intentando hacer la Espada de los Dioses —refunfuñó y deslizó el plato a un lado. Aurelia era preciosa. Su pelo negro y liso colgaba por su espalda y tenía los pómulos altos y la barbilla afilada de los Volaris. Al mismo tiempo, había algo un poco desgarbado en ella, una torpeza que la hacía aún más mona. Su nariz era un poco grande y su piel era más clara que la de Lyriana. Sin embargo, lo más destacable eran sus ojos, que eran castaños, no de un reluciente dorado ni un centelleante rojo ni un palpitante turquesa. Aunque tenía nueve años, Aurelia todavía no había Despertado como maga, lo que significaba que todavía conservaba sus ojos naturales. Sus *ojos de bebé*, los llamaban. Lo cual, admitamos, es un poco siniestro.

—En cualquier caso, tienes mis más sinceras condolencias, Tillandra —dijo el rey Leopold y, de verdad, lo único que quería es que todo el mundo dejara de hablarme para poder concentrarme en comer—. Puedes permanecer con nosotros todo el tiempo que quieras. Aunque supongo que la vida aquí se volverá un poco caótica a medida que nos aproximemos a la Mascarada del Día de la Ascensión...

—Cualquier excusa con tal de hablar del baile de máscaras —dijo la reina Augusta con una sonrisita.

—Me conoces demasiado bien, reina de mi corazón —le contestó el rey Leopold, devolviéndole la sonrisa y meneando los dedos en su dirección como si fuese el marido más bobo del mundo.

—Por cierto, se me ha ocurrido algo para la Mascarada de este año —intervino Lyriana—. Me gustaría proponer una idea. Una nueva tradición que creo que podría tener un impacto muy positivo en la ciudad, una que será celebrada durante décadas.

—Te escucho —dijo el rey Leopold, no sin una pizca de escepticismo. Me dio la impresión de que Lyriana sugería nuevas tradiciones muy a menudo.

—Bueno, todo el objetivo del Día de la Ascensión es recordar el momento en que los Titanes nos dejaron y rendir homenaje a la gran responsabilidad que le encomendaron a Casa Volaris —continuó la princesa, con la inconfundible cadencia de alguien que ha ensayado un discurso delante del espejo del cuarto de baño una docena de veces—. La responsabilidad de dedicarnos a servir a las gentes de Noveris, de traer prosperidad, paz y conocimientos a todos.

—Sí. ¿Y?

—Y... ¿no crees que es un poco extraño que celebremos esa responsabilidad enclaustrando a todos los nobles en la Espada de los Dioses, lejos de la gente a la que se supone que servimos?

La reina dejó escapar un suspiro apenas ahogado y el rey Leopold se removió incómodo en su asiento.

—¡La tradición de la Mascarada es casi tan antigua como la propia dinastía! —intervino el sacerdote—. Cuestionarla... sugerir que es injusta... ¡raya en la blasfemia!

—No estoy diciendo que sea injusta —repuso Lyriana—. Solo estoy diciendo que creo que podríamos hacer más. ¿Qué tal si, el día siguiente de la Mascarada, lo declaráramos día de servicios a la comunidad? Todos los nobles y sus séquitos podrían desplazarse al Círculo de Hierro para relacionarse con los plebeyos, contribuir con su oro y su esfuerzo... Podrían construir casas y hornear pan y cuidar de los enfermos y ¡tantas cosas más! Si, solo por un día, toda la nobleza trabajara junta, ¡imaginaos lo que podríamos lograr!

—Mi querida hija —dijo la reina Augusta, y su voz sonaba melódica incluso cuando estaba claro que estaba enfadada—. La Mascarada es la fiesta más importante del año. La aristocracia en pleno acudirá desde todos los rincones del continente para divertirse, para pasar una noche fugaz en compañía de su rey. ¿De verdad crees que querrán hacerlo si tienen que pasarse el día siguiente limpiando excrementos y estrechándole la mano a los pobres?

El rey Leopold asintió.

—Estoy de acuerdo, es un poco excesivo. No sé de dónde sacas estas ideas. —Entornó los ojos—. ¿Es esto alguna nueva tontería de las Hermanas?

—Ya no soy miembro de las Hermanas, ¡lo sabes muy bien! —gritó Lyriana, sacudiendo la mesa, y de repente el ambiente era menos un desayuno-un-poco-incómodo y más una pelea-familiar-muy-incómoda—. ¡Solo intento servir a la gente del reino!

—¿Y estás sugiriendo que yo no? —replicó el rey.

La reina Augusta sacudió la cabeza.

—Las alianzas de nuestra familia ya son bastante frágiles de por sí. ¿Quieres espantar aún a más Casas?

—Solo estoy diciendo que tenemos que intentar ayu...

—¡Hay una tradición en Occidente! —solté de pronto, y todas las cabezas se giraron hacia mí. No sé por qué dije nada. No debí hacerlo, en realidad. Pero ahora que había empezado, no había vuelta atrás—. En todas las grandes fiestas, los Viejos Reyes hacían que sus cocineros preparasen comida extra. Nada elaborado, solo carne y gachas y pan. Y enviaban a todos sus caballeros a los pueblos cercanos a repartirla entre la gente que más lo necesitaba. Ya sabéis, asilos, hospitales, ese tipo de cosas. Con esto mantenían a la gente contenta y, en realidad, no les costaba demasiado.

—Esa sí que es una idea interesante. —El rey Leopold se acarició la barba, cosa que solo logró incrustar la mermelada aún más—. No molestaríamos a los nobles... pero aun así la gente corriente sentiría que se están beneficiando de la amabilidad de la Corona.

—El clero podría ayudar —ofreció el Sacerdote de Palacio—. Incluso podríamos distribuir comida desde nuestros templos.

Lyriana soltó un pequeño suspiro.

—No es del todo lo que pretendía... pero supongo que es mejor que nada.

—Bueno, odio ser la que estropee el momento —dijo la reina Augusta, y su mirada saltó hacia mí un instante. Su cara seguía sonriendo, pero estaba clarísimo que sus ojos no. Empezaba a darme cuenta, quizás demasiado tarde, de que ella era el verdadero cerebro detrás del trono—. Dado lo que ha estado sucediendo ahí fuera, ¿de verdad creéis que este es el mejor momento para adoptar costumbres *occidentales*?

Se hizo un silencio incómodo. Todo el mundo, incluso Lyriana, miró hacia otro lado. Y yo miré mi café tan concentrada como pude, porque quizás, si lo miraba con la intensidad suficiente, me fundiría en su interior. ¿Por qué demonios había hablado? ¿Por qué me había pintado una diana en el pecho? Lo único que tenía que hacer era llenarme la boca de pastelitos y todo iría bien, pero no, tenía que ofrecer mi estúpida sugerencia, y ahora todos actuaban como si fuese algún tipo de infiltrada de Occidente. Necesitaba caerle bien a esta gente, *maldita sea*. ¿En qué estaba pensando?

—¿Pero por qué se ahogó el hombre? —preguntó Aurelia, y nunca le he estado más agradecida al ensimismamiento de un niño.

Por fortuna, el desayuno acabó pronto. El día se me hizo interminable. Por la tarde, reuní las fuerzas suficientes para dirigirme a los Jardines de Cristal en el piso cuarenta y ocho, donde caminé en silencio entre las rosas multicolores y las imponentes orquídeas y las dulces flores de saúco en perpetua floración. Zell vino a verme en cuanto acabó su turno, y pasamos el rato juntos en el balcón del jardín, con su brazo firme a mi alrededor mientras la suave brisa veraniega soplaba en torno a nosotros.

Esa noche, justo antes de la medianoche, estaba de vuelta en mi habitación, sola, incapaz de dormir, cuando mi puerta vibró con una pequeña melodía. Tenía visita.

—Lyriana, lo siento, pero ahora no es el mejor m… —empecé, y entonces la puerta se deslizó a un lado y vi a un hombre ahí de pie—. Oh.

La última vez que había visto a Galen Reza, Señor del Nido, había sido hacía seis meses, cuando partimos del campamento militar improvisado del Desfiladero del Pionero. En realidad, en aquel momento no hablamos, a menos que consideres que un gesto cómplice de la cabeza a través de la ventana de un carruaje sea hablar, y casi había asumido que eso sería lo último que vería de él en la vida. No es que me gustara; de hecho, no me gustaba. En nuestro breve tiempo juntos, se había mostrado cínico y frío y más centrado en derrotar a mi padre que en salvar vidas inocentes. Pero aun así, sentía cierto apego por él, y sentí una extraña sensación de consuelo al ver su desgarbada figura en el umbral de mi puerta. Supongo que una vez que has luchado codo a codo con alguien contra una sala llena de mercenarios, siempre queda un cierto vínculo.

—Lord Reza. —Me senté en la cama y me estiré el camisón—. ¿Qué está haciendo aquí?

—Estoy de visita en la ciudad para la Mascarada del Día de la Ascensión, con la esperanza de lograr una audiencia con el rey. —Entró en mi habitación y dejó que la puerta se cerrase deslizándose a su espalda—. Y la princesa Lyriana sugirió que podría ser agradable que te hiciese una visita. —Lord Reza era originario de los Feudos Centrales. Debía de tener casi treinta años, piel oscura, pómulos altos y el pelo negro y rizado. Sus rasgados ojos felinos se veían tan atentos e inteligentes como siempre, pero también tenía grandes ojeras bajo ellos; los últimos seis meses debían de haber sido durillos—. Me ha contado lo que le pasó a tu amiga. Lo siento mucho.

Cerré los ojos porque por bonitas que fueran sus palabras, no quería hablar de eso con otra persona más.

—Gracias.

—¿Estás bien?

Estaba demasiado cansada para mentir.

—No. En realidad no.

—Yo tampoco. —Galen se giró hacia un pequeño aparador y rebuscó, despreocupado, en su interior—. Uno podría pensar que después de todo lo que hemos pasado, nos merecemos un respiro. Pero no, así no es como funciona la cosa. Creo que a alguna gente simplemente le persigue la muerte, como una sombra que le pisa los talones y golpea cada vez que osa relajarse. —Encontró lo que buscaba: un decantador de cristal—. ¿Tú y yo? Tenemos eso en común.

—¿Qué quiere decir?

Galen descorchó una botella de brandy y se sirvió una copa.

—Mi madre murió cuando yo tenía ocho años y mi padre, cuando tenía veinte. Mi única hermana murió de la fiebre del beso gélido, y el primer chico del que me enamoré murió en un incendio doméstico. —Se llevó la copa a los labios y dio un trago largo y lento—. Pensé que me había acostumbrado, más o menos. Así que, por supuesto, los Titanes me metieron de cabeza en una maldita guerra.

Vacilé un instante, sopesando cómo formular con discreción mi siguiente pregunta. Luego decidí que al carajo con lo de ser discreta.

—¿Cómo va la guerra? ¿Quién está ganando?

—¿Quién sabe? —Galen se encogió de hombros—. Durante un rato, éramos nosotros. Los magos hicieron retroceder a las fuerzas de tu padre hasta el Markson en cuestión de un mes, y dio la impresión de que todo había terminado, excepto las decapitaciones. Pero luego la marea pareció cambiar. Los hombres de tu padre se volvieron más ingeniosos, más despiadados.

El miedo me atenazaba las entrañas.

—¿Está utilizando matamagos?

—A veces, pero no demasiados. Incluso sin ellos, tiene el conocimiento del terreno de su lado. Tiene una guerrilla implacable que está envenenando nuestros víveres y quemando los bosques que nos rodean. Y esa rata, Hampstedt, ha demostrado ser un general sorprendentemente hábil.

Pestañeé.

—Espere. ¿Miles? ¿*Miles* es general?

Galen sacudió la cabeza.

—Yo tampoco lo entiendo, pero parece que así es. Ahora le llaman Halcón Sangriento. Sus estrategias condujeron a la derrota de los exploradores reales en el Arroyo Borboteante y a la captura de una compañía entera de magos.

En un mundo que cada vez parecía tener menos sentido, esto era lo más difícil de digerir. Miles... el estúpido y cobarde Miles... que huía cuando empezaba una pelea, que siempre se escondía entre las faldas de su madre, ¿era de verdad un general brillante?

¿Lo bastante brillante como para que *otra* gente le pusiera un nombre tan honorífico como el Halcón Sangriento? Seguro que le encantaba, que pensaba que le hacía sonar duro e intimidatorio. Solo pensar en su existencia me ponía furiosa, pero saber que le iba bien allá en Occidente, que se estaba forjando una reputación, ganándose el respeto... ¿Después de lo que me había hecho? ¿De lo que le había hecho a Jax?

Lo único que se merecía Miles era un rápido puñetazo en la cara.

—No son solo los hombres de tu padre los que nos molestan —continuó Galen, sin darse cuenta o ignorando a propósito el hecho de que había cerrado los puños con fuerza—. También son las gentes de Occidente. Cantan las alabanzas de los Volaris cuando entramos en las ciudades, pero cuando cae la noche, tres de cada cuatro están dispuestos a clavarnos un cuchillo por la espalda. —Apuró su copa y la dejó en la mesa, con una fuerza un poco desmedida—. Así que ahora, ganamos un metro un día, lo perdemos al siguiente, y volvemos a empezar de cero. Por eso estoy aquí, para suplicarle a nuestro estimado rey que envíe más hombres.

—¿Y lo hará?

Galen resopló.

—No parece probable. Entre el caos de los Discípulos Harapientos, las tensiones con las Tierras del Sur y, ahora, la muerte de la hija de un barón del Este, quiere a todos los hombres de que dispone para proteger esta ciudad. Intenté razonar con él, pero parecía más interesado en hablar con su mayordomo sobre la decoración para el baile de máscaras.

Su tono era tan amargo que casi, solo casi, sonaba a traición. Me puso los pelos de punta.

—Galen... ¿qué está haciendo en mi habitación? ¿Por qué me está contando todo esto?

—Bueno, supongo que pensé que podría ganarme el favor de una buena amiga de la futura reina, pero eso es solo una excusa. —Se sirvió otra copa, luego se volvió hacia mí, y vi que sus ojos no eran los mismos en absoluto. Ahora había en ellos un dolor, una desesperación, que no habían tenido antes—. Puede que sea de los Feudos Centrales, pero crecí en Occidente. Y me rompe el corazón verlo tan devastado. Los ríos fluyen llenos de sangre. Los bosques son meros esqueletos humeantes. Pueblos enteros han sido arrasados. Y a los hombres junto a los que estoy luchando, los magos a los que estoy alimentando y dando cobijo, no puede importarles menos. La mitad de ellos *quieren* reducir la provincia entera a cenizas. —Soltó un largo y lento suspiro—. Si soy sincero conmigo mismo, supongo que lo que quería en realidad era hablar con otra occidental. Con alguien que lo entendiera.

—Lo entiendo —le dije, y me acerqué a él. Le quité el decantador de las manos y lo entrechoqué suavemente con el borde de su copa. Pensé en acantilados herbosos al borde del océano espumoso, en bosques envueltos en niebla con secuoyas que se estiraban hasta casi tocar el cielo, en murales descoloridos sobre paredes de viejos túneles, y en santuarios enterrados en musgosos claros ocultos.

—Brindemos por el Occidente que amamos.

—Por el Occidente que amamos —repitió Galen, y los dos bebimos.

Se fue poco después y yo me quedé sentada en la cama, dándole vueltas a lo que había dicho. Así que la guerra no había terminado. Así que mi padre realmente tenía una oportunidad. Sus hombres estaban conteniendo a los ejércitos del rey y a los Caballeros de Lazan, lo suficiente como para que el Señor del Nido en persona hubiese venido a suplicar ayuda. Una parte de mí no lograba entender cómo era posible. Otra parte de mí estaba aterrada por que hubiese la más remota posibilidad de que ganara.

Y una parte diferente de mí, una brasa enterrada bien hondo, ardía de orgullo por Occidente.

NUEVE

Me quedé con Lyriana en la Espada de los Dioses tres días más, tres días largos y lánguidos que transcurrieron con el turbio aburrimiento de una resaca. No había ninguna razón para marcharme; ese sitio tenía toda la comida y la ropa y las bebidas que podía querer jamás, y aunque sabía, por lógica, que debería volver a la Universidad y retomar mis estudios, también sabía que no *quería* volver a poner un pie en ese lugar jamás. Así que le envié un Susurro a mi amigo Marlo en el Nido, pidiéndole que me guardara el correo, y me instalé en mi habitación aquí arriba. Mientras Lyriana me dejara quedarme ahí, le tomaría la palabra.

Sin embargo, la tarde del tercer día, ese plan se hizo añicos. Estaba en el salón real con Lyriana, Aurelia y la reina Augusta. Las tres estaban sentadas alrededor de una mesita de mármol mientras yo descansaba tumbada sobre un largo sofá mullido, metiéndome, despreocupada, grandes uvas jugosas en la boca.

—Vamos, Aurelia —dijo Lyriana, inclinada por encima de su hermana pequeña—. ¡Puedes hacerlo! ¡Solo visualízalas moviéndose!

—¡Lo intento! —contestó Aurelia. Sobre la mesa había un puñado de pequeñas varillas de metal y Aurelia estaba encorvada sobre ellas muy concentrada, su pequeña frente fruncida con las arrugas más profundas que hubiera visto jamás en un niño. Llevaba anillos, grandes gemas traslúcidas incrustadas en simples alianzas de oro cuyo cometido era ayudar a niños con inclinaciones mágicas a *Despertar* sus poderes internos; anillos de entrenamiento, los había llamado Lyriana. Descansaban sobre los dedos de Aurelia, tan anodinos como piedras normales y corrientes, mientras las varillas de hierro se negaban tercamente a moverse.

—Deberías ser capaz de ver los rayos de poder a su alrededor —insistió la reina Augusta.

—¡No veo los estúpidos rayos! —chilló Aurelia, y lanzó todas las varillas por los aires de un solo manotazo enrabietado. Augusta soltó una exclamación ahogada, Lyriana frunció el ceño, pero yo sonreí. Me gustaba esa niña.

—¡Aurelia Relaria Volaris! —dijo Augusta—. ¡Recoge esas varillas e inténtalo de nuevo!

—Oh, no presionéis a la niña —dijo una voz detrás de mí. Me giré para ver al Inquisidor Harkness en el umbral de la puerta, sonriéndole a la niña como un tío cariñoso. Se me puso la carne de gallina. *Mentiroso—*.

Solo tiene nueve años. Hay tiempo de sobra para que su magia Despierte.

—Nueve años es tarde para que un Volaris Despierte, y lo sabes, Landon —repuso la reina Augusta.

—No siempre —intervino Lyriana, y ¿por qué todo el mundo sonaba tan repipi cuando hablaba con sus padres?— Sheldoni Volaris III no Despertó hasta los trece años, y luego conquistó las Tierras del Sur.

La reina Augusta le lanzó la mirada-de-madre más furibunda que he visto en la vida, luego se volvió de nuevo hacia el Inquisidor.

—Supongo que no has venido para mantener una conversación sobre la mejor forma de educar a un hijo.

—Para nada, Majestad —contestó Harkness con una delicada reverencia—. He venido a por nuestra estimada invitada, Tillandra.

A mi carne de gallina le salió carne de gallina, pero debía mantener las apariencias delante de la familia real.

—¿En qué puedo ayudarle?

—Quisiera tener unas palabritas contigo. —Sus ojillos brillantes se entornaron—. En privado.

Pensé en decirle que se tirara de cabeza a un pozo sin mucho fondo, pero me mordí la lengua. Siniestro o no, todavía tenía el poder de hacer que me encarcelaran o me exiliaran u otra cosa aún peor. Lo cual significaba que tenía que seguirle la corriente.

Me planté una sonrisa en la cara y le seguí fuera de la sala, a través de un par de puertas traslúcidas deslizantes, hasta el balcón del salón. Nos quedamos de pie en la plataforma, el viento silbaba a nuestro alrededor, mientras la gigantesca ciudad se extendía ante nosotros.

—¿Qué quiere? —pregunté.

—Mañana, llega el barón Kelvin San Der Vlain y su familia para repatriar el cuerpo de su hija —me informó el Inquisidor—. Ella le escribió contándole cosas sobre ti, y al barón le gustaría que estuvieras ahí. A lo mejor te hace alguna pregunta, no lo sé. —Dio un paso adelante y cerró ambas manos con fuerza en torno a la barandilla—. Si lo hace... te rogaría que no mencionaras tu pequeña historia sobre el mago misterioso del sótano. Atente a la versión oficial.

—Que se suicidó —dije—. ¿Quiere que mienta?

—Una cosa que aprendes cuando has torturado a suficientes personas es que la verdad es una idea extraordinariamente subjetiva. *Tú* crees que viste a ese mago. *Yo* creo que estabas borracha, es posible que drogada, y te lo imaginaste. Ninguno de los dos podremos saber jamás lo que ocurrió. Lo que estoy haciendo ahora es ofrecerte la generosa opción de elegir la verdad correcta, la que favorece a los intereses del reino.

—¿Y si no acepto esa oferta? ¿Y si le cuento al padre de Markiska lo que le sucedió de verdad?

—Entonces, sonarás como una loca —dijo el Inquisidor, de un modo casual—. Y esta vez, ni siquiera el rey será capaz de protegerte. Tenemos unos cuantos lugares especiales en esta ciudad donde encerramos a las mujeres que han perdido la cabeza. Sospecho que no te gustarían demasiado.

Imaginé lo que sentiría si le empujara por encima de la barandilla.

—Es usted un gran pedazo de mierda, ¿lo sabía?

Dejó escapar una risa seca.

—No hay mucha gente que tenga las agallas de decirme eso a la cara. Realmente eres la hija de tu padre. —Se dio la vuelta, el sol del atardecer parecía un disco rojo sangre que recortaba su delgada silueta—. Puede que tengas engañados a todos los demás, pero yo veo directamente a través de ti, Tillandra. Sé exactamente lo que eres.

—¿Todavía cree… qué? ¿Que estoy trabajando para mi padre? ¿Que soy una especie de espía maestra?

—Nada tan sencillo —repuso Harkness—. Puede que tu historia sea cierta. Es posible que seas inocente. Pero no importa a cuántas fiestas vayas con la princesa, no importa con cuántas sedas de Lightspire te engalanes, puedo ver tu verdadera naturaleza en tus ojos. Eres una occidental. Una rebelde. Una traidora. Y antes o después, llegará el momento en que te veas obligada a elegir entre tu tierra natal y la que te ha acogido. —Alargó el brazo y apoyó la mano sobre el mango de la daga que llevaba a la cintura—. Y cuando llegue ese día… estaré esperando.

—Es usted malvado —dije, sonando más asustada de lo que me hubiese gustado—. Un monstruo.

—Quizás —contestó, casi divertido—. Lo gracioso del poder es que cuanto más tienes, más duro tienes que trabajar para conservarlo. El rey y la reina dan sus discursos y celebran sus fiestas. Los sacerdotes parlotean, los soldados desfilan y los nobles juegan a sus juegos bobos. Y aun así, yo sigo siendo el hombre que mantiene unido el reino, el que mantiene a los sectarios en las sombras y a los rebeldes fuera de las murallas. Yo soy el cuchillo en la oscuridad, Tillandra, el último paso contra el caos. Monstruo o no, esta ciudad me necesita. —Entró en el edificio, su túnica gris ondeaba a su espalda como una sombra hambrienta—. Acude al funeral mañana. Mantén la boca cerrada. Y quizás logres vivir lo suficiente como para volver a llamarme pedazo de mierda otro día.

Y entonces se fue, cruzó la sala de estar y dobló por un pasillo lateral. Observé cómo se alejaba, la respiración todavía atascada en mi pecho, luego entré otra vez en el salón.

—¿Quieres unirte a nosotras? —me llamó Lyriana desde el otro lado de la sala—. Aurelia ya casi tiene las varillas controladas. Estoy segura de que el siguiente intento va a ser el bueno.

La expresión angustiada de Aurelia me dijo que ese no era para nada el caso.

—Gracias, pero no —dije, con las rodillas aún temblorosas—. Creo que me iré a mi habitación.

Estar sentada sola en mi habitación era solo un poco mejor que ver a Aurelia esforzándose por mover unas varillas, aunque por suerte esa noche vino Zell. Había planeado contarle lo del Inquisidor, pero me saludó con un beso largo y apasionado, mientras sus manos desabrochaban mi vestido y, bueno, de repente todo eso parecía muchísimo menos importante. Hicimos el amor por primera vez en una semana, y parecíamos animales hambrientos. En ese momento necesitaba sentirle, sentirle de todas las maneras posibles, sentir su calor y su aliento y sus manos firmes y callosas. Después, nos quedamos tumbados sobre una manta de piel extendida en el suelo, nuestros cuerpos enredados como un par de manos entrelazadas, la luz naranja parpadeante de la chimenea como única iluminación.

—¿Puedo preguntarte algo? —susurré. Tenía la mejilla apoyada contra su pecho desnudo y podía oír su corazón latir a ritmo constante—. Pero tienes que ser totalmente sincero conmigo.

—Por supuesto.

Vacilé un instante, temerosa, no porque creyera que me fuera a mentir, sino porque sabía que no lo haría.

—¿Me crees? ¿Acerca del hombre que vi? Porque todo el mundo cree que solo me lo imaginé, y estoy empezando a pensar, quiero decir, ¿y si tienen razón? Incluso Lyriana. Dice que me cree, pero puedo ver la duda en sus ojos... y...

Zell me interrumpió con un beso, largo y tierno, luego se apartó. Las puntas de nuestras narices se tocaban, solo un poco, y me miró a los ojos desde solo un par de centímetros de distancia.

—Yo te creo —dijo, y sus palabras fueron como zambullirse en el mar después de semanas rodeada por un calor abrasador.

—Gracias. Por los Viejos Reyes, por los Doce, por lo que sea, gracias.

Me besó de nuevo.

—Te quiero, Tillandra.

—Yo también te quiero —susurré, y me derretí entre sus brazos. Sabía que todavía teníamos cosas que resolver. Sabía que todavía me ocultaba cosas, que yo todavía le ocultaba cosas a él. Pero no me importaba. Necesitaba *ese* momento, esa sensación.

A la mañana siguiente, cuando nos despertamos, nos vestimos juntos para el encuentro con el padre de Markiska. Zell llevaba su uniforme formal azul, que por alguna razón parecía mucho menos seductor y mucho más sombrío. Lyriana me había conseguido un atuendo apropiado: un oscuro vestido de corte conservador con guantes negros de encaje. No dijimos nada. No teníamos que hacerlo.

Lyriana y su madre se reunieron con nosotros en el vestíbulo y caminamos juntos hacia el aravin. Sus grandes puertas de metal se deslizaron para abrirse cuando nos acercamos. Entramos en el delgado tubo de cristal, uno de los varios que discurrían por el lateral de la Espada de los Dioses. Un mago corpulento de la orden de los Manos de Servo nos esperaba en el interior; empezó a hacer lo suyo en cuanto entramos, girando sus grandes manos en amplios círculos. Desde algún lugar cercano, pude oír el runrún de unos engranajes y el débil aullido del viento a través de un embudo. La amplia plataforma sobre la que nos encontrábamos se tambaleó un poco, luego empezó su grácil descenso a través del tubo, como una hoja que bajara flotando por una cañería.

Cerré los ojos con fuerza y reprimí las náuseas que rondaban por mi estómago. *Odiaba* esto. De verdad, de verdad que lo odiaba. Una vez le pregunté a Lyriana cómo funcionaba, y me contó un rollo sobre corrientes de aire y presión y artes de levitación, todo lo cual solo logró ponerme aún más nerviosa. Juró y perjuró que los aravins eran seguros, pero nada en este mundo podía convencerme de que no iba a morir cada vez que ponía un pie en uno.

Después de quizás un minuto o quizás una eternidad, la plataforma se detuvo con una sacudida. Abrí los ojos para ver a un grupo de gente al otro lado del marco de cristal del tubo; esperaban en el patio debajo de la larga escalinata de la Espada de los Dioses. Había un cordón de soldados por la periferia para impedir el paso del público. Al guiñar los ojos, pude ver la figura achaparrada del rey; su atuendo, a pesar de ser negro y sombrío, deslumbraba a la luz del sol. La alta figura gris del Inquisidor acechaba a su lado. Más allá, había un grupo de personas muy juntas vestidas con ropa de colores vivos que supuse que serían los familiares de Markiska. Y delante de ellos, descansando sobre el pabellón pintado, había un lustroso féretro de madera de secuoya, su tapa abierta.

Vacilé un instante. No. *No.*

La mano de Zell encontró la mía. Respiré hondo. Seguimos adelante.

Markiska recibiría su eterno descanso en su tierra natal, Sparra, donde sería enviada al mar en un barco cargado con todas sus posesiones más preciadas. Así que esto era lo más cercano que habría a un funeral por ella, la última oportunidad que tendría de despedirme de mi amiga. Hice acopio de valor y eché a andar, crucé las puertas del aravin y bajé por esas largas escaleras, cada vez más y más cerca del féretro.

Sabía que cuando enviaran a Markiska al mar, estaría resplandeciente, llevaría un espectacular vestido rojo y oro, y la habrían maquillado los mejores artistas de su familia. Pero ahora, en esa caja, iba sin adornos, más sosa de lo que la había visto en la vida. Le habían puesto un simple vestido gris y su rostro no tenía ni asomo de maquillaje. Sin embargo, lo más destacable era su pelo. Lo habían lavado, los tintes que utilizaba siempre Markiska eliminados, y ese lustroso rubio imposible era ahora un castaño normal y corriente. Esta era la verdadera Markiska, la cara detrás de la máscara, la chica vulnerable detrás de la diosa que fingía ser. Parecía pequeña y dulce, e insoportablemente humana.

Me quedé ahí de pie, al lado del féretro, en silencio, mientras uno por uno, los miembros de su familia se despedían de ella. Su madre y sus hermanas fueron las primeras, luego una mujer marchita con la cara pintada de blanco que supongo que era su abuela. Su padre fue el último. No sé qué aspecto esperaba que tuviera, pero desde luego que no era este: un hombre bajito con las mejillas rojas y enormes cejas peludas, como si tuviese unos ciempiés pegados a la frente. Llevaba la cara pintada de un gris polvoriento, con los finos labios negros, y centelleantes joyas a modo de lágrimas pegadas debajo de los ojos. Cogió mi mano en la suya, su piel resbaladiza y sudorosa.

—Eras amiga de mi hija —dijo, y se le quebró la voz.

—Sí, lo era —contesté, incapaz de mirarle a los ojos—. Era fantástica. Asombrosa.

—Lo sé —dijo, y sus palabras estranguladas me dieron ganas de romper a llorar otra vez—. Yo... solo... es que no puedo creer que hiciera esto. No lo entiendo. No puedo. —Me cogió de la muñeca, del brazo. Yo no podía con esto. Hoy no. Nunca—. ¿Era infeliz? ¿Le hizo daño alguien? ¿Por qué haría algo así?

—Ella... ella... —balbuceé, pero las palabras no llegaban. Sentí cómo Lyriana se tensaba a mi lado. Mis ojos se deslizaron hacia el Inquisidor, que me miraba con intensidad, sus labios entreabiertos justo lo suficiente para que pudiese ver sus dientes apretados. Sabía que debía mentir. Sabía que debía decir lo que todos querían oír. Pero a pesar de lo mucho que lo intenté, no me salían las palabras—. Lo siento, yo...

Entonces le vi. El hombre al borde de la multitud, acechando por el fondo. La cara oculta entre las sombras de una capucha.

Por un instante, se me subió el corazón a la garganta, y pensé que era él, el mago del sótano, el que había matado a Markiska. Pero entonces se le cayó la capucha hacia atrás y vi su cara. Mofletes redondos. Ojos tiernos. Pelo recogido en elaboradas trenzas.

Darryn Vale.

Sus ojos se cruzaron con los míos, desde el otro extremo de la multitud, y se abrieron mucho por la sorpresa. Y... ¿el miedo? ¿Culpabilidad?

Entonces dio media vuelta y echó a correr, desapareciendo calle abajo.

Un pensamiento brotó en mi mente, una semilla que al instante germinó en una hiedra enmarañada. ¿Qué era lo que me había dicho el Inquisidor, en la Torre de Vigilancia? ¿Que Markiska se había escabullido hacia las habitaciones con un chico durante la fiesta, que habían discutido y ella se había marchado hecha un mar de lágrimas? Lo había descartado como un intento suyo de inventar un relato que explicara por qué se había suicidado, pero quizás esa historia era la clave desde el principio. Porque, ¿y si ese chico no era un chico cualquiera, sino uno muy concreto? Un chico que bajo ninguna circunstancia en absoluto debería de haberse enrollado con

Markiska, no en la fiesta donde habían anunciado su compromiso. Un chico con una familia muy poderosa que tenía todo que perder...

Todas las teorías que había tenido acerca de la muerte de Markiska habían girado en torno a algún gran complot, algún intrincado plan entre nobles poderosos. Pero ¿y si todo esto era algo mucho, mucho más sencillo? ¿Y si todo esto solo tenía que ver con ella y con Darryn?

—Lo siento —le repetí al padre de Markiska, que seguía mirándome con esos terribles ojos acuosos—. Pero tengo que irme. Tengo que irme.

Di media vuelta y corrí escaleras arriba hacia la Espada de los Dioses. Podía sentir los ojos de todos los presentes clavados en mí. Estoy segura de que parecía una chica destrozada, incapaz de soportar su pena. Perfecto. Que así fuera. Podían pensar lo que quisieran. No me importaba. Siempre y cuando eso me quitara al Inquisidor de encima.

No iba a rendirme. Iba a averiguar exactamente lo que le había ocurrido a Markiska. Iba a llevar a quien fuera que la había matado ante la justicia.

Y tenía mi primera pista útil.

DIEZ

Nos reunimos en un salón por la tarde. Yo caminaba arriba y abajo, el cerebro a mil por hora. Zell se mantenía alerta contra una pared, sus ojos seguían todos mis movimientos mientras Lyriana me observaba desde un sofá. Había venido más tarde, pues había tenido que esperar abajo hasta que la familia de Markiska se hubo marchado, y me costó unos buenos diez minutos de palabrería acelerada ponerla al día de mis pensamientos.

—¿De verdad crees lo que estás diciendo? —preguntó, y noté que estaba haciendo malabarismos entre su escepticismo natural y el deseo de creerme—. ¿Crees que Darryn ordenó que mataran a Markiska?

—Dime que no tiene sentido —repuse—. Darryn acababa de comprometerse con la baronesa de Orles. Eso es una cosa muy gorda para la familia Vale, ¿no? Tan grande como un almacén lleno de oro. Y Markiska se entera de ello en la fiesta. Es lista. Sabe que una alianza entre dos de los mayores rivales comerciales de su familia sería un desastre. Así que sabotea el acuerdo del modo que mejor sabe: seduciendo a Darryn.

—¿Crees que planeaba hacerle chantaje? —preguntó Zell.

—Quizás. O quizás solo exponerle como el depravado tramposo que es.

Lyriana asintió.

—Si se hubiese sabido que Darryn le estaba siendo infiel a su prometida, nada menos que con la hija de un barón rival, hubiese sido una gran vergüenza para la Casa Vale.

—Y para Darryn en particular.

—La boda se hubiese anulado —continuó Lyriana—. Y Darryn se hubiese llevado la mayor parte de la culpa. Conociendo a Molari, le hubiese desheredado, expulsado de la familia. Se hubiese quedado en la calle.

—¡Exacto! —exclamé, y era tan lógico que no podía creer que no se me hubiese ocurrido antes—. Pero Markiska subestimó a Darryn. No sabía de lo que era capaz. Ese hombre al que vi, el de los ojos ahumados... deambulaba por la fiesta en la propiedad de los Vale. ¿Y si trabaja para ellos? Para Darryn. ¿Y si Darryn le ordenó que matara a Markiska?

Zell se movió incómodo.

—¿Eso es una posibilidad? ¿Existen magos que asesinarían por encargo?

—No debería haberlos. Las órdenes exigen a sus magos que cumplan los más altos estándares de conducta.

Matar a un inocente sería un crimen imperdonable, castigable con la más dolorosa de las muertes. —Lyriana vaciló un instante, como si fuese a revelar algo que no debiera—. Pero... siempre hay rumores. De apóstatas solitarios, magos criados fuera de las Órdenes, leales solo al mejor postor.

—¿Y qué mejor postor que la familia más rica del reino?

Zell soltó una larga exhalación.

—Vale. Digamos que todo esto es cierto. ¿Y ahora qué? ¿Qué hacemos?

—Denunciamos a Darryn —dije—. Le contamos al rey lo que hizo y le llevamos ante los tribunales.

—No es tan fácil Tillandra —dijo Lyriana—. Estás hablando de la más grave de las acusaciones, del tipo que inicia reyertas familiares. Si no es verdad... o si es verdad pero no podemos demostrarlo... podría ser catastrófico para todos nosotros. Los Vale exigirían que se te juzgara por calumnias... o algo peor.

—Entonces, primero conseguiremos pruebas —dijo Zell—. La pregunta es cómo.

—Puede que tenga una idea —dijo una voz grave y taimada desde el fondo de la sala.

Todos giramos en redondo. Ellarion estaba apoyado contra una columna, los brazos cruzados delante del pecho.

—¡Ellarion! —exclamó Lyriana sorprendida—. ¿Qué estás haciendo aquí?

—Escuchar vuestra conversación, obviamente. —Se acercó a nosotros y por el camino cogió una gran manzana verde de un bol, le quitó el polvo con su túnica—. Y más os vale agradecerles a los Titanes que lo hiciera. Porque si queréis demostrar que Darryn encargó que mataran a Markiska, vais a necesitar mi ayuda.

Me volví hacia Lyriana, que parecía preocupada, y hacia Zell, que parecía alarmado. Ellarion me gustaba, pero no sabía en qué medida podía confiar en él.

—¿Nos crees? ¿Crees que fue asesinada?

—Conocía a Markiska. Éramos... amigos —dijo Ellarion, y esa ligera pausa me indicó que habían sido más que eso, al menos una vez—. Hablé con ella en la fiesta. Nos reímos, bebimos, nos pusimos al día. Me dejó para ir a flirtear con Darryn y vi a los dos escabullirse por un pasillo un rato más tarde. Parecía sobria, astuta, en control. No creo que la chica que vi entonces pudiese suicidarse esa noche. —Negó con la cabeza—. Vine aquí a compartir mis sospechas con Lyriana. Pero resulta que vosotros me habíais ganado la mano. Jamás dejáis de impresionarme, chicos.

—Dijiste que podías conseguir pruebas —dijo Zell sin rodeos—. ¿Cómo?

Ellarion miró a su alrededor, como para asegurarse de que no hubiera un *segundo* granuja encantador escuchando entre las sombras.

—Lo que estoy a punto de contaros es un secreto de primer orden. ¿Puedo confiar en que no saldrá de esta sala? —Sus ojos se deslizaron por encima de Lyriana y de mí, y se clavaron directamente en Zell.

—Por supuesto —dijo Lyriana, y Zell se limitó a asentir.

Ellarion dudó un instante más, luego se encogió de hombros. Parece que eso era suficiente para él.

—Entrenar para convertirte en Archimago tiene sus ventajas, pero la mayor de todas es poder estudiar con los mandamases de todas las Órdenes, aprender cualquier arte que quiera. Incluso las que pertenecen a los Sombras de Fel.

Lyriana abrió los ojos como platos, así que tuve claro que se me estaba escapando algo.

—No... estás de coña...

Ellarion sonrió.

—Puedo ver Ecos.

Se me seguía escapando algo.

—¿Qué es ver Ecos?

—Según los rumores, es un arte de espionaje difícil e increíblemente complicado —explicó Lyriana—. Yo nunca he visto a nadie hacerlo. Quiero decir... ni siquiera estaba segura de que fuese real.

Ellarion seguía sonriendo.

—Oh, sí que es real. No soy ningún experto, eh, pero ya domino lo básico. Si me concentro, puedo ver e interpretar Ecos que se remontan a varios días, quizás incluso una semana.

—¿Se supone que lo que estás diciendo tiene algún sentido? —pregunté—. Porque cada cosa que dices solo me confunde más.

Ellarion se sentó en una silla enfrente de mí y le dio un gran bocado a su manzana.

—A ver si lo entiendes. Parte de ser un mago es ver cosas que la gente normal no puede ver. Tú miras por esta habitación y ves la *realidad* que hay en ella. Los muebles. Las paredes. Las personas. Pero cuando miro yo, veo muchísimo más. Veo hebras de posibilidad, como rayos de luz, que lo conectan todo. Veo un tapiz de energías ocultas, rojas y doradas y blancas, por todas partes a nuestro alrededor como un gran telar invisible. —Sus ojos carmesíes centelleaban, llamas danzarinas, y casi pude verlo yo también, casi pude imaginar lo que quería decir. Los magos eran siempre tan reservados sobre cómo funcionaba su don, pero las palabras de Ellarion realmente tenían sentido.

—Un gran telar —murmuró Zell—. Nuestros chamanes dicen lo mismo. ¿A dónde quieres ir a parar?

No supe decir si Ellarion estaba intrigado o enfadado.

—Cuando pasas por la vida, rozas contra ese telar y dejas pequeñas trazas de ti a tu paso, como huellas en la arena. Se difuminan y desaparecen con el tiempo, pero si miras en el lugar adecuado, en el momento justo, puedes verlas. ¿Tiene sentido?

—No.

Ellarion suspiró.

—Conseguid colarme en el cuarto de Darryn y debería ser capaz de ver exactamente lo que hizo esa noche.

—¿Hablas en serio? —dijo Lyriana—. Ellarion, emplear un arte como la visión de Ecos sin permiso del Inquisidor es un delito capital, no digamos ya hacerlo con una familia tan influyente como los Vale. ¿Y si te pillan? ¿Qué pasa si sale mal? Lo perderías todo. —Sacudió la cabeza—. Yo también quiero saber lo que le ocurrió a Markiska, pero... no puedo pedirte que hagas esto.

—Mira. Se trata de Markiska. Pero también es mucho más que eso —dijo Ellarion—. Hace años que hay rumores acerca de la familia Vale. Que si están involucrados en actividades criminales. Que si contratan apóstatas para hacerles el trabajo sucio. Que si quieren hacerse con el poder de la Corona. —Entornó los ojos—. No olvides, querida prima, que fue Molari Vale el que habló de manera tan vehemente contra ti en tu juicio.

—Así que de eso es lo que trata todo esto en realidad —comentó Zell—. Una oportunidad para echarle mierda encima a algunos rivales.

Los ojos de Ellarion saltaron hacia él, y ahora *eso* seguro que era enfado.

—Mira. ¿Quieres pruebas o no?

—Aunque dijésemos que sí, aún tenemos que conseguir colarte de algún modo en el cuarto de Darryn —los interrumpí, porque realmente no estaba de humor para ver pelearse a esos dos—. ¿Cómo vamos a hacerlo?

—De hecho, puede que tenga una idea —dijo Lyriana—. Pero no creo que os guste nada.

ONCE

Pasamos el resto del día refinando el plan de Lyriana hasta que pareció infalible, y a la mañana siguiente tomamos la decisión de llevarlo a cabo. Una parte de mí quería esperar, darle más vueltas, encontrar una razón para demorarlo antes de, ya sabes, colarnos en la mansión del comerciante más rico de la ciudad. Pero era consciente de que era mi cobardía la que hablaba. Además, Ellarion había dicho que solo podía remontar sus Visiones unos pocos días, así que cada día que pasaba era un día en que las pruebas contra el asesino de Markiska se iban difuminando. Teníamos que actuar ya.

Así que esa tarde, los cuatro bajamos a la planta baja en un aravin sumidos en un tenso silencio, haciendo todo lo posible por que no pareciera que tramábamos algo. Mi estómago era un revoltijo de mariposas y me hormigueaban las manos de la preocupación. A mi lado, Lyriana plisaba su vestido una y otra vez, mientras Ellarion chasqueaba los dedos de manera casual, y a cada chasquido, una chispa prendía una pequeña llamarada, como cuando golpeas pedernal. Solo Zell parecía estar normal, tranquilo y decidido, con una expresión distante. No sabía si simplemente se le daba muy bien mantener el tipo, o si no estaba tan nervioso porque su parte del plan era la que menos riesgo implicaba.

A ver, nuestro plan requería la colaboración de tres de nosotros para entrar en el cuarto de Darryn: Lyriana para distraer a Molari, Ellarion para ver los Ecos, y yo para vigilar y asegurarme de que Ellarion estuviera bien. Lo haríamos en un día de clase, cuando Darryn estuviese en la Universidad, pero eso no cubría el escenario muy plausible de que decidiera hacer pellas y volver a casa pronto. Ahí es donde entraba Zell. Su labor era ir a la Universidad, mantener un ojo puesto en Darryn todo el rato y retrasarle de algún modo si daba la impresión de dirigirse hacia su casa.

Había intentado pensar una forma de mantenernos todos juntos porque odiaba la idea de hacer algo arriesgado sin Zell a mi lado. Pero no había forma humana de hacer que funcionara. Así que nos separamos en la base de la Espada de los Dioses, en ese inmenso salón de baile de suelos de mármol de la planta baja. Mientras Lyriana y Ellarion conseguían un carruaje, le abracé con fuerza y él me plantó un suave beso en la frente.

—Tilla —dijo con voz queda—. ¿Está segura de esto?

Asentí.

—Si Darryn hizo que mataran a Markiska, tiene que pagar por ello. Y esta es la única forma de poder saberlo.

Zell bajó la vista hacia mí.

—Mira. Yo... sé que las cosas han estado un poco raras entre nosotros últimamente. Pronto, tendremos que sentarnos y hablar. Pero por ahora, yo solo... yo... —Sacudió la cabeza—. Olvídalo. Buena suerte. Te veré cuando esto acabe.

Le besé, un beso largo y lento y tierno.

—Me reuniré contigo enseguida —dije, le abracé una vez más y luego salí a reunirme con Lyriana y Ellarion en su carruaje. Entré de un salto y me dejé caer en mi asiento, las mejillas todavía un poco sonrojadas.

Ellarion me lanzó una mirada de irónica diversión.

—Sois absolutamente adorables.

Lyriana sonrió.

—¿A que sí? ¿No son demasiado?

—Cerrad la boca, chicos —dije, y miré hacia otro lado para ocultar mi sonrisa.

Poco después, nuestro carruaje llegó a la Gema y nos dejó ante la impresionante verja de la Mansión Vale. No estábamos citados, así que esperamos al exterior de las altas paredes de ladrillo de la propiedad, dando golpecitos en el suelo con los pies bajo el ardiente sol durante lo que pareció una eternidad. La calle a nuestro alrededor estaba casi vacía, pero un pequeño movimiento captó mi atención. En la esquina, cerca del extremo del terreno de Molari, un joven sin camisa y con un cubo se afanaba en frotar algo arrodillado en el suelo. Una estatua se alzaba por encima de él, una gran figura de mármol que representaba a un mago con las manos estiradas, del tipo que veías por toda la ciudad. Excepto que esta ya no tenía cabeza, solo un cuello roto, y sus brazos terminaban en irregulares muñones de piedra. Debajo de la estatua había un mensaje, garabateado en emborronada pintura roja: *Los Titanes Regresan. Los Usurpadores Arden. Viva la Sacerdotisa Gris.*

Era un día abrasador, pero sentí un escalofrío gélido. Sabía que los Discípulos Harapientos estaban volviéndose más osados, pero una cosa era saberlo y otra verlo. Este era el mismísimo corazón de la Gema, el vecindario más seguro de la ciudad. Y aun así, ahí estaba, el vandalismo de los Discípulos Harapientos, una estatua desfigurada y pintarrajeada a menos de seis metros de la casa de Molari Vale.

El guardia regresó unos minutos más tarde y nos acompañó por un sendero que conducía hasta la puerta principal de la mansión. Me pregunté si tendríamos que esperar mucho, pero la puerta se abrió incluso antes de que llegáramos a las escaleras. Y en el umbral estaba Molari Vale, su voluminoso cuerpo ponía a prueba los límites de su apretada túnica de seda. Sus cejas grises se arquearon de curiosidad al vernos.

—Princesa Lyriana.

Detrás de él, los sirvientes alineados en el vestíbulo de la mansión hicieron una reverencia al unísono:

cayeron sobre una rodilla y cruzaron las manos a la espalda. Pero Molari no se arrodilló, algo que quizás hubiese debido parecernos una señal de aviso bastante obvia. Se limitó a inclinar la cabeza un poco, lo justo como para que contara como un gesto de respeto.

—Quería hablar con usted sobre el Día de la Ascensión —dijo Lyriana, con esa cadencia ligeramente artificial de alguien que ha ensayado las palabras un millón de veces—. He tenido una idea para la Mascarada, una dedicatoria sorpresa a mi padre para celebrar sus veinte años en el trono, pero necesitaré sofisticados productos de las Tierras del Sur, y sé que usted tiene conexiones con sus comerciantes.

Molari soltó un suspiro retumbante, y casi pude ver los engranajes en su cabeza dar vueltas mientras intentaba encontrar una forma de escapar de ese marrón.

—Hoy tengo bastante trabajo entre manos, pero... supongo que podré dedicaros unos minutos. —Sus ojos saltaron hacia Ellarion y luego, por primera vez, se posaron en mí—. ¿Vosotros dos sois parte de esta conversación?

Respiré hondo. El plan que habíamos urdido requería que los tres estuviéramos dentro de la casa. Conseguir que entrara Lyriana era bastante fácil porque, ya sabes, es la princesa. Conseguir que yo pudiese entrar sería mucho más difícil.

Ellarion dio un paso adelante con una sonrisa radiante.

—De hecho, Molari, me importa un bledo ese baile de máscaras. Pero cuando me enteré de que mi prima iba a venir hoy a visitarle, bueno, no pude evitar apuntarme a la excursión.

Lyriana puso los ojos en blanco abrumada por una vergüenza descomunal.

—Intenté impedírselo. De verdad.

Ellarion plantó un brazo alrededor de mis hombros y me atrajo hacia sí. Su piel volvía a estar caliente, ese calor cosquilloso e imposible, pero también pude sentir su cuerpo, de una firmeza sorprendente.

—Verá, Tillandra es una buena amiga mía. Y le prometí que le enseñaría su colección de tapices de la era de los Titanes.

Solté una risita bobalicona y apoyé la cabeza en su hombro.

—Jamás he visto nada tan antiguo. ¡No puedo ni imaginármelo!

De acuerdo, yo tampoco estoy orgullosa del plan, pero fue el mejor que se nos ocurrió, y tocaba todos los prejuicios de Molari: Lyriana la princesa odiosa, Ellarion el *playboy* sin dos dedos de frente, y yo la cazafortunas de Occidente. Aunque por una vez, solo por una vez, hubiese sido agradable tener un disfraz que no fuese la *novia*.

He de admitir, sin embargo, que el brazo de Ellarion era mil veces más agradable de lo que había sido el de Miles, allá en Bridgetown.

El labio de Molari se retorció en una mueca de desagrado y me di cuenta de que quizás nos habíamos pasado con nuestra actuación.

—Vas a ser el Archimago del reino entero, Ellarion. ¿De verdad es esta la compañía que eliges tener? ¿Una señorita cualquiera de Occidente?

¿Se iría al traste nuestro plan si le diera un puñetazo en la boca a Molari? Quiero decir, es probable que sí, pero ¿no valdría la pena?

Ellarion me lo ahorró dando un paso al frente. Su sonrisa desapareció al instante, sustituida por un ceño fruncido y unos ojos que refulgían de ira.

—Tiene razón, Molari. Voy a ser el Archimago. Lo que significa que realmente tendría que pensárselo mejor antes de adoptar ese tono conmigo o con mis amigos.

El rostro de Molari apenas se alteró, excepto por una única vena palpitante justo encima de su ojo derecho.

—Mis disculpas —dijo al fin. Luego le hizo un gesto por la espalda a uno de los sirvientes—. Arkanos, acompáñalos al salón de los tapices. —Sus ojos volvieron a saltar hacia mí—. El *público*.

Y entonces estábamos en marcha. Cruzamos el umbral de la puerta y seguimos a través de varias salas al desafortunado sirviente que se había visto obligado a atendernos. Lyriana se quedó con Molari. Se desviaron hacia los jardines, pero le lancé una mirada significativa por encima del hombro. Asintió. Por ahora, todo bien.

Arkanos era de las Tierras del Sur, con ojos rasgados, cejas espesas y una reluciente cabeza calva. También era, supuse, el sirviente que hacía todos los trabajos denigrantes ahí, un hombre joven, nervioso y larguirucho que musitaba entre dientes sin parar.

—Ahora, estamos llegando al ala sur —explicó mientras doblábamos una esquina hacia un largo pasillo vacío—. Los tapices deberían estar aq...

—Pregunta rápida —le interrumpió Ellarion—. ¿Sabe dónde está el cuarto de Darryn Vale?

Arkanos se giró, parpadeó confuso.

—Sí, claro. Está justo por donde hemos venido, la tercera puerta de la izquierda. Pero ¿por qué quiere...?

Se vio interrumpido de nuevo, esta vez porque Ellarion alargó el brazo y deslizó la mano por la cara del hombre.

—Duerme —dijo Ellarion, sus anillos palpitaron negros, y a Arkanos se le pusieron los ojos en blanco. Se colapsó como una marioneta a la que le hubieran cortado los hilos. Ellarion se deslizó hacia delante para cogerle antes de que cayera y le depositó en el suelo con cuidado.

—Uau —dije, dando un paso atrás—. No sabía que eso fuera algo que los magos pudieran hacer.

—Es un arte raro. Difícil de dominar. Hazlo mal y acabas enmarañando para siempre el cerebro de la víctima. —Ellarion abrió la puerta de un armario adyacente y arrastró el cuerpo dormido del sirviente para dejarlo entre las escobas y los cubos—. No te preocupes. Lo he hecho bien. Se despertará dentro de una hora con bastante resaca. —Cerró la puerta del armario y se volvió hacia mí con cara de preocupación—. Escucha. Sobre lo que te ha llamado Molari... mis disculpas. La arrogancia de ese hombre sobrepasa su sensatez. Nunca debió sentir que podía decir eso en voz alta.

Ellarion estaba intentando ser amable, pero su disculpa revelaba la verdad que más dolía. El paso en falso de Molari solo fue decir lo que todo el mundo ya pensaba.

—No pasa nada. Vayamos al cuarto de Darryn.

Nos apresuramos de vuelta por el camino que habíamos venido hasta donde nos había indicado Arkanos. La puerta de Darryn estaba cerrada con llave, pero Ellarion apoyó la mano en el pomo y cerró los ojos. Sus anillos parpadearon de un apagado color marrón, e incluso llegué a oír el mecanismo cambiar de posición mientras la puerta se abría con un leve chirrido.

Por el amor de los Titanes, ¿cuántas artes distintas conocía Ellarion? ¿Cuán poderoso era?

Entramos en el cuarto de Darryn y cerramos la puerta a nuestra espalda. Para mi sorpresa, esa habitación era incluso más grande que la de Lyriana en la Espada de los Dioses, lo que hacía a Darryn oficialmente más mimado que la princesa. La luz del sol entraba a raudales por una claraboya curva en lo alto, iluminaba las paredes de mármol de la habitación redonda. Gruesas alfombras de pieles cubrían los suelos. Había boles de fruta, pan y fiambres sobre una amplia mesa. La cama con dosel de Darryn parecía lo bastante grande como para que pudiesen dormir en ella cuatro personas, y a su alrededor había media docena de botellas de vino vacías tiradas por el suelo. Por alguna inexplicable razón, las paredes estaban cubiertas de bonitos cuadros de caballos.

—¿Y ahora qué? —le pregunté a Ellarion—. Porque estoy bastante tentada de coger una de esas peras.

Ellarion inclinó la cabeza y entrelazó los dedos.

—Para empezar, necesitaré algo de Darryn. Ve a ver si hay algún pelo en la almohada.

—¿En serio?

—Sí, en serio. —Su boca flirteó con una sonrisa—. La magia no es todo luces vistosas y bonitas fruslerías. A veces, puede ser muy asquerosa.

—Vale. Pero me debes una copa después. —Me acerqué a la cama de Darryn, pasé por encima de la ropa sucia que tenía por ahí tirada, y retiré bruscamente la cortina. Las sábanas olían a sudor. Aquello era repugnante. Con una mueca de asco, le di la vuelta a la almohada y pesqué un pelo negro y rizado—. Toma —dije, y se lo llevé a Ellarion—. En esas botellas también es probable que haya algo de saliva.

—No seas desagradable —dijo, y cogió el pelo. Lo frotó entre el pulgar y el índice de su mano izquierda y cerró los ojos en profunda concentración. Su respiración era rápida y superficial, abrió las aletas de la nariz. Sus anillos parpadearon de un negro intenso, luego se apagaron—. Maldita sea —masculló.

—¿No está funcionando? ¿Necesitas más pelos?

—Solo... dame un segundo —bufó Ellarion. Tragó saliva y lo intentó de nuevo. Sus ojos revoloteaban de acá para allá detrás de sus párpados cerrados, y una gota de sudor rodó por su mejilla—. No es... magia fácil...

—No hables. Solo concéntrate.

—Ya. Lo. Hago. —Ellarion hizo una mueca, como si de verdad sufriese algún dolor, y contuvo la respiración con los dientes apretados. Las venas de sus brazos se abultaron en sus músculos y el aire a su alrededor rieló y chisporroteó. Aunque el sol brillaba con fuerza en lo alto, la habitación se oscureció, una mortaja de oscuridad brotó del cuerpo tenso de Ellarion. Se me revolvió el estómago y noté el sabor de la bilis y de algo más, como tiza o ceniza.

—¡Lo hago! —repitió Ellarion, y ahora sus palabras fueron un rugido atronador que reverberó no solo por las paredes de la habitación sino, de algún modo, por dentro de mi cabeza. Sus párpados aletearon y se abrieron, y tuve que reprimir un grito porque los iris y las pupilas habían desaparecido por completo, sustituidos por un mar del negro más puro, salpicado por motas azules y grises.

—¿Está funcionando?

—Sí —boqueó—. Puedo ver los Ecos. Solo tengo que... —Frunció el ceño, su mano derecha se cerraba y se abría—. Encontrar el momento... encontrar la fiesta... ¡Ahí! ¡Ahí está Darryn!

Miré a mi alrededor.

—¿Debería estar viendo algo?

La mano de Ellarion salió disparada y me agarró del hombro. Su piel crepitaba de energía, era como tocar un relámpago, y sentí ese calor hormigueante recorrer todo mi cuerpo. Solté una exclamación ahogada, y entonces su mano resbaló por mi brazo y se deslizó hasta la mía. Me apretó la mano y sus dedos se entrelazaron con los míos, y entonces *lo* vi, el mundo como lo veía él, el mundo de un mago.

La habitación tenía la misma forma y distribución, pero era muchísimo más rica de lo que lo había sido antes. Todos los colores, los de las paredes, el suelo, el cielo, eran más vívidos, de una brillantez imposible, todo lo que ahí había relucía como si la habitación estuviese llena de estrellas. Y por todas partes a nuestro alrededor, ahí pero al mismo tiempo no, había hebras de luz palpitante, lazos dorados y rojos y azules desde el suelo hasta el techo, que oscilaban y giraban y bailaban, todos los colores del arcoíris a la vez. Era precioso, pero también... tan intenso... Me dolían los ojos y tuve que reprimir las lágrimas.

—¿Qu... qué...?

—¡Ahí! —Ellarion señaló la cama con su otra mano. Había una forma que se movía sobre ella, una persona pero no del todo una persona, como una refulgente sombra roja envuelta alrededor de carne. Un momento era firme, tan vívida que podía alargar la mano y tocarla. Al siguiente, era un fantasma transparente, una mortaja, luego una cuadrícula de líneas, después un esqueleto o un laberinto de venas. No podía ver su cara, pero sí distinguía la forma básica del cuerpo, las tiras de pelo trenzado. Caí en la cuenta de que era Darryn, su *Eco* o lo que fuese.

—Uau... —susurré—. Espera... ¿está...?

—¿Dándose el lote? Sí. —El Eco de Darryn estaba tumbado en la cama boca arriba, sus manos envueltas alrededor de una figura invisible que había encima de él. Su boca se abría y se cerraba, su lengua asomaba y se ocultaba como un pez en una cueva. Ahora entendía cómo funcionaba todo eso de ver Ecos: podíamos ver lo que Darryn hizo aquella noche, pero solo a él, proyectado por la habitación como un dibujo sobre una lámina de cristal. Era asombroso, realmente asombroso, arruinado solo por el hecho de que estaba contemplando cómo apretaba con agresividad su entrepierna contra el aire vacío.

—¿Esta es la noche de la fiesta?

Ellarion asintió, sus ojos aún de ese fantasmagórico mar negro.

—Entonces, está con... —Incluso decirlo parecía extraño y entrometido—. ¿Markiska?

Ellarion volvió a asentir.

—Eso creo, sí. Esto es justo después de que los viera marcharse.

El Eco de Darryn se quitó la camisa por encima de la cabeza, aunque ahora mismo, no era más que unos parpadeantes músculos con forma humana.

—Uhm. ¿Cuánto tiempo vamos a estar mirando esto?

—Eh… no lo sé —admitió Ellarion—. Quiero decir, en realidad no había pensado tan allá. —Agitó la mano por el aire y la imagen parpadeó, ahora claramente encima, luego otra vez debajo, al final sentado en su lado de la cama, como si estuviese hablando con alguien.

—¿Qué está diciendo?

—Los Ecos no capturan el sonido, solo la luz —dijo Ellarion—. Pero no parece que esté contento.

Darryn dijo algo, agitaba un dedo medio borracho. Luego dio un respingo hacia atrás y casi se cae. Se frotó los ojos y se apartó la camisa, como si se la acabaran de empapar.

—Creo… que ella acaba de tirarle una copa de vino encima —dijo Ellarion.

Reprimí una sonrisa.

—Bien.

El Eco de Darryn se levantó y agitó las manos enfadado mientras discutía con el espectro invisible de Markiska. Un escalofrío recorrió todo mi cuerpo, porque podía imaginarla con tanta claridad. Estaría criticando a Darryn, poniéndole en su lugar. Era casi como si aún estuviese ahí, aún con nosotros, y de algún modo yo seguía apoyándola, a ese fantasma de mi amiga.

El Eco de Darryn se movió de repente hacia nosotros y me aparté a toda prisa al verle cruzar el cuarto. Mi cuerpo se preparó para el impacto cuando chocó directamente contra mí, pero no sentí nada. Pasó a través de mí hacia la puerta y gritó algo en su dirección, sacudiendo el puño. Por unos brevísimos segundos, apareció su rostro, y parecía *cabreado*.

—Así que Markiska le tiró el vino encima y se marchó —dije—. ¿Ahora qué?

—Ahora veremos lo que hizo a continuación —dijo Ellarion—. Veamos si fue a hablar con nuestro apóstata solitario.

Pero Darryn no fue a por él, ni a por nadie dicho sea de paso. Caminó dando fuertes pisotones por su cuarto como un chiquillo enfadado y, en un momento dado, le dio una patada al lateral de su cómoda y acabó dando saltitos a la pata coja, dolorido. Luego meó por la ventana (lo cual, ¿en serio?), se bebió lo que me dio la impresión de ser al menos media botella de vino y se colapsó sobre la cama. Y simplemente se quedó ahí.

—¿Ya está? —pregunté—. ¿Se emborrachó y se desmayó, así sin más?

—Eso... parece, sí —contestó Ellarion. Agitó la mano para acelerar el Eco, pero Darryn permaneció irritantemente quieto, tirado en la cama con las piernas despatarradas y la boca abierta.

—Quizás se levantara más tarde y llamara al apóstata... —intenté.

Ellarion negó con la cabeza.

—No. Lleva inconsciente al menos cuatro horas. Para entonces...

Para entonces, Markiska estaba muerta.

—Ellarion deberíamos irnos. Antes de que...

Pero antes de que pudiese terminar, el Eco de Darryn se levantó de golpe, pasó en un solo instante de estar dormido a estar sentado y casi erguido. Parecía que estaba volando, y entonces me di cuenta de que alguien, alguien a quien no podía ver, le había agarrado por la camisa y le había levantado a la fuerza.

—¿Qué demo...? ¿Quién es?

—No lo sé —susurró Ellarion—. Pero no están contentos.

El Eco de Darryn farfulló algo y entonces, quienquiera que le estuviera agarrando le empujó a un lado, haciéndole caer de la cama al suelo. Darryn estaba hablando con la persona, balbuceaba algo, pero por supuesto, no podíamos oír ni una maldita palabra.

—Esto es la mañana de después de la fiesta, ¿verdad? —pregunté—. Vale, ¿quién está enfadado con él?

—Ni idea —repuso Ellarion, y ahora, delante de él, el Eco de Darryn alargó una mano abierta. Quien fuera que estuviera hablando con él dejó caer algo en ella, porque Darryn lo miró incrédulo. Estaba prácticamente temblando—. Por el infierno helado, ¿qué demo...?

El Eco de Darryn se puso de pie, las manos temblorosas, luego fue hasta su escritorio y escondió lo que fuese que sujetaba en un cajón de los de abajo. Luego dio media vuelta y corrió hacia nosotros, a través de nosotros, y salió por la puerta.

Ellarion soltó el aire despacio y puso fin al trance en el que estábamos. Sus anillos perdieron su negrura, la penumbra de la habitación se fue difuminando y la luz del sol volvió a entrar por la claraboya mientras las hebras mágicas desaparecían. El sabor amargo abandonó mi boca, pero lo mismo hizo ese agradable cosquilleo cálido, esa oleada de energía que discurría a través de mí. Me quedé ahí un segundo, dejando que el mundo volviera otra vez a su ser.

Me di cuenta de que seguía sujetando la mano de Ellarion y aparté la mía a toda prisa.

—Tú también viste que tenía algo, ¿no? —preguntó—. Algo que guardó en el cajón.

—Algo secreto —dije—. Algo importante.

Ellarion cruzó la habitación hacia el escritorio de Darryn y abrió el cajón. Metió la mano y rebuscó entre algunos papeles y monedas. Y entonces se detuvo en seco y se quedó inmóvil.

—¿Qué es? —pregunté.

Ellarion se giró despacio. En sus manos sostenía un pequeño sobre amarillo, del tipo que los Susurros Portadores usaban a veces para entregar monedas u otros artículos pequeños. En la parte delantera, escrito con muy mala letra, había un nombre: *Molari Vale*. Pero Ellarion no estaba mirando eso. Estaba mirando dentro, y su expresión era dura y sombría.

—¿Qué es? —pregunté otra vez, y entonces Ellarion volcó el sobre y dejó caer algo en la palma de su mano.

Una perla, pequeña y reluciente, brillaba de un morado intenso. Solo había visto perlas así en un sitio.

—El brazalete de Markiska —dije, y ahora estaba asustada otra vez, no por la posibilidad de estar equivocados, sino por la aplastante y aterradora realidad de que no lo estábamos. No me había percatado de lo mucho que había dudado de mí misma en secreto hasta que esa duda desapareció. Markiska no se había suicidado. La habían asesinado. La habían asesinado de verdad.

Las emociones me golpearon como un tsunami. Había miedo, sí, pero también había ira y tristeza y, detrás de todo ello, una determinación feroz, una sensación de tener un propósito, una necesidad desesperada de *actuar*. No me había sentido así desde aquella vez en el Nido, cuando cogí una daga y entré a la carga en una sala llena de mercenarios, preparada para luchar o morir. Lyriana lo llamaba estar *golpeado por la voluntad divina.*

—Teníamos razón —dijo Ellarion con voz queda—. Quiero decir, casi teníamos razón.

—Solo íbamos tras el Vale equivocado.

Nos quedamos ahí mirándonos el uno al otro, el peso de la verdad colgaba entre nosotros como una mortaja. Ellarion, por una vez, parecía aturdido. Mis manos incluso temblaban. Por todos los demonios. *Por todos los demonios.*

Entonces la puerta de la habitación se abrió de par en par y apareció Arkanos.

El tiempo se congeló. Ellarion abrió los ojos como platos. Arkanos empezó a quedarse boquiabierto. Y supe que este era el final, este era el momento en que lo perdíamos todo, en que nos pillaban y nos juzgaban y nos castigaban, tan tan tan cerca de la verdad.

No podía dejar que eso sucediera.

Así que alargué las manos y agarré la camisa de Ellarion por el cuello y tiré de él hacia mí. Apreté mis labios contra los suyos en un largo y cálido beso apasionado. Y si tocar su mano me había provocado una oleada de sensaciones, no era nada comparado con lo que sentí al besarle. La magia era como una llamarada de fuego, pasó a través de mis labios y luego abrasó mi cara, bajó por mi cuello, mi pecho, a través de todos los rincones de mi cuerpo. Era como besar a una estrella ardiente, como si Ellarion estuviese lleno de luz y poder y yo estuviese apropiándome de una gota minúscula. El mundo a mi alrededor latía y palpitaba, y mi piel no hormigueaba, directamente chisporroteaba. Y dolía, sí, pero también era agradable, muy agradable, demasiado agradable, demasiado abrumador, y tenía ganas de jadear y de gritar al mismo tiempo.

—No deberían estar aquí —farfulló Arkanos, su voz a un millón de kilómetros de distancia.

Ellarion se apartó de mí, y todo se fue con él, todas esas sensaciones y energía y lo-que-sea-que-fuera, y fue como si alguien me quitase una botella de agua de los labios cuando me estaba muriendo de sed. Apenas podía respirar. Si esto es lo que se sentía al besar a un mago, ¿cómo sería el sexo?

Me aparté un poco, pero Ellarion ya se había hecho cargo de la situación.

—Uhm, bueno, esto es un poco incómodo —le dijo a Arkanos, su cabeza gacha como abochornado—. Parece que nos ha pillado en un momento delicado.

—¿Me han dado esquinazo a propósito? —preguntó Arkanos, su frente era un paisaje entero de arrugas—. Se suponía que debía enseñarles los tapices...

—Sí, y luego se alejó, hablaba consigo mismo, y decidimos sacarle el mejor partido posible —dije de manera impulsiva. Si hubiese estado más metida en el papel, hubiese alargado la mano para acariciar la mejilla de Ellarion, pero no creía que pudiese soportar tener más contacto con él.

Arkanos pareció tragárselo.

—No deberían estar aquí —repitió, más enfadado que suspicaz.

—Y usted no debería irse por ahí y perder de vista a unos invitados —le regañó Ellarion—. Así que supongo que eso significa que todos estamos haciendo cosas que no deberíamos estar haciendo.

—Supongo que... no tengo que contárselo al señor Molari... si ustedes no se lo cuentan tampoco.

—Ese es el espíritu, amigo. —Ellarion se acercó a Arkanos y le dio un par de palmaditas en el brazo, luego me miró por encima del hombro. Su actitud exterior seguía siendo tranquila e imperturbable, pero sus ojos reflejaban gratitud.

Había besado a Ellarion.

Eso era lo que había hecho.

—Vamos, Tilla —dijo, y ¿era eso una ligerísima pizca de incertidumbre en su voz?—. Creo que tenemos cosas muy importantes de las que hablar.

DOCE

—No lo entiendo —dijo Lyriana con suavidad, contemplando la pequeña perla morada en la palma de su mano—. ¿Por qué le enviarían esto a Molari?

—Como prueba —contestó Ellarion. Íbamos en la parte de atrás de un carruaje que traqueteaba de vuelta a la Espada de los Dioses. Lyriana y yo estábamos sentadas en un lado mientras que Ellarion estaba sentado en el otro, inusualmente tenso—. Cuando Molari se enteró de lo que había sucedido entre Markiska y Darryn, supo que no podía dejar que se corriera la voz y avergonzar a su familia. Envió a su apóstata particular a encargarse de ella. Y ese apóstata le envió la perla de vuelta como prueba de que el trabajo estaba hecho.

—Por el aliento de los Titanes —susurró Lyriana—. Sé que Molari tiene fama de despiadado. Pero hacer que maten a la hija de un barón a sangre fría…

—¿Dudas de que lo haría?

Lyriana lo pensó por un instante, luego negó con la cabeza.

—No.

—Yo tampoco.

—Así que lo hizo. Es verdad que lo hizo. —Me dejé caer en mi asiento, intentando con todas mis fuerzas no demostrar lo abrumada que me sentía. Porque estaba enfadada y me sentía justificada y me sentía de lo más culpable por ese beso, pero más que nada, me sentía triste, muy triste. Pobre Markiska. Todo lo que había querido era servir a su baronía y a su padre, desempeñar el papel para el que la habían entrenado toda su vida. Había participado en el juego, el mismo juego de argucias y engaños que todos los nobles medio idiotas de esta ciudad jugaban todo el rato, pero esta vez se había visto sobrepasada, había ido demasiado lejos, había subestimado a su rival. Y así sin más, estaba muerta. Nunca más volvería a ver a sus perros, nunca vería la sonrisa de su padre, nunca se tumbaría en una playa con una botella de vino y una novela romántica.

Todo para proteger la preciada reputación de Molari Vale.

—¿Y ahora qué hacemos? —pregunté.

—Vamos a hacer esto de manera muy segura y muy tranquila —contestó Ellarion—. Sabemos que Molari está dispuesto a matar por proteger sus secretos, lo que significa que ninguno de nosotros estamos a salvo. Si actuamos demasiado pronto, nos arriesgamos a perderlo todo. Si vamos a ir a por Molari, necesitamos pruebas innegables.

—¿La perla?

—Es un comienzo, pero estoy seguro de que se le podría ocurrir una excusa que le exonerara. —Miró por la ventana a la muchedumbre en el exterior, las docenas de rostros que miraban en nuestra dirección mientras el carruaje rodaba por su lado—. Necesitamos a ese mago. El apóstata. Si logramos encontrarle y que acepte testificar, Molari no tendrá ni una maldita opción contra nosotros.

—Sí, pero ¿podemos...? —empecé, y entonces el carruaje pilló un bache en los adoquines y dio un bote, uno pequeño, pero me resbalé hacia delante en mi asiento. Mi rodilla rozó la de Ellarion y, por un segundo, volví a sentirlo, ese escalofrío general, esa descarga eléctrica, esa sensación que había tenido cuando, oh, sí, *le besé*. Se echó atrás bruscamente y apartó la mirada, sus ojos evitaron los míos. ¿De verdad sentía timidez? ¿Era siquiera algo de lo que fuera capaz?

Se me hizo un nudo en el estómago y sentí el pecho agarrotado. Iba a contárselo a Zell, por supuesto. Tenía que hacerlo. Y estaba casi segura de que lo entendería. En todo el tiempo que llevábamos juntos, jamás se había mostrado controlador o posesivo. Confiaba en mí, confiaba en mí incluso cuando me equivocaba. Comprendería por qué tuve que hacerlo y lo más probable es que se limitara a asentir y a decir algún proverbio sobre cómo las máscaras que llevamos sirven para un bien mayor. Seguro que lo entendería.

Entonces, ¿por qué estaba tan nerviosa? ¿Por qué seguía sintiéndome tan culpable?

Di unos golpes en la pared del carruaje y sentí cómo se detenía en seco. Tenía que hablar con él ya, quitarme este peso de encima antes de que mis pensamientos escaparan de mi control.

—Voy a pasarme por el Cuartel —le expliqué a una confundida Lyriana y a un nada confundido Ellarion—. Está a solo unas manzanas de aquí. Iré andando.

—¿Estás segura? —preguntó Lyriana—. Quiero decir, si prefieres podemos ir todos juntos y…

—Creo que quiere ir sola —dijo Ellarion con firmeza, y *ahora* sí que me miró a los ojos. Podría haber jurado que estaban más rojos de lo habitual.

Me apeé del carruaje y eché a andar por los adoquines. Por encima de mi cabeza, las Luminarias cobraron vida, diminutas bolas de fuego mágico que giraban dentro de carcasas de cristal sobre largos postes curvos de hierro. La noche se abría paso a gran velocidad. Me apresuré hacia el Cuartel, miraba por encima del hombro a cada paso que daba, pero cuando llegué la puerta principal estaba cerrada. Llamé con los nudillos a la pequeña garita de al lado de la verja, donde solía sentarse el guardia que estuviera de servicio, y retrocedí de un salto cuando se abrió para revelar nada más y nada menos que al Capitán Welarus.

—¿Qué quieres? —gruñó. Parecía más desaliñado de lo habitual, su pelo desgreñado y los botones de arriba de su camisa desabrochados, revelando un pecho amplio cubierto de pelo negro rizado.

—Yo, eh, perdone —dije, y vale, ¿de verdad tenía que decirle para qué estaba ahí? No sé, ¿de verdad me lo estaba preguntando?—. He venido a ver a Zell. ¿Está aquí?

Welarus frunció aún más el ceño, cosa que no había creído que fuera posible.

—No es asunto tuyo —dijo, y me cerró la puerta en las narices.

Vaya, será *estúpido*.

Di media vuelta y me senté en el bordillo. Un viento frío silbaba por la calle, sopló un puñado de papeles arrugados hacia la alcantarilla que tenía al lado. Odiaba sentirme tan perdida, tan necesitada. Debía de haber sido capaz de manejar la situación, de seguir adelante, de seguir peleando y buscando. Pero por los Viejos Reyes, simplemente no quería hacerlo. Quería hacerme un ovillo entre los brazos de Zell. Quería dormir y beber y descansar. Quería no tener que preocuparme de mi padre ni de asesinos mágicos, ni tener que explicar por qué había besado a otro tío. Solo quería que las cosas fuesen fáciles. ¿No podían ser fáciles solo por una vez?

Si Jax estuviese aquí, me hubiese animado. Hubiese sabido exactamente lo que decir, exactamente cómo tomarme el pelo e infundirme esperanzas y consolarme. Hubiera dado cualquier cosa por tenerle de nuevo conmigo. Por oír su voz. Por que me llamara *hermanita*, solo una vez más.

Me sequé los ojos y me puse de pie. No quería volver a la Espada de los Dioses, con Lyriana interesándose por mí e intentando ayudar, y con Ellarion... bueno... con Ellarion, punto. Y Zell no andaba por aquí, y Jax y Markiska ya no estaban. Así que, ¿qué más opciones tenía, aparte de acurrucarme en la calle, llorar y sentir pena de mí misma?

Parpadeé. Espera, sí que tenía otra opción, ¿verdad? Alguien me había dicho que fuese a verle a él y a sus amigos. Alguien amistoso y comprensivo y seguro. Alguien del Nido que trabajaba todo el día con los Susurros. Alguien que quizás supiera cómo dar con la persona que le envió a Molari aquel sobre.

Me espabilé y paré un carruaje.

Hora de aceptar la oferta de Marlo.

TRECE

Le dije al conductor que me llevara a La Oca Loca, en el barrio de Rooksbin, cosa que recordaba bien porque, uhm, ese es un nombre realmente memorable. El cochero arqueó una ceja, luego se encogió de hombros y azuzó a su caballo. No comprendí por qué se había mostrado tan sorprendido hasta que empecé a sentir los baches y abrí la ventana una rendija. Entonces vi Rooksbin por primera vez.

En realidad, la primera diferencia que noté fueron las luces. En el Círculo Dorado y los barrios de su alrededor, las calles estaban iluminadas con farolas de Luminarias que bañaban todo en un suave resplandor azul y verde. Pero aquí, los faroles eran de los antiguos: simples velas montadas dentro de bombillas de cristal, la mitad de ellas extinguidas o rotas. Los bonitos adoquines alineados habían dado paso a una irregular calle de tierra. En el Círculo Dorado, los edificios tenían algo de espacio entre ellos, con jardines y vallas y pequeños patios.

Aquí, las destartaladas estructuras sin pintar estaban todas apiñadas, apoyadas las unas contra las otras, pared con pared como borrachos inestables, y en cada piso su propio apartamentito abigarrado.

¡Y después estaba el ruido! El Círculo Dorado podía ser ruidoso, pero ruidoso de un modo tímido, el ruido de jóvenes estudiantes debatiendo sobre asuntos filosóficos, o las cuerdas de un violín rasgadas en una tranquila velada en un jardín. Pero Rooksbin era desvergonzadamente ruidoso, ruidoso como Bridgetown o las Dependencias de Servicio allá en el castillo de Waverly. Al asomarme por la ventana del carruaje, pude oír el runrún de una taberna atestada de gente, el son desentonado de una banda callejera, el tintineo de dados en callejones, los gritos de borrachos dando tumbos. Cerré los ojos y absorbí todo ese ruido, y sinceramente, era sorprendente lo familiar que me resultaba, lo mucho que lo había *echado de menos*.

También había otras diferencias, menos consoladoras, pero familiares de todos modos. Vi a trabajadores de ropa andrajosa que se dirigían con paso cansino a su siguiente turno, los rostros manchados de hollín. Vi edificios que se sujetaban en pie con tablones sueltos y lonas cubiertas de grafitis, perros vagabundos, tan flacos como esqueletos, rebuscando entre la basura de los callejones. Vi mendigos acurrucados en pequeños grupos en torno a hogueras, hombres y mujeres e incluso algunos niños, su ropa hecha jirones, sus caras sucias de sudor y barro.

Era estremecedor, muy estremecedor, llegar ahí desde el Círculo Dorado, con sus calles perfectas y sus ciudadanos elegantes, y saber que esos dos mundos estaban separados solo por una pared de piedra. Me había pasado demasiado tiempo allí, demasiado tiempo aislada y protegida, como una cucaracha atrapada en ámbar. Pasa el tiempo suficiente mimada, caliente y segura, y te olvidas de cómo es el resto del mundo. Te olvidas de lo que significaba tener frío.

El carruaje se detuvo al lado de una pequeña taberna llena de gente con puertas de vaivén y una multitud alborotada en las escaleras. La señal que colgaba por encima de la puerta decía LA OCA LOCA, y mostraba un dibujo de lo que parecía una mujer sin camisa con una oca mamando de sus grandes pechos, lo que me hizo preguntarme por qué las tabernas siempre parecían dejar que chicos de trece años con extrañas obsesiones dibujaran sus carteles. En cualquier caso, entré dentro. Marlo no estaba ahí, obvio, porque ¿cómo me iba a resultar fácil algo a mí? Pero el tabernero me señaló su apartamento, en el primer piso del edificio del otro lado de la calle.

Me dirigí hacia allí, subí por las desvencijadas escaleras de hierro y llamé a la puerta con los nudillos.

—¡Pasa! —gritó la voz de Marlo. Eso parecía lo bastante claro, así que empujé la puerta y entré en su casa.

Aunque para ser sincera, llamarla una casa era ser generosa. Según parecía, el lugar tenía dos habitaciones.

A través de una puerta abierta a mi izquierda, pude ver un dormitorio, tan estrecho que la cama tocaba las cuatro paredes, iluminado solo por la luz de la luna que entraba por la ventana sucia. La habitación en la que me encontraba era una combinación de comedor y cocina, con una estrecha mesa de madera, una palangana para lavar las cosas y unas cuantas baldas con pan seco y carne ahumada.

Marlo estaba sentado a la mesa, agachado sobre un vaso alto de cerveza. Llevaba solo una fina camiseta, sudorosa por el calor, y su pelo rizado colgaba despeinado alrededor de sus hombros. Un hombre de los Feudos Centrales, al que no conocía, estaba sentado enfrente de él, fornido, tatuado y barbudo, con un hoyuelo en la barbilla y grandes manos callosas del tamaño de mi cabeza. Supuse que era su novio panadero, Garrus. Sin embargo, no fue ninguno de los hombres lo que captó mi atención. Fue lo que había sobre la mesa.

Sobres. Docenas de ellos. Grandes, pequeños, todos de tamaños diferentes, dispuestos de manera ordenada como si los estuviesen clasificando. A un lado había un abrecartas, y al otro un frasco de espeso adhesivo blanco, presumiblemente para volver a sellarlos. Y todos ellos, hasta el último sobre, llevaban un sello de una cadena de manos alrededor de un libro. El símbolo de la Universidad.

Maldito.

Marlo nos estaba robando el correo.

—Anda que no has tardado, Niels —masculló Marlo. Entonces levantó la vista y me vio y se dio cuenta de que yo no era Niels en absoluto. Sus grandes ojos verdes se abrieron aún más por la sorpresa. Nos quedamos ahí pasmados, dos idiotas ojipláticos. Nos miramos en silencio.

Garrus, sin embargo, actuó deprisa. Se puso en pie de un salto y plantó un brazo delante de Marlo en ademán protector.

—¿Quién demonios eres tú? —exigió saber.

—Yo... yo... —balbuceé, y no pude evitar fijarme en lo enormes que eran sus bíceps. ¿Estaba en peligro? ¿Qué es lo que les había pillado haciendo exactamente? ¿Debería salir corriendo y gritar? ¿Cerrar la puerta a mi espalda y entrar? ¿Actuar como si no hubiese visto nada?

¿Cómo seguían sucediéndome cosas como esta?

Marlo salió de su aturdimiento y se puso en marcha en un instante.

—¡Es Tilla! —gritó, y la forma en que reprimió el ímpetu de Garrus me indicó que no me equivocaba al preocuparme—. ¡La chica de la que te hablé! ¡La hija de Lord Kent! La que siempre charla conmigo en el Nido.

—¿Qué está haciendo aquí?

—Yo... solo vine a ver a Marlo —intenté—. Quiero decir, necesitaba algo de ayuda y él me había dicho que podía pasarme por el bar...

—Sí —asintió Marlo—. Pasarte por *el bar*. No meterte en mi casa.

—Has dicho «pasa» —dije con voz queda, y me ardían las mejillas—. Mira, me puedo ir y ya está. Lo siento.

—No, espera, mira, esto no es lo que parece. —Marlo pasó por delante de Garrus y vino hacia mí, parecía realmente avergonzado—. No soy ningún ladronzuelo, ¿vale? Eso no es de lo que va todo esto. Esto es... yo soy... Es... —Se detuvo y soltó un suspiro largo y lento, como si se estuviese preparando para algo desagradable. Entonces se levantó la camisa, y ahí estaba, tatuado en sus riñones, justo por encima de la cintura. Un anillo de mago con una calavera por gema.

Por todos los demonios del infierno helado.

Marlo era un Discípulo Harapiento.

—¿Qué estás haciendo? —bramó Garrus—. ¡Ahora sabe quiénes somos!

—No se lo diré a nadie —me apresuré a decir, pero ¿era verdad siquiera? Quiero decir, estoy segura de que tenía una obligación con el rey y con Lyriana de denunciar a sectarios que estuviesen provocando el caos en su ciudad... pero eso era mucho más fácil cuando los sectarios eran algo abstracto y no, ya sabes, el chico simpático con el que bromeaba cuando iba a recoger mi correo.

—Está mintiendo —dijo Garrus—. Mírala.

—Vale, y ¿qué quieres hacer? ¿Matarla? —le ladró Marlo de vuelta, y la forma en que su tono implicaba que esa era una idea ridícula me consoló un poco—. Es mi amiga, ¿vale? Y confío en ella. Creo... creo que podemos confiar en ella.

¿Podían? No lo sabía. Pero asentí, porque esa parecía la mejor apuesta.

—Yo me encargo de esto, Garrus —dijo Marlo—. Solo vete a dar un paseo. Encuentra a Niels y grítale por llegar tarde. No le cuentes nada a nadie. Tilla y yo vamos a tener una pequeña charla. Y cuando acabemos, pensaremos lo que hacer a continuación.

Garrus me miró de arriba abajo, luego suspiró.

—Vale. Si estás seguro. Volveré en quince minutos. —Pasó por al lado de Marlo, le dio un besito en el hombro, luego me lanzó una mirada furibunda—. No intentes nada.

—Ni siquiera sé lo que podría intentar —dije, exasperada, y se adentró en la noche hecho una furia.

Eso nos dejó solos a Marlo y a mí. Movió los sobres de la mesa para hacer montoncitos ordenados.

—Bueno. Parece que has descubierto el pastel —dijo, con una sonrisa como de disculpa.

—Y que lo digas —repuse. Todavía estaba intentando que mi mente asimilara todo aquello. Marlo, el bobalicón, alegre y amante de los hojaldres, era un sectario—. Bueno, ¿robar el correo de los alumnos es parte de tu fe?

—Destapar las mentiras de los nobles y acabar con la tiranía de los magos es parte de mi fe —dijo Marlo, su voz más dura de lo que la había oído jamás—. Eso es mucho más fácil de hacer si sabes lo que están tramando.

—Mira, no voy a juzgarte por tus creencias. Todo esto, no es asunto mío…

—Tu padre es el único noble de este reino lo bastante valiente como para enfrentarse a los Volaris —dijo Marlo—. ¿Cómo es posible que *no* sea asunto tuyo?

Sentí una inesperada punzada de culpabilidad, una llamarada de una vieja herida. En el Círculo Dorado, nadie criticaba a los Volaris, así que era fácil olvidar cuánta gente los odiaba, lo injusto que muchos consideraban su reinado. Recordé cuando hablé con Jax al lado de aquel cadáver helado en el río, cuando preguntó si estábamos del lado correcto. Recordé a mi padre suplicándome que me uniera a él, su voz llena de superioridad moral y dolor.

—No lo sé. Quiero decir, es complicado...

—No lo es —se burló Marlo. Se levantó y se acercó a la ventana, las grandes cuentas de madera de su collar entrechocaron con un ruido seco al moverse—. Los sacerdotes enseñan que los Titanes bendijeron a los Volaris con el don de la magia para que pudiesen construir un mundo mejor, más perfecto. Mira por la ventana y dime qué clase de mundo ves. Mira las familias amontonadas en diminutas casas en ruinas, los padres trabajando en los muelles hasta que se rompen la espalda y sus corazones revientan, todo para que los niños apenas logren no morirse de hambre otro día más. Mira los sin techo, acurrucados en los callejones y mira sus cuerpos apilados como troncos cada vez que nos golpea una plaga. Mira las cárceles llenas a rebosar de cualquiera que se atreva a levantar la voz para protestar. —Abrió mucho las aletas de la nariz y el diminuto *piercing* dorado de un lado centelleó—. Este no es el mundo que querían los Titanes. Esta ciudad, este reino, es una perversión de todo lo que tenían pensado para la humanidad.

No dije nada a eso, porque ¿qué podía decir? No estaba equivocado. Esta ciudad era injusta, profunda y espantosamente injusta, y había una parte de mí, una minúscula parte enterrada, que siempre se estaba retorciendo de culpabilidad y frustración. Pero la injusticia era tan enorme, tan abrumadora, tan fundamental al orden del mundo, que incluso permitirme esa culpabilidad era como gritarle a una tormenta. Era como chillarle al sol por salir, como meterse en un río y exigirle que dejara de fluir. Quizás esta no fuese la forma que debía ser el mundo, pero es como *era*, así que ¿de qué servía luchar contra ello?

Marlo debió darse cuenta de mi incertidumbre, porque arqueó una ceja.

—Lo que pasa contigo, Tilla, es que *sí* lo ves. Quizás sea porque eres de Occidente, o quizás sea porque eres una bastarda, no lo sé. Pero puedo verlo en tus ojos, en la forma que me hablas, en ese instante de asco que no puedes reprimir cuando miras a tus compañeros. No eres como el resto de ellos. Tú ves la injusticia. —Dio un paso hacia mí—. Pero aun así, eliges no hacer nada.

—¿En lugar de qué? ¿De unirme a una secta y leer el correo de la gente? ¿Quizás destrozar una estatua o dos? Por lo que sé, la Espada de los Dioses aún está en pie. Lo que estás haciendo tú no es ninguna revolución grandiosa, es solo... dar palos de ciego.

—Es más que eso —se defendió Marlo—. La Sacerdotisa Gris nos guía hacia la liberación. Ella ha sido bendecida por los Titanes. Habla por ellos. Ve el destino que ellos preveían para la humanidad, y si seguimos sus enseñanzas, podemos... —Se calló porque vio la expresión de mi cara, la expresión que siempre adoptaba cuando la gente empezaba a hablar de bendiciones y destino y enseñanzas—. Mira. No tienes que creer en la fe. Pero sí puedes defender lo que es correcto.

—Esta no es mi lucha, Marlo —le dije suplicante—. Este no es mi hogar. No quiero involucrarme.

—Cuando se trata de un sistema de opresión, siempre se está involucrado —contestó—. O te resistes, o colaboras.

—No es así —dije, porque ¿quién era él para venirme con un juicio tan cáustico?—. No tienes ni idea de lo que tuve que pasar en Occidente, ni idea de lo que perdí para llegar hasta aquí. Sí, es una mierda que Molari Vale cague en un retrete de oro mientras los niños se mueren de hambre en las calles. Pero ¿qué se supone que debo hacer yo al respecto? Darle la espalda a la única gente que quiso acogerme, los únicos que me mantienen a salvo de mi padre, los únicos que me han tratado alguna vez como algo más que un bastardo parásito sin ningún valor? —grité, y sí, parece que ahora estaba chillando de verdad—. Le debo tanto a Lyriana y a su familia que no voy a volverme contra ellos ahora. No lo voy a hacer.

Marlo no me contestó de inmediato, solo me miró pensativo. Entonces su rostro se iluminó con una sonrisa irónica.

—¿De verdad caga Molari Vale en un retrete de oro?

—Quiero decir, no es que todo el chisme sea de oro. Pero sí, tiene una base dorada. Y además el asiento estaba muy calentito, de un modo que a lo mejor... ¿era mágico? No lo sé. Era extraño.

La tensión se había aflojado, porque no hay nada mejor para apaciguar una situación que discutir los hábitos higiénicos de los ricos y aristócratas.

—Lo siento —dijo Marlo—. He sido demasiado duro. Sé que las cosas no pueden ser fáciles para ti, con tu padre y todo eso. El hecho de que veas la verdad, de que seas amable con los demás... ya es suficiente.

Podía ver que no lo decía del todo en serio, pero no iba a insistir en ello.

—Creo que debería irme. Antes de que vuelva tu novio y decida llevarme ante vuestra Sacerdotisa o lo que sea.

—¿No le contarás a nadie lo nuestro? —preguntó Marlo.

—No —dije, y esta vez lo decía en serio. Seguía siendo leal a Lyriana, leal a su familia, supongo, pero no estaba dispuesta a delatar a Marlo, no por ser una buena persona que luchaba por un mundo mejor—. Vuestro secreto está a salvo conmigo. —Empecé a girarme hacia la puerta cuando me acordé, oh sí, de la verdadera razón por la que había ido ahí en primer lugar—. Escucha. Esto va a sonar un poco raro, pero tengo este sobre de un Susurro y me preguntaba si podrías decirme algo al respecto.

Sonaba aún más ridículo dicho en voz alta, pero Marlo no pareció sorprendido.

—Quizás —dijo—. Déjame verlo.

Saqué el sobre de mi bolso y se lo entregué. Parpadeó al ver el nombre escrito por delante.

—¿Molari Vale?

—Es una larga historia. ¿Alguna idea de quién lo ha enviado?

—No, pero a lo mejor puedo saber desde dónde lo enviaron. —Marlo le dio la vuelta al sobre, deslizó el dedo por el borde—. Todos los nidos de Susurros tienen una marca única en sus sobres para que podamos encontrar y devolver con facilidad cualquier correo perdido. —Lo levantó para mostrármelo y entonces vi a lo que se refería: unas cuantas líneas casi invisibles grabadas en una esquina del sobre y que formaban un símbolo, como un par de cruces ladeadas. Marlo cruzó la habitación hasta un grueso libro y lo abrió, revelando una página de símbolos similares. Les echó un rápido vistazo hasta encontrar el que coincidía—. Hum.

—¿Hum qué? ¿Hum bueno o hum malo?

—Hum raro —contestó—. Mensajes Parsin, un nido de tercera clase, de propiedad independiente en Rustwater, al lado de los muelles. El tipo de nido turbio que envía muchos Susurros en-medio-de-la-noche y en el que la Guardia hace redadas a menudo en busca de contrabando. —Marlo arqueó una ceja—. ¿Por qué le enviaría nadie un mensaje a Molari a través de ellos?

—Eso es lo que quiero averiguar —dije, y recuperé el sobre. No podía creerme que de verdad hubiese conseguido una pista, pero no estaba dispuesta a cuestionarla—. Gracias.

—De nada —dijo, mirándome con suspicacia—. No vas a hacer nada estúpido, ¿verdad?

Eché una miradita a los montones de papeles sobre su mesa.

—¿Más estúpido que arriesgar mi vida por robar un puñado de cartas?

—*Touché*. —Asintió—. Cuídate, Tilla.

—Tú también.

Salí afuera. El aire nocturno era cálido, inusualmente cálido, y la camisa se me pegaba a la piel. El vecindario se había aquietado un poco desde que llegué. Al fondo de la calle, había una joven pareja sentada en silencio sobre unas escaleras de piedra, la cabeza de ella sobre el hombro de él, el brazo de él alrededor de la cintura de ella. En alguna parte por ahí cerca, un caballo pasó al trote por la calle, sus cascos repicaban sobre la tierra.

No hagas nada estúpido, pensé.

Entonces me giré y paré un carruaje para dirigirme a Rustwater.

CATORCE

Rustwater era un vecindario de los muelles, con todo lo que eso conllevaba. El río Adelphus era el más grande del continente y serpenteaba a través del lado este de Lightspire. Unos cuantos canales discurrían por el corazón de la ciudad para abastecer a los nobles que no querían molestarse en salir de sus cómodos barrios, pero la mayor parte del comercio de la ciudad tenía lugar aquí fuera, en los bulliciosos barrios que bordeaban los cientos de muelles a lo largo de la orilla del río. El aire olía a pescado fresco y tenías que hablar casi a gritos para que se te oyera por encima del rugido del río. Las calles estaban siempre ajetreadas, rebosantes de marineros y comerciantes, y las tabernas no cerraban nunca.

Mensajes Parsin no estaba en ninguna de las calles principales, así que el carruaje me dejó a una manzana de distancia, con instrucciones de cómo llegar hasta ahí. A medida que me abría camino a través de las estrechas callejuelas, hice todo lo posible por acallar el lógico gimoteo de mi cerebro. Porque sabía que aquello era estúpido. Sabía que aquello era impulsivo. Sabía que debería regresar a la Espada de los Dioses, contárselo a los demás, jugar sobre seguro. Pero me sentía cerca, muy cerca, y otra cosa más: la emoción de la confirmación, de tener un objetivo. Había tenido razón acerca de los Vale, y había tenido razón de ir a hablar con Marlo, y sabía, de algún modo simplemente sabía, que esta nueva pista también daría sus frutos. Hablaría con el encargado del Nido y averiguaría quién había enviado ese sobre, y *entonces* regresaría a la Espada de los Dioses, con el nombre del hombre tras el que íbamos, el apóstata que había asesinado a Markiska. Eso es todo lo que iba a hacer ahí. Mantener una breve conversación.

Al menos eso es todo lo que planeaba hacer. Hasta que salí de un callejón y me topé con el estúpido de ojos grises en persona.

Me abalancé de vuelta hacia el callejón con una exclamación ahogada, me apreté con fuerza contra una pared y recé como una posesa por que no pudiera verme entre las sombras. El hombre estaba al otro lado de la calle, salía de un edificio estrecho con una jaula de rejilla de metal en el tejado. Mensajes Parsin. Incluso desde esa distancia, sabía que era él. Misma túnica marrón con la capucha levantada. Mismo caminar descoordinado. Y los mismos ojos gris humo, apenas visibles bajo la cogulla. Salió del edificio y no me vio. Al menos creo que no lo hizo, porque no reaccionó. Se limitó a doblar la esquina y emprendió su camino calle abajo.

Me quedé ahí un minuto, recuperando la respiración. Vale, si mi cerebro había estado gimoteando antes, ahora gritaba y decía: *márchate, márchate, márchate*. Solo verle me había revuelto el estómago, y recordé la aterradora forma en que había canturreado mi nombre, la forma en que me había mirado desde el otro lado del jardín.

Pero también tenía otro miedo, el miedo a arrepentirme, a dejar que mi presa se me escapara entre los dedos. Podía volver al día siguiente, pero a lo mejor el encargado del Nido no quería cooperar. A lo mejor el apóstata le había dado un nombre falso. A lo mejor ahora mismo iba de camino a un barco para alejarse por el río Adelphus y escapar para siempre.

Mis pies se movieron sin una aprobación real, tiraron de mí y giraron en la esquina. Todavía podía ver al hombre, que caminaba con determinación por la acera, aparentemente indiferente a todo y a todos los que le rodeaban. Agaché bien la cabeza y le seguí, paso a paso, intentando fundirme con el entorno por si se daba el improbable caso de que se diera la vuelta. Pero no se dio la vuelta; de hecho, ni siquiera miró a su alrededor. Se limitó a seguir su camino a toda prisa, un hombre con una misión; se alejaba más y más de la calle principal hacia los destartalados almacenes de madera a las afueras de los muelles.

Era consciente de que debería dar media vuelta, pero estaba cerca, tan cerca, y para ser sincera, se me estaba dando mucho mejor esto de «seguir a un sospechoso» de lo que hubiese imaginado. El hombre entró en un bloque de almacenes, subió por una escalera enclenque y dobló la esquina de un edificio. Le seguí a hurtadillas, haciendo una mueca cada vez que el suelo crujía bajo mis pies, pero no podía perderle ahora. Solo tenía que ver dónde iba, por qué puerta entraba al final. Entonces sabría dónde vivía y estaría segura de poder atraparle al día siguiente. Eso sería suficiente.

Pero cuando doblé la esquina, el hombre se había esfumado. Solo se veía un grupo de almacenes, encajados entre sí como adoquines, conectados por pasarelas de madera. Algunos todavía tenían carteles, pero la mayoría solo tenía pintura descascarillada y ventanas con las persianas bajadas; marineros borrachos dormían en las alcantarillas. Almacenes abandonados, pues. El sitio perfecto para que un malvado apóstata llevara a cabo sus negocios sucios. O, ya sabes. Matara a una chica de Occidente que había estado siguiéndole.

Fue justo en ese momento cuando mi mente lógica ganó la partida y el resto de mi cuerpo se puso a su mismo nivel de pánico. Por todos los demonios del infierno helado, ¿qué narices estaba haciendo ahí? Di media vuelta para correr de vuelta a las bonitas y densamente pobladas calles de la ciudad...

Solo para encontrarme mirando directamente a los ardientes ojos del mago, clavados en mí desde las sombras de su capucha. Ni siquiera tuve tiempo de gritar. Me agarró por los hombros y me lanzó de lado, contra una puerta roída por las termitas, al interior de uno de los almacenes. Atravesé la puerta tras estamparme contra ella y caí rodando al suelo de madera medio podrida. La luz de la luna iluminaba el lugar a través de huecos en el tejado roto. En unos cuantos puntos, el suelo había dejado paso a agujeros irregulares que daban al piso inferior. Había signos de vida desperdigados por la sala: harapos sucios y mantas deshilachadas y huesos roídos de pollo, por no mencionar unos cuantos tubos enrollados que estoy segura que eran pipas de hierbapena. Pero aparte de todo eso, la sala estaba vacía, excepto por mí y el asesino de túnica marrón en el umbral de la puerta.

Me revolví hasta ponerme en cuclillas. Intentaba alejarme de él, pero el hombre no corrió, ni siquiera caminó. Se limitó a quedarse ahí parado, la cabeza ladeada, y entonces levantó una mano, una mano curtida con largas uñas afiladas y gruesas venas palpitantes. Unas volutas de humo negro giraron en espiral a su alrededor como serpientes hambrientas. Había visto un montón de magia en los seis meses que llevaba en Lightspire, pero nunca había visto eso.

—Tilla, Tilla, Tilla —murmuró con voz arrulladora—. No debiste venir aquí.

—¿Quién es usted? —conseguí articular.

—Un viejo amigo —contestó, y había algo extraño en su voz, algo familiar en su acento que no pude identificar del todo. Cada vez salía más y más humo de él, volutas que brotaban en espiral de sus hombros, zarcillos que se enroscaban alrededor de sus brazos. Y volvió ese olor, a azufre y cenizas, tan intenso que me provocó arcadas.

Me puse en pie de un salto y eché a correr, pero el hombre hizo un gesto con la mano en mi dirección, casi como si tirara un cuchillo invisible. Se oyó un sonido fugaz, como una aspiración de aire, y el hombre desapareció, se esfumó en la nada. Solo quedó su silueta ahumada, que flotaba en el aire donde había estado hasta ese momento, un fantasma ralo que conservaba su forma.

Empecé a chillar, pero antes de que consiguiera emitir un ruido, reapareció justo delante de mí, o sea, *justo* delante de mí, con un sonoro *pop*. Columpió un brazo con fuerza y el puñetazo impactó contra mi sien. Un resplandor rojo iluminó mi visión. La sangre resbalaba por mi mejilla. Me colapsé de rodillas, solo a unos palmos de uno de esos grandes agujeros. El dolor se extendió por toda mi cara y el mago volvió a desaparecer, dejando solo una apestosa nube de humo que revoloteó en torno a mi cara.

Dejé escapar un gemido y reapareció otra vez, ahora al otro lado de la sala. Jamás había visto a un mago hacer algo así. Jamás había *oído* de un mago que hiciese algo así. Jadeé con los dientes apretados e intenté recordar el cántico del *khel zhan* para soportar el dolor.

—¿Impresionada? —preguntó el hombre, y ahora pude oír un leve resuello debajo de sus palabras. Aún no podía verle la cara, no del todo, pero casi lograba distinguir una barbilla y el humo que emanaba de sus labios cuando hablaba—. Es un arte nuevo, uno que nadie ha hecho antes. Lo llamo *Parpadear*. ¿Quieres verlo otra vez?

—¡No! —grité, pero ya era demasiado tarde, porque se volvió a desvanecer con otra ráfaga de aire. Me preparé para otro puñetazo, pero esta vez se materializó detrás de mí, cosa que supe solo porque oí ese *pop* y sentí su bota estrellarse contra mis riñones, lo que me hizo caer aún más cerca del borde del agujero. Dolió como si me hubiesen apuñalado, y esta vez grité a pleno pulmón cuando su turbia silueta me envolvió. Dolía, dolía *tantísimo*. Me escocían los ojos por las lágrimas, cosa que odiaba, porque lo último que quería era mostrar debilidad—. ¿Quién es usted? ¿Por qué está haciendo esto? ¿Por qué mató a Markiska?

Reapareció unos palmos delante de mí otra vez, y ahora se detuvo, pensativo.

—Oh, yo no maté a la chica. Eso fue obra de Murzur. Yo solo vigilaba. —No tenía ni idea de qué estaba hablando, ni de quién era Murzur. El humo giraba a su alrededor espeso y salvaje—. De hecho, yo quería matarte a ti, ¿sabes? Más que nada. Pero nuestro jefe lo prohíbe. —Dijo esa palabra, *jefe*, con un toque de desagrado—. Tiene grandes planes para ti, y me dejaron muy claro que debía asegurarme de que no sufrieras ningún daño. —Se echó a reír. Una risa sibilante—. Pero ahora has venido aquí. A mi jodida casa. Ha sido cosa *tuya*. Y cuando pregunten, simplemente les diré, bueno, que no tuve elección. La rata de castillo sabía demasiado. Tenía que ser eliminada.

Esas palabras...

Maldita sea.

Rata de castillo.

Era un zitochi.

—No... —susurré.

—Al fin lo entiende —dijo el hombre. Levantó sus manos escuálidas y se retiró la capucha, su cara iluminada por esos ojos retorcidos. Tenía el pelo largo y negro, la piel de un marrón claro, y la mitad derecha de su rostro tenía facciones dulces, una mejilla suave y una barbilla amable. El lado izquierdo, sin embargo, era un desastre. Gruesas cicatrices blancas ocultaban su sien. Toda la mejilla estaba hundida, como si se la hubiesen aplastado, y en lugar de labios había solo un agujero, que dejaba a la vista unas encías sanguinolentas y dientes rotos. E incluso así, con media cara completamente destrozada, le reconocí.

El mercenario de Razz al que le había destrozado la cara. El chico al que me había enfrentado allá en el Nido.

Al que le había estrellado un pesado garrote con púas en plena cara.

Parecía apropiado bautizarle como Chico Guapo.

—Tú me hiciste esto —bufó, y no había nada guapo en él, ya no—. Tú *arruinaste* mi vida.

Preguntas, tantas preguntas, daban vueltas por mi mente. ¿Cómo había entrado en la ciudad? ¿Para quién estaba trabajando? ¿Cuál era su misión? ¿Y cómo diablos se había convertido de repente un mercenario de tercera en una especie de mago asesino superpoderoso?

Pero ninguna de esas preguntas importaba, ahora no, porque había otro pensamiento que las superaba a todas, una poderosa certeza que ahogaba todo lo demás. No había nada que hablar con este hombre, nada que razonar, nada que negociar. Me iba a matar, hiciera lo que hiciera, dijera lo que dijera.

Lo cual significaba que no tenía nada que perder.

Con todas mis fuerzas, impulsé mi cuerpo hacia delante, por encima del reborde del agujero que tenía delante, y me tiré al piso de abajo. Chico Guapo soltó una exclamación de sorpresa. Durante un segundo, me sentí ingrávida, en caída libre a través de la oscuridad, y entonces golpeé el suelo de madera fuertemente. Un intenso dolor recorrió mi costado, pero lo ignoré, porque en ese preciso instante, tenía una oportunidad de salir de ahí. Me levanté y miré frenética a mi alrededor. Estaba en otra amplia sala abandonada, el suelo de algún modo aún más sucio que el de la planta de arriba, pero tenía algo que la otra no tenía: una puerta, abierta de par en par, con luz entrando por ella, en el otro extremo.

Esprinté hacia ella. Desde arriba, llegó esa ráfaga de aire otra vez, el sonido que hacía Chico Guapo cuando Parpadeaba, y entones, con un *pop*, apareció justo delante de mí, tan cerca que de hecho me empotré contra su pecho. Los dos nos caímos hacia atrás, sorprendidos, y él lanzó un gancho de izquierda directo a mi cara.

Resulta que, incluso cuando descuidas tu entrenamiento de *khel zhan*, no lo olvidas del todo. Me incliné hacia un lado, esquivé el puñetazo y agarré su muñeca con la mano derecha. Esta era la parte del movimiento en donde debía de haberle retorcido el brazo por detrás de la espalda para empujarle hacia abajo con una llave de sumisión. Pero se desvaneció, parpadeó y se fue, dejándome solo con humo entre las manos. Salté hacia delante y se materializó detrás de mí, estampó el talón de su bota contra la parte de atrás de mi pantorrilla derecha. Mi pierna me traicionó y caí al suelo a cuatro patas. Instintivamente, giré hacia donde estaba él, con la esperanza de poder agarrarle, pero ya había desaparecido otra vez, y entonces de repente estaba a mi derecha, envuelto en una nube gris y negra. Me dio una brutal patada en un lado del pecho. Sentí un crujido seco que casi seguro que fue una costilla al romperse, y caí al suelo, jadeando, resollando, todo el aire escapó de mis pulmones.

¿Cómo demonios iba a luchar contra alguien que podía aparecer y desaparecer sin más? ¿Cómo podía hacerlo *nadie*?

Me dio otra patada que me tiró de espaldas, y entonces estaba sobre mí, con una rodilla clavada en mi pecho para mantenerme inmovilizada. Dolía, dolía tanto que se me nubló la vista. Agarró un mechón de mi pelo y tiró de él para levantarme la cabeza, y luego me dio otro puñetazo, en medio de la cara, y otro, y otro. Sentí que se me rompía la nariz en mil pedazos. La boca se me inundó de sabor a metal. El mundo se volvió más turbio, más oscuro, más rojo. Ni siquiera podía gritar, solo boquear, me estaba atragantando con mi propia sangre, mis manos manoteaban impotentes hacia los irregulares cráteres de su mandíbula. Quizás fuese el humo, o quizás fuese el hecho de que mi cara era una sangrienta ruina hinchada, pero apenas lograba ver ya su expresión. Todo lo que veía era humo gris, y el blanco de sus dientes retorcidos en una sonrisa.

Me soltó el pelo y empujó mi cabeza hacia atrás, la parte posterior de mi cráneo se estampó contra el duro suelo.

—Ya no eres tan dura, ¿eh?

Cerró el puño de nuevo, probablemente para hundirme el cráneo de una vez por todas. Pero en ese instante, en ese extraño y largo momento entre que echó el brazo atrás y me daba el puñetazo, se me apareció un recuerdo, tan vívido que era casi como si estuviera ahí otra vez. Era de mi viaje por Occidente, algún tiempo después de abandonar Bridgetown, pero antes de encontrarnos con Galen, esa maravillosa semana en la que Jax aún estaba vivo y yo aún tenía esperanza. Zell y yo estábamos entrenando en un gran claro de un bosque, hojas rojas y amarillas crujían bajo nuestros pies mientras peleábamos. Yo le lanzaba golpe tras golpe, pero él los esquivaba todos sin ningún esfuerzo, una sonrisa juguetona en su rostro. Después de mi décimo puñetazo fallido, me eché atrás, frustrada.

—¿Cómo se supone que debo golpearte cuando eres tan rápido? —Y Zell solo sonrió.

—Deja de golpear donde estoy —había dicho—. Golpea donde voy a estar.

Volví de golpe al momento presente y rodé hacia un lado. El puño de Chico Guapo se estampó contra el suelo donde había estado mi cabeza, sus nudillos empezaron a sangrar. Se echó hacia atrás, bufando de dolor, lo que me dio justo el tiempo suficiente de ver algo tirado en el suelo: un tablón de madera, grueso y contundente, con tres clavos afilados sobresaliendo por un extremo.

Ya no sentía dolor, solo una rabia de ojos inyectados en sangre y la furiosa y aullante necesidad de hacerle daño a mi vez. Cogí el tablón, giré con un rugido y lo estampé contra un lado de la cara de Chico Guapo, justo donde su mandíbula se unía con su cuello. Los clavos oxidados se clavaron bien hondo en su piel y cortaron a través, arrancando un trozo de carne rojo y mojado que salió volando y resbaló viscoso por el suelo. Se apartó de mí y se llevó una mano a la herida. Líquido carmesí resbaló entre sus dedos y una pequeña humareda brotó con un siseo, una densa y oscura bocanada de humo manchada de rojo por su sangre. Me levanté de un salto, ya impulsada solo por la adrenalina, y entonces, por un asombroso segundo, Chico Guapo tuvo miedo. Se tambaleó hacia atrás, sus manos se agitaron de manera salvaje, y Parpadeó hacia la nada.

En lugar de darle un puñetazo o correr, me eché hacia atrás para esquivarle y, obvio, Chico Guapo apareció delante de mí. Me lanzó un puñetazo y su puño pasó como una exhalación justo por donde había estado hacía unas décimas de segundo. El impulso le hizo perder el equilibrio y le golpeé cuando pasó por mi lado. Columpié el tablón con ambas manos y estrellé la parte plana contra la base de su columna. Se tambaleó y luego desapareció, pero esta vez estaba empezando a cogerle el tranquillo a su ritmo, a ver los puntos débiles de ese único ataque suyo. Le esquivé hacia la derecha, y pasó volando por mi lado de nuevo, y esta vez le golpeé en un lado del estómago. Incrusté los clavos en la carne y tiré para abrir una larga raja irregular a través de su barriga.

Desapareció por tercera vez, y ahora se materializó lejos de mí, al otro lado de la habitación, bloqueando la puerta. Mi corazón aporreaba contra mis costillas, tenía la vista borrosa, pero una parte de mí, la aterradora bestia violenta enjaulada en lo más hondo de mi ser, estaba aullando feroz y triunfal. Nuestras miradas se cruzaron desde los extremos opuestos de la sala. Mis ojos hinchados y ensangrentados y entornados con la rabia cruda de una luchadora que sabía que iba a sobrevivir. Los suyos aún ahumados, giraban como tempestades atrapadas, pero ahora había algo más en ellos: llamas naranjas y rojas, un fuego que se avivaba. Las cicatrices del lado de su cara refulgían con una luz interior, y las volutas de humo que emanaban de él siseaban y chisporroteaban. Soltó un gruñido grave e inhumano y se lanzó a la carga hacia mí. Planté mis pies en posición de pelea y apreté las manos en torno al tablón. Chico Guapo corría, se acercaba, más y más y más... luego desapareció con un Parpadeo, justo antes del impacto, su silueta ahumada se estrelló contra mí como una ola.

Deja de golpear donde estoy. Golpea donde voy a estar.

Columpié el tablón hacia atrás, a ciegas.

Oí el característico *pop* cuando Chico Guapo se materializó a mi espalda, y algo más, un crujido caliente y mojado.

Y entonces solo hubo silencio.

Giré sobre mis talones. Chico Guapo estaba ahí de pie, inmóvil. La mitad posterior del tablón sobresalía de su pecho como la cabeza de una lanza. La otra mitad estaba incrustada en su cuerpo, le había atravesado de lado a lado. No había sangre en la herida; había Parpadeado directamente sobre el tablón y este se había fusionado con él, *dentro* de él. No tenía ni idea de cómo había sucedido, pero dada la expresión agónica de sus ojos, no me pareció que fuese agradable. Levantó la mano y lo tocó, palpó el tablón con pasmada incredulidad, luego cayó de rodillas.

Entonces levantó el rostro hacia mí, y todo sentimiento triunfal que tuviera se desvaneció, porque le estaba pasando algo, algo muy, muy malo. Temblaba y se sacudía, todo su cuerpo vibraba. Esas brasas naranjas que había visto en sus ojos centelleaban como relámpagos, abrasadoras a través del gris ahumado, y entonces sus ojos explotaron, ardientes llamaradas salieron volando por los agujeros de su cráneo. Sufrió un espasmo y soltó un rugido, un imposible aullido desgarrador que hizo temblar las paredes. Sus gruesas venas palpitaron con vetas rojas y doradas, y pequeñas lenguas de fuego brotaron siseantes entre las cicatrices de su cara.

Di media vuelta y eché a correr lo más rápido que pude hacia la puerta. Ya no podía oírle, pero le oía rugir y sentía el suelo estremecerse y oía el sonido de la carne chisporrotear y de las llamas furiosas. Llegué a la puerta y salí al revitalizante aire fresco de la calle y, entonces, se produjo un estallido ensordecedor detrás de mí. Las maderas se astillaron. La tierra se sacudió. Sentí que perdía pie y salía volando por los aires como una muñeca, antes de estrellarme sobre la tierra húmeda y fría.

El mundo parpadeó envuelto en oscuridad. Intenté levantarme, pero ni siquiera podía mover las piernas. El cuerpo me dolía tanto que de hecho casi ni lo sentía. Oí a gente gritar y correr por todas partes a mi alrededor. Con mis últimas fuerzas, levanté la cabeza. No quedaba nada del edificio más que un cráter humeante, y de Chico Guapo no quedaba nada en absoluto.

—¿Quién es duro ahora, estúpido? —susurré, y entonces me desmayé.

QUINCE

Ahí es donde todo se vuelve borroso.

Sé lo que ocurrió después, por supuesto, porque la gente me lo ha contado. Un par de estibadores me encontraron tirada en un callejón a una manzana de la explosión, ensangrentada e inconsciente, mi cara tan magullada que estaba irreconocible. Me llevaron a un hospital cercano en Rustwater, uno para enfermos terminales, que básicamente significaba una cama rígida en una carpa sucia y llena de gente en las últimas. Pasé dos días enteros ahí tirada, aferrada a un hilo de vida, antes de que Ellarion me encontrara. Supongo que andaban por ahí buscándome, él y Zell y Lyriana, pero fue Ellarion el que hizo la conexión con la inexplicable explosión de Rustwater y decidió comprobar los hospitales cercanos. Me llevó de vuelta al Círculo Dorado, al Kaius Kovernum, templo de las Hermanas de Kaia, donde las mejores magas de su orden me cuidaron hasta que me recuperé.

Eso es lo que ocurrió. Pero eso no es lo que recuerdo.

Recuerdo la tierra húmeda y fría de la calle donde me desmayé. Recuerdo una sensación de ingravidez, de flotar a través de un gran vacío gris que, de algún modo, era al mismo tiempo intangible y sofocantemente denso, como si me estuviese asfixiando una nada rasposa y algodonosa. Recuerdo despertarme en una cama incómoda, incapaz de abrir los ojos o mover el cuerpo, incapaz de acallar los gemidos y gritos a mi alrededor. Recuerdo manos sobre mi piel, manos que me producían un hormigueo, manos cálidas que parecían seguras y fuertes. Recuerdo sentir como si de repente me hubiesen pasado de un frío gélido a una bañera caliente y relajante, una bañera cuya agua se filtraba a través de mi piel pero que, de algún modo, también me abrazaba y me decía que me pondría bien. Recuerdo voces femeninas susurrando y murmurando, cánticos en un idioma que no entendía, pero que al mismo tiempo era como si lo hiciera.

También hay otras cosas que recuerdo, cosas que no puedo explicar, imágenes que iban y venían y se negaban a marcharse, como una pesadilla que no me podía quitar de encima. Vi una torre inmensa, chamuscada y rota, colapsada sobre un lado en un enorme desierto rojo. Vi a un hombre con piel de piedra reluciente, y un precioso salón de baile cubierto de cenizas negras. Y vi una explosión, más caliente que el fuego, más caliente que el sol, estallaba como una tormenta furiosa, tan enorme e insaciable que se tragaba al mundo entero.

Nueve días después de matar a Chico Guapo, me desperté del todo.

Mis párpados aletearon y se abrieron a las bonitas luces danzarinas de una vidriera en el techo. Estaba tumbada en una especie de extraña cosa flotante a modo de cama, un colchón liso y firme suspendido por ondulantes telas verdes que oscilaban adelante y atrás como una rama en la brisa. Miré a mi alrededor y pude ver una pequeña habitación privada, con estrechas ventanas por las que entraba la luz del sol y paredes de madera cubiertas de preciosa hiedra en flor. No sentía demasiado dolor, solo un dolorcillo sordo y lejano en el costado, pero tenía la garganta tan seca que me dio la impresión de haberme tragado un saco de arena.

—Agua —grazné.

Una figura se removió a mi lado, una Hermana de Kaia sentada en una banqueta junto a mi cama. No lograba distinguir su cara a través del velo de gasa, pero sí vi una frente curtida y profundas patas de gallo en torno a sus relucientes ojos esmeralda. Sonrió, solo un poco, luego acercó un pequeño bol a mis labios, y el agua que cayó de él fue quizás la cosa más refrescante que había probado en la vida.

—Vuestra amiga está despierta —dijo la Hermana por encima del hombro.

Aún no era capaz de sentarme, pero oí la conmoción de pasos cuando varias personas entraron en la habitación a la carrera. Dos rostros aparecieron ante mí.

El labio de Lyriana temblaba, las mejillas empapadas de lágrimas. Zell era más difícil de descifrar, pero pude ver alivio en las comisuras muy levemente curvadas de su boca, y algo más en su mirada, un dolor que no veía desde que estábamos allá en Occidente.

—¡Oh, benditos sean los Titanes! —Lyriana se abalanzó sobre mí, me cogió la mano y se la llevó a los labios para besarla una y otra vez—. Dijeron que te pondrías bien, pero estaba preocupada, tan tan tan preocupada…

—Las Hermanas saben lo que se hacen —dije con voz rasposa.

—¿Todavía te duele? —preguntó Zell. Su voz callada, apenas más que un susurro, y apartó los ojos de los míos. Caí en la cuenta de lo que estaba viendo en ellos, algo que no había visto en meses: vergüenza. Ahora lo comprendía. Se culpaba de lo sucedido.

Levanté la mano y me toqué la cara. Todavía estaba hinchada, pero aparte de eso la notaba bien.

—No. Creo… creo que ya estoy bien.

—Cuando Ellarion te trajo, estabas más muerta que viva —comentó la Hermana de Kaia. Incluso mientras hablaba, sus manos nunca dejaron de moverse, giraban en lentos círculos rítmicos mientras sus anillos vibraban con una suave luz verde. No me había percatado de la sensación tan cálida que sentía, envuelta, como si estuviese cubierta por una gruesa manta de piel, aunque no llevaba más que un simple camisón—. En verdad, los Titanes han sido benévolos contigo.

—Si esta es su benevolencia, no me gustaría nada ver su castigo —murmuró alguien desde un rincón de la habitación. Me volví para ver a Ellarion ahí apoyado con una expresión sombría en la mirada. Por una vez, no había nada de diversión irónica, ninguna sonrisa ligona ni guiños confiados. Parecía *cabreado*—. ¿Quién te hizo esto?

—Yo... fue... —empecé, y por primera vez desde que me había girado en esa escalera enclenque, tuve de verdad un segundo para pensar en todo lo que había ocurrido. La enormidad de todo ello me golpeó como un tsunami. Sentí que me ahogaba, como si tuviese un enorme peso sobre el pecho. Esto no era solo una cuestión de Markiska o Molari Vale. Esto era algo muchísimo más grande, muchísimo peor—. Es algo malo —susurré—. Muy muy malo.

Los tres me miraron pasmados e incluso la Hermana estiró el cuello con curiosidad.

—Un momento de privacidad, por favor —dijo Ellarion, y con un suspiro, la Hermana se excusó. Respiré hondo y bebí un buen trago de agua, y entonces empecé a hablar.

El ambiente de la habitación no es que hubiese sido exactamente rayos de sol y arcoíris, pero cuanto más hablaba, más se ensombrecía. La boca de Zell se tensó en una furiosa línea de enfado, y sus ojos ardían con la rabia más abrasadora que había visto en la vida. Lyriana y Ellarion también parecían enfadados, pero había algo más en ellos, un horror confuso, algo en la manera en que no hacían más que mirarse el uno al otro, cada vez más alarmados. Sabían algo que yo ignoraba, algo incluso más preocupante que mi historia, lo cual, pensé, era condenadamente preocupante. Pero cuando terminé, no dijeron nada. Simplemente nos quedamos todos ahí sentados en un silencio sofocante, y entonces Zell se levantó, cruzó la habitación y le dio un puñetazo a la pared, sus nudillos de vidrio nocturno abrieron cuatro profundos agujeros en la gruesa madera.

Entendía su enfado. Una parte de mí se sentía reconfortada por él, pero en ese momento, necesitaba saber lo que opinaban los otros.

—¿Entonces? —pregunté—. ¿Qué creéis que está pasando? Es mi padre, ¿verdad? Tiene que tener algo que ver con mi padre. Quiero decir, no sé cómo, pero seguro que es así, ¿verdad?

Ellarion y Lyriana compartieron otra de esas irritantes miradas cómplices, y entonces Ellarion se acercó y se sentó en una silla al lado de mi cama.

—Escúchame bien —dijo, su voz muy seria—. Pronto, vendrá el Inquisidor Harkness a preguntarte por lo ocurrido. Hagas lo que hagas, *no puedes* contarle lo que nos acabas de contar a nosotros.

—¿Qué? ¿Por qué no? —Quiero decir, no es que tuviese ninguna prisa por contarle nada, pero no veía la conexión.

—De entre las muchas naciones de Noveris, los Titanes les otorgaron el don de la magia a las gentes de

Lightspire y solo de Lightspire —dijo Lyriana con voz queda—. Ese es el Mandato Celestial, el más sagrado precepto de la iglesia, la razón principal por la que nuestra gente debería gobernar este continente.

—Vale, ¿y?

—Y no hay mayor amenaza para la legitimidad de la dinastía Volaris que la negación de ese mandato, la idea de que la magia haya sido conferida también a las otras provincias —explicó Ellarion—. En los últimos quinientos años, se han producido tres grandes rebeliones contra la Corona, tres que llegaron a amenazar de verdad el reino: la Revuelta de los Bandidos, la Herejía del Sur, y el Levantamiento de los Comerciantes. ¿Y sabes lo que tenían en común las tres?

—Que todas fueron encabezadas por magos falsos dijo Lyriana, ahorrándome el esfuerzo de intentar recordar mis clases de historia—. ¿Lo entiendes, Tillandra? ¿Ves por qué estamos tan alarmados?

—Entiendo por qué un mago zitochi es un problemón, sí —dije—. Pero ¿no es eso mayor razón para contárselo al Inquisidor? No recuerdo las palabras exactas de Chico Guapo, pero mencionó a su jefe, algún tipo de misión, un plan. Y a alguien llamado Murzur; creo que dijo que él fue el que asesinó a Markiska. Todo esto es muy gordo, ¿no? ¿No deberíamos ir corriendo a advertir al rey?

Ellarion, frustrado, se masajeó el puente de la nariz.

—No lo entiendes. No había ningún mago zitochi. La sola idea es... Es más que imposible.

Miré a Lyriana en busca de apoyo, pero ella se limitó a asentir.

—Tiene razón, Tilla. Nunca, jamás, ha existido un mago que no haya nacido en esta ciudad. La magia no funciona así, eso es todo. —Miró al otro lado de la habitación—. Díselo, Zell. ¿Ha habido alguna vez un zitochi que pudiera hacer lo que está describiendo Tilla?

Daba la impresión de que a Zell le estaba costando hasta el último ápice de autocontrol no destrozar la habitación.

—No. —Sus ojos echaban chispas—. No lo ha habido. Nuestros chamanes pueden ver las verdades del mundo, lo que ha sido y lo que será... pero nada como esto. —Negó con la cabeza—. Yo conocí al hombre del que estás hablando. Al que llamas Chico Guapo. Era Ghellus del Clan Rize. Con medio dedo de frente, vanidoso, un patán incluso para los ínfimos estándares de los hombres de Razz. No es ningún chamán. Ningún mago.

—¿Qué pasa con Murzur? —pregunté—. ¿Había algún zitochi con ese nombre?

—No —contestó Zell—. Ni siquiera es... Ni siquiera es un nombre zitochi.

Los miré a los tres, sin encontrar las palabras. No me creían, ninguno de ellos, ni siquiera Zell. Las únicas personas que me habían apoyado, las únicas personas que me quedaban en el mundo, y ellas tampoco me creían. Intenté mantener el tipo, no perder la compostura, pero me ardían los ojos y sentía un grueso nudo en la garganta.

—¿Ya está? ¿Creéis que me lo estoy inventando?

—No. —Ellarion alargó un brazo y puso su mano sobre mi hombro desnudo, e incluso entonces, hormigueó con una calidez imposible—. Creo que te están utilizando.

Aparté el hombro bruscamente, quizás porque no quería su consuelo, pero también porque me sentía incómoda, sobre todo con Zell a tan solo unos pasos de distancia.

—Vas a tener que explicarme eso.

—Imagínatelo desde el punto de vista del Inquisidor —dijo Lyriana—. Una alianza entre Occidente y los zitochis ha declarado su independencia. Es la mayor guerra de los últimos dos siglos, llega en un momento de gran malestar interno y, contra todo pronóstico, parece que estamos perdiendo. Y entonces llegas tú. La hija del odiado líder rebelde, a la que ya veía con suspicacia y desconfianza.

—Tampoco hace falta que seas tan sincera —refunfuñé.

—El hecho de que tu muy importante compañera de habitación muriera en circunstancias misteriosas no pinta bien —intervino Ellarion—. Y ahora, de repente, sin prueba alguna, estás extendiendo el más peligroso de los rumores, y dices que la mismísima provincia con la que estamos en guerra ha sido bendecida con sus propios magos. Todo eso en un momento en que el sectarismo ha alcanzado cifras récord, en el que los Discípulos Harapientos socavan a nuestro rey con su reivindicación de que el

Mandato Celestial es una falacia. ¿Cómo crees que se va a tomar todo esto el Inquisidor? —Los ojos de Ellarion centellearon como cuando enciendes una cerilla en la oscuridad—. Sé lo que pensaría yo si fuera él. Pensaría que eres una espía de Occidente, que trabajas para tu padre extendiendo mentiras blasfemas y sembrando discordia.

—Y también que lo más probable es que fueras tú la que asesinó a Markiska —añadió Zell.

—Mirad —dije, un poco demasiado agresiva—. Sé lo que vi. Esto no ocurrió en un cuarto oscuro con siluetas borrosas. Vi su cara. Oí su voz. *Hablé* con él.

—Hay magos que pueden cambiar su apariencia, hacerte ver cosas que en realidad no están ahí —aportó Zell, que supongo que era mejor que *te lo estás inventando*, pero aun así mucho peor que *yo te creo*—. A lo mejor este era uno de esos...

Lyriana negó con la cabeza.

—No. Las Doncellas de Alleja pueden realizar *Mutación*, actos de ilusionismo, pero todo el mundo sabe que es el arte más difícil y limitado de todos. Una Doncella de alto rango a lo mejor puede cambiar su apariencia y parecer otra... pero, ¿mantener la ilusión mientras lucha? ¿Mientras hace eso del «parpadeo» al mismo tiempo? No. Simplemente es imposible.

—No obstante, existe otra explicación —dijo Ellarion—. Hay magos ahí fuera que pueden afectar a tus pensamientos, que pueden colarse en tu mente como un ladrón en la noche. Algunos, los más poderosos de su orden, pueden incluso implantarte recuerdos falsos, recuerdos que parecen total y completamente reales al día siguiente.

—El apóstata es un Sombra de Fel —susurró Lyriana—. Que los Titanes nos protejan.

Ellarion se limitó a asentir.

—Tiene sentido, ¿no? Si Tilla se estaba acercando demasiado, el apóstata ocultaría sus huellas plantando un recuerdo falso en su mente… el recuerdo más condenatorio y peligroso que se le ocurrió, uno que seguro que haría que la encarcelaran.

Me hundí aún más en la cama y me planté las manos sobre los ojos. Una parte de mí, una gran parte de mí, quería chillar y protestar, insistir en que todo lo que estaban diciendo no eran más que chorradas. *Sabía lo que había visto. Sabía lo que había pasado. No había sido una ilusión, ni era un recuerdo falso ni nada por el estilo.* Pero esa voz de protesta quedó ahogada por las otras, las millones de vocecillas insistentes que tanta influencia parecían tener esos días. *Son tus mejores amigos y ni siquiera ellos te creen. Lo único que vas a lograr es pintarte una diana en la espalda. Todo el mundo está buscando una excusa para volverse contra ti.*

De repente me sentía cansada, muy muy cansada. Solo quería que se marcharan todos, pero al mismo tiempo, no quería volver a estar sola nunca más.

—Vale —dije, hundida en la oscuridad de las palmas de mis manos—. Le mentiré al Inquisidor lo mejor que pueda. Si eso es lo que todos creéis que es mejor. Pero no sé si seré capaz de mantener la compostura si trae a uno de esos Sombras con él.

—Él no haría eso —me aseguró Lyriana, y entonces caí en la cuenta de que nunca había llegado a contarle lo de mi primer interrogatorio. Tendría que hacerlo, pero no ahora, no aquí. En ese momento, no podía tener más conflictos con ellos.

—Si los Vale están dispuestos a emplear a un hombre semejante, la situación es mucho más grave de lo que imaginaba. No solo se trata de un matrimonio concertado o un acuerdo comercial. Se trata de traición —dijo Ellarion—. Sé discreta. Muéstrate sumisa. Mantente a salvo. Yo me encargaré de todo a partir de ahora.

Lyriana se acercó y me retiró la mano de la cara para sujetarla con fuerza en la suya.

—Te quiero, Tilla. Vamos a salir de esta. Lo vamos a arreglar. —Me dio un apretoncito, se levantó y se giró hacia Ellarion—. Vamos, primo. Tillandra necesita descansar.

—Y quizás algo de tiempo con su chico, cuando no esté ocupado abriendo agujeros a puñetazos en las paredes de los templos —dijo Ellarion, lanzándole una mirada extrañamente penetrante a Zell—. Te veremos luego.

Entonces, se marcharon. Zell cerró la puerta y se sentó al lado de mi cama. Todavía no era capaz de sostenerme la mirada. Tenía las aletas de la nariz abiertas de ira acumulada y sus ojos aún lanzaban chispas. Estiré el brazo y cogí su mano, y sentí su sangre, cálida y mojada, que manaba en pequeños riachuelos de sus nudillos.

—Debí estar ahí —dijo con voz queda, y ahí estaba, dentro de él, esa ira, ese dolor, pero sobre todo, esa vergüenza. Tumbada en esa cama, Zell estaba viendo a Kalia de nuevo, su primer amor, la chica a la que había fallado, a la que todavía no había dejado ir y quizás nunca lo haría—. Debí protegerte.

Sabía lo que se suponía que debía decir para hacerle sentir mejor, para calmar esas heridas amargas y sangrientas en su interior. Debí haber dicho: *No, tú no podías saberlo*. Debí haber dicho: *Estarás ahí la próxima vez*. Debí haber dicho: *No has hecho nada mal*. Pero por mucho que sabía que debería decir todas esas cosas, lo que salió borboteado por mis labios fue otra cosa, una verdad más profunda, una pregunta más profunda, una que no pude reprimir por mucho dolor que supiera que iba a causar.

—¿Dónde estabas?

Bajó la vista, ese hombre que había jurado que me amaría y me protegería, era incapaz de mirarme a los ojos siquiera.

—El Capitán Welarus me asignó una misión especial —dijo—. Había rumores de contrabandistas de polvo de purpurina en Moldmarrow y tuvimos que registrar varias casas para intentar encontrarlos. Nos llevó toda la noche. —Respiró hondo—. Lo siento, Tilla. Lo siento muchísimo.

Podía ver lo mucho que todo esto le dolía, lo crudo e incontenible que era su dolor. Zell era un hombre que se regía por un propósito, por el deber, por una necesidad de servir a otro. Ese otro había sido Kalia, y después su clan, y después yo. Y a los tres, nos había fallado. Aunque era yo la que estaba en la cama, con las costillas vendadas y la cara hinchada y abotagada, parecía que era él el que sufría.

—Eh —susurré—. Eh. No pasa nada. Estoy bien. No es culpa tuya.

Alargué los brazos y los pasé a su alrededor y tiré de él hacia abajo, hacia mí, y le estreché contra mi pecho. Sus brazos se deslizaron por debajo de mí y me abrazó con fuerza, y nos quedamos así tumbados, mi nariz enterrada en el hueco de su cuello, mi cara sumergida en su pelo suave y su olor a escarcha y lluvia. Me sentía tan bien así, tan tan bien, que todo lo que quería era quedarme así para siempre, fundirme en él, olvidar todas las preocupaciones del mundo y solo perderme en su contacto. Eso es lo que quería, lo deseaba con todas mis fuerzas.

Pero incluso mientras lo hacía, había otra voz, una nueva, que acechaba implacable en el fondo de mi cabeza, minando cada pensamiento que tenía con su susurro grave y cruel.

Te está mintiendo.

Reprimí ese pensamiento, lo enterré bien hondo, lo sofoqué. No podía pensar eso, no podía planteármelo siquiera. Si lo decía en voz alta, si osaba sugerirlo siquiera, cruzaríamos un punto de no retorno. Incluso con esta horrible e insistente incertidumbre, era completamente incapaz de soportar la posibilidad de perder a Zell. Hablaríamos de ello otro día. Le contaría lo que había pasado con Ellarion otro día. Pero en ese momento, todo lo que podía hacer era abrazarle y dejar que él me abrazara a mí, y durante unos segundos, olvidar todo lo demás.

DIECISÉIS

Pasé dos días más en esa habitación del Kaius Kovernum, atendida por las Hermanas y rezando por que no se percatasen de las mellas que había dejado Zell en la pared. Después de eso, me dijeron que era libre de marcharme. Lyriana me invitó otra vez a la Espada de los Dioses, pero rechacé su oferta. Por agradable que fuera, había algo sofocante en ese sitio, una comodidad asfixiante que te hacía perder toda perspectiva. Sabía que si me quedaba ahí, perdería de vista lo que había sucedido con Chico Guapo. Empezaría a creerme la explicación de todo el mundo de que solo me estaban manipulando y renunciaría a buscar la verdad, la justicia, a Murzur. Tenía que mantenerme centrada.

Así que, en lugar de eso, me instalé de vuelta en la Universidad. Me habían preparado una habitación nueva, benditos sean los Titanes, en otra residencia: Makalia Hall, una inmensa estructura de densa piedra gris que albergaba el Laboratorio del Gremio Gazala y a un montón de aspirantes a Artífice. De hecho, a mí eso me venía fenomenal; los Artífices eran, en su mayoría, introvertidos y empollones, y apartaban la mirada con timidez cuando me cruzaba con ellos por los pasillos. Capté unos cuantos susurros a mi espalda, unos cuantos dedos señalando y ojos clavados en mí, y un chico agradable que me estaba ayudando a trasladar mis cosas se marchó abruptamente cuando se dio cuenta de quién era. Qué más daba. Una semana antes, me hubiese molestado, pero después de lo que había pasado, esas tonterías pasivo-agresivas eran en realidad un alivio.

Asistí a mi primera clase, un seminario de un catedrático de las Tierras del Sur sobre la historia de sus elegantes zigurats, y luego me dirigí al otro lado del patio. A ver, no solo había vuelto a instalarme ahí porque fuese el único sitio al que podía ir; en realidad, había tenido una idea, o algo cercano a una idea en cualquier caso. Cuando estaba en el Kaius Kovernum, Ellarion había dicho que a lo largo de la historia había habido tres rebeliones que pusieron en riesgo el reino, y que las tres habían sido encabezadas por «magos falsos». En teoría, todos eran fraudes. Pero ¿y si no lo eran? Si Chico Guapo había sido un mago de verdad... entonces, quizás los otros también fueron reales.

La Biblioteca era el edificio más viejo de la Universidad, uno de los más viejos de la ciudad. A simple vista, parecía un gran templo o un castillo pequeño, su antigua fachada de piedra surcada por intrincados relieves tallados y deslumbrantes vidrieras. Cuatro enormes torres sobresalían de su tejado y se alzaban imponentes por encima del resto del campus. Un flujo constante de personas entraba y salía a todas horas, procedentes de todos los rincones de la ciudad para tomar libros prestados y aprender. Según Lyriana, era la colección más grande de libros de todo el continente; lo cual hacía que fuera aún más vergonzoso que solo hubiese ido tres veces, y una de ellas para usar el cuarto de baño.

El interior era todavía más impresionante que el exterior. La entrada conducía a una sala absolutamente gigantesca de al menos cuatro pisos de altura, con inmensas estanterías apiladas que llegaban hasta el mural de la Ascensión de los Titanes en el techo. Había largas mesas dispuestas por toda la planta baja, cubiertas de papeles y volúmenes, mientras que altas plataformas de madera con escaleras incorporadas se deslizaban sobre ruedas para dar acceso a las estanterías más altas. Los visitantes paseaban, leían, susurraban, ojeaban libros, mientras que unos bibliotecarios con túnicas blancas mandaban callar a los más ruidosos y ofrecían asistencia.

Me ponía un poco nerviosa la idea de preguntar acerca de magos falsos, porque quizás fuese un tema tabú, pero la bibliotecaria a la que consulté con un balbuceo nervioso se mostró encantada de ayudarme. Revoloteó por los estantes, subió con una vivacidad exagerada una escalera hasta el tercer piso, para luego bajar con un grueso tomo de tapas de cuero. *Locos, paganos y herejes*, decía el título con una intrincada caligrafía dorada.

—Tenemos bastantes libros sobre el tema —me informó—, pero sospecho que este te gustará.

No bromeaba. En cuanto lo abrí, me recibió una espeluznante ilustración a doble página de algo llamado «La Masacre de Mitad del Verano», que mostraba a una docena de sacerdotes de las Tierras del Sur clavados a altos postes. Me pasé un rato leyendo sobre eso (supongo que los habitantes de las Tierras del Sur intentaron con *gran* ahínco formar su propia iglesia) antes de recordar por qué estaba ahí, y pasé las páginas a toda velocidad hasta encontrar algo llamado la Revuelta de los Bandidos. Después de tres páginas de detalles aburridos sobre disputas comerciales, encontré lo que estaba buscando:

Mientras que el grueso de las fuerzas rebeldes estaba compuesto de campesinos del Este, la revuelta se recuerda sobre todo por su líder táctico, el enigmático mago falso conocido como la Serpiente Encapuchada (nombre real: Si Too o, posiblemente, Si Tay), un mercenario del Páramo Rojo. Este estratega decía haber descubierto una escuela de magia completamente nueva, ajena al Mandato Celestial, y que no requería el uso de Anillos de los Titanes. Aunque los líderes orientales de la rebelión al principio se mostraron escépticos, la Serpiente Encapuchada resultó ser excepcionalmente popular entre los soldados y, después de una serie de sorprendentes victorias sobre los ejércitos Volaris, ascendió al rango de Gran General. Su ascenso hacia el poder (así como entre la opinión pública) provocó que la revuelta escalara en intensidad de una reyerta regional a una crisis global, y forzó a la Reina Correllia II a desplegar la totalidad de los ejércitos de Lightspire para sofocarla. Por brillante que pudiese ser como estratega, la Serpiente Encapuchada fue incapaz de resistir ante quince compañías de Caballeros de Lazan, y murió en la Batalla de los Campos Malditos, junto a la mayoría de las fuerzas rebeldes.

Aún hoy, los historiadores se muestran divididos acerca de cómo fue capaz de engañar a tanta gente durante tanto tiempo. Algunos mantienen que todos los relatos sobre su magia son dudosos y que todo el personaje no era más que propaganda rebelde. Otros dan credibilidad a las historias, pero dicen, de manera bastante convincente, que todos los actos que se le atribuyen a la Serpiente Encapuchada podían lograrse por medio de un uso ingenioso de la tecnología Artificiada. Más recientemente, el Profesor Vasilos Von Del Stoor, de la Universidad, ha defendido que es probable que Serpiente Encapuchada fuese el alias de uno o más apóstatas desertores de Lightspire durante el reinado anterior del rey Gaius.

«Los historiadores se muestran divididos», ¿eh? Admito que no era imparcial, pero eso sonaba mucho a «no tenemos ni idea de cómo lo hizo». Blasfemia o no, estaba empezando a creer que de verdad había algo extraño en esos supuestos magos falsos.

Además: ¿«Serpiente Encapuchada»? Suena bien.

Estaba a punto de pasar la página para ver si había algo más sobre él cuando una mano me dio un golpecito en el hombro. Di un respingo, un gritito y me giré para ver a Lyriana sonriéndome.

—¿Tilla en la biblioteca? De verdad que el mundo se ha vuelto loco.

—Debí imaginar que me iba a topar contigo aquí. —Le devolví la sonrisa y me levanté para darle un abrazo—. ¿Tienes clase aquí dentro? ¿O solo es el sitio en el que te has despertado?

—Debo informarte de que me he despertado en mi propia cama, sola y sobria —dijo con una floritura de orgullo fingido. Luego miró por encima de mi hombro al libro que tenía sobre la mesa—. Ah. Veo que has desarrollado un repentino interés por la historia de Lightspire.

—Es solo... Yo... quiero decir, yo solo... —balbuceé—. Ellarion mencionó estas otras rebeliones, y solo quería ver...

—Si alguno de esos magos falsos era real —terminó por mí, sacudiendo la cabeza—. Tilla, admiro tu persistencia. De verdad. Pero debes tener cuidado.

—Solo estoy echándole un vistazo a un libro...

—¿Y crees que los bibliotecarios no toman nota de todas las personas y de qué libros piden? ¿Crees que las lecturas sospechosas no están marcadas?

Pestañeé.

—No, en realidad no lo había pensado. —Miré a la bibliotecaria que me había ayudado, esa dulce anciana, con una desconfianza creciente—. ¿Me estás tomando el pelo? ¿Eso es verdad?

—Digamos que es probable que este no sea el mejor momento para indagar sobre la historia de las rebeliones. —Lyriana se sentó a mi lado, cogió mis manos entre las suyas—. Escucha. He estado pensando. Tenemos que salir.

—¿Qué quieres decir?

—Me refiero a salir por ahí. Ir a divertirnos un poco. Has estado en el Kovernum durante una semana y yo me he estado ahogando en aburrimiento sin ti. —Echó una ojeada a su espalda—. Hay un festival superguay en la Plaza Mercanto esta noche. Estaba pensando que podíamos ir.

—No lo sé —dije, y no solo porque la última vez que había estado en la Plaza Mercanto me había tenido que tragar tres horas de sonetos—. Quiero decir, me gustaría ir... pero... ¿es seguro?

—Increíblemente seguro. Habrá Guardias de la Ciudad por todas partes en el caso de que hubiese algún problema. Además, todo el mundo lleva grandes capuchas, así que no destacaremos. Y siempre podría arrojar un hechizo de *Glamur* sobre nosotras para desviar la atención.

Retiré las manos de entre las suyas.

—Lyriana, sabes que se supone que no debes usar magia.

—Sí, y se supone que tú no debes colarte en la habitación de Darryn Vale y rebuscar entre sus cosas, pero eso no te detuvo.

Arqueé una ceja.

—¿Desde cuándo eres tan partidaria de desobedecer las normas?

—¿Desde cuándo tienes tú tanto miedo de infringirlas?

Ahí... tenía razón.

—¿De verdad estás segura de que no correremos peligro?

—Sí. De verdad. Pero mira, si te hace sentir mejor, puedes invitar a Zell. Creo que ni los mismísimos Titanes podrían hacerte daño si él está por ahí.

Eso me hizo sentir mejor, así que acepté, lo cual, por supuesto, significó que no fui capaz de encontrar a Zell por ninguna parte. Me pasé por el Cuartel, pero no estaba ahí, y el guardia que vigilaba en la garita no tenía ni idea de dónde estaba. Esto pasaba cada vez más a menudo. Sabía que hacía mal en culparle. Estaba ocupado con sus deberes, hacia todo lo posible por servir a la ciudad. No era justo que yo le pidiera que arriesgara su trabajo solo porque quería su apoyo.

Te está mintiendo.

Una parte asustada de mí quería aprovechar la ausencia de Zell como excusa para escaquearme, pero el resto decía *de eso nada*. Zell me hacía sentir segura, pero no le necesitaba para esto. Así que acabé encontrándome con Lyriana yo sola en la base de la Espada de los Dioses, justo cuando el sol se ponía y las deslumbrantes luces de la torre se encendían.

La Plaza Mercanto estaba cerca, así que no nos molestamos en coger un carruaje y fuimos dando un paseo. Caminamos juntas por los prístinos bulevares de adoquines del corazón del Círculo Dorado, vestidas con pesadas túnicas marrones idénticas que Lyriana me aseguró que eran normales.

—Se llaman «ropa-común», y todos los asistentes las llevan —me explicó—. Así, no distraemos la atención de los artistas. Es una tradición tan vieja como el Festival de Lágrimas.

—¿Festival de qué, has dicho? —Me removí incómoda bajo esa tela rasposa—. ¿En qué me estoy metiendo exactamente?

—Llorarás de risa o llorarás de pena.

—Eso no explica *nada*.

—Una vez cada tres años, todas las *troupes* ambulantes de los Feudos Centrales se reúnen para un gran festival —dijo Lyriana—. Montan carpas y cantan canciones preciosas, representan las mejores obras y muestran las mejores ofertas de la escena teatral moderna.

—¿Y se bebe?

Incluso desde debajo de su capucha, pude ver a Lyriana sonreír.

—Oh, se bebe un montón.

La Plaza Mercanto era una enorme área circular tres manzanas al norte de la Espada de los Dioses. Normalmente, albergaba un mercado descubierto, pero esa noche estaba llena de pabellones apelotonados, cada uno con una bandera multicolor diferente. Entre ellos, pululaban malabaristas que dibujaban deslumbrantes círculos por el aire con cuchillos en llamas, y acróbatas que se columpiaban por encima de nuestras cabezas colgados de hilos invisibles. Iluminaciones mágicas danzaban por encima de las carpas, espirales de luces y orbes flotantes y estelas de color como olas mansas en la orilla. La música me engulló, melodías de intensos punteos y arpas de sonido lastimero, a un tiempo cacofónica y extrañamente emocionante. La circunferencia de la plaza estaba ocupada por carros de vendedores que anunciaban a voz en grito bebidas y tentempiés. Y los olores... suculento rosbif, canela y especias, dulces y hierbas naturales.

—Vale, sí —dije—. Esto ha sido buena idea.

—Te lo dije. —Lyriana sonrió. A medida que nos acercábamos, más y más gente con «ropa-común» pasaba por nuestro lado, hasta que nos convertimos en parte de una muchedumbre creciente que seguía avanzando hacia el centro de la atestada plaza. Al mirar debajo de las capuchas, me sorprendió ver una mezcla de caras. Sí, vi las habituales barbillas delgadas y aristocráticas con brillantes ojos de mago. Pero también había otros, fornidos marineros sin afeitar, curtidos granjeros, orientales pintados, incluso unos pocos hombres escuálidos y sucios de ojos embrujados que estoy casi segura que habían subido hasta ahí desde Ragtown. Era agradable ver algo de diversidad en el Círculo Dorado, pero noté que no todo el mundo se encontraba cómodo con ello:

había Guardias de la Ciudad apostados por todas partes, con sus ceñidos uniformes azules, los rostros inexpresivos, las manos derechas apoyadas sobre las empuñaduras de sus espadas envainadas.

Nunca había visto a tantos juntos en un mismo sitio. ¿Estaría Zell de servicio ahí esa noche? ¿Por qué no lo había mencionado?

Empecé a preguntarle a Lyriana si le había visto, pero descubrí que ya no estaba a mi lado. Había echado a correr hacia un carro cercano atendido por una oronda mujer de las Tierras del Sur, la cabeza calva excepto por una larga coleta negra. Lyriana le pagó a la mujer, cogió algo y corrió a reunirse conmigo con un trapito marrón entre las manos. Sobre él había un par de... pastelitos, supongo; pequeños cubos dorados cubiertos de azúcar en polvo.

—Cómetelo —dijo Lyriana, antes de que pudiese preguntarle siquiera lo que era—. Confía en mí. Tu vida no volverá a ser lo mismo.

Cogí uno de los cubos calientes y me lo metí entero en la boca, y puedo decir, sin miedo a exagerar, que era la mejor cosa que había probado jamás, *jamás*. El azúcar en polvo recubrió mi boca mientras el exterior del pastelito se disolvía en un estallido de pan esponjoso y mermelada de cerezas y cardamomo, y después, por si eso no fuera suficiente, llegué al centro del pastel, que tenía un chupito de licor de agua de rosas. Debí de poner una cara ridícula, porque Lyriana soltó una carcajada;

luego se zampó el suyo, aunque obviamente ella lo hizo en tres delicados mordisquitos.

—¿Qué era eso? —pregunté, todavía saboreando ese panecillo dulce y esponjoso mientras el licor se instalaba en mi estómago en forma de una calidez deliciosa—. ¿Y dónde ha estado toda mi vida?

—Se llaman Secretos de Pecadores, de la ciudad de Tau Lorren en las Tierras del Sur —explicó Lyriana—. ¿No son maravillosos?

—¿Puedo tomar otro? ¿O, ya sabes, una docena?

Lyriana sonrió de oreja a oreja y me cogió de la mano para arrastrarme hacia el centro del festival. Cada carpa ofrecía una actuación diferente y fuimos dando saltitos de una a otra, observándolas por encima de los hombros de la multitud. En una, un trío representaba una escena de *Landa y Tristán,* de Recarton, una tragedia tan famosa que incluso yo había leído el guion; llegamos a mitad de actuación, pero el actor que hacía de Tristán era tan convincente mientras acunaba el cuerpo de su mujer, tan reales sus aullidos de angustia, que se me anegaron los ojos de lágrimas. La siguiente carpa la ocupaba un grupo de actores que representaba una comedia en orlés antiguo, pero no necesitaba entender el idioma para saber que trataba de un rey que no podía parar de tirarse pedos, así que eso era más mi estilo. La siguiente carpa tenía a una contorsionista que se enroscaba de modo antinatural en torno a un poste, y la siguiente exhibía un mono cantarín amaestrado de las islas K'olali;

la de después mostraba a un trío de musculosos hombres bronceados de la Baronía de Malthusia, desnudos salvo por unos minúsculos taparrabos; realizaban un baile sensual que incluía abdominales untados en aceite y un montón de ojos saltones y caricias eróticas. Digamos simplemente que eso me interesó *mucho*.

En algún momento de la noche, los pabellones empezaron a fundirse los unos con los otros, aunque también es posible que se debiera a que me había tomado dos Secretos de Pecadores más, con ese licor tan tan dulce. Aún así, yo estaba corriendo una maratón de aficionados hacia un achispamiento dorado, mientras Lyriana esprintaba a toda velocidad hacia una borrachera total. Cada vez que apartaba la vista de ella, tenía otra copa de yarvo en la mano, y para cuando salimos del Pabellón de los Chicos Atractivos Bailando, ya se tambaleaba sobre sus pies, las mejillas arreboladas, una sonrisa de boba plantada en la cara.

—¡Esto es divertidísimo! —gritó—. ¿Has visto a esos tipos?

—Sí, sí los he visto —dije, forzando una sonrisa. A ver, la vida de Lyriana era suya, y si quería emborracharse, ¿quién demonios era yo para impedírselo? Pero ¿la verdad? Odiaba lidiar con ella en este estado. No era solo que se pusiera insoportable, aunque sí, se ponía bastante insoportable. Era que, por mucho que actuara como si se estuviese divirtiendo cuando había bebido y bailaba sobre una barra y se iba a casa con alguien como Jerrald, había algo más detrás, ese núcleo de dolor que estaba reprimiendo, sobre el que había preguntado Ellarion en el balcón de la mansión Vale. Hacía tantos esfuerzos por demostrarle al mundo lo feliz que era, que solo lograba llamar la atención hacia el oscuro agujero de lo que fuera que la estuviera reconcomiendo por dentro. Despertaba todos mis impulsos de gallina clueca, aunque eso significase plantarme una sonrisa en la cara y unirme a ella para otra ronda.

—¡Mira! ¡Mira! —gritó. Había una carpa enorme en el centro de la plaza, del tamaño de cinco de las carpas más pequeñas juntas, con una docena de banderas ondeando en lo alto. Se oía música en el interior, una giga bulliciosa a todo volumen que me hacía dar golpecitos en el suelo con la punta del pie, y a través de las solapas de la tienda pude ver a un puñado de gente bailando bajo el toldo, artistas e invitados mezclados—. ¿Podemos ir? ¡Yo voy para allá!

—Quizás deberíamos... —empecé, pero Lyriana salió corriendo antes de que pudiese terminar. Entró como una apisonadora en el círculo y casi tira a dos de los otros invitados. Con un suspiro, empecé a seguirla, cuando oí una voz rasposa bramar a mi espalda, al mismo tiempo sin pulir y extrañamente confiada.

—¡Alabados! ¡Alabados! ¡Alabados sean los Titanes!

Me di la vuelta para ver qué pasaba. Las palabras no provenían de una carpa, sino de un pequeño grupo de personas detrás de mí, donde parecía que estaba teniendo lugar algún tipo de conmoción. Eché otro vistazo al pabellón grande para asegurarme de que Lyriana estuviese bailando tan contenta, y luego me fui en dirección contraria hacia ese grupo de gente. En el centro, en un pequeño círculo, había un anciano de los Feudos Centrales vestido con una túnica plisada dorada, su barba blanca retorcida y unida mediante un par de cuentas de plata. Un sacerdote, pues, haciendo algún tipo de rutina de predicador. Ya los había visto antes, de pie en las esquinas, dando sermones sobre la sabiduría de los cielos y el glorioso futuro al que todos ascenderíamos. Sin embargo, eso no hacía que ver a uno *aquí* fuese menos extraño.

—Porque en realidad, nosotros de todos los hombres ¡somos los más bienaventurados! —exclamó, agitando las manos en todas direcciones—. ¡Porque podemos congregarnos aquí con tanta libertad, ver tantas maravillas y cosas extraordinarias! ¡Porque podemos reunirnos, protegidos por la magia, para asombrarnos y maravillarnos! ¡Porque estamos protegidos por los mejores reyes y vivimos en la mejor de las ciudades!

—¡Mentiroso! —gritó otra voz, y todas las cabezas se giraron. Una figura se abrió paso hasta el centro del círculo y echó su capucha hacia atrás para revelar el rostro de un hombre joven. Tenía la piel de un marrón claro, el pelo negro y desgreñado, y su ojo izquierdo era tan solo un orbe lechoso—. Mentiroso —repitió, y prácticamente escupió la palabra.

—¡Explícate! —exigió el sacerdote. Un murmullo de intranquilidad se extendió entre el público, una oleada de tensión. Sentí que se me comprimía el pecho.

El hombre joven dio un paso al frente y casi pensé que le iba a pegar un puñetazo al sacerdote ahí mismo. Pero en vez de eso, dio media vuelta y le habló a la multitud, su voz alta, clara y carismática.

—Este hombre, este sacerdote, ¿quiere hacernos creer que todos vivimos en la mejor de las ciudades? —bramó—. ¿Una ciudad en la que las mujeres trabajan hasta que les sangran los dedos? ¿Una ciudad en la que los padres cuelgan de las horcas? ¿Una ciudad en la que los nobles se atiborran de comida en fastuosas fiestas mientras los niños se mueren de hambre en las alcantarillas? ¿Le llamáis a *eso* la mejor de las ciudades?

—La humanidad es defectuosa, sí —dijo el sacerdote, y aunque su voz sonaba calmada, sus ojos saltaban de acá para allá en busca de ayuda—. ¡Pero precisamente por eso nos han confiado los Titanes el don de la magia! ¡Para que podamos superar nuestros defectos, podamos ir más allá del hambre y el dolor, para que nosotros también podamos *Ascender!*

—Esa es la mentira más grande de todas —dijo el joven, y la multitud empezaba a mostrarse más y más agitada. Unas pocas personas le abuchearon, pero una cantidad sorprendente asintió para mostrar su conformidad. Y entonces aparecieron los otros, hombres corpulentos con las caras ocultas bajo capuchas se abrieron paso hasta las primeras filas del público con los brazos cruzados delante del pecho. Había algo en ellos que me puso los pelos de punta, algo sincronizado y meticuloso.

La comprensión me golpeó como una ráfaga de aire frío. Estos no eran meros observadores y esta no era una demostración cualquiera. Esto estaba organizado, era deliberado.

Eran Discípulos Harapientos.

Me eché hacia atrás instintivamente contra el mar de cuerpos, en un intento por salir de ahí. Esta no era mi lucha. Ese no era mi lugar. Todo este asunto parecía peligroso, un montón de leña que solo esperaba una chispa para prenderse.

—Os diré a todos la auténtica verdad —continuó el hombre joven, y ahora el sacerdote ni siquiera intentaba discutir, solo intentaba escabullirse con expresión aturdida—. Cuando los Titanes Ascendieron, confiaron en la humanidad para que fuesen los guardianes de su mundo, para que vigilaran sus ciudades, para que cuidaran de su magia. Pero los Volaris quebrantaron esa confianza. ¡Saquearon las criptas y se apropiaron de los secretos, conspiraron con los sacerdotes para robar lo más sagrado de lo sagrado! —Ahora ya estaba casi gritando, con la ardiente pasión que oirías en voz de un general al arengar a sus tropas. El público se estaba enfadando cada vez más, se mostraba más agitado, más ruidoso. El hombre que tenía a mi lado, un borracho barbudo e inestable, se arremangó—. Se han apropiado del poder de los dioses, lo han usado para subyugar a todos los demás hombres y ¿osan decirnos que es por nuestro propio bien?

—Ya es suficiente —intervino una voz temblorosa. Un joven recluta de la Guardia de la Ciudad dio un paso adelante y todas las cabezas se giraron hacia él. Le reconocí de inmediato: Jonah Welarus, el hijo del Capitán, el chico de los ojos grandes y las suaves mejillas de bebé que siempre miraba a Zell con adoración. Un chico que no parecía capaz de ocuparse de una farola rota, no digamos ya de un posible disturbio público.

Aun así, lo intentó. Entró en el círculo y agarró al hombre vociferante por la muñeca. Tiró de él hacia atrás.

—Está predicando blasfemias y causando disturbios —dijo Jonah—. Necesito que venga conmigo.

Pero el hombre dio un tirón y se soltó de su agarre. El pobre Jonah se tambaleó hacia atrás, mientras el hombre se dirigía hacia la multitud, hacia nosotros.

—¡La Sacerdotisa Gris ha visto más allá del velo! ¡Ha sentido la verdadera bendición, ha recibido el don de la verdadera luz! —Sus ojos estaban abiertos como platos y eran aterradores—. ¡Los Titanes regresarán! ¡Los justos serán redimidos! ¡Y los usurpadores ard...!

Estoy casi segura de que la siguiente palabra era *arderán*, pero no logré oírla porque el corpulento borracho que tenía al lado columpió el brazo y lanzó una botella vacía directa a la cabeza del joven. Se hizo añicos con un crujido explosivo, le abrió una buena brecha en la sien y el joven cayó hacia atrás con un grito ahogado. Otro hombre del público corrió hacia él, pero antes de que pudiese llegar, uno de los Discípulos encapuchados dio un paso al frente y le derribó con un devastador gancho de derecha. Y entonces, en un abrir y cerrar de ojos, como si esa hubiese sido una señal invisible que todo el mundo conocía excepto yo, aquello dejó de ser un festival para convertirse en una reyerta general. Un puñado de personas del público se abalanzaron hacia delante, gritando y maldiciendo, pero mientras lo hacían, otros cuatro jóvenes Discípulos se retiraron las capuchas y se lanzaron a la carga, blandiendo mazos y botellas.

Debían de saber que esto iba a suceder.

¿Habían estado contando con ello?

No tuve tiempo de pensar en eso porque el caos se estaba extendiendo como un fuego incontrolado. Delante de mí, la reyerta era un barullo de brazos y piernas y rostros ensangrentados; estoy segura de que nadie tenía ya ni idea de con quién estaba peleando. Vi a Jonah Welarus sacar con torpeza un silbato y emitir un único pitido, pero después, una mano volvió a meterle en la refriega y desapareció de mi vista.

Entonces alguien se estrelló contra mí, con fuerza, y me tiró al suelo. Intenté levantarme, pero una bota se estampó sobre mi mano, igual de fuerte. Solté un bufido y me eché hacia atrás, me llevé la mano al pecho y solo entonces me di cuenta de lo fea que se había puesto la situación. Le pelea estaba fuera de control, pero aún peor, los asistentes que no estaban peleando intentaban ponerse a salvo, huían de la reyerta en una masa precipitada y peligrosa. La gente corría como loca, se empujaban, se pisoteaban, pasaban por medio de las carpas, huían despavoridos en todas direcciones. Gritos aterrados llenaron el aire nocturno. ¡Pelea! ¡Asesinato! ¡Bomba! Vi caer de espaldas a un hombre que hacía malabarismos con espadas, sus armas cayeron peligrosamente a su alrededor. Un hombre aterrorizado le dio un puñetazo en la cara a una anciana. En ese momento, la mayoría de la gente que corría no tenía ni idea de lo que estaba pasando, pero los disturbios eran demasiado intensos como para parar, demasiado salvajes como para contener. Esto era malo. Malo de verdad. Iba a morir gente.

Conseguí levantarme lo suficiente como para ponerme a cuatro patas y miré entre el caos de la muchedumbre. Vi un rostro arrugado con cuentas en la barba. El viejo sacerdote cuyo sermón había empezado esto. Estaba huyendo de la pelea, retrocedía para confundirse con la gente que escapaba... pero le estaba sucediendo algo extraño, algo que no conseguía identificar del todo. Tenía el rostro como retorcido, como si estuviese muy concentrado, y el aire delante de su cara rielaba, titilaba, destellos de luz morada fluían como olas en el aire. Bajo esa extraña luz oscilante, su cara se deformó, se retorció, se refractó, como una imagen en un espejo roto… y entonces, de repente, ya no era un viejo sacerdote. Ahora había una mujer donde antes había estado el hombre, una mujer mayor de los Feudos Centrales con el pelo gris y vibrantes ojos morados. Sus ojos se cruzaron con los míos y su boca esbozó un asomo de sonrisa, después retrocedió y desapareció entre la multitud.

Había visto muchas cosas alucinantes en los últimos días, pero creo que esa fue la más sorprendente. ¿El sacerdote no había sido un sacerdote sino un mago? ¿Cómo podía ser…? ¿Cómo podía eso…? ¿Qué…?

Lyriana. ¡Mierda! ¡Lyriana!

Me puse de pie justo a tiempo de evitar ser pisoteada e intenté retroceder, empujando contra la masa de gente cada vez más descontrolada. Por encima de sus cabezas, pude ver la carpa grande, donde había estado el baile, tambalearse hacia un lado, luego hacia el otro, para por fin colapsarse sobre sí misma con otra oleada de gritos. ¡Mierda!

—¡Lyriana! —grité—. ¡Lyriana!

—¡Tilla! —me gritó ella a su vez desde algún lugar a mi derecha y, benditos sean los Viejos Reyes, no estaba herida. Me abrí paso a empellones hacia el sonido de su voz, pasé como pude entre un grupo de adolescentes que huía a la carrera y por delante de una mujer de las Tierras del Sur que lloraba y tenía la cara ensangrentada. Y entonces la vi. Tenía la capucha bajada, los ojos dorados asustados y empañados, y avanzaba dando tumbos entre el gentío desquiciado. Alargué un brazo, la agarré por la muñeca y tiré de ella hacia mí. Pasé mi brazo a su alrededor en un abrazo protector.

—Te tengo —le dije—. Te tengo.

—¿Qué está pasando? —preguntó con voz pastosa, y vale, sí, estaba *bastante* borracha. Tuve que echar mano de todas mis fuerzas para mantenerla en pie.

—Discípulos. Pelea. Disturbios. —Sacudí la cabeza—. Te lo contaré más tarde, ¿vale? Ahora mismo, tenemos que salir de aquí.

Para entonces, los agudos y estridentes silbidos de la Guardia de la Ciudad resonaban por el aire nocturno. *Ahí* estaban. Los Caballeros de Lazan habían llegado al lugar y estaban intentando organizar a la multitud. Empezaron a crear burbujas doradas de luz alrededor de grupos de personas para evitar que se aplastasen los unos a los otros. Centinelas de alas coriáceas volaban en círculo por encima de nosotros.

—¡Que todo el mundo mantenga la calma! —tronó una voz, de esa forma mágica que sonaba como si alguien estuviese hablando directamente detrás de tu oreja—. ¡La situación está bajo control! —Y sí, más o menos tenían razón, por lo menos ya no veía a nadie pisoteando activamente a otras personas. Pero el Festival era un desastre. Había carpas destrozadas por todas partes. Personas heridas que gimoteaban tiradas sobre los adoquines. Todas las caras a mi alrededor, tan alegres y amables hacía tan solo unos minutos, estaban ahora ensangrentadas, anegadas en lágrimas, aterradas, furiosas.

—Venga. —Deslicé el brazo alrededor de la cintura de Lyriana para mantenerla en pie—. Vámonos a casa.

Tardamos media hora entera en recorrer las tres manzanas que nos separaban de la Espada de los Dioses, porque Lyriana tenía que parar cada dos por tres para agacharse y respirar hondo. La Mano de Servo que controlaba el aravin nos lanzó una mirada escéptica cuando subimos a la plataforma, y se tornó del todo crítica cuando, en algún punto en torno al piso treinta y cinco, Lyriana se dobló por la cintura con la cara verde y dijo:

—Creo que voy a vomitar.

Así que nos soltó en no sé qué piso, uno en el que no había estado nunca y que estaba completamente vacío excepto por media docena de obeliscos cubiertos por una escritura ilegible, y un par de macetas de bronce con palos en flor creciendo en su interior. Conseguí arrastrar a Lyriana hasta una de esas macetas para que vomitara en su interior, y las grandes flores moradas dejaron escapar un agudo silbido que juro que sonaba enfadado.

¿Alguna vez tienes ese tipo de momento en el que sientes que estás fuera de tu cuerpo y te estás mirando desde arriba, en el que eres totalmente consciente de la irrealidad de tu situación? Pues yo tuve uno justo entonces, mientras estaba agachada en la Espada de los Dioses de Lightspire y le sujetaba el pelo a la princesa para que pudiese vomitar en una maceta. Yo, Tilla, la bastarda de

Casa Kent, la chica de pelo sucio que corría por los túneles y dormía en los altillos. Vaya mundo.

Lyriana se apartó de la maceta y se colapsó en mi regazo. Se quedó ahí tirada con los ojos cerrados y el pecho agitado. Las Luminarias de la pared estaban apagadas y no tenía ganas de buscar el interruptor, así que la única luz de la sala era la luz de la luna que entraba por las grandes ventanas redondas. No estoy segura de cuánto tiempo pasamos ahí, a medio camino entre dormidas y despiertas. Lyriana gemía y daba vueltas, transitando inquieta por los últimos coletazos de su borrachera. Yo me limité a quedarme con ella, mis pensamientos a mil por hora mientras mi cabeza repasaba los acontecimientos de la noche una y otra vez.

El sacerdote había sido una maga disfrazada. ¿Había estado metida en el ajo desde el principio? ¿Estaba ayudando a los Discípulos? ¿Qué sentido tenía eso?

Markiska, los Discípulos Harapientos, Chico Guapo, Murzur, Molari Vale... era como si tuviera todas esas piezas de puzle delante de mí y no tuviese ni idea de cómo empezar a unirlas. Nos quedamos así sentadas un buen rato, quizás una hora, quizás tres, antes de que los ojos de Lyriana parpadearan adormilados al despertarse y tardaran un segundo en enfocarse en mi cara.

—Tilla —dijo, con una voz apenas más alta que un susurro—. ¿Qué ha pasado? ¿Dónde estamos?

—En la Espada de los Dioses —dije—. Los Discípulos Harapientos hicieron una demostración y el festival se convirtió en una revuelta. Tienes suerte de que lográramos salir de ahí sin problema.

—Oh —dijo Lyriana—. No recuerdo nada de eso.

Le di unas palmaditas en el hombro.

—Estabas borracha.

—Oh —repitió Lyriana, ahora con un toque de tristeza y de bochorno. Rodó sobre el costado, su cabeza todavía en mi regazo, pero ahora miraba en dirección contraria—. Lo siento. No pretendía emborracharme. Planeaba no beber tanto, de verdad. Es solo que... supongo que perdí el control. —Sorbió por la nariz de manera sonora—. Lo siento, Tilla. No deberías tener que lidiar con esto.

—No pasa nada. Para eso son las amigas, ¿verdad?

Se quedó ahí tumbada en silencio durante un momento, luego dejó escapar un ruidito de preocupación.

—Tilla. Tu mano.

—¿Hmmm? —Bajé la mirada y vi un cardenal de un morado intenso que empezaba a aflorar en el dorso de mi mano derecha, justo donde la había pisado ese tipo. Con toda la adrenalina de la noche, no me había dado ni cuenta, pero ahora que la miraba, sentí una punzada de dolor sordo.

—Déjame verla —dijo Lyriana, y antes de que pudiera impedírselo, ya tenía mi mano entre las suyas. Sentí una suave calidez palpitante y una delicada luz verde brotó de entre sus dedos. Cuando la soltó, el moratón casi se había borrado y el dolor había desaparecido. Supongo que ya ni siquiera necesitaba anillos para una magia tan sencilla como esa. ¿Con qué frecuencia estaba practicando?

—Lyriana. No has debido hacer era. Es demasiado arriesgado.

—Estabas herida porque saliste conmigo. Es lo menos que podía hacer.

—¡Lo menos que podías hacer era mantenerte a salvo! —exclamé, quizás más enfadada de lo que pretendía. Y entonces todo salió de mí como un torrente incontenible, toda la preocupación y la frustración acumuladas que había conseguido mantener a buen recaudo durante los últimos seis meses—. Ya lo sé, ¿vale? Sé que todo esto tiene que ver con Jax. Sé que te sientes culpable y sé que sientes que no puedes dejar que nadie más resulte herido. Lo cojo. Yo me siento igual. —Ahora estaba llorando, y también chillando, pero ya no podía contenerme más—. Pero ¿sabes lo que no va a ayudar a nadie? Que consigas que te maten o te exilien o lo que sea. ¿Tienes alguna idea de lo preocupados que estamos por ti? Todos nosotros. Pero sobre todo yo. ¿Tienes alguna idea de lo que haría si te perdiera también a ti? —Mi voz sonaba ronca y, llegadas a ese punto, es probable que estuviese gritando lo suficiente como para que alguien viniese a comprobar que no pasaba nada, así que respiré hondo y cerré los ojos—. Sé que tu corazón está en el lugar correcto. Sé que estás sufriendo. Pero también tienes que cuidar de ti misma.

Nos quedamos ahí sentadas en silencio durante largo rato, mientras Lyriana asimilaba mis palabras y yo me secaba las lágrimas con el dorso de la mano. Al final, rodó de vuelta para mirarme. Incluso en la oscuridad, sus ojos dorados centelleaban.

—No solo se trata de ayudar a los demás —dijo con voz queda—. Quiero decir, hay mucho de eso. Pero también es una cuestión de ayudarme a *mí misma*.

—¿Qué quieres decir?

Soltó un largo y lento suspiro.

—Antes de ir a Occidente, había pasado quince años de mi vida siguiendo a pies juntillas todas las reglas y, créeme, había muchas reglas. Creía que tenía que hacerlo, ser una princesa ejemplar, servir a mi familia y al reino. Y renuncié a tantas cosas, tantas cosas que no pude hacer, tanta *vida* que no viví, porque las reglas decían que no podía. Me ponía triste, por supuesto, pero era para un bien mayor. Estaba convencida.

»Pero cuando conocí a tu hermano... cuando conocí a Jax... Cuando me enamoré de él... fue diferente. —Sus palabras llegaban con esfuerzo, atragantadas—. Quería actuar. Simplemente quería... quería besarle, tenía tantas ganas de hacerlo... Pero sabía que sería inapropiado, así que me contuve. Soñé con un día en el que pudiese ser posible. —Hizo una pausa, los ojos cerrados—. Y luego se murió.

—Lyriana...

—Ya no quiero ser así, Tilla —dijo—. No quiero volver a sentir eso, esa pérdida, esa culpabilidad, nunca más. No quiero hacerme vieja, atormentada por el arrepentimiento de todas las cosas que no hice. —Un mar de lágrimas rodaba ahora por sus mejillas, lágrimas doradas y relucientes—. Solo quiero vivir, Tilla. Solo quiero vivir.

—Eh, no pasa nada —dije, y la abracé con fuerza—. No pasa nada. —La ira que pudiese haber sentido hacia ella había desaparecido, sustituida solo por una profunda tristeza. Perder a Jax nos había destrozado a las dos, pero al menos yo había disfrutado de dieciséis buenos años con él, dieciséis años de aventuras y risas y largas noches trasnochando en la playa. Lyriana no solo le había perdido; había perdido la oportunidad de conocerle, y el dolor de esa pérdida era una herida que no se cerraría nunca. ¿Quién demonios era yo para juzgarla por ello? La acuné entre mis brazos y la besé en la frente—. Viviremos juntas, ¿vale? Pase lo que pase. Acabemos donde acabemos. Las dos viviremos.

Me regaló una débil sonrisa, el tipo de sonrisa que decía *estoy intentando creerte pero en realidad no te creo.*

—Supongo que deberíamos volver a nuestros cuartos, ¿no?

—¿Crees que conseguirás subir en el aravin sin potar?

Ahora su sonrisa fue un poco más genuina.

—Haré todo lo que pueda.

El aravin llegó y nos subimos, intentando no toparnos con la mirada de desaprobación de la Mano de Servo. Mientras subíamos a toda velocidad por el tubo traslúcido, bajé la vista hacia las parpadeantes luces de la ciudad, cientos de diminutos destellos, cada uno un hogar, una familia, una vida. Me recordó a aquella noche durante nuestro viaje por Occidente, cuando enterramos a esa familia al lado de su cabaña y nos quedamos ahí de pie bajo la lluvia, las manos entrelazadas, mientras las *Luces* de Lyriana brillaban en el cielo por encima de nosotros. Esa noche había sido una de las peores de mi vida, la imagen de esa familia una cicatriz eterna, pero en ese momento, había sentido una profunda sensación de unidad, esa sensación de que los cinco estaríamos siempre juntos, ayudándonos, protegiéndonos, para siempre.

Ahora Miles era el enemigo. Lyriana estaba rota. Zell estaba por ahí... donde fuera.

Y Jax estaba muerto.

El aravin subió con un rugido, más y más alto, y las luces se hicieron más y más pequeñas. Abracé a Lyriana con fuerza, pero incluso mientras lo hacía, me sentí completamente sola.

DIECISIETE

Al día siguiente, me levanté con un espíritu renovado y un propósito en mente. Bueno, vale, primero dormí hasta mediodía y luego me comí un crujiente pan sin levadura con un huevo frito encima. Pero ¿después de eso? Un espíritu renovado.

Me salté mi clase de la mañana y salí del campus. Me había tomado un respiro de intentar averiguar lo que estaba pasando en la ciudad; solo pensar en ello me hacía sentir aturullada y perdida. Pero sabía de una cosa que me haría sentir mejor, una cosa que me haría sentir fuerte y confiada. Una cosa que había estado retrasando demasiado tiempo. Zell estaba en el Cuartel, benditos fueran los Viejos Reyes, y por una vez no estaba ocupado. Estaba practicando solo en el centro del patio, descamisado, su cuerpo musculoso y cubierto de sudor brillaba a la luz del sol. Miró en mi dirección y se le iluminaron los ojos, e incluso entonces, con todo lo que nos estaba pasando, hicieron que mi corazón diera un vuelco.

—Dime que no has venido solo a charlar.

Me crují los nudillos con una sonrisa. Sabía que teníamos que hablar, ponernos al día en absolutamente todo, pero había otra cosa que necesitaba antes.

—Ni lo sueñes.

Empezamos con lo básico, porque, seré sincera, estaba oxidada, sobre todo sin un aterrador mago teletransportador intentando matarme. Nos pusimos en guardia en la arena, y Zell me hizo ensayar mis golpes y mis fintas mientras me lanzaba una patada de vez en cuando a las espinillas para asegurarse de que me estaba preocupando de mi juego de pies. No habíamos practicado en un mes, quizás más, pero caímos de inmediato en nuestra antigua rutina: giramos en círculo, mirándonos a los ojos, la respiración agitada, en algún punto entre luchando y bailando mientras nos acercábamos y volvíamos a separarnos. Cuanto más deprisa nos movíamos, más luchábamos, más me abandonaba a la neblina, esa zona en la que el resto del mundo no existía, solo su cuerpo y el mío. Quería pegarle, conquistarle, inmovilizarle y verle retorcerse, pero también quería besarle y sentirle. ¿Cómo podía haberme estado escaqueando de esto durante tanto tiempo? ¿Cómo podía haberme olvidado de lo bien que sentaba? De lo apropiado que parecía.

En algún punto, olvidamos los ejercicios por completo y solo nos dedicamos a pelear. Corrí hacia él con un aullido, volé por encima de la arena y lancé un codazo giratorio hacia su cabeza. Se agachó mucho, a una velocidad imposible, como siempre, así que golpeé solo aire donde había estado su cabeza, y entonces su largo brazo se enroscó alrededor de mi cintura y tiró de mí hacia atrás para inmovilizarme. Normalmente, habría caído, pero pataleé, aproveché el impulso que aún llevaba, y mis pies desnudos encontraron apoyo en la estructura firme de un maniquí de entrenamiento. Me impulsé contra él, me escurrí de entre los brazos de Zell y le agarré del pelo mientras pasaba a toda velocidad por su lado. Caí de espaldas al suelo, pero logré arrastrarle conmigo, sobre mí, y enrosqué las piernas instintivamente en torno a su cintura para mantenerle abajo. Nos quedamos ahí tumbados, y podía sentir hasta el último centímetro de su cuerpo firme apretado contra el mío, podía sentir su corazón latir contra el mío, podía sentir su calor abrasador contra el mío. Le miré a los ojos, sus preciosos ojos, y no había nada, nada que deseara más.

—He echado esto de menos —susurré.

—Yo te he echado de menos a *ti* —repuso.

—Ejem —dijo una voz desde la entrada del patio, y Zell, un poco abochornado, se quitó de encima de mí y se sacudió el polvo mientras se ponía en pie para cuadrarse y saludar. Siempre el chico de oro. Estiré el cuello y giré la cabeza para ver una figura conocida con una túnica roja que nos miraba con una sonrisa de diversión. Lord Galen Reza en persona, flanqueado por un grupo de unos seis hombres fornidos.

—¿Quería algo, Lord Reza? —preguntó Zell, tras adoptar de nuevo esa voz superprofesional de Guardia de la Ciudad.

—Había oído rumores de que estabas enseñando tu técnica de lucha. Pensé que podía traer a mi guardia personal para que vieran una demostración, solo para que sepan lo que esperar si nos tiende una emboscada una partida de zitochis. —Arqueó una ceja en mi dirección—. A menos que... estéis ocupados.

Oh, sí que estábamos ocupados, porque había estado a un segundo de mandar todo a paseo y besar a Zell. Pero ahora que Galen estaba ahí, me había distraído, y no solo por su sonrisita de suficiencia. No se me había ocurrido hablar con él. Para ser sincera, se me había olvidado que estaba en la ciudad, pero quizás él tuviera alguna idea de por qué Chico Guapo estaba aquí, o si todo esto tenía algo que ver con mi padre y sus planes. Preguntar no haría daño, ¿verdad?

—No estamos ocupados. Además, tengo que preguntarle algo. En privado. —Le lancé a Zell una mirada elocuente y él asintió—. Zell puede enseñarles a sus hombres los movimientos básicos mientras hablamos.

—Por supuesto —dijo Galen, y sus hombres entraron en fila en el patio. Nosotros dos encontramos una oficina vacía en el Cuartel y, con la puerta cerrada, se lo conté todo.

En retrospectiva, quizás debí ser más cauta, pero no lo pude evitar; por alguna razón, quizás por ese vínculo occidental, sentí que podía confiar en él. Le conté lo de Darryn Vale y lo de Chico Guapo, lo de la perla del brazalete y la maga del festival.

—Bueno —dije al terminar, porque seguía ahí sentado sin más, los dedos juntos delante de la cara—. ¿Qué opina?

—Creo que lo que has descrito es profundamente blasfemo. Una traición total y absoluta.

—Oh. —Se me cayó el alma a los pies.

—Pero es una traición que me resulta familiar —continuó—, y eso me preocupa. —Galen se levantó y empezó a caminar por la habitación con una expresión de profunda turbación—. En los últimos meses, he oído varios informes como este desde el frente. Actos inexplicables que giraban las tornas de algunas batallas. Soldados de Occidente que conjuraban a las llamas y al hielo. Un comandante zitochi que controlaba el viento. Los había descartado como tonterías, recuerdos embarullados del caos del campo de batalla. Pero si tú me estás diciendo que estás viendo lo mismo aquí…

—¿Qué significa?

—Se me ocurren dos teorías —dijo Galen—. Primero, que hay una operación de propaganda orquestada por tu padre para extender la idea de que el Mandato Celestial es una mentira. Puede que incluso cuente con unos cuantos magos apóstatas en sus filas que esté usando para dar verosimilitud a esa idea. Esta sigue siendo, de lejos, la explicación más plausible.

O sea, la misma que ya había oído.

—¿Cuál es la otra teoría?

—Que los sectarios tienen razón. —Galen bajó la voz, aunque estábamos en una habitación cerrada—.

Que los Titanes de verdad están enfadados con el rey, y que han elegido bendecir a sus enemigos con sus dones. Que es verdad que los rebeldes tienen magia.

—¿Cree que eso es posible?

—Por lo que sabemos, no debería serlo —dijo Galen—. Pero he aprendido que no hay mayor peligro que subestimar a tu padre.

Me dejé caer hacia atrás en mi silla, abatida. Me había acostumbrado tanto a que no me creyeran, a que me dijeran que me estaba imaginando cosas, que era realmente increíble que alguien me tomara en serio. Desearía haber sentido alivio, pero todo lo que sentí fue un miedo frío y creciente. Mi padre ya era lo bastante aterrador solo con su ingenio y su ejército. Si los Titanes habían decidido bendecirle… Si se había ganado el poder de la magia…

Entonces, nadie estaba a salvo de sus garras.

—¿Qué hacemos? —pregunté.

—*Tú* no haces nada —dijo, los ojos entornados—. Yo hablaré con el rey otra vez. Le convenceré de que envíe esos refuerzos. Y cuando regrese a Occidente, me aseguraré de investigar estos rumores. Si hay algo de verdad en ellos, enviaré un mensaje de inmediato.

—¿Ya está?

Galen arqueó una ceja.

—¿Qué esperabas? ¿Que entrara en tromba en el salón del trono y les dijera a todos los presentes que el principio fundacional en el que se basa el reino entero es una falacia?

—Supongo que no —admití. Y no es que estuviese equivocado, porque sí, ahí tenía razón, pero es solo que parecía una respuesta tan débil... Todo el mundo parecía querer tomárselo despacio y con cuidado, asegurarse de haber averiguado toda la verdad antes de hacer nada. Pero mientras tanto, mi padre se estaba haciendo cada vez más fuerte, más atrevido, más poderoso. Para cuando alguien decidiese actuar, sería demasiado tarde.

Simplemente no lo entendían, ninguno de ellos. No podían hacerlo. Para ellos, esto era solo una abstracción, un desagradable «y si», un puzle que resolver. Ellos no se habían enfrentado a Chico Guapo. No habían sentido sus puños, no habían visto de lo que era capaz.

Galen ajustó el cuello de su túnica y se dirigió hacia la puerta.

—Debería volver con mis hombres—dijo—. Cuídate, Tillandra.

—Usted también —contesté, como si eso estuviese remotamente bajo mi control.

Volví al patio unos minutos más tarde. Galen estaba a un lado, los brazos cruzados delante del pecho, observaba a Zell luchar con tres de sus guardias. Intenté mantener la calma. De verdad que lo hice. Pero no podía dejar de pensar en lo que me había dicho Galen, no podía dejar de imaginarme a mi padre con magos a su disposición, sus ejércitos abriéndose camino inexorablemente hacia nosotros en esos mismos momentos. ¿Qué harían si llegaran hasta aquí? Me imaginé la ciudad

sitiada por catapultas occidentales, las calles incendia-
das por la guerra, asesinos rajando cuellos en los salones
de la Espada de los Dioses. ¿Y si, contra todo pronóstico,
ganara él? Quizás me perdonara la vida, quizás, *quizás*.
Pero ¿mis amigos? ¿Lyriana, Ellarion, Zell? Clavaría sus
cabezas en picas y me obligaría a mirar.

No. *No*. No había llegado tan lejos, no había cruzado todo el continente huyendo, solo para ver morir
a mis seres queridos a manos de mi padre. Los demás
podían tomarse su tiempo, pero yo no me iba a quedar
ahí esperando como si nada hasta que fuera demasiado
tarde. Tenía que actuar.

Así que con un rápido gesto de despedida salí del
Cuartel y me dirigí a toda prisa hacia la Espada de los
Dioses. El mago del aravin era el que había estado ahí la
noche anterior, me lanzó una mirada crítica, pero me llevó arriba de todos modos, hasta el piso cuarenta y siete,
a las habitaciones privadas de Ellarion.

—Tilla —dijo Ellarion cuando entré por las puertas
deslizantes. Estaba sentado ante su enorme escritorio,
estudiando un montón de papeles amarillentos. Además, iba sin camisa, y cuando se levantó, tragué saliva
de manera involuntaria. Su cuerpo era más delgado que
el de Zell, más larguirucho, sus músculos bien torneados
sobre un esqueleto estrecho. Su pecho era suave, sin un
solo pelo, y a la tenue luz del sol que se filtraba por la
pared traslúcida, su bonita piel negra casi relucía—. Tenemos que hablar.

—Es verdad. —Me aclaré la garganta—. ¿Te importaría, uhm, ponerte una camisa?

—Demasiado para ti, ¿eh? —dijo con una sonrisita pícara. Aun así, metió la mano en un cajón y sacó una. Era de pura seda, semitransparente, abierta por el centro hasta debajo del esternón. En cuanto a recato, no era mucho mejor—. Bueno, ya está. Y ahora, ¿puedes decirme en qué diablos pensabas ayer por la noche? ¿Yendo a escondidas a un festival con la princesa donde casi lográis que os maten...?

—En primer lugar, fue decisión suya al cien por cien. Y en segundo, no es asunto tuyo.

Ellarion no dejó de sonreír, pero algo más centelleó en sus ojos. ¿Ira? ¿De verdad estaba cabreado conmigo?

—Creí haberte dicho que te quedaras tranquila y me dejaras investigar las cosas. ¿Qué parte de eso se traduce en «salir de fiesta una noche con Lyriana por la ciudad»?

De verdad que no necesitaba su voz de Padre Decepcionado.

—Mira. Ella iba a ir a ese festival conmigo o sin mí. Así que en lugar de venirme con estas historias, quizás deberías estar dándome las gracias por mantenerla a salvo. —Eso era verdad. En parte, al menos—. Además, nada de eso importa, porque me he enterado de algo realmente importante. Le he contado a Galen... Lord Reza... lo que ha pasado, y dice que él ha oído cosas similares sobre Occidente. Hay soldados que informan de que los hombres de mi padre de repente pueden hacer magia, que existen magos zitochis, ¡que están cambiando las tornas de las batallas! —No me había dado cuenta de lo alterada que estaba hasta que descubrí que casi estaba gritando—. ¡Es verdad, Ellarion! ¡Te lo estoy diciendo! ¡Es verdad!

—Le has contado a Lord Reza lo que ha pasado —repitió Ellarion despacio, como si le estuviese costando un gran esfuerzo mantener la calma—. O sea, que le has contado que nos colamos en la mansión del comerciante más rico de la ciudad y realizamos un acto de visión de Ecos no autorizado en el dormitorio de su hijo.

—Yo... Quiero decir... Bueno... —intenté, y es cierto, dicho así, sonaba bastante mal—. Vale, puede que eso no haya sido muy buena idea. Pero sigues sin escucharme. Las pruebas se están acumulando, Ellarion. Está pasando algo. Vuestros enemigos, los enemigos de la ciudad, están descubriendo la magia. Los hombres de mi padre se están convirtiendo en magos. ¿Es que nadie comprende lo serio que es esto?

Ellarion soltó el aire despacio.

—Tilla. Escúchame. Eso no está pasando. Los hombres de tu padre, los zitochis, los sectarios... ninguno de ellos está descubriendo la magia.

—¿Y tú cómo lo sabes? —chillé—. ¿Cómo puedes estar tan seguro?

Ellarion no dijo nada durante un ratito. Se limitó a mirarme, el ceño fruncido en escrutinio pensativo.

Antes siempre me miraba con diversión juguetona. Pero ahora lo hacía como si me estuviese viendo por primera vez.

—Eres la chica más cabezota y testaruda que he conocido en la vida —dijo al final—. No te vas a rendir, ¿verdad? Simplemente vas a seguir haciendo esto hasta que consigas que te encierren, y quizás también al resto de nosotros.

—Estoy intentando evitar que nos *maten*.

Soltó un suspiro cansado.

—Que los Titanes me detengan. Estoy a punto de hacer algo muy estúpido y enseñarte una cosa que con toda seguridad no debería.

Arqueé una ceja.

—¿Qué me vas a enseñar?

—La certeza.

Me condujo de vuelta por el pasillo hasta un aravin distinto. La Mano de Servo, un hombre fornido y con barba al que había visto por ahí alguna vez, inclinó la cabeza con educación cuando entramos.

—Planta sesenta y cinco —le dijo Ellarion al hombre—. Llévenos hasta arriba.

La actitud de la Mano cambió al instante. Se puso tenso, su boca se endureció en una línea apretada y su mano derecha se deslizó hacia su espada envainada.

—Autenticación. Ahora.

Ellarion puso los ojos en blanco, luego estiró las manos delante de él. Sus anillos parpadearon mientras giraba las manos en una serie de gestos precisos, como si estuviera dibujando con las yemas de los dedos en un lienzo invisible. Y por supuesto, cuando terminó, abrió las manos y apareció una forma en el aire delante de él, una cosa florida y multicolor que giraba, con intrincadas franjas de luz pulsada y pétalos en flor, congelada en medio del aire, como si estuviese flotando debajo del agua. Yo me limité a mirarla boquiabierta, pero la Mano la examinó como si fuese un cuadro de valor incalculable, guiñó ambos ojos y torció la cabeza hacia un lado. Después de un minuto, dio un paso atrás y retiró la mano de la empuñadura.

—Usted puede pasar —dijo, luego frunció el ceño en mi dirección—. Pero no me han dicho nada acerca de *ella*.

—Ella está conmigo. Así que también puede pasar.

La Mano negó con la cabeza, visiblemente incómodo.

—No funciona así. Ella no está en la lista.

—No está en la lista —repitió Ellarion, con una risa que sonaba de todo menos divertida—. Escuche, amigo. Entiendo que autentificarme es su trabajo. Le daré la razón en eso. Pero ahora ya me ha autentificado. Sabe exactamente quién soy y lo que puedo hacer. —Su voz se había vuelto dura, daba miedo incluso. Se acercó un poco más al hombre—. Así que podemos jugar a este juego en el que usted me obliga a llamar al maestro de su orden y decirle que me está dando más problemas de los necesarios, luego a usted le echan una bronca de narices, o quizás incluso le degraden, y todos habremos perdido una tarde. O puede simplemente llevarnos a mi amiga y a mí hasta arriba.

—Alargó un brazo y agarró el hombro del hombre, cosa que le hizo incluso retroceder del susto—. ¿Qué me dice?

El tipo miró a Ellarion, después a mí, después a la mano sobre su hombro. Tragó saliva.

—Mis disculpas. Me he excedido. Por supuesto que les llevaré.

—Así me gusta —dijo Ellarion, y regresó a mi lado.

La Mano cerró los ojos y empezó a hacer movimientos, los labios fruncidos, respiraciones rítmicas. Bajo nuestros pies, el disco ronroneó e inicio su ascenso.

—¿Qué ha sido eso? —susurré.

—Eso he sido yo tirándome un farol para colarnos en la sala más segura del reino —susurró Ellarion de vuelta—. Finge estar un poco impresionada.

El aravin cogió velocidad, subió y subió, pasó la corte del rey y las dependencias reales donde solía bajarme. Siempre había pensado que esos *eran* lo pisos más altos, lo que significaba que íbamos camino de...

—La cúpula —dije, y Ellarion se limitó a sonreír. En el mismísimo extremo superior de la torre, todas las bandas curvas y serpenteantes que componían la Espada de los Dioses convergían en una única cúpula gigantesca. Descansaba sobre el edificio como el caparazón de una tortuga, cubierta de cientos de paneles de pulido acero rielante que centelleaban como espejos. Siempre había supuesto que era solo, ya sabes, decorativa. Quiero decir, ¿qué podía haber ahí arriba?

El aravin fue frenando hasta detenerse y las puertas se abrieron. No sé qué esperaba, pero la sala a la que salimos estaba sumida en una profunda oscuridad, iluminada solo por unos pocos halos relucientes en el suelo. Y la única cosa delante de nosotros, a unos pocos pasos de distancia, era una segunda concha de acero rielante, curvada para formar una cúpula dentro de la cúpula, esta lisa y oscura y sin pulir.

—¿Qué estoy…? —empecé, pero Ellarion esperó a que se cerraran las puertas del aravin y la Mano se marchase. Entonces, se acercó a esa segunda cúpula y apretó la palma de la mano sobre ella, los ojos cerrados, concentrado. Como la escarcha al derretirse en una ventana, la oscuridad del metal se fue despejando y creó una ventana traslúcida para que pudiéramos ver a través de ella, como si mirásemos dentro de la cáscara de un huevo enorme.

—Por todos los demonios —susurré.

Dentro de esa segunda cúpula, levitando un par de centímetros por encima del suelo, había una roca inmensa del tamaño de un carruaje. No, *roca* no le hacía justicia. Más como un peñasco, quizás, pero uno que se negaba a ser de una sola forma durante más de un segundo. Y no me refiero únicamente a que cambiara de forma, aunque eso también lo hacía. Era más como si, de algún modo, *fuese* de diferentes formas al mismo tiempo, de un modo que no tenía ningún sentido. Un segundo era una gema irregular, pero también una pirámide pulida, y luego cambiaba para ser un reluciente y suave diamante y al mismo tiempo un amenazador orbe con púas. Y no era solo la forma lo que cambiaba, eran también los colores. Todos los tonos imaginables parpadeaban y se deslizaban por esa cosa, franjas que giraban en espiral e iluminaban una zona de un rosa intenso y otra de un negro profundo, florecientes lazos verdes que bailaban entre nubes de un dorado rielante, estelas de relámpagos plateados y crecientes nubes de morado centelleante y lavanda florido.

Era la cosa más bonita que había visto en la vida, y solo mirarla me provocó un lacerante dolor de cabeza.

—¿Qué es? —pregunté casi sin aliento.

Ellarion se encogió de hombros.

—La prueba del Mandato Celestial. El mayor secreto de los Volaris. Mi certeza.

—Entonces, es como… —Me puse la mano delante de los ojos para intentar protegerme de su luz brillante y cegadora, que estaba haciendo que me resultara difícil pensar—. ¿Como una gran roca mágica?

—No es una roca mágica. Es *magia*. Punto. —Volvió a deslizar la mano por la cúpula para empañarla justo lo suficiente como para que dejara de hacerme daño—. La llamamos Piedra Corazón. Toda la magia del mundo, cada pequeño arte, proviene de esta preciosa monstruosidad. Es el motor que impulsa el reino, el corazón palpitante que bombea magia a nuestros cuerpos, a nuestras manos.

—No lo entiendo.

—La magia es el arte de romper el mundo, de convertir nada en algo, de violar las reglas que gobiernan la tierra y las estrellas. —Ellarion levantó una mano y abrió los dedos, y una fina hebra de fuego salió bailando de la palma de su mano, se enroscó en el aire hasta que adoptó la forma de una rosa titilante. Era un truco barato, pero aun así me dejó boquiabierta—. Pero hacerlo requiere una energía tremenda. Esta fuerza, este poder para romper las mismísimas leyes que evitan que este planeta se estrelle contra el sol, tiene que venir de alguna parte. —Cerró la mano en un puño y la rosa se desvaneció, dejando solo un hilillo de humo—. La Piedra Corazón es la fuente de ese poder. La raíz de toda la magia.

—Los anillos —dije, en un repentino arrebato de claridad—. Los fabricáis a partir de esa cosa.

Ellarion asintió.

—Sí. Se conoce como el Rito de Mana y solo puede hacerse dos veces al año, en los solsticios, cuando la Piedra Corazón está más mansa. Se necesita un equipo de quince de los mejores Manos de Servo, con trajes integrales de acero rielante, para retirar quizás dos docenas de lascas de piedra, que después pueden ser reconvertidas en anillos.

—Ya —dije, intentando aparentar frialdad y no como si Ellarion acabara de revelar que los mismísimos cimientos del reino eran una mentira. Después de todo, los sectarios habían tenido razón, pero la verdad era aún peor de lo que habían imaginado—. O sea que son todo patrañas. Fabricáis los anillos vosotros mismos y luego le decís a todo el mundo que los Titanes los hicieron para vosotros. ¿Por qué? ¿Para que creamos que sois especiales?

Ellarion volvió a sonreír, pero había una extraña tristeza en su sonrisa.

—Oh, sí que somos especiales. Solo que no del modo que todo el mundo cree. —Levantó una mano, la giró para que sus múltiples anillos centellearan. Detrás de él, la Piedra Corazón se iluminó de un azul palpitante—. Los anillos son solo conductos, ¿recuerdas? Nos conectan con la piedra, nos permiten canalizar su energía y convertirla en artes que cambian el mundo. Si esa piedra es el corazón, los anillos son las venas que transportan su sangre hasta nosotros los magos, sus muchas extremidades, independientemente de dónde nos encontremos en el mundo. Pero esas venas solo bombean si las extremidades están conectadas. Ponle un anillo a un occidental y no ocurre nada. Ponle un anillo a un Volaris y podemos mover montañas. ¿Por qué? —Una expresión amarga cruzó su rostro—. Porque hemos sido *cultivados*.

—¿Cultivados? —pregunté—. Vuelvo a no entender nada.

—Verás, la Piedra Corazón no solo crea energía mágica. La rezuma. Esa es la razón de que esté detrás de esta cúpula, de que los Manos tengan que llevar trajes de acero rielante solo para estar cerca de ella una hora. Si yo disolviera esta pared, moriríamos en cuestión de segundos. Estallaríamos en llamas o nos derretiríamos en una sustancia viscosa o nos desgarraríamos de dentro afuera a medida que nuestros órganos se convierten en afilados trozos de cristal.

—Eso es algo que te estás inventando sobre la marcha, ¿verdad? Eso no sucedería en realidad, ¿no?

Ellarion hizo caso omiso de mi pregunta, cosa que no me consoló en absoluto.

—Quizás en el pasado, en la Era de los Titanes, la cúpula de acero rielante fuese lo bastante fuerte como para contener toda la energía. Pero lleva siglos desgastándose, así que la energía ha estado escapando, rezumando, de la cúpula, de la Espada de los Dioses, para filtrarse por toda la ciudad. Infecta nuestros cuerpos. Late bajo nuestra piel. Y se cuela en los vientres de nuestras madres y nos deforma, nos cambia. La Sangre de los Titanes, la llaman. Corre por nuestras venas desde el momento en que nacemos. —Respiró hondo y deslizó la mano por la cúpula para borrar la ventanita, de modo que ya no podíamos ver la Piedra Corazón—. Un niño nacido en las afueras de la ciudad, en Moldmarrow o los Suburbios, tiene una oportunidad entre quinientas de ser un mago. ¿Pero un niño nacido aquí, en la Espada de los Dioses? ¿Un niño cuyos padres fueron tocados por la piedra, y sus padres antes de ellos?

—Tenéis la magia garantizada.

—No es garantía. Es ingeniería —continuó—. ¿Sabías que cuando una mujer Volaris está embarazada, no se le permite abandonar la Espada de los Dioses, para garantizar que quede saturada por la energía que aquí fluye? ¿Que las hacen sentarse en esta sala durante horas para empaparse de ella? Perdura en la sangre, más y más fuerte a cada generación, así que cada hijo está un poco más alterado que su padre. Es un poco menos humano. —Ellarion me miró a los ojos, los suyos rojos y ardientes, y por primera vez, le tuve un poco de miedo—. ¿Sabes lo que yo veo cuando te miro? Puedo ver tu corazón latir en tu pecho. Puedo oír la sangre correr por tus venas. Puedo oler las emociones que emanan de ti. Y por todas partes a tu alrededor, veo bucles de posibilidad, rayos de poder que puedo tocar, puedo doblar, puedo moldear. —Recordé el aspecto que tenía el mundo cuando hicimos visión de Ecos juntos, pero había supuesto que eso era solo parte del arte. ¿De verdad era eso lo que veía Ellarion todo el rato? ¿Lo que veía Lyriana?

—¿Qué quieres decir?

—Quiero decir que la magia no es algo que yo haga. Es algo que *soy*. La energía de la Piedra Corazón está en mi interior, me da forma, es tan parte de mí como mi sangre y mi aliento. No puedo encenderla y apagarla, no puedo dejar de ver esas visiones, no puedo dejar de oír las voces. —De hecho sonaba dolido—. No soy el mago más poderoso de la ciudad porque haya hecho más esfuerzos que nadie ni porque fuera bendecido. Soy tan poderoso porque mis padres se aseguraron de que así fuera. Porque me cultivaron. Y ya está. Eso es lo único que hace que yo sea *yo*.

Le miré fijamente a la suave luz de esa habitación. Me dio la impresión de que se había desnudado ante mí, que me había enseñado el lado vulnerable que mantenía oculto tras una docena de máscaras, pero incluso así, seguía habiendo tantas cosas que no entendía, tantas cosas que aún no veía... Sentía ganas de alargar la mano, de tocarle, de consolarle, pero no logré hacerlo. Me daba miedo lo que sentiría.

—Ellarion...

Apartó la mirada, casi con un respingo. ¿De verdad podía percibir mis sentimientos?

—Por eso estoy tan seguro, Tilla —dijo—. Es *verdad* que el Mandato Celestial es mentira, pero es una mentira para dar esperanza a la gente, para hacerles sentir que hay una buena razón por la que algunos hombres apenas pueden levantar una azada mientras que otros pueden derretir el cristal a voluntad. Pero no hay ningún propósito, ningún plan grandioso, ningún don. Solo hay esto. —Ellarion le dio unas palmaditas al lateral de la cúpula—. La magia no puede ser descubierta, no puede ser otorgada como don. No proviene de los Titanes ni de los anillos. La única magia del mundo proviene de haber nacido cerca de esta piedra.

—Oh —dije, y eso fue más o menos lo único que conseguí articular. Quiero decir, ¿cómo demonios discutes eso? No era turbia historia antigua ni teología dudosa. Era la realidad, pura y dura, e ineludible. Ahora entendía su certeza (y quizás, a algún nivel, le entendía a él). Entendía por qué la única explicación lógica, la única explicación, punto, era que yo no había visto lo que tan segura estaba de haber visto. Que me estaban manipulando. Que no podía fiarme de mi propia mente.

Y por fin entendí la verdad. Y era devastadora.

—Ahora, vamos —dijo Ellarion, dirigiéndose de vuelta al aravin—. Si alguien descubre que te he enseñado esto, los dos estaremos metidos en un buen lío.

Bajamos en silencio, observando cómo el suelo subía a nuestro encuentro a medida que el aravin descendía. Cuando se detuvo en la planta baja, Ellarion se giró para marcharse, pero le detuve agarrándole de la mano. Sentí ese cosquilleo otra vez, esa pequeña corriente eléctrica, pero ahora me parecía diferente, daba un poco de miedo. *Infecta nuestros cuerpos*, había dicho Ellarion. *Late bajo nuestra piel.*

—¿Tilla? ¿Qué pasa?

—Solo... gracias —dije con dulzura—. Por enseñármelo. Por ser honesto conmigo. Obviamente, no es lo que quería oír. Pero es lo que necesitaba.

Ellarion me miró con atención, una ceja levantada.

—¿Puedo confiar en que no harás nada imprudente?

Bajé la vista y me di cuenta, inesperadamente, de que estaba llorando.

—Lo intentaré —dije.

Alargó la mano y me secó la lágrima, y al hacerlo, se esfumó con una diminuta nubecilla de vapor.

—Saldremos de esta. Estaremos a salvo. Lo prometo.

Dio un paso atrás y las pesadas puertas se cerraron tras de él. Me dejé caer contra la pared. No *quería* salir de esta. No *quería* estar a salvo. No *quería* estar en esta torre, en esta ciudad, en este mundo de mentiras y ardides y poder, este mundo en el que los padres cultivaban hijos, los forjaban como si fuesen herramientas.

Todo lo que quería era volver a casa.

DIECIOCHO

—Tilla.

Una voz surgió en medio de la oscuridad. Familiar. Frenética.

—¡Tilla!

Me desperté sobresaltada con un ruido que era medio gemido medio ronquido. Tardé un segundo de aturdimiento en encontrarle un sentido a dónde estaba: en mi habitación de la Universidad, en la cama, en la oscuridad. Entonces, ¿por qué estaba...?

—Tilla... —dijo la voz otra vez, y me giré hacia ella. Zell. La habitación estaba oscura, una oscuridad casi total, apenas lograba distinguir su alta silueta, apoyada contra la pared al lado de la puerta. No podía verle la cara, no del todo, pero sí pude ver que había algo raro en él, en la forma en que estaba encorvado.

—¿Zell? —Me froté los ojos—. ¿Qué haces aquí?

—No importa —dijo, y ahí estaba, en su voz, una urgencia, pánico casi—. Escucha, no tenemos mucho tiempo.

Yo... solo... solo necesito decirte... Yo... —Balbuceó en busca de palabras. ¿Por qué estaba Zell balbuceando? Él *nunca* balbuceaba—. Estoy metido en un lío, Tilla. Todos lo estamos.

Su tono tuvo el mismo efecto que si me hubiesen volcado un cubo de agua helada sobre la cabeza, porque de golpe ya no estaba ni remotamente aturdida. Zell sonaba asustado. Y si Zell estaba asustado, significaba que las cosas iban muy, muy mal.

—¿Qué pasa? —Mi mano salió disparada hacia el botón de la pequeña Luminaria redonda de mi mesilla.

—No, no la... —empezó Zell, pero ya era demasiado tarde. La Luminaria se encendió y bañó la habitación en una suave luz azul. Ahora podía ver a Zell. Y tuve que plantarme las dos manos delante de la boca para ahogar un grito.

Llevaba su uniforme de la Guardia de la Ciudad, pero estaba desgarrado por un lado, con un gran agujero que dejaba al descubierto un lado de su tripa y un largo corte irregular. Tenía el pelo desgreñado, cosa insólita, y estoy casi segura de que lo que veía en su cara eran gotas de sangre. Sin embargo, lo peor eran sus ojos. Saltaban de un sitio a otro, salvajes, aterrados, como si hubiera un millón de pensamientos gritando dentro de su cabeza y todos ellos fueran malos. Había visto a Zell tenso, le había visto pelear, y le había visto llorar. Pero jamás le había visto tan destrozado.

—Zell, ¿qué te ha pasado? —Salí de la cama de un salto—. ¿Quién te ha hecho esto?

—No importa. —Vino hacia mí y tomó mis manos entre las suyas. Estaban frías y mojadas y no quería mirarlas, pero lo hice de todos modos. Sangre por todas partes, no solo en las palmas de sus manos y las mías, sino en sus cuchillas de vidrio nocturno, sus puntas irregulares manchadas de color carmesí—. No tengo tiempo de explicártelo. Ahora no.

—Apareces en mi habitación a las tres de la madrugada empapado en sangre. Te aseguro que importa y que vas a explicármelo.

Soltó el aire con brusquedad, de una forma que significaba que sabía que no estaba de broma.

—Esta noche me he colado en la oficina del Capitán Welarus.

—¿Qué? ¿Por qué?

—No importa, ¿vale? Lo que importa es lo que he encontrado. —Rebuscó en el bolsillo interior de su abrigo y sacó un sobre pequeño—. ¿Te resulta familiar?

Se me subió el corazón a la garganta y un escalofrío gélido reptó por mi columna. Oh, desde luego que me resultaba familiar. Era exactamente el mismo tipo de sobre amarillo pequeño que habíamos encontrado en la mansión de los Vale; y *Capitán Welarus* estaba escrito en él con la misma caligrafía desordenada y casi ilegible. Noté que también había algo en su interior, algo pequeño y redondo.

—No... —susurré, pero Zell sacudió el sobre y cayó en la palma de su mano.

Una brillante perla morada, inconfundible, del brazalete de Markiska. Igual que la que había recibido Molari.

—No lo cojo —dije. Nada de eso tenía sentido, y cada vez que parecía que nos estábamos acercándonos a la verdad, todo se hacía añicos otra vez. ¿Qué relación había entre Molari Vale y el Capitán Welarus? ¿Por qué les enviaría alguien a ambos una de las perlas de Markiska?

De repente, el aspecto desastrado de Zell tenía mucho más sentido. Le habían pillado en la oficina de Welarus. Había habido una pelea con otros miembros de la Guardia. Les había hecho daño. A lo mejor incluso… a lo mejor incluso…

—No tuve elección —susurró Zell, como si me leyera la mente—. Tienes que creerme. No tuve elección.

Oh, *mierda*.

Una sirena de emergencia resonó en alguna parte por ahí cerca, luego otra, y otra. Me volví hacia Zell, y ahora estaba en modo alerta, porque si me paraba a pensar, me colapsaría hecha un ovillo tembloroso de puro terror.

—Escucha. Tienes que salir de aquí. Ve a algún lugar seguro. Escóndete hasta que pueda explicárselo todo al rey. Lyriana te apoyará. Con ella de tu lado, quizás aún seas capaz de…

—No —me cortó Zell—. No voy a arrastrarte conmigo. Yo me enfrentaré a las consecuencias de lo que he hecho, pero tú, tú todavía tienes toda la vida por delante. —Se le quebró la voz y fue como si apretara un gatillo para que me ardieran lágrimas en los ojos. Se me cayó el alma a los pies, y sentí esa presión en el pecho, se cerraba y cerraba, cada vez me costaba más respirar. Zell no solo estaba hablando como un hombre metido en un lío. Estaba hablando como un hombre que aceptaba su destino—. Solo tenía que verte una última vez, Tilla. Antes de que me cojan. Antes de que me cuelguen en la calle o me arrojen a alguna celda oscura. Solo tenía que ver tu cara.

En ese instante, oí una conmoción a la puerta de mi edificio, voces que gritaban, pisadas atronadoras. Quería huir, quería esconderme, pero ¿adónde podía ir? ¿Qué diablos se suponía que debía hacer?

Zell alargó una mano y me acarició la mejilla, le temblaban los dedos, solo un poco. Tenía la piel cálida, caliente incluso, pero cuando se apartó, el vidrio nocturno rozó mi barbilla, y estaba tan frío que me hizo estremecerme.

—Prométeme una cosa, Tilla. Oigas lo que oigas sobre mí, te digan lo que te digan sobre mí, recuérdame como era antes. Allá en Occidente. Cuando luchábamos juntos, cuando dormíamos juntos, cuando me hacías reír y yo te enseñé a blandir un arma. Recuérdame como entonces. Antes de esta ciudad. Antes de su corrupción. Antes de que me perdiera.

El suelo tembló bajo nuestros pies a medida que las pisadas se acercaban, bajaban por el pasillo, llegaban hasta nosotros.

—Zell, por favor —supliqué, porque la cruda desesperación de su voz me estaba destrozando—. Todavía puedes huir. Todavía puedes encont... —Y entonces, antes de que pudiese terminar la frase, la puerta se abrió de par en par. Zell se apartó de mí, dio media vuelta y levantó las manos.

—¡Me rindo por completo y sin resistencia! —gritó, del modo que te enseñan a hacer cuando la Guardia de la Ciudad detiene a alguien.

Pero no eran Guardias de la Ciudad los que estaban en el umbral de mi puerta. El Inquisidor Harkness en persona surgió de la oscuridad, flanqueado por cuatro Sombras de Fel, sus ojos brillantes, negros como el carbón.

—Cogedlos a los dos —ordenó el Inquisidor.

—¡No! —gritó Zell—. ¡A ella no! —Se abalanzó hacia ellos, pero antes de que llegara siquiera a la mitad de la habitación, los Sombras levantaron las manos al unísono y las agitaron hacia nosotros como si nos lanzaran dagas. Sus anillos palpitaban negros, y un horrible dolor brotó en mi cabeza, lacerante, rojo, cegador, como si alguien me hubiese clavado un taladro en el cráneo y estuviese abriéndose camino hacia fuera a través de mis ojos. Di un alarido y caí de rodillas, y Zell se desplomó delante de mí, rechinaba los dientes y se apretaba las sienes. Dolía, dolía muchísimo. Estaba llorando y ahogándome y sufría arcadas. Mis dientes castañeteaban y el mundo entero palpitaba y daba vueltas.

—Os voy... a... matar —escupió Zell con voz áspera. Se arrastró hasta ponerse de rodillas. Uno de los Sombras cerró el puño y, por un instante, pude ver *algo*, un zarcillo de rielante oscuridad, apenas visible, que se extendía desde la palma de su mano hasta las sienes de Zell. Zell aulló de agonía y se colapsó de nuevo. Intenté reptar hacia él, intenté forzar a alguna parte de mi cuerpo a moverse, pero el dolor era demasiado intenso, demasiado terrible, demasiado abrumador. El suelo subió corriendo a mi encuentro y la oscuridad subsiguiente fue un alivio.

DIECINUEVE

Lo siguiente que sentí fue una tela rozar contra mi cara cuando alguien arrancó un saco de mi cabeza. Parpadeé y la realidad apareció ante mí. Dejé escapar una exclamación ahogada mientras intentaba encontrarle sentido al entorno. Estaba en una sala de piedra oscura sin ventanas, iluminada solo por un par de Luminarias rojas. Delante de mí había un pequeño grupo de personas, pero con las luces detrás de ellas no podía distinguir sus caras, solo sus siluetas grises y encapuchadas. Hacía frío ahí dentro, con un olor a polvo que me recordó a las criptas de debajo del castillo de Waverly. Oh, y estaba sentada en una silla de hierro rígida con las manos atadas a la espalda.

—Tilla —susurró una voz a mi derecha. Giré la cabeza para ver a Zell, encorvado en una silla a mi lado. Le habían limpiado la sangre, pero todavía tenía un aspecto horrible, los ojos cansados, el rostro atormentado. Gruesas cadenas de hierro sujetaban sus manos a su espalda. Esta vez no había escapatoria—. Lo siento mucho.

Los recuerdos volvieron a mí de golpe. Los Sombras. El Inquisidor. Él ya estaba convencido de que Zell y yo éramos traidores, espías de mi padre. Todavía no entendía lo que le había ocurrido a Zell esta noche, pero si le habían pillado en la oficina de Welarus, bueno, esa era toda la evidencia que necesitaba para condenarnos, ¿no?

No. No. Era el pesimismo el que hablaba. Todavía había una forma de salir de esto. Solo teníamos que decirle al rey la verdad, sobre las perlas, sobre los Vale y Welarus y cómo todo ello estaba conectado de algún modo. Sé que el rey Leopold no era siempre el regente más implicado, pero aún confiaba en él, confiaba en él lo suficiente como para creer que me escucharía, sobre todo si Lyriana le rogaba que lo hiciera. Sentía debilidad por mí, maldita sea, y eso significaba que tenía una oportunidad. Y a pesar de todo su poder y sus dagas-en-la-oscuridad, estaba segura de que Harkness aún doblaba la rodilla cuando de él se trataba.

—El rey —grazné con voz débil—. Quiero hablar con el rey.

—Claro, por supuesto —me contestó una voz amable, y una de las figuras se retiró la capucha para desvelar la pulcra barba de Harkness y su dulce sonrisa—. A pesar de los rumores, no soy ningún monstruo que haga desaparecer a la gente sin más en medio de la noche. Tendréis vuestra oportunidad de defender vuestra causa. —En el otro extremo de la sala, la pared tembló y apareció una fina rendija de luz. Una puerta que se abría—. Ah. Qué sincronización más perfecta. Creo que acaba de llegar el rey.

Las puertas se abrieron de par en par. Guiñé los ojos contra la luz y pude ver que entraban tres figuras más. Dos eran altas y llevaban armadura, con espadas a los lados. Caballeros de Lazan. Pero el hombre que iba entre ellos era más bajo y grueso, y caminaba con un ademán lento y pesado, la cabeza gacha. El rey Leopold Volaris.

Llegó hasta el haz de luz y todas las figuras encapuchadas, excepto el Inquisidor, hicieron una reverencia. El rey Leopold llevaba la bata más extravagante que había visto en la vida, con un ribete de piel y una larga capa verde. La corona que llevaba en torno a la cabeza, por lo general multicolor y centelleante, solo tenía las Luminarias de la habitación para reflejar, así que refulgía de un rojo siniestro. Mientras caminaba hacia nosotros, su rostro era pétreo, una expresión forzada de severidad, del tipo que le había visto adoptar cuando daba discursos apasionados desde las escaleras de la Espada de los Dioses. Pero cuando sus ojos se posaron en mí, atada, magullada, vi algo más en ellos, algo que no había visto jamás. Fulguraron de un turquesa brillante y ardiente, encendidos de ira.

Parecía *cabreado*.

—Esta chica está bajo mi tutela, Harkness —gruñó Leopold—. Más le vale tener una buenísima explicación para esto.

Hubiese imaginado que eso provocaría algún tipo de reacción, pero el Inquisidor parecía totalmente impertérrito.

—Las ataduras son una precaución necesaria, dada la gravedad de las acusaciones —dijo con calma—. Por favor, Majestad. Comprendo que esto es muy desagradable y yo, como siempre, sirvo solo a vuestra voluntad y vuestras órdenes. Cuando todo esto haya terminado, si creéis que me he equivocado, dimitiré de inmediato y me someteré a cualquier castigo que estiméis apropiado.

—¿Cuando *qué* haya terminado? —pregunté—. ¿Qué está pasando aquí?

El Inquisidor Harkness se volvió hacia mí y en su expresión no vi ninguna amabilidad, ninguna misericordia, ni siquiera un ápice de comprensión humana. Me miró como si fuese un parásito, la responsable de una plaga que había infestado su amada ciudad.

—Vuestro juicio —contestó.

Miré a Zell, pero seguía con la cabeza gacha. Como si ya hubiese aceptado su sino.

El Inquisidor Harkness se adelantó y abrió los brazos a los lados. Cuando habló, su voz sonó firme y autoritaria, rebotaba contra las paredes de la habitación.

—Por los poderes que me han sido conferidos por la Inquisición, convoco un Tribunal de Sombras. ¿Da su consentimiento el rey?

El rey me miró, luego al Inquisidor. Podía terminar con todo eso ahora. Todo lo que tenía que hacer era oponerse, rechazar el juicio. Pero el rey se limitó a asentir.

—Sí, lo doy —dijo—. Y sepa que si está equivocado, le aseguro que *habrá* consecuencias.

Harkness asintió.

—Entonces, no os haré perder el tiempo con formalidades, Majestad. Convoco este tribunal porque tengo pruebas de que estos dos jóvenes son culpables de los más graves crímenes: blasfemia, traición, conspiración, asesinato. Estoy convencido de que están actuando en nombre de Lord Kent y fueron enviados aquí precisamente con ese objetivo: para espiar, sembrar discordia y manipular a nuestra amada princesa para ponerla en contra de su propia familia.

—Sé que siempre ha desconfiado de la chica, Harkness —dijo el rey Leopold, y sus anillos refulgieron dorados—. Pero ¿tiene alguna prueba?

El Inquisidor dio un paso atrás y se aclaró la garganta.

—Primer testigo. Adelántese.

La primera figura encapuchada de la izquierda dio un paso al frente, inquieto, como si no estuviese muy seguro de lo que debía hacer. El Inquisidor Harkness gesticuló hacia la figura con impaciencia y esta retiró su capucha para revelar el rostro de un hombre joven, asustado y empapado de sudor.

Tuve que mirarle dos veces. Jerrald Blayne. El desacertado ligue de Lyriana. El chico cuyo brazo había roto Zell.

—Cuéntanos lo que sucedió la noche de la fiesta de Darryn Vale —le indicó el Inquisidor Harkness.

—Me atacaron —farfulló Jerrald, obcecado en no mirarnos—. La princesa, el zitochi y la traidora de Occidente. Me dieron una paliza en el jardín y me rompieron el brazo. Luego la princesa me curó con algo de magia. —Se enrolló la manga para mostrar el tejido cicatricial blanco donde se le había roto el brazo—. ¿Ve?

—¡Imposible! —El rey Leopold se giró con violencia hacia el chico—. ¡Mi hija hizo un juramento sagrado de no usar magia jamás! ¡Ella no lo rompería! ¡No por ti!

—Cuéntale el resto —dijo Harkness—. Lo que ocurrió la noche anterior.

Jerrald estaba temblando, sus ojos clavados en el suelo mientras gruesos lagrimones rodaban por sus mejillas.

—La princesa… Ella… me invitó a su habitación… Y yo… Nosotros… Yo… Nosotros… —Tragó saliva, con tanta fuerza que toda su garganta se movió de arriba abajo—. Dormimos juntos.

—¡Mentiroso! —rugió el rey, y para ser sincera, era terrible que estuviese más enfadado por eso que por todo el asunto del brazo roto. Agarró a Jerrald de la pechera de la túnica y estampó su espalda contra una pared, bramando en su cara—. ¡Mi hija es una buena chica! ¡Pura! ¡Casta! ¡Nunca pondría en peligro su reputación por alguien como tú!

—Majestad —dijo Harkness con suavidad, su voz con un deje de tristeza—. He interrogado al chico con un Sombra. Dice la verdad.

El rey Leopold soltó a Jerrald y se giró. Parecía pasmado, aturdido, como si le acabaran de decir que toda su familia había muerto.

—Pero... Lyriana... Ella no haría... Es buena chica...

—Lo *era* —repuso Harkness—. Antes de que fuera a Occidente. Antes de que cayera bajo la influencia de Tillandra. Ya sabéis cómo son los occidentales, mi Señor. Venales. Blasfemos. Inmorales. Creo que este ha sido el plan de Tillandra desde el principio. Manipular a vuestra hija. Volverla contra las costumbres piadosas. Empujarla hacia el pecado.

El rey Leopold se volvió para mirarme, y ahora había algo nuevo en su mirada.

Sospecha.

—No es verdad —intenté—. Lyriana siempre ha tomado sus propias decisiones. Ha actuado por voluntad propia.

Pero el rey no me oyó, no podía oírme. No cuando su afán de negación era tan intenso.

—No. No, ella no lo haría. Esa no es ella. Debes de haberla influido... manipulado...

—Segundo testigo —dijo Harkness—. Adelántese.

El segundo hombre se adelantó, este corpulento y ancho. Retiró su capucha para dejar al descubierto la cara mofletuda de Molari Vale. Estaba empezando a darme cuenta de cómo iba a ir todo ese juicio, de la mala pinta que tenía el caso contra nosotros si no conocías la auténtica verdad. Quizás aunque la conocieras.

—Molari Vale —dijo el Inquisidor—. Cuéntele a este tribunal la transgresión que descubrió en su mansión.

Molari clavó los ojos en mí, como si estuviera intentando colarse en mis pensamientos a base de pura fuerza de voluntad. ¿Cuánto sospechaba? ¿Cuánto *sabía*?

—Los tres vinieron a visitarme. La princesa Lyriana, Ellarion Volaris y la occidental. —Me estaba empezando a cabrear *mucho* que no me llamaran por mi nombre—. La princesa me dijo que quería discutir una venta de productos orientales para la Mascarada del Día de la Ascensión y, aunque encontré que su petición era sospechosa, le seguí la corriente. —Sus ojos saltaron hacia mí y su labio se curvó en una mueca de asco—. ¡Y entonces mi sirviente descubrió a la occidental y a Ellarion teniendo un encuentro impropio en la habitación de mi hijo!

—¿Qué? —preguntó Zell con voz queda, y por horrible que hubiese parecido la situación hasta ese momento, ahora parecía aplastante, horrorosa, terriblemente espantosa, como si todas las paredes se estuviesen cerrando sobre nosotros al mismo tiempo. Porque, claro, no se lo había contado, todavía no. Iba a hacerlo, de verdad, pero entonces había ocurrido todo ese suceso con Chico Guapo y mi recuperación y el festival, y simplemente no lo había hecho, ¿vale? Pero siempre había tenido la intención de hacerlo. Y le hubiese explicado lo que pasó, y él lo hubiese entendido, y lo hubiésemos olvidado con unas risas. No hubiese pasado nada. Lo hubiésemos solucionado.

Pero ¿enterarse así? ¿Que la verdad saliese a la luz solo ante un tribunal y en una mazmorra? Daba la impresión de que había intentado ocultárselo. Como si de verdad hubiera habido algo. Como si fuese una mentirosa.

Y lo peor era que no parecía dolido ni enfadado, ni siquiera traicionado. Solo parecía embotado. Insensible. Ilegible. Como si no pudiese creer que era verdad.

—Ya veis, Majestad, lo poderosa que es la influencia de la occidental, lo maliciosas que son sus artimañas —continuó Harkness—. ¡Incluso cuando dice ser la amante del zitochi, seduce al Archimago en persona, le doblega a su voluntad!

—No es así —dije—. Estábamos... estábamos...

—Cuando me enteré, recé por que fuera solo un encuentro pasajero —me interrumpió el Inquisidor—. Todos conocemos la reputación del Archimago. Pero aun así, creo que los objetivos de la occidental son mucho más malvados. —Hizo un gesto hacia la fila—. Tercer testigo. Adelántese.

La tercera figura se acercó y retiró su capucha. Tardé un segundo en reconocerle. La Mano de Servo. El hombre del aravin que nos había llevado hasta la Piedra Corazón.

—Díganos lo que sucedió en su aravin ayer. Con discreción.

—El Archimago se presentó en mi aravin —dijo, y estoy segura de que él también se había metido en un lío morrocotudo—. Con la chica occidental. Me dijo que le llevara arriba del todo. Dijo que quería enseñarle algo a ella.

Vi una extraña expresión de confusión cruzar el rostro de Molari. Era verdad que la Piedra Corazón era un secreto muy bien guardado, si ni siquiera él conocía su existencia.

—¿Le enseñó la... la...? —empezó el rey Leopold, como si eso fuese demasiado para él, demasiado para asimilar. ¡Eso no fue culpa mía! ¡Ellarion *quiso* enseñarme la piedra!

—Nuestro propio Archimago, revelándole los más valiosos secretos del reino a una espía enemiga. —El Inquisidor Harkness negó con la cabeza—. Él tendrá que enfrentarse a su propio juicio muy pronto. Aunque por el momento, debemos encargarnos del origen de esta pesadilla. De la serpiente en nuestro seno.

Casi tuve ganas de reír, porque la idea de ser esa brillante seductora, capaz de hacer que incluso los hombres más fuertes bailaran a mi son era tan tan absurda... Entonces vi la cara del rey, la forma en que me miraba. Cualquier impulso protector, cualquier simpatía, desaparecidos por completo, sustituidos por el horror, la ira, la traición.

—Majestad —supliqué—. Por favor. Tenéis que escucharme. Sé que todo esto tiene muy mala pinta, pero no es lo que creéis. Sí, hemos cometido algunos errores. Sí, probablemente debimos acudir directos a vos. Pero Lyriana, Zell, Ellarion y yo... estamos intentando ayudaros.

Está sucediendo algo en esta ciudad, algo terrible, y que implica a Molari Vale y a mi padre y a Markiska y... y... —Me quedé sin palabras porque pude ver que no estaban funcionando, pude ver que consideraban todo eso como el parloteo desesperado de una traidora descubierta—. Por favor, solo pedidle a Lyriana que baje aquí —rogué—. Ella os lo explicará todo. Os lo prometo. Solo dadme esa oportunidad.

El rey Leopold se volvió hacia el Inquisidor Harkness, una ceja arqueada, y estaba funcionando, de verdad estaba funcionando. Su corazón se estaba volviendo contra mí, pero jamás se volvería contra su hija. Y supe que el rey quería darle esta oportunidad, darle el beneficio de la duda, darle la opción de exonerarse, y a mí...

Esperaba que el Inquisidor Harkness pareciera asustado, o al menos preocupado, pero su expresión no mostraba nada aparte de una sombría determinación.

—Traigan el cuerpo —dijo.

¿Que traigan el qué?

Dos de los Sombras del Inquisidor se adelantaron. Llevaban algo largo y flácido en una camilla, cubierto por una gruesa tela. La habitación estaba en penumbra y la tela era marrón oscura, pero aun así pude distinguir unas cuantas manchas. ¿Qué era esto? ¿Qué estaba sucediendo? ¿Por qué sentía en lo más profundo del corazón que esto iba a ser un mazazo en el pecho?

Uno de los Sombras retiró la tela. Jerrald Blayne soltó una exclamación ahogada. El rey Leopold retrocedió horrorizado. Y yo me limité a quedarme ahí sentada, boquiabierta, las manos entumecidas, mientras veía la trampa del Inquisidor cerrarse de golpe.

En la camilla yacía el cuerpo frío y exangüe del Capitán de la Guardia de la Ciudad, Balen Welarus, y nos miraba con los ojos blancos muy abiertos. Su uniforme estaba empapado de líquido carmesí, su barba apelmazada sobre su cara. No había ninguna duda de qué le había matado, porque todos podíamos ver las cuatro profundas heridas, como puñaladas, en un lado de su cuello. Exactamente el tipo de herida que sufrías si te daba un puñetazo alguien con afiladísimos nudillos de vidrio nocturno.

Había estado tan absorta en el momento, tan distraída por el tribunal, que me había olvidado por completo de cómo había empezado mi noche, con Zell entrando en tromba en mi habitación, desastrado, frenético, hablando como si estuviese condenado. Ahora todo tenía perfecto sentido. No estaba aterrorizado porque le hubiesen pillado en la oficina de Welarus. Estaba aterrorizado porque había *asesinado al Capitán de la Guardia de la Ciudad.*

Todos los ojos de la habitación se volvieron hacia Zell. No dijo nada. Ni siquiera reaccionó. Se limitó a mirar al frente, el ceño fruncido, la boca apretada en una dura y fina línea.

—Balen Welarus, capitán de la Guardia de la Ciudad, fue encontrado en su oficina. Asesinado —informó

Harkness—. Su hijo, Jonah, lleva dos días desaparecido. Este zitochi... este peón de la serpiente de Occidente... es el responsable.

—Zell... —susurré—. ¿Has sido tú?

—Actué en solitario —dijo Zell, más frío de lo que le había oído jamás—. Tilla no ha tenido absolutamente nada que ver. Déjenla ir.

—No —dije—, no, no, no. —Pero ya era demasiado tarde. Ya no había forma de salir de esta, ninguna intervención de la princesa podría salvarnos, no teníamos ninguna oportunidad de misericordia o comprensión. El rey Leopold retrocedió, se tambaleó, nos miró con una rabia temblorosa, una furia absoluta. Eché un solo vistazo a sus ojos y lo supe. Lo supe. Estábamos acabados.

—Albergaba la esperanza de que no fuese verdad —dijo el Inquisidor Harkness, dándonos la espalda—. Quería creer en esta chica como lo hacíais vos. Pero después de esta noche, no puede haber ninguna duda. La occidental y el zitochi son espías, han traído veneno y traición hasta el interior de nuestros muros... y vuestra pobre hija, vuestro pobre sobrino, han sido corrompidos por ellos.

—Yo confié en ti —bufó el rey Leopold entre dientes—. Te *defendí*.

Y, a pesar de todo mi miedo y mi pánico, me sorprendió lo mucho que me dolió verle mirarme así, ver esa amabilidad paternal agriarse en odio.

—Lo siento —dije, y fue todo lo que logré murmurar.

—¿Ahora qué hacemos? —le preguntó el rey Leopold al Inquisidor—. Si mi hija ha sido comprometida... si la han vuelto contra mí... —Un pensamiento le golpeó de pronto y se llevó una mano a la boca—. La Mascarada del Día de la Ascensión es dentro de dos días. Tenemos que cancelarla.

—No —interrumpió Molari Vale—. La ciudad ya está al borde del caos. Cancelar el más sagrado de los festivales la haría estallar.

—Estoy de acuerdo con el comerciante —dijo el Inquisidor Harkness, como si no estuviese contento de hacerlo. Alargó una mano huesuda y agarró al rey Leopold por el hombro—. Lo siento, viejo amigo. Siento que esto haya ocurrido. Realmente, vivimos tiempos terribles. Y aun así... todavía creo que la situación puede salvarse.

—¿Cómo? —preguntó el rey Leopold, y me di cuenta por primera vez de que estaba llorando.

—Retendremos con discreción a la princesa y al Archimago hasta que estemos seguros de que la influencia perniciosa ha sido eliminada. Se les tratará con deferencia y amabilidad, para traerlos de vuelta a la lealtad. Podremos inventar alguna historia para explicar su repentina ausencia. Una enfermedad, quizás. —Ya lo tenía todo pensado. ¿Cuánto tiempo llevaba planeándolo?—. Puede que vuestra hija haya bebido el veneno de la occidental, pero estoy convencido de que, con el tiempo suficiente y las influencias apropiadas, su verdadero carácter puede ser recuperado. El Archimago también.

—¿Y los otros? ¿Tillandra y el chico zitochi?

El Inquisidor Harkness se giró para mirarnos, y en su cara no vi ni retorcidos planes ni crueldad, sino la satisfacción de verse justificado. Caí en la cuenta de que él realmente se creía todo aquello. De verdad creía que había resuelto el gran caso.

—Los llevaremos a las Celdas Negras y los tortura-remos para que nos cuenten todo lo que saben —dijo—, y después exhibiremos sus cabezas en las murallas de la ciudad.

El rey Leopold me miró, una última vez. Este era el hombre que me había acogido. El que me había ofre-cido su casa. El que me había defendido y protegido. La cosa más parecida a un padre cariñoso que había tenido jamás.

—Bien —le dijo al Inquisidor. Luego dio media vuelta y se marchó.

VEINTE

No nos dejaron inconscientes ni nos volvieron a poner las capuchas; ¿para qué molestarse con secretismos cuando nos iban a matar? Se limitaron a arrastrarnos por los pasillos, las manos todavía atadas, y nos cargaron en un voluminoso carruaje de la Guardia de la Ciudad, sin ningún distintivo, del tipo que tiene gruesas puertas en la parte trasera. Si hubiese tenido más energía, más ánimos, quizás hubiese intentado averiguar dónde estábamos, o si había alguna abertura por la que pudiéramos escapar. Pero todo parecía tan inútil... Estábamos acabados. Derrotados. Condenados.

Zell y yo nos sentamos juntos en un banco del carruaje y un par de Sombras ocuparon el banco de enfrente. A uno le reconocí como el hombre que me había interrogado en la Torre de Vigilancia, demacrado y pálido, me miraba con ojos tan negros como el vidrio nocturno. El otro era un hombre más mayor, alto y delgado, con espesas pestañas y una extraña asimetría en la cara, como si no hubiesen encajado las piezas bien del todo. Nos miraban en silencio, pero mantenían las manos en sus regazos de manera ostentosa, sus anillos negros refulgían con suavidad, listos para actuar.

Después de un minuto, el carruaje arrancó. El Inquisidor en persona ocupó un asiento delante, al lado del cochero; no podía verle, pero podía oír su voz despachar órdenes, tranquilo y casual, como si no nos estuviese conduciendo a nuestra muerte. A través de las ventanas con barrotes, pude ver a más Sombras, quizás una docena, que marchaban a nuestro lado, muchos de ellos armados con espadas o porras. Supongo que el Inquisidor no quería correr ningún riesgo. Zell estaba sentado a mi lado y aún no había dicho ni una palabra. Solo miraba al suelo con esa expresión distante, tan roto que ya no sentía nada. Mientras el carruaje traqueteaba por las calles adoquinadas, llevándonos más y más cerca de la cárcel en donde casi seguro moriríamos, intenté acercarme más a él, apoyar mi mano contra la suya, sentir su calor. Pero las cadenas de hierro estaban demasiado apretadas.

—Zell —susurré—. ¡Zell!

—Lo siento —dijo, incapaz de mirarme siquiera—. Todo esto es culpa mía.

Todavía había tantas cosas que no entendía.

—¿De verdad mataste al Capitán Welarus?

Zell asintió, los ojos cerrados.

—No era mi intención, pero me pilló en su oficina. Cuando me vio con el sobre, desenvainó su espada y se abalanzó sobre mí. Yo me defendí.

—¿Y Jonah? Su hijo. El que ha desaparecido.

Zell negó con la cabeza.

—De eso no sé nada. Yo no he tenido nada que ver con ello.

Eso fue un alivio, al menos.

—Pero, para empezar, ¿por qué estabas en la oficina del Capitán? —pregunté.

—Porque... estaba... —Soltó el aire despacio, luego miró hacia otro lado—. Es solo que todo se nos fue de las manos.

—¿El qué? —exigí saber—. Zell, ¿de qué estás habl...? —Pero nunca tuve la ocasión de terminar la frase, porque el carruaje frenó en seco de repente, con tal brusquedad que nos zarandeó a todos en nuestros asientos. Los caballos bufaron y se encabritaron. La cadena se me clavó en las muñecas al dar un bandazo hacia delante. Los dos Sombras que iban con nosotros se miraron incómodos.

—Inquisidor Harkness. —Era la voz de Ellarion, clara e inconfundible. Provenía de algún lugar en el exterior del carruaje—. Libere a esos prisioneros.

Me giré hacia la ventana, acerqué la cabeza todo lo que pude para ver mejor. El carruaje estaba parado en un patio estrecho, rodeado de apartamentos y tiendas de una sola planta. Los Sombras que marchaban a nuestro lado habían adoptado posturas defensivas, las armas desenvainadas, los anillos refulgiendo. Y delante del carruaje, bloqueando la carretera, había dos figuras desafiantes. Ellarion y Lyriana.

Mi corazón se aceleró con una repentina e inesperada oleada de esperanza.

—Archimago. Princesa. —No podía ver a Harkness, pero podía oírle, y ¿era eso, por fin, un atisbo de incertidumbre en su voz?—. Sabéis que no puedo hacer eso. Son prisioneros legítimos de la corona. Vuestro padre en persona los sentenció.

—¡Solo porque usted le manipuló! —chilló Lyriana—. ¿De verdad creía que se saldría con la suya? ¿Enviar a sus matones a detenernos mientras arrestaba a nuestros amigos?

—Aparentemente, debí enviar a más —refunfuñó Harkness. El aire en el exterior crepitó con magia incipiente, esa terrible tensión zumbona que sentía a través de los huesos—. Quizás podamos discutir esto más tarde, pero ahora mismo, os ordeno a los dos que os apartéis de nuestro camino.

—Me importa muy poco lo que ordene —dijo Ellarion. No podía verle del todo por la ventana, pero había un resplandor a su alrededor, como si estuviera extrayendo la luz directamente del aire. Su voz sonaba imponente, como un trueno embotellado, y la tierra temblaba con cada palabra—. Suélteles. Ahora.

—Estoy actuando según órdenes del rey. Si no os apartáis de mi camino, le desafiáis a él. Eso es un acto de traición —les ladró Harkness. Las vibraciones mágicas se hicieron más sonoras, más intensas. Zarcillos de oscuridad traslúcida parpadearon en torno a los Sombras, serpientes listas para atacar—. Esta es tu última oportunidad, Archimago. Quítate de nuestro camino.

Los dos Sombras de enfrente de nosotros estaban al borde de su asiento, preparados para recibir órdenes. Zell también estaba alerta ahora, las muñecas tensas contra la cadena. Le miré en busca de algo de ayuda, alguna guía, pero estaba tan impotente como yo. Quería que Ellarion y Lyriana lucharan y nos rescataran, pero también quería que echaran a correr y no volvieran la vista atrás, que no se pusiesen en peligro por nosotros. Se me había acelerado la respiración, tenía erizados todos los vellos del cuerpo. El olor a azufre inundaba mi nariz, el zumbido de insectos mis oídos. Había al menos una docena de Sombras en la calle, y dos más dentro del carruaje. Por buenos que fueran Ellarion y Lyriana, ¿tenían acaso alguna oportunidad?

Ellarion decidió ponerlo a prueba.

—Al diablo con esto —dijo, y dio un paso hacia el carruaje.

No sé si Harkness dio una señal o si un Sombra simplemente se puso demasiado ansioso. Pero uno de esos zarcillos cruzó el patio a toda velocidad y se dirigió hacia Ellarion como una lanza. Se inclinó hacia un lado para esquivarlo, pero rozó su hombro, rasgó su camisa y le hizo un corte en la piel del que salió un reguero de sangre. Ellarion soltó una exclamación, tan sorprendido como herido, y entonces lanzó sus manos hacia delante con un rugido. Un devastador estallido de fuerza salió disparado y golpeó el carruaje, que dio un brusco bandazo hacia un lado y se estampó con fuerza contra la pared de uno de los edificios. El esqueleto de madera crujió y cedió. Una lluvia de astillas cayó sobre nosotros. Vi una forma pasar volando, y estoy casi segura de que era el Inquisidor Harkness; cayó rodando a la calle.

Ya no podía ver lo que estaba pasando, no con el carruaje incrustado en la pared, pero desde luego que podía oírlo. Los magos bramaban y hacían todo tipo de ruidos guturales, y el aire se estremecía con el choque de ondas mágicas. Pude oír el silbido siseante de bolas de fuego que volaban por los aires, y el crepitante chisporroteo de hebras mágicas que impactaban contra todo tipo de cosas. Oí una voz que creo que era de Lyriana gritar de dolor, y sentí el suelo explotar mientras Ellarion rugía de nuevo. Pedazos de mampostería se desmoronaron en alguna parte por ahí cerca, y los cascos de los caballos atronaron cuando se liberaron del carruaje y escaparon a galope tendido.

Intenté levantarme, salir de ahí, pero esas estúpidas cadenas me tenían inmovilizada.

—¡Tienen que dejarnos salir! —grité—. ¡Tenemos que ayudarles!

—¡Siéntate! —me ordenó el Sombra más joven del carruaje. Se había mostrado más frío que el hielo allá en la sala de interrogatorios, pero ahora se le veía completamente aterrorizado. Intenté levantarme otra vez, pero fue él el que se puso de pie y me dio un empujón en el pecho que me tiró de vuelta a mi asiento—. ¡Quedaos ahí quietos, los dos! Si se os ocurre moveros siquiera, voy a...

Nunca conseguí averiguar lo que haría, porque el otro Sombra, el hombre mayor, se levantó detrás de él y le clavó una delgada y pequeña daga detrás de la oreja hasta la empuñadura.

Di un grito y me aparté bruscamente; incluso Zell dejó escapar una exclamación. El Sombra más joven se quedó ahí de pie, aturdido, un riachuelo de sangre resbalaba por un lado de su cuello.

—Huh —se dijo a sí mismo. Luego se desplomó y se quedó quieto.

—¿Qué... qué es...? —tartamudeé, retrocediendo, alejándome del Sombra que quedaba, que estaba ahí de pie sin más, tan tranquilo, como si no acabase de asesinar brutalmente a su compañero. Nos miró con esos extraños ojos asimétricos, y entonces levantó la mano delante de su cara, dedos largos doblados en una contorsión complicada. Su rostro titiló y rieló, como el aire por encima de una piedra en un día caluroso, pero en esas ondas también pareció fracturarse y reflejarse, como si le estuviésemos viendo en una docena de espejos invisibles. Hacía daño mirarle, era como mirar al sol, pero tampoco podía apartar la mirada, porque en esas extrañas ondas reflectantes, su rostro estaba cambiando, estirándose, retorciéndose, convirtiéndose en algo diferente.

Las ondas se aquietaron y la figura que teníamos delante ya no era un Sombra, ni siquiera era un hombre. Era una mujer mayor, de los Feudos Centrales, con pómulos altos, canoso pelo rizado y labios carnosos. La reconocí de inmediato: la mujer que vi en el festival, la de los ojos morados, la que había Mutado para parecerse al sacerdote. Aunque ahora no sonreía. Parecía cabreada.

—Se suponía que esto iba a ser un rescate limpio. Lo teníamos bajo control. —Se limpió las manos en la túnica y apartó el cadáver del Sombra a un lado—. Esa muerte es a cuenta vuestra.

De repente, al menos esta parte del puzle tenía sentido.

—Usted es la Sacerdotisa Gris —dije, sorprendida de lo impactada que me sentía—. La líder de los Discípulos Harapientos.

—Ahora mismo, soy vuestra única oportunidad de evitar las Celdas Negras. —Sacó una llave de hierro de un bolsillo del Sombra muerto y abrió deprisa el candado que nos mantenía encadenados a Zell y a mí—. Si queréis vivir, haréis todo lo que yo diga.

—Vale, pero... —empecé, pero la mujer no tenía ninguna intención de escucharme. De un firme empujón con el hombro, la Sacerdotisa Gris abrió las puertas del carruaje y salió a la calle. Zell y yo la seguimos con torpeza, para toparnos de bruces con una melé mágica en toda regla. Era un poco más tarde del amanecer, el sol asomaba por el horizonte justo lo suficiente para iluminarlo todo de un dorado suave, lo que le daba a la escena un aire de una belleza surrealista. Lyriana y Ellarion estaban calle abajo, agachados detrás de una rielante cortina de luz amoratada, un *Escudo*. Dos de los Sombras estaban inconscientes y uno tercero es probable que estuviera muerto, su cabeza una ruina chamuscada. Pero los demás seguían en pie y luchando. Algunos atacaban el Escudo con esos zarcillos negros, mientras que otros lanzaban orbes de oscuridad giratoria o provocaban temblores por el suelo. A cada impacto, el Escudo temblaba, rielaba. No podía aguantar mucho más.

—¡Matadlos! —aulló una voz ronca. Giré en redondo para ver al Inquisidor Harkness, acurrucado a la entrada de una tienda cercana. Se agarraba el hombro ensangrentado—. ¡Matadlos a todos!

La Sacerdotisa Gris no se alteró. Metió una mano en un bolsillo de su túnica y sacó un pequeño silbato plateado con forma de toro. Se lo llevó a los labios y sopló, un pitido agudo y penetrante.

Las azoteas cobraron vida cuando docenas de sectarios aparecieron en ellas. La mayoría hombres, pero también algunas mujeres, vestidos con túnicas negras, las caras ocultas tras máscaras anodinas. Todos ellos sujetaban un arco listo para disparar.

Oh mierda.

Dispararon todos a una, una lluvia de flechas cayó al patio. El Sombra más próximo a mí recibió un flechazo en el cuello; la de su lado, dos en el pecho. Me tambaleé hacia atrás y levanté las manos, como si eso fuese a servir de algo. Mientras tanto, los Sombras restantes se volvieron hacia los tejados y empezaron a disparar a sus nuevos atacantes. Vi a un sectario ensartado en una hebra de oscuridad, arrastrado hasta la calle, mientras que otros sacaban más flechas y volvían a disparar. La melé se había convertido en una guerra sin cuartel.

—¡Aquí! —gritó alguien desde detrás de mí. Allí, en un callejón estrecho entre dos apartamentos, había un joven sectario que agitaba los brazos hacia nosotros con frenesí—. ¡Corred hacia aquí! ¡Ahora! —Se bajó la máscara para dejar a la vista sus mejillas rubicundas, sus centelleantes ojos verdes. Marlo—. ¡En serio, Tilla! ¡Corre!

Sirenas de emergencia resonaron desde algún lugar cercano. La Guardia de la Ciudad llegaría enseguida, y entonces sería demasiado tarde. Miré a Zell, que asintió, y después a Lyriana y a Ellarion, todavía refugiados detrás de su Escudo. En ese momento, creo que los cuatro hicimos el mismo cálculo: los Discípulos Harapientos eran algo desconocido, grande y peligroso... pero ahora mismo, eran una alternativa muchísimo mejor a ser capturados por el Inquisidor.

Con los Sombras distraídos luchando con los sectarios, Ellarion dejó caer el Escudo y él y Lyriana esprintaron hacia nosotros, cruzaron el patio y pasaron por al lado del carruaje destrozado. Un único Sombra intentó detenerlos, y Ellarion le tumbó de un puñetazo devastador;

su puño se convirtió, solo por un instante, en una bola de piedra. Los cuatro echamos a correr junto con la Sacerdotisa Gris. Nos metimos en el callejón, avanzamos en una apretada fila india por encima de la piedra húmeda.

—¡Por aquí! ¡Seguidme! —gritó Marlo. Nos condujo hasta el final del callejón, doblamos una esquina y nos metimos por otro, y entonces, un par de sectarios emergieron de donde estaban esperando y ocultaron nuestras huellas con sorprendente eficiencia: hicieron rodar un carro rebosante de heno hasta atravesarlo a la entrada de ese callejón. Todavía podía oír ruidos de pelea mientras avanzábamos, pero eran cada vez más lejanos, ya solo algún grito o crepitar ocasional.

—¡Centinela! —bramó una voz desde lo alto. Levanté la vista y sí, vi a un Centinela, uno de los pájaros espía del Inquisidor, pasar volando por encima de nosotros con sus venosas alas coriáceas abiertas de par en par. Su espantosa cara de buitre nos miró y su tercer ojo, el grande de un rojo sanguinolento en el centro de su cabeza, se contrajo y se expandió como un corazón palpitante. Dejó escapar un sonido realmente feo, algo entre el graznido de un cuervo y el croar de una rana y el estertor de un moribundo.

Entonces, una flecha silbó por el aire y le dio de lleno, en pleno pecho. Con un gañido poco digno, dio una voltereta en el aire y cayó como una piedra. Me giré hacia la azotea del edificio más cercano, donde había aún más sectarios vestidos de negro. Corrían en paralelo detrás de nosotros. Uno de una corpulencia excepcional se bajó la máscara un momento para revelar la cara de Garrus, el novio de Marlo, y Marlo sonrió.

—Aquí —dijo la Sacerdotisa, y tiró de nosotros para meternos por una puerta al final del callejón. Nos encontramos en una habitación pequeña, abarrotada de cajas polvorientas y ondulantes telarañas. A mí me pareció un cuarto de almacenaje cutre, sin escapatoria alguna, pero la Sacerdotisa parecía segura de que era el lugar correcto. Se acuclilló en el centro de la habitación y metió sus largos dedos en una grieta del suelo. Marlo se apresuró a ayudarla, y los dos juntos levantaron una irregular baldosa redonda, que dejó al descubierto un agujero que conducía abajo, hacia una turbia oscuridad.

—¡Vamos a… meternos ahí? —preguntó Lyriana.

—Oh, ¿preferiríais dejar que os capture el Inquisidor? —repuso la Sacerdotisa, e incluso en esas circunstancias, resultaba chocante oír a alguien ser tan abiertamente sarcástico con la princesa—. Por supuesto, quedaos si queréis.

Cosa que obviamente no íbamos a hacer, pero tampoco tenía que ser tan cretina al respecto. Marlo metió la mano detrás de una de las cajas para sacar una gruesa cuerda bien atada y la dejó caer dentro del agujero.

—Adelante.

Miré las caras de mis amigos, que parecían a partes iguales aprensivos y perplejos. Pero ¿qué íbamos a hacer? Por sospechoso que aquello pudiera parecer, por políticamente cuestionable, no teníamos elección. El Inquisidor nos la había quitado.

Al final, Marlo bajó el primero, seguido de Zell, luego Ellarion y Lyriana, y por último yo misma y la Sacerdotisa. No había bajado deslizándome por una cuerda desde que tenía catorce años y me escapaba de mi habitación para ir a beber con Jax, así que estaba un poco preocupada por que pudiera resbalar y arrastrar a todo el grupo conmigo. Por suerte, era un trecho corto, unos seis metros o así, y cuando llegamos al suelo de piedra en el fondo, un sectario arriba en la habitación deslizó la baldosa de piedra de vuelta a su sitio, lo que nos dejó sumidos en la oscuridad más absoluta. Lyriana se removió un poco y apareció una bola de Luz, que empezó a flotar a nuestro lado como una compañera fiel. Bajo su cálido resplandor blanco, pude ver dónde estábamos: un túnel subterráneo, lo bastante ancho para contenernos a todos hombro con hombro y casi el doble de alto que yo. Las paredes eran de lisa piedra tallada, con extraños símbolos grabados, y por ellas discurrían cañerías de latón oxidadas. Me recordó a los túneles del castillo de Waverly, pero mientras que aquellos estaban medio derruidos, tumbas de una época perdida, estos estaban en excelente estado, como si hubiesen sido construidos para durar siglos.

—Bueno —dijo la Sacerdotisa—, pues vamos a ir por aq…

Pero antes de que pudiera terminar, Ellarion se abalanzó sobre ella. Cerró una mano en torno a su cuello, estampó su espalda contra la pared, e hizo un intrincado movimiento en espiral con la otra mano, que la envolvió en cegadoras llamas rojas y azules. Marlo gritó sorprendido, pero Lyriana le retuvo, y Ellarion acercó tanto la mano a la cara de la Sacerdotisa que las lenguas de fuego casi besaban su mejilla.

—Una maga que encabeza a los Discípulos Harapientos —dijo con repugnancia—. Creía que lo había visto todo, pero supongo que es agradable ver que todavía me pueden sorprender. —Apretó más la mano—. Deme una buena razón por la que no deba matarla aquí y ahora.

—Mi *nombre* es Lorelia Imarolin —bufó entre dientes, y si había algún miedo en sus ojos, yo no lo vi— Y si muero, nunca, jamás, volveréis a ver la superficie.

—Ellarion. —Alargué la mano para agarrarle del hombro y tiré de él con suavidad—. Ya has visto a cuántos hombres tenía ahí fuera. Y ahora estamos aquí abajo, en su terreno. Creo… creo que más nos vale escucharla.

Me miró directamente, sus ojos echaban chispas.

—Así que vamos a escucharla —repitió—. La mujer que fundó una secta solo para atacar a mi familia. La mujer que predica que somos ladrones y monstruos, que nos deberían matar a todos.

—La mujer que nos acaba de salvar la vida.

Ellarion asimiló eso y, con un profundo suspiro de fosas nasales abiertas, la soltó. Su fuego se extinguió y la Sacerdotisa, Lorelia, volvió a apoyarse en sus pies, frotándose el cuello con una mano menuda. Sus brazos eran delgados, huesudos, con extraños moratones redondos por los antebrazos.

—No puedo decir que ese haya sido un saludo muy agradable, Archimago, pero supongo que te daré otra oportunidad.

—¿Por qué nos ha salvado? —preguntó Lyriana—. ¿De qué va todo esto?

—Vaya, y yo que creía que erais brillante —dijo Lorelia, y juro que sonaba como si estuviera disfrutando de esto—. Bueno, vamos. Os lo contaré todo, pero tenemos que ponernos en marcha. Los otros tendrán que saber que la misión ha sido un éxito. —Señaló con una mano hacia el oscuro túnel que se extendía ante nosotros—. Adelante, Zell, ¿recuerdas el camino?

—¿Qué? —Parpadeé—. ¿Por qué habría de conocer Zell el camino? ¿Y de qué conoce a Zell? —Me volví hacia él para que me diera algún tipo de explicación, pero él solo miró hacia otro lado... ¿con ademán culpable? ¿Eso era culpabilidad?

Lorelia ladeó la cabeza.

—Vaya, Zell... ¿no se lo has contado? —No hubo respuesta—. Zell —repitió Lorelia, con voz más dura, una profesora regañando a un alumno lento—. Díselo.

—Yo... —empezó Zell, pero no tuvo que terminar, porque la verdad me golpeó con fuerza, como una ola que se estrella en una playa y arrastra consigo todos los bonitos castillitos de arena construidos por los niños.

Me tambaleé hacia atrás, y sentí una gran presión en el pecho y debilidad en las piernas, porque ahora me resultaba obvio. Por supuesto. Todo tenía sentido, ¿no? El extraño distanciamiento de Zell... Sus ausencias inexplicables... Su ira hacia los nobles... Incluso la pregunta de qué había estado haciendo en la oficina de Welarus.

El Inquisidor no había estado tan equivocado. Yo no era una espía, no estaba ayudando a un grupo que cometía alta traición contra el rey.

Pero Zell sí.

—Has estado ayudando a los Discípulos Harapientos —dijo Lyriana con voz queda, y Ellarion se limitó a sacudir la cabeza con ira silenciosa.

Y una mierda. No había nada silencioso en cómo me sentía yo.

—Todo este tiempo. —Di un paso hacia Zell, y él todavía se negaba a mirarme y, oh, por los Viejos Dioses, eso sí que me cabreó—. Todo este tiempo, has estado trabajando para ellos... ¿y no se te ocurrió decírmelo? ¿No se te ocurrió que ese pequeño detalle merecía ser compartido? —Le clavé un dedo en el hombro—. ¿No se te ocurrió decir «oh, por cierto, Tilla, estoy ayudando a la secta ilegal que está intentando derrocar al rey, solo pensé que debías saberlo»? —Volví a clavarle el dedo, más fuerte esta vez—. ¡Mírame, capullo! ¡Háblame! ¡Dime que no es verdad! ¡Dime que no me has estado mintiendo todo este tiempo!

Hice ademán de volver a clavarle el dedo, pero su mano salió disparada y me agarró de la muñeca. Giró la cabeza hacia mí y me miró a los ojos, y por primera vez en lo que debían de ser meses, eran totalmente francos, abiertos, honestos.

—Sí —dijo—. Te he estado mintiendo. Os he estado mintiendo a todos durante meses. He estado ayudando a los Discípulos Harapientos. Soy su espía en la Guardia de la Ciudad. Ese es quien soy. En quien me he convertido.

Se apartó de golpe y me dio la espalda, y aunque se supone que yo era la que debía estar enfadada con él, en cierta medida también dolía. En todo nuestro tiempo juntos, nunca me había tratado así... pero ¿cuánto de ello había sido mentira? ¿Sobre qué más estaba mintiendo?

—¡Bueno! —exclamó Lorelia dando una palmada que rompió el silencio—. Reconozco que esto ha sido mucho más dramático de lo que esperaba, pero de verdad que este no es el momento para dilucidar vuestras riñas románticas. Debo insistir en que nos pongamos en marcha, antes de que nuestra ausencia cause alguna alarma.

Me costó un esfuerzo sobrehumano no mandarla a la mierda, pero logré contenerme.

—Claro —dije, tragándome esa rabia, ese dolor, e hice un gesto hacia el túnel que había ante nosotros—. Adelante, *Zell*.

VEINTIUNO

El túnel se adentraba en la oscuridad con una ligera inclinación descendente que nos llevaba cada vez más y más hondo debajo de la ciudad. Zell no dijo ni una palabra más durante nuestra larga caminata y, en cierto modo, lo agradecí. Tenía unas ganas inmensas de hablar de esto con él, pero quería hacerlo en privado, lejos de Lyriana y Ellarion y sus ojos de preocupación. Así que opté por caminar en silencio y dejar que los otros se dedicaran a hablar.

—Entonces —dijo Ellarion, su voz baja y cautelosa—. Es una maga. Una Doncella de Alleja.

—Una maga sí, pero no una Doncella —contestó Lorelia—. Nunca he formado parte de ninguna orden.

—Patrañas.

—La vida es extraña, ¿verdad? —repuso ella, como si eso fuese una respuesta—. Nací en el Círculo de Hierro, hija de una costurera y un sastre. Nadie en mi familia había sido mágico nunca y, claro, yo tampoco lo era.

Aunque hice la prueba cuando tenía seis años, por supuesto, como todos los demás niños, y los magos me enviaron a casa diciendo que no era más que otra niña normal y corriente. Y ¿sabes? ¿La verdad? No fue tan horrible. —Se encogió de hombros—. Entré de aprendiza de mi madre. Me convertí en una costurera bastante hábil. Me quedé con su negocio cuando sus manos se volvieron demasiado frágiles, y lo hice muy bien. Me casé con un hombre decente. —Una sonrisa melancólica cruzó su rostro—. Y tuve un hijo. Petrello se llamaba. Un niño precioso, mi sol y mi luna, la luz de mi vida.

Qué poco me estaban gustando esos verbos en pasado.

—Hubiese estado satisfecha de vivir así el resto de mi vida. Tenía una casa, un trabajo, una familia. Pero Petrello tenía grandes sueños. Quería cambiar el mundo, lograr justicia e igualdad, alimentar a los pobres y ayudar a los oprimidos. Pensé que era encantador, aunque ingenuo. Supuse que se le pasaría con la edad. —Suspiró—. Pero no tuvo ocasión de hacerlo. Cuando Petrello tenía quince años, empezó a relacionarse con un grupo de otros chicos jóvenes que creían que podían cambiar las cosas. Hicieron una protesta a las puertas de la ciudad, exigían que las reservas de alimentos se distribuyeran entre los pobres y hambrientos del Círculo Oxidado. Se suponía que iba a ser una protesta pacífica. Estoy convencida.

—Me acuerdo de eso —dijo Lyriana—. Se produjeron disturbios, ¿no? Varias personas murieron...

—Las autoridades llamaron a los magos para disolverla —dijo Lorelia, su melancolía desaparecida, sustituida por algo más frío, algo más duro—. Todavía no sabemos quién empezó la pelea. Dicen que los protestantes tiraron una piedra, pero yo lo dudo. Los magos abrasaron a la multitud con oleadas de llamas. Quince protestantes, jóvenes pacíficos que no estaban haciendo ningún daño, fueron quemados vivos.

—Su hijo...

Lorelia cerró los ojos.

—Me lo trajeron, aferrado a los más mínimos vestigios de vida. Le sujeté entre mis brazos mientras moría. Gritaba pidiendo a su madre, a mí, aunque estaba ahí mismo.

Nos quedamos todos en silencio un momento.

—Lo siento muchísimo —dijo Lyriana al fin.

—Oh, mucha gente lo sintió —dijo Lorelia con amargura—. Pero yo no necesitaba su compasión ni su apoyo ni sus palabras consoladoras de que la vida continuaría. Necesitaba a mi hijo de vuelta. —Había una ira en su voz, una rabia que bullía por debajo del tono calmado. Me recordó a mi padre, a la forma en que sonó cuando me habló de las injusticias sufridas por nuestra familia—. Cada vez que veía a un mago, mi corazón ardía de furia. Dejé de ir al templo, incapaz de tolerar a los sacerdotes cantando sus oraciones. Mi marido me suplicó que pasara página, pero no podía. Tenía demasiada ira. Demasiado odio.

—Huyó —dijo Lyriana.

—Viajé por el mundo —contestó—. Vi las Tierras del Sur, las Baronías, incluso pasé algo de tiempo en Occidente. —Me miró de reojo, como si, no sé, eso crease algún tipo de vínculo entre nosotras—. Pero fuese adonde fuese, no lograba encontrar paz, ni alivio. A todos los sitios a los que iba, solo veía la opresión de los Volaris, las mentiras de la iglesia. Perdí la esperanza. Así que regresé aquí, a mi casa, al lugar en que mi precioso niño había muerto. Y me bebí un vaso de flor nocturna y me tiré al río. —Lo dijo tan tranquila, como si fuese la cosa más normal del mundo—. Y ahí, en las profundidades del Adelphus, tuve una visión. Vi a un Titán, a una mujer, su piel tan suave como el mármol, su cara atemporal y preciosa. Me contó la verdad detrás de los Volaris. Que eran ladrones y saqueadores. Que el Mandato Celestial es una falacia. Que esta ciudad entera es un inmenso monumento a la injusticia.

Ante sus palabras, Marlo cerró los ojos con devoción y apretó el puño cerrado contra su pecho mientras susurraba una oración.

Ellarion no pensaba tragárselo.

—La flor nocturna es conocida por causar alucinaciones. Es probable que eso fuera lo que pasó.

Lorelia le ignoró.

—La Titán me dijo que me perdonaría la vida si juraba servirla a ella, para extender el verdadero evangelio, la verdadera palabra de los Titanes. Yo sería su profeta, la que les abre los ojos a los engañados, y así allanaría el camino para su glorioso regreso. —Asintió, volvía a sonreír—. Juré servirla. Y viví para contarlo. Me desperté milagrosamente indemne en la orilla, justo a las afueras de la ciudad. Pero ahora, ahora tenía un propósito en la vida.

Los túneles parecían ahora más anchos, más pulidos. ¿Qué era este lugar?

—Renuncié a mi antigua vida, a mi antiguo nombre —continuó Lorelia—. Y me dediqué a buscar a otros como yo. Los parias. Los rebeldes. Los oprimidos. Los herejes. Y había muchos, muchísimos, una vez que supe dónde buscar. Prediqué el nuevo evangelio entre ellos, y ellos lo predicaron a otros, y se extendió por las alcantarillas y los asilos y los callejones como un fuego voraz. La leña siempre había estado ahí. Solo necesitaba mi chispa para prenderse. Pronto, gente de toda la ciudad empezó a venir en mi busca, a oír mi evangelio, a unirse a mi iglesia.

—Hace que suene tan noble —comentó Ellarion—. Pero no fundó sin más un pequeño círculo benigno de oración. Los miembros de su secta profanan templos. Destrozan santuarios y queman barcos y atacan festivales. Siembran la anarquía en nuestras calles.

—Solo hago lo que les prometí a los Titanes —dijo Lorelia—. Desafío a la injusticia. Ataco a los corruptos, los mentirosos, los injustos. Mis seguidores golpean, sí, pero solo a los malvados usurpadores que roban los secretos de los Titanes para enriquecerse. A los nobles obesos que viven rodeados de lujos mientras la gente de esta ciudad se muere de hambre.

—Es mi familia de la que está hablando —dijo Lyriana, con solo un pelín de vacilación en su defensa—. Mi padre. —Yo sabía que Lyriana a menudo dudaba de las elecciones del rey y que se había unido a las Hermanas de Kaia como una especie de reproche a su mandato. Pero seguía siendo su *padre*.

—Vuestro padre acaba de condenar a vuestra mejor amiga a ser torturada hasta la muerte —contestó Lorelia con frialdad—. La hubiesen despellejado viva, centímetro a centímetro, y hubiesen roto su mente en pedazos. —Soltó un largo y lento suspiro, a lo mejor se había dado cuenta de que me estaba muriendo de miedo—. Mirad. Sé que puede que no aprobéis mis elecciones, pero la verdad es que lo que hago es para protegeros. No solo para salvar vuestras vidas, sino vuestras mismísimas almas.

—Sí, bueno, hay muchas cosas más que debe explicar —refunfuñó Ellarion—. Empecemos con esa Mutación.

Lorelia sonrió, su rostro se arrugó y sus ojos centellearon de un morado ardiente.

—Serví a los Titanes durante cuatro años. Atendí su llamada, extendí su palabra y construí esta iglesia. Y hace tres meses, me recompensaron por mis servicios. —Agitó la mano hacia la pared de manera casual y la piedra se retorció para formar la cara sonriente de un hombre, que estaba muy bien, porque ahora tendría pesadillas con eso durante semanas—. Una mañana me desperté y, simplemente, podía hacer esto. Nunca lo aprendí ni lo estudié. Simplemente... fui bendecida. Este poder que tengo... es la recompensa de los Titanes. El regalo que me hacen para que pueda continuar su misión hasta el final.

Ellarion y Lyriana compartieron una mirada escéptica.

—Así que ha tenido un Despertar tardío. A veces ocurre —dijo el Archimago, pero su voz revelaba sus dudas—. No significa nada.

Lorelia se encogió de hombros.

—Puedes negar que el río está creciendo incluso cuando el agua te llega a los tobillos. Pero cuando llegue la inundación, te arrastrará de todos modos.

—¿Puedo hacer una pregunta? —dije, antes de caer en la cuenta de que no había ninguna razón por la que debía pedir permiso—. No sé lo que le contó Zell, pero nos han estado pasando un montón de cosas raras. Mi amiga Markiska fue asesinada y alguien envió las perlas de su brazalete a Molari Vale y al Capitán Welarus por alguna razón. Y a mí me atacó y me secuestró y me dio una paliza un tipo, un mercenario zitochi que podía hacer una magia extraña en la que, no sé, aparecía y desaparecía con un simple Parpadeo. Lo cual, obviamente, no tiene sentido, porque todo el mundo me dice que los zitochis no pueden hacer magia, pero usted tampoco podía hacer magia y ahora puede, así que... —Respiré hondo—. ¿Tiene alguna idea de qué está pasando con ese tipo de cosas?

Lorelia se detuvo y se giró. Me miró como si acabara de vomitar un enjambre de avispas. Marlo, de pie a su lado, parecía igual de confuso.

—No —dijo—. No tengo absolutamente ni idea de lo que estás hablando.

Fenomenal.

Nos estábamos acercando al final del túnel, que daba a una pared con unas gruesas puertas de piedra. Lyriana y Ellarion se quedaron más y mas callados a medida que nos acercábamos, y me di cuenta de que estaban mirando los grabados que había en ellas: mostraban unas figuras inmensas, sus largos brazos estirados hacia el cielo, sus rostros suaves sonreían plácidamente. Delante de las puertas había dos hombres con garrotes contundentes. Cuando nos acercábamos, inclinaron la cabeza con deferencia y se llevaron un puño cerrado al corazón.

—Entonces, ¿qué es esto, el Cuartel General secreto de los Discípulos Harapientos? —preguntó Ellarion.

—Supongo —dijo Lorelia, mientras los guardias abrían las puertas—. Pero me gustaría creer que es un poco más que eso.

—Por el aliento de los Titanes —exclamó Lyriana, y yo me llevé una mano a la boca. Porque tras esas puertas había una cámara absolutamente gigantesca, una enorme sala circular tan grande como la plaza

Mercanto, con un techo abovedado que se alzaba imponente al menos diez pisos por encima de nuestras cabezas. La sala entera estaba construida con la misma piedra lisa y limpia del túnel por el que habíamos venido, y estaba iluminada por cientos de Luminarias colgadas de una telaraña de cadenas que pendían a su vez del techo. La puerta por la que habíamos entrado era solo una de muchas desperdigadas por las paredes.

Y dentro de esa enorme cámara había un *pueblo entero*. Había al menos veinte edificios ahí abajo, quizás más, apretujados entre sí como fruta en una cesta demasiado llena. El del centro era el más grande, una estructura redonda de tres pisos construida en sólido ladrillo y que supuse era el corazón de ese lugar. Los edificios que lo rodeaban eran más pequeños, más endebles, algunos poco más que pretenciosas carpas, pero cada uno parecía tener su propio fin. Uno servía de alojamiento, deduje, por las filas y filas de camas. Otro era un mercado, un batiburrillo de enclenques puestos que ofrecían pescado y textiles y fruta de aspecto cuestionable. En las afueras, había carros cargados con todo tipo de productos que trabajadores vestidos de negro repartían entre la multitud. Pude oler algún tipo de guiso de carne y verduras chisporroteantes, y pude oír, por encima de la cacofonía de voces, el lejano flujo de un canal. La gente se afanaba por las calles de ese pueblecito inexplicable, simplemente llevando a cabo las tareas de su vida diaria: un hombre tendía la ropa para que se secara en el tejado de su chabola, un trío de mujeres compartían una comida, un par de chicos entrenaban con espadas de madera.

—¿Qué? —pregunté, boquiabierta—. ¿Dónde estamos?

Lorelia solo sonrió.

—Bienvenidos a la Subciudad.

Siguió andando, así que la seguimos, mirando a nuestro alrededor con la boca abierta de incredulidad. Lo que no lograba asimilar, lo que no tenía ningún sentido, era lo normal que parecía todo. Aquí había un colegio de una sola aula con un grupo de niños sentados en círculo, recibiendo clases de una profesora. Allí había un edificio largo y sólido que tenía que ser una taberna. Más allá había una cúpula de cristal verde con un jardín en su interior; las zanahorias y patatas crecían a la luz de esos caros faroles que capturaban la luz del sol. Un trío de hombres armados pasó por nuestro lado, inclinaron la cabeza al ver a Lorelia. Gatos de aspecto sarnoso merodeaban por los tejados en lo alto.

El lugar era cutre, no había ninguna duda de eso, peor incluso que los peores barrios que había visto. La ropa de la gente estaba andrajosa y sucia, el suelo estaba lleno de basura, y la mitad de los edificios parecían lo bastante endebles como para caerse con una brisa fuerte. Pero aun así, la sola existencia de ese lugar era asombrosa. Era un pueblo, un pueblo minúsculo y pobre, pero un pueblo en cualquier caso, oculto bajo las mismísimas calles por las que llevaba meses caminando.

—¿Cómo es posible? —dijo Ellarion—. ¿Qué *es* este lugar?

—Las Catacumbas de los Titanes —contestó Lyriana, su voz distante—. ¿No recuerdas las escrituras, primo? El Testimonio de Mattiato, pasaje 36. «Pues la gran ciudad de los Titanes se alzaba hasta los cielos...»

—«Y bajaba hasta las profundidades más remotas de la tierra» —terminó Ellarion—. Siempre pensé que esa parte era solo metáfora.

No tenía ni idea de qué escrituras estaban citando, pero me lo podía imaginar. Lightspire había sido la ciudad de los Titanes, su capital cuando caminaban entre los hombres, pero cuando Ascendieron, todos los edificios se habían colapsado excepto la Espada de los Dioses. Pero ¿qué pasa si no solo los habían construido hacia arriba, sino también hacia *abajo*? Si los arquitectos del castillo de Waverly habían pensado en construir los túneles, ¿por qué no podían los Titanes haber construido su equivalente? Y si los edificios de los Titanes eran bellezas de acero rielante que dejaban enanas nuestras torres más altas, ¿hasta qué profundidad llegarían en realidad sus caminos subterráneos?

Deseé que Jax estuviese conmigo para ver este lugar: los túneles supremos. Le hubiese encantado.

—Llamamos a estos túneles el Gran Laberinto —se jactó Lorelia, como si hubiese sido ella la que los construyó—. Estos pasadizos y cámaras discurren por debajo de toda la ciudad y bajan profundo, muy, muy profundo.

La mayoría de ellos están sellados, pero quedan los suficientes para moverse de acá para allá sin ser detectados, para refugiar a los necesitados. En realidad, sospechamos que no hemos visto más que la puntita de todo lo que debe haber debajo.

—Creedme, es mejor así —intervino Marlo—. Tengo unos cuantos amigos que han ido a explorar. Dicen que hay todo tipo de cosas aterradoras viviendo ahí abajo.

Lorelia le lanzó una mirada de enfado, pero mantuvo su tono civilizado.

—Es una de las cosas con las que hemos conseguido mantener este sitio en secreto durante tanto tiempo. El Laberinto es inmenso, lioso y está lleno de peligros. Explorar siquiera una fracción de él requeriría a todos los hombres del Inquisidor.

—¿Cuánta gente vive aquí abajo? —preguntó Lyriana, mirando a una madre con un bebé al pecho.

—Poco menos de cien —contestó Lorelia.

—¿Y nadie sabe de su existencia?

—Oh, la gente sabe que existe. —Sonrió Marlo—. Pero no los esnobs del Círculo Dorado. Para los que vivimos en el Círculo de Hierro, es una leyenda, un rumor, un sueño... hasta que alguien te enseña la manera de entrar.

—Este es un hogar para parias —continuó Lorelia—. Para rebeldes y fugitivos, para librepensadores y exiliados, para vagabundos y bastardos. Para todos aquellos que no tienen cabida en el reino, ningún sitio en el que esconderse bajo la tiranía de los Volaris... les ofrecemos refugio.

—Siempre y cuando la veneren a usted —dijo Ellarion.

—Siempre y cuando acepten la verdad —repuso Lorelia.

Nos estábamos acercando a la alta estructura redonda del centro. Estaba claro que era el edificio más importante: había guardias alrededor de la entrada, con lanzas enormes, y las paredes estaban adornadas con murales de los Titanes.

—Mi santuario interno —explicó Lyriana—. Mi casa, mi templo, mi sala de guerra. Aquí es donde vivo. Y donde os quedaréis de momento. —Señaló hacia la parte superior del edificio— Tenemos unas cuantas habitaciones de sobra en el último piso. Dispondré que los cuatro os alojéis ahí y me aseguraré de que atiendan todas vuestras necesidades.

—¿Cómo cree que va a funcionar esto exactamente? —preguntó Ellarion, abriendo y cerrando el puño a su lado—. ¿Nos instala en una habitación bonita, nos envía vino y queso, hacemos amistad, y decidimos que, eh... quizás debamos unirnos a la secta que está intentando matar a nuestra familia y reducir el reino a cenizas? ¿De verdad cree que eso va a funcionar?

Lorelia se giró hacia él. Sus labios sonreían, pero sus ojos eran hielo.

—Directo al grano. Te lo agradezco. Así que déjame a mí también ir directa al grano. —Hizo un gesto con una mano por detrás de su espalda y los guardias de la puerta apuntaron sus lanzas hacia nosotros—. Sois bienvenidos de quedaros en el santuario. Pero no sois libres de marcharos.

—Somos rehenes. Monedas de cambio para negociar con el rey.

Lorelia se echó a reír.

—Es verdad. Hay muchas personas aquí abajo que preferirían veros muertos, vuestras cabezas depositadas en las escaleras de la Espada de los Dioses como ejemplo para los demás. Pero yo no creo que sea eso lo que los Titanes querrían. —Miró a la ciudad a su alrededor—. Sois nobles. Poderosos. Influyentes. Y estoy convencida de que, en vuestros corazones, aún sois alcanzables. Me encantaría que os unierais a mi iglesia, que abrazarais la verdad. Así que os ofrezco mi hospitalidad, o tanta hospitalidad como razonablemente puedo ofreceros. Pero no me pongáis a prueba. —Entornó los ojos y, en ese momento, era como si fuese una mujer diferente, una mucho más dura, más fría, más mala—. Una compañía de mis mejores hombres os vigilará en todo momento. Si intentáis marcharos, o pasar un mensaje, o hacer cualquier otra cosa sospechosa... Si veo una sola chispa de magia de cualquiera de vosotros... mi generosidad será revocada. Y descubriréis muy rápido que las mazmorras de este lugar son mucho menos hospitalarias. ¿Está claro?

—Cristalino —musitó Ellarion, con un tono más derrotado que desafiante.

—Bien. —La Sacerdotisa dio media vuelta y se alejó, su túnica ondeaba tras de sí como una capa. Nos quedamos solos con Marlo y los guardias armados para enseñarnos nuestras habitaciones. Me volví hacia Lyriana y Ellarion y Zell, que tenían la misma expresión aturdida de «¿estoy *soñando?*» que estaba segura que tenía yo.

—Bueno —dije—. Pues aquí estamos.

VEINTIDÓS

Fiel a lo dicho por Lorelia, mi habitación estaba muy bien. Quiero decir, no tan bien como mi habitación en la Espada de los Dioses, obviamente, y ni siquiera como mi habitación allá en el castillo de Waverly, pero tenía una cama y una almohada y una manta, y realmente, eso era todo lo que necesitaba. Me quedé ahí sentada un rato, furiosa. Luego me obligué a levantarme. No había forma de evitarlo. No podía retrasarlo más. Tenía que hablar con Zell.

Marlo estaba esperando a la puerta de mi habitación, sentado en una silla, cosa que tenía que ser el trabajo más aburrido del mundo.

—Eh —dijo al verme, y me saludó con la mano, un poco incómodo—. Yo... uhm, espero que no me guardes rencor.

—¿Sobre lo de que «tu secta me haya tomado como rehén»? —contesté—. Digamos que entre eso y salvarme la vida, estamos a la par.

—Parece justo.

Aunque hubiese querido, era incapaz de seguir enfadada con Marlo.

—¿Alguna idea de dónde están mis amigos?

—La princesa y el Archimago están en sus habitaciones. Tu chico zitochi está en el tejado. —Se aclaró la garganta, nervioso—. Supongo que tienes algunas preguntas para él.

—Pues sí —dije. Me dirigí hacia el final del pasillo y subí por unas escaleras estrechas, hacia una puerta que daba al tejado del santuario interno. Había algo profundamente desorientador en estar sobre un tejado y aun así seguir en el interior, pero ahí estábamos. Levanté la vista hacia el enorme techo abovedado de la cámara. Desde ahí arriba, podía distinguir mejor los detalles, lejanos grabados tallados en ese estilo tan sólido de los Titanes. De todos modos, ¿para que servía este sitio? ¿Qué hacían los Titanes ahí abajo? Los pasillos del castillo de Waverly eran para desplazarse sin ser detectados, para pillar a intrusos por el flanco y tender emboscadas, pero los Titanes no debían tener necesidad de hacer esas cosas… ¿no?

Todos esos pensamientos abandonaron mi cabeza en cuanto bajé los ojos y vi a Zell. Estaba sentado al borde del tejado, los pies colgando, contemplaba el batiburrillo de chabolas que tenía ante sí. Llevaba solo unos pantalones de tela y una fina camiseta interior, el cuello bajo dejaba a la vista los marcados músculos de su espalda. Sus anchas manos descansaban sobre el borde del tejado, agarradas con fuerza, las cuchillas de vidrio nocturno centelleaban a la titilante luz de las Luminarias en lo alto.

Di un paso y levantó la cabeza.

—Tilla.

—Sí. Soy yo —dije, y de repente, me faltaban las palabras. ¿Por qué estaba así de nerviosa, por qué me sentía tan incómoda? ¿Tan asustada?— Tenemos que hablar.

—Ni siquiera sé qué decir. —Su voz sonaba ahogada, como si estuviese forzando las palabras a salir a través de una jaula.

Me acerqué y me senté a su lado, y contemplamos juntos la Subciudad. Mirarnos a los ojos era demasiado pedir.

—¿Por qué no empiezas por contarme toda la verdad? ¿Cuándo empezaste a trabajar para los Discípulos Harapientos?

—Hace dos meses.

—Dos meses... —repetí. Me había estado mintiendo durante dos meses. Todo ese tiempo que habíamos pasado juntos, hablando, acurrucados, preocupados, él había tenido este gigantesco secreto y me lo había ocultado. Me sentía furiosa por ello, pero de una manera terriblemente profunda; me dolía, que hubiese podido mirarme a los ojos, decir las cosas que dijo, y haber estado mintiendo durante todo ese tiempo. ¿Acaso no confiaba en mí? ¿Podría volver a confiar en él alguna vez?—. ¿Cómo? —conseguí decir al final—. ¿Por qué?

—No es algo que planeara —dijo Zell, y ahí estaba, una diminuta pizca de temblor—. Nunca quise ocultarte nada. Jamás quise mentir. Pero es que... Todo se me fue de las manos.

—¿El qué? —insistí, quizás más enfadada de lo que hubiese querido—. ¿Puedes simplemente contarme la historia entera? Por favor.

Antes de que te tire de este tejado.

Zell cerró los ojos y echó la cabeza hacia atrás con un gran suspiro.

—Nunca quise estar en la Guardia de la Ciudad. Tú lo sabes. Pero era la única forma de poder quedarme aquí, de estar contigo. Así que acepté el trabajo. Y durante unos meses, no estuvo mal. Entrenar a los reclutas, controlar a los borrachos, ayudar en alguna redada de polvo de purpurina en un antro cualquiera... No era el trabajo más desafiante del mundo, pero aun así era honorable. Estaba ayudando a gente. Manteniendo la paz. Los Doce hubiesen sonreído ante eso. —Sus ojos se posaron en mí, solo un segundo—. Y te tenía a ti.

—¿Qué cambió?

—Después de unos meses, el Capitán Welarus me llamó a su oficina. Me había visto hacer mi trabajo bastante bien, así que quería mi ayuda en una misión especial. Una para la que necesitaba mis «habilidades únicas». Al principio, pensé que podía ser mi oportunidad para hacer algo bueno de verdad. Entonces descubrí exactamente qué tipo de hombre era Welarus. —La expresión de Zell se oscureció, frunció el ceño sin apartar la vista de la ciudad—. Me llevó a un almacén en Moldmarrow donde se reunió con tres líderes criminales locales. Debían pagarle una suma semanal y, a cambio, él les permitiría continuar con sus actividades. Uno de ellos se había estado negando a pagar. —Hizo una pausa, como si las palabras le causaran un dolor literal—. Welarus me obligó a romperle el brazo.

Reconozco que no esperaba que la conversación tomara estos derroteros. Quiero decir, no era una sorpresa total, Welarus había sido un idiota malhumorado, así que no había que hacer demasiado esfuerzo para imaginarlo también como corrupto. Pero no lograba encajar la idea de que Zell fuese cómplice voluntario.

—¿Por qué no le denunciaste?

—Me dijo que si hablaba, no me creería nadie. Que nadie creería en la palabra de un zitochi exiliado por encima de la de un capitán condecorado. Que se aseguraría de que tú y yo figurásemos como implicados, nuestras reputaciones arruinadas. Nos exiliarían... o algo peor.

Dado lo deprisa que todo se había ido al garete para nosotros, eso no me costó creérmelo.

—Vale. Eso lo entiendo. Pero ¿por qué no me lo dijiste a *mí*?

—Iba a hacerlo. Lo tenía todo planeado. Y entonces... ¿Recuerdas la noche del Festival de la Cosecha?

Recordaba haber bailado como una loca en una carroza con forma de caballito de mar, pero me daba la impresión de que no se refería a eso.

—¿El qué de esa noche?

—Ese fue el día siguiente a que Welarus me involucrara a la fuerza en sus trapicheos. Fui a tu cuarto a contártelo. Y entonces... —Hizo una pausa y una expresión inesperada cruzó su cara, melancólica y nostálgica y de una tristeza absoluta—. Y entonces saliste a verme. Llevabas ese vestido que te había conseguido Lyriana, el violeta con los lazos en la espalda y los botones con forma de mariposa. También te había peinado, como las chicas de los Feudos Centrales, con esas tres trenzas superpuestas. Estabas preciosa, por un instante ni siquiera pude respirar, como si estuviese mirando a una diosa de carne y hueso. —Sacudió la cabeza—. Todavía pensaba decírtelo, pero luego te vi en el desfile. Estabas con Lyriana y con Markiska, y las tres estabais bailando al lado de una banda. Estabais riéndoos y sonriendo, y parecías tan contenta, tan radiante... —Sus ojos brillaban, solo un pelín—. Nunca antes te había visto así. Como si estuvieses en el sitio donde querías estar. Como si de verdad estuvieras satisfecha y contenta y relajada y a salvo. Como si tuvieras la vida que te merecías. Después de todo lo que habías pasado. No pude soportar quitártelo. No podía destrozar tu felicidad. Así que decidí que aquello era una carga que debía soportar yo solo.

—Zell —dije, y, oh, menudo lío eran mis sentimientos. Porque podía ver el dolor en él, un dolor que hacía que a mí me doliera el corazón, y me sentí culpable y triste por no haberme dado cuenta, por haberle dejado sufrirlo él solo, por haber estado tan centrada en mi propia vida que no había visto lo que me estaba ocultando. Pero también sentía ira, ira de verdad, por su estoica y estúpida masculinidad, por su necesidad de protegerme, por la idea de que mi felicidad fuera un frágil copito de nieve que hubiese que blindar a toda costa.

—Durante un tiempo, simplemente hacía los trabajitos sueltos que me pedía Welarus. A veces, consistía en recoger cargamentos de madrugada, o hacerme el duro a su lado. Unas cuantas veces, tuve que dar alguna paliza. —Cerró los ojos—. Intenté calmar mi conciencia. Donaba mi dinero a los necesitados y rezaba a diario por el perdón de Rhikura. Era casi suficiente.

—Pudiste habérmelo dicho. Lo hubiera entendido.

—Entonces todo se fue al garete —continuó Zell—. Welarus capturó a un miembro de los Discípulos Harapientos predicando su evangelio. El hombre no quería hablar, pero Welarus se había hecho ilusiones de que si conseguía que el hombre renunciase a la Sacerdotisa Gris, impresionaría al Inquisidor y se ganaría un ascenso. Así que me dijo que le torturara. —Zell hizo otra pausa, tragó saliva, forzó a las palabras a salir por su boca—. Y lo hice. Le rompí todos los huesos de la mano, mientras él chillaba y suplicaba. Le metí la cabeza en un cubo de agua, y solo le dejé sacarla cuando sufría arcadas y se atragantaba. Y aun así... no quiso hablar.

Aparté la mirada. Sentía náuseas. No quería juzgarle, no quería odiarle, pero tampoco podía aceptarlo, no podía creer que Zell, mi Zell, fuese capaz de hacer algo así.

—Esa noche... mientras torturaba a aquel hombre que no había hecho nada peor que rezar a la iglesia equivocada... fui tan ruin como mi hermano. Tan ruin como Razz. —Se hizo el silencio entre nosotros y casi quería que lo dejase ahí, porque no podía soportar oír nada más.

Pero aun así, Zell continuó.

—La culpabilidad era abrumadora. No podía vivir conmigo mismo. Me odiaba tanto, Tilla, odiaba todo en lo que me había convertido. Así que me colé en el Cuartel y solté al hombre. Hice que pareciera que se había escapado. Welarus culpó al vigilante de la noche y ni siquiera se le ocurrió preguntarme a mí —dijo—. Unos días más tarde, llegó un Susurro. Dentro del sobre había una dirección, de un almacén en Rooksbin, y el símbolo de los Discípulos. Y aunque sabía que no debía ir, fui. Sentía como si... tuviese que hacerlo. Que si no iba, estaría condenado.

—Y te uniste a ellos —dije—. Te convertiste en... ¿qué? ¿Un Discípulo Harapiento?

—No comparto su fe —aclaró Zell—. Los Titanes, los magos, la Sacerdotisa, nada de eso es para mí. Los Doce enseñan que toda magia originada en el Sur es corrupción, y no tengo ninguna razón para ponerlo en duda.

—Así que solo trabajas para ellos.

Zell asintió.

—Era su espía dentro de la Guarida de la Ciudad. Les daba nuestras rutas de patrulla y les avisaba de nuestras redadas. Protegía a su gente de cualquier daño.

—Eres un traidor, Zell. Un agente doble. —Seguía costándome tanto asimilarlo... Zell tenía sus defectos, claro, como todos nosotros. Pero jamás hubiese pensado que fuese capaz de engañar o ser desleal. No de este modo.

—Veo el bien que hacen los Discípulos, Tilla. Dan cobijo a los pobres. Dan comida a los hambrientos. Desafían a la corrupción, corrupción de la que yo había sido parte. No tengo que adorar a su Sacerdotisa para creer que hacen lo correcto. —Ahora me miró, directo a los ojos—. Pensé que podía tener los dos mundos. Podía mantenerte a ti feliz y a salvo, dejarte vivir la vida de tus sueños. Y podía servir a los Doce saboteando el trabajo de Welarus desde dentro, dedicándome a luchar por algo más grande, algo mejor.

—Pudiste contármelo, Zell. Pudiste hacerme partícipe. Pudiste compartir esta carga conmigo... y yo te hubiese ayudado a soportarla.

Apartó los ojos, miró la ciudad a nuestros pies.

—No podía arriesgarme. Todo este mundillo era demasiado peligroso. Si te arrastraba a él y nos pillaban, te matarían. No podía correr ese riesgo.

—No. *No*. No intentes colarme esa mierda —dije, y nunca le había hablado así, pero no me importaba—. Estabas asustado, Zell. Te daba miedo que te juzgara.

Te daba miedo lo que pudiese pensar de ti. Te daba miedo que te abandonara. Y está bien. Entiendo que tuvieras miedo. Pero no intentes disfrazar esto como que me estabas protegiendo. —Las palabras habían empezado a salir como un torrente, una presa rota que jamás podría arreglarse—. Pudiste decírmelo. Pudiste incluirme en tu vida. Pudiste confiar en mí como yo he confiado siempre en ti. Pero no lo hiciste, Zell. Has atravesado toda esta inmensa crisis de fe, todo este enorme viaje personal, y me mantuviste en la más absoluta de las inopias. Me mentiste *a la cara*, Zell. Me mentiste mientras me estrechabas entre tus brazos.

—Tú besaste a Ellarion. Y no me lo contaste nunca —contraatacó, cosa que me dejó sin palabras al instante. Su voz no sonaba enfadada, solo plana, calmada, como si ya se hubiese blindado más allá del punto del dolor—. Tú también me has ocultado secretos. Y lo sé.

—Yo... Yo no... ¡Eso fue diferente! —balbuceé, y sí, era diferente en cierto modo, pero sabía que estaba tan cabreada porque también era lo *mismo* hasta cierto punto, ¿no? Le había ocultado la verdad porque no quería tener que lidiar con las conversaciones, porque había antepuesto mis propios intereses a la honestidad. No le había contado lo de Ellarion, igual que no le había contado lo de mi primer interrogatorio con los Sombras, igual que no le había contado lo de mi ansiedad y miedo constantes, lo de que me aterraba la idea de perderle, de perder a todo el mundo.

Aunque estaba furiosa por los muros de Zell, yo también había levantado los míos.

—Mira. —Respiré hondo—. Besé a Ellarion para distraer al sirviente de Molari. Eso es todo, lo juro. Y no te lo conté... como no te he contado otras cosas... porque tenía miedo. Hice mal. Lo... lo admito. —Entonces, ¿por qué no me sentía mejor? ¿Por qué no parecía lo mismo?—. Pero todas esas cosas han sucedido hace muy poco. En medio de todo este caos y horror. Tú me has mentido *durante meses*, Zell.

—Quería que fueras feliz.

—Pero es que *no era* feliz —contesté, y era la verdad, ¿no?, la verdad que me había estado negando durante meses, la verdad detrás de todos y cada uno de los momentos de angustia que había sentido desde que había puesto un pie en esa ciudad. No era feliz fingiendo ser alguien que no era. No era feliz sin mi hermano. Y no era feliz con Zell, no con esta brecha entre nosotros, no con su secretismo, no con sus mentiras—. Ni siquiera estoy segura de que *pueda* ser feliz nunca más. Pero podía haber estado a tu lado. Podíamos haber encontrado una solución, juntos. Podía haberme unido a tu causa. —Sacudí la cabeza—. Pero me mentiste. Cerraste esa puerta antes de que pudiese plantearme cruzarla siquiera. No confiaste en mí, Zell, y en toda tu gran búsqueda de la justicia y la igualdad, no se te ocurrió tratarme a *mí* de manera justa. Tratarme como a una igual. —Ahora me ardían los ojos, llenos de lágrimas, y mi voz sonaba áspera en mi garganta—. Y eso duele. Duele muchísimo.

Zell no dijo nada durante un rato. Se limitó a mirar adelante, los ojos húmedos, la respiración dificultosa.

—Bueno, ¿y qué pasa ahora? —preguntó.

—No lo sé —dije, y por el amor de los Viejos Reyes, ¿cómo podía sentir tantas cosas? Quería hacerle daño y quería abrazarle, besarle y matarle, perdonarle y no volver a mirarle en la vida. Era demasiado, simplemente demasiado, y no podía soportarlo—. Necesito irme. Necesito salir de aquí. No puedo hacer esto ahora mismo.

Me levanté, aunque mientras lo hacía, todo lo que quería era que alargara el brazo y me retuviera, que arreglara esto, que dijera las palabras que necesitaba oír, fueran cuales fueran. Pero no me retuvo y no dijo nada. Solo se quedó ahí sentado, la vista al frente. Parecía roto, como un hombre engullido por un dolor lacerante que no conseguía apaciguar en su interior. Y quizás mi actitud me convertía en mala persona, pero no podía con eso, ahora no, ya no. Zell se estaba ahogando, y si me quedaba, simplemente me ahogaría con él.

—Me voy —dije, y di media vuelta y me alejé. Tuve que echar mano de toda mi fuerza de voluntad para obligarme a no mirar atrás.

VEINTITRÉS

Recorrí el pasillo a paso airado, los pensamientos daban vueltas por mi cabeza a tal velocidad que temí que estallara. ¿Ya está? ¿En serio? ¿Acababa de terminar con Zell? Quiero decir, no podía haberlo hecho. Le quería, le quería muchísimo. La idea de que hubiésemos acabado era inconcebible. Pero también lo era la idea de volver con él, de estar con él otra vez, de encontrar de algún modo el amor detrás de esta dolorosa herida.

Prácticamente me estampé contra mi puerta para abrirla de par en par. Me di de bruces con Ellarion, que estaba ahí, no sé por qué. Dio un salto atrás, perplejo.

—¡Por el aliento de los Titanes! —ladró—. Vaya susto me has pegado.

—Yo… solo… solo… —intenté, pero no me llegaban las palabras. Me di cuenta de que debía de tener un aspecto terrible: sin lavar, el pelo desgreñado, los ojos rojos e hinchados. También me di cuenta de que no me importaba—. ¿Qué estás haciendo aquí?

—Vine a ver si querías beber algo. —Ladeó la cabeza para mirarme bien—. Pero estoy seguro de que la contestación a eso va a ser un contundente sí.

Me sequé los ojos con el dorso de la mano.

—Por favor. Ahora. Todas las bebidas del mundo.

Lyriana se estaba echando una siesta, así que eso nos dejaba solo a nosotros dos. Marlo nos condujo escaleras abajo al cuarto de atrás de la planta baja del santuario, la cantina. Para ser sinceros, llamarla siquiera cantina era una exageración: consistía en media docena de mesas vacías dispuestas en torno a una barra larga atendida por un único hombre con aspecto de estar aburrido y que ofrecía una elección entre «yarvo» y «yarvo bueno». Aun así, debió parecernos suficiente, porque los tres nos dejamos caer ante una mesa.

—Tres copas de yarvo bueno —pidió Ellarion.

—Oh, creo que yo no debería beber —dijo Marlo, en el tono de alguien que en realidad sí quiere beber.

Pero Ellarion no se andaba con chiquitas.

—Estaba pidiendo para mí.

Llegaron las copas (y una más para mí), y Ellarion bebió un largo y sonoro trago.

—Bueno —dijo, girándose hacia mí—. Entiendo que Zell y tú habéis tenido una pequeña charla.

—Mmmm —dije. Había ido a la cantina porque la idea de tomarme una copa era mejor que quedarme sentada sola en mi habitación, pero resultó que no me sentía lista para hablar de ello. Ni de nada, ya que estamos.

—Supongo que no ha ido bien.

Me llevé la copa a la boca y bebí un buen trago. Sabía soso y un poco demasiado especiado, pero aun así me estaba achispando, y ahora mismo era justo lo que necesitaba.

—No demasiado, no.

—Nos mintió. A la cara. Estoy tentado de darle una paliza. —Ellarion se llevó la copa a los labios y bebió otro gran trago—. Pero ¿qué importa? —Gesticuló a su alrededor, enfadado—. Parece que ahora todos somos sectarios.

Estampó su copa contra la mesa y vi que estaba vacía. Esa no era ninguna cantidad pequeña de yarvo.

—¿Estás, uhm... estás bien, Ellarion?

—¿Que si estoy bien? —repitió, mientras se llevaba la segunda copa a los labios—. Veamos. Ayer por la mañana, me estaba formando para ser Archimago, vivía rodeado de lujos y estaba convencido de que estaba a punto de destapar una conspiración contra el rey. Hoy, me ha atacado en la calle el mismísimo Inquisidor, estoy escondido en un pueblo subterráneo y las únicas personas dispuestas a protegerme resulta que son los sectarios que me consideran la encarnación de todo mal. ¿Crees que eso lo cubre todo?

—Es bastante completo, sí.

Ellarion se volvió hacia Marlo, y se le veía un poco inestable, con un tambaleo torpe que me indicó que el yarvo ya se le estaba subiendo a la cabeza. Además,

¿cuándo había sido la última vez que comimos algo? ¿Qué *hora* era?

—Eh. Tú. Sectario.

Marlo se echó hacia atrás en su silla, un poco incómodo. Había una tensión extraña ahí, las fricciones cambiantes de una incómoda dinámica de poder. Nosotros éramos los rehenes y Marlo era nuestro guardia, lo que le hacía estar al mando... pero Ellarion seguía siendo el Archimago. Y yo estaba casi segura de que, incluso sin sus anillos, podía acabar con la mitad de este edificio antes de que nadie pudiese impedírselo.

—¿Sí?

Ellarion entornó los ojos.

—Lorelia. Vuestra Sacerdotisa Gris. ¿De verdad te crees todo lo que dice?

—Ha sido bendecida por los Titanes y ha visto a través del velo —dijo Marlo, como si fuese inconcebible que nadie pudiera *no* creerla—. Es nuestra madre, nuestra salvadora, nuestra luz bendita. Nos ha dado, a todos nosotros, una verdadera oportunidad.

—¿Una oportunidad de *qué*? —gruñó Ellarion, y ahí estaba, la segunda copa vacía en la mesa—. ¿De ver a todos los magos de la corte colgados en las calles? ¿De ver la Espada de los Dioses derribada, los templos quemados, el reino hecho añicos? Te ruego que me digas cuál es el objetivo final que vuestra iglesia espera obtener.

—Todo lo que hacemos es mostrar a la gente la verdad —repuso Marlo—. Exponemos las mentiras de los sacerdotes y el rey. Llevamos el verdadero evangelio de los Titanes a todos los habitantes de esta ciudad, de este continente, y les hacemos saber que hay una forma mejor, un mundo mejor. —Ellarion puso los ojos en blanco, pero Marlo siguió hablando—. En este reino, todavía hay mil personas por cada mago. Si se unieran todas para desafiar al rey, tendría que ceder. Podríamos devolver los anillos a sus criptas, terminar con la tiranía de la magia. Y quizás entonces, los Titanes volvieran a nosotros y nos bendijeran con su perdón.

Ellarion se mofó y alargó la mano hacia la tercera copa. Tuve el impulso de impedírselo, pero no lo hice. Ya era bastante irritante tener que lidiar con el problema con la bebida de un Volaris; no me apetecía en absoluto ser responsable de dos.

—¿Y de verdad creéis que eso es lo que va a pasar?

—Yo sí.

—Bueno, pues yo creo que tú y todos tus amigos sois muy, muy ingenuos —dijo Ellarion—. ¿Quieres saber lo que pasaría si vuestra pequeña secta de verdad tuviera éxito, si la gente del reino se alzara contra el rey? Guerra civil. Sangre en las calles y fuego en el cielo. Purgas y ejecuciones, hermanos matando a hermanos, familias enteras pasadas a cuchillo. Tú morirías, tus amigos morirían, y probablemente, hasta la última persona de este pueblo subterráneo moriría. ¿Y sabes por qué estoy seguro de que ocurriría eso? —Dio otro largo trago—. Porque eso es lo que ocurre *siempre*.

Un intenso dolor afloró en mi cabeza. Quizás fuese el alcohol o la falta de sueño o el estrés o una combinación de todo ello. Pero es que había tantas cosas con las que lidiar, tantas cosas en marcha... Quería bajar el tono de esa conversación, pero también quería marcharme, y también quería saber lo que estaba haciendo Zell, y quería irme a casa, y quería que Jax estuviera ahí, para hacerme reír, para decirme que todo iría bien. Más que cualquier otra cosa, quería a Jax.

—¿Crees que esta es la primera rebelión que hemos tenido en esta ciudad? —continuó Ellarion—. ¿La primera secta que ha cuestionado a los sacerdotes? Esto sucede una y otra vez, siempre la misma retórica, los mismos discursos, las mismas grandes promesas. Y siempre termina en el mismo baño de sangre.

—No estoy de acuerdo. —Marlo eligió sus palabras con gran cuidado—. Solo porque todas las otras rebeliones fracasaron no significa que la nuestra vaya a hacerlo. Nunca antes ha habido un movimiento como el nuestro. Nunca antes ha habido un lugar como la Subciudad, o una profeta como la Sacerdotisa Gris. Esto es *diferente*. Puedo sentirlo. —Hizo un amplio gesto a su alrededor, como si retara a Ellarion a mirarlo—. Mira lo que está pasando fuera de la ciudad, lo que está pasando en Occidente, en las Baronías, las Tierras del Sur. El mundo está cambiando, Ellarion. Este es nuestro momento. Nuestra oportunidad de conseguir algo mejor.

—Algo mejor. —Ellarion cogió la copa y la volcó de modo que su contenido se derramó sobre el suelo. Luego se encogió de hombros—. Deja que te diga algo. Quiero a Lyriana. La quiero como a una hermana. Pero ella siempre fue la ingenua. Pensaba que todo era perfecto y maravilloso en el mundo, se creía hasta la última palabra que le decían los sacerdotes, y luego le echó un buen vistazo a Ragtown y ¡fue corriendo a unirse a las Hermanas de Kaia! —Hizo un sonido que era sobre todo una carcajada, pero también un poco como un lamento—. Pero ¿yo? Yo siempre lo supe. Supe que este mundo era cruel y frío y malvado. Mi padre se aseguró de eso.

Recordé los penetrantes ojos del Archimago Rolan, su mirada tensa, la forma casual en que había congelado la mano de un hombre dentro de una bola de hielo. No me daba la impresión de que fuera del tipo amable y paternal.

—Pero ¿sabes qué? —continuó Ellarion—. Todavía creo. ¿Sabes? No en los sacerdotes ni en el Mandato Celestial ni en los pomposos discursos del rey. —Noté un ápice de sarcasmo cuando dijo *Mandato Celestial*, pero dudo que Marlo se diera cuenta—. Aún creo en los Volaris. Creo en los magos. Creo en el *orden*.

—¿Orden?

—«Los Volaris son la luz contra la oscuridad, los clavos en la madera, el barco que mantiene a la humanidad a flote en el mar revuelto» —dijo Ellarion, e incluso yo sabía que eso era de las escrituras—. Di lo que quieras sobre el resto de los pergaminos sagrados, pero ahí hay verdad. Ahí hay verdad, maldita sea. Hay tanta crueldad en el mundo, tanto caos y violencia sin sentido, que necesitas mano dura para mantenerlo todo unido. Nuestra dinastía, nuestros magos, puede que sea una jaula, pero es una jaula que mantiene a los monstruos fuera, una jaula que mantiene a la sociedad unida, una jaula que hace que el mundo sea mejor, poco a poco. Sin los Volaris, no tendríais esta gran ciudad. No tendríais Luminarias ni curas para la varicela roja ni cien años sin guerra. Sin nosotros, todo serían baños de sangre y locura, un mundo mucho más oscuro y más aterrador. Puede que nuestro puño sea rudo, cruel incluso, pero sigue siendo el puño cerrado que evita que el mundo se haga añicos.

—Suenas como el Inquisidor —dije con voz queda—. El cuchillo en la oscuridad.

Ellarion se volvió hacia mí.

—No me digas que tú también te lo estás tragando.

—No. Solo quiero decir... —Busqué las palabras adecuadas, forcejeé con el peso de todos los pensamientos que tenía al respecto—. Yo ya he estado donde tú estás ahora, ¿sabes? Vi la violencia y el horror de los que era capaz mi familia, y tuve que hacer la elección de no ser parte de eso. No es como... No es que quisiera estar de *vuestro* lado. Quiero decir, cuanto más tiempo paso aquí, cuanto mejor conozco esta ciudad, más claro tengo que todos los que se están rebelando contra vosotros tienen bastantes razones para hacerlo. Los Volaris *son* opresores. Este reino *es* injusto.

—¿Y qué si lo es? —repuso Ellarion—. ¿Nos unimos a los sectarios y ya está? ¿O quizás vamos a Occidente y empuñamos las armas junto a los hombres de tu padre?

—¡No! —estampé la mano sobre la mesa, un poco más fuerte de lo que pretendía—. Eso es lo que estoy intentando decir. ¿Qué pasa si *todos* los bandos están equivocados? ¿Qué pasa si la mera idea de que haya bandos sea el problema? —Sacudí la cabeza. Estaba todo ahí dentro, dando vueltas sin parar, mi padre, los Volaris, los Discípulos, todos esos grupos que no paraban de pelear, cada uno convencido de que solo ellos tenían las respuestas—. Es como si alguien trazara estas líneas hace siglos y ahora estuviéramos todos encadenados a ellas, forzados a elegir y repetir la historia una y otra vez. Mi padre lucha por la libertad de Occidente porque *su* padre le hizo jurar que lo haría, porque *su* padre había hecho lo mismo. Tú te has pasado la vida entera convencido de que tu familia es el único orden que mantiene unido este reino debido a unas escrituras que han pasado de generación en generación desde hace siglos. Incluso la gente de aquí abajo se atiene a la misma vieja historia, lleva a cabo las mismas rebeliones que han tenido lugar docenas de veces antes, con la esperanza de que esta vez sea diferente.

—¿Y qué sugieres que hagamos?

—Tirémoslo todo por la borda —dije—. Olvida todos los bandos. Olvida a tu familia, olvida a mi familia, olvida todo el bagaje que llevamos sobre los hombros. Tú no eres tu padre y yo no soy el mío. Hemos visto sus defectos. Podemos hacerlo mejor. Podemos hacer nuestro propio bando, nuestro nuevo bando, uno que no sea esclavo de nada. Somos una generación completamente nueva y tenemos una oportunidad, ahora mismo, de dejar de recorrer los mismos caminos que todo el mundo ha recorrido antes de nosotros. Tú, yo, Lyriana, Zell, todos nosotros. —Miré a Ellarion con seriedad, a Marlo—. La historia no tiene por qué repetirse. No si lo evitamos.

Ellarion me miró durante un rato, luego levantó un brazo y se pasó una mano por la cara.

—Puede que solo sea el yarvo el que habla —dijo, su voz un poco temblorosa—. Pero creo que quizás esa haya sido la cosa más bonita que he oído en la vida.

—Sí, estoy bastante orgullosa de ello —dije. Luego estiré el brazo para darle una palmadita en el hombro, pero antes de que pudiera llegar hasta él, la puerta de la cantina se abrió de golpe y entraron tres hombres. Y todo mi mundo se hizo pedazos.

El primer hombre era Garrus, el novio de Marlo, corpulento y apuesto con su túnica, las mangas enrolladas para mostrar sus grandes bíceps tatuados. A su lado había otro rebelde, una mujer de gruesos párpados y sonrisa desdentada. Pero fue el hombre que iba tras ellos el que captó mi atención. Era de Occidente, un hombre pálido más mayor, con vetas grises en el pelo corto y pelirrojo, una espesa barba rubicunda y un puñado de pecas salpicadas por el puente de la nariz. Llevaba armadura negra de cuero con gruesos guantes forrados de pelo y altas botas manchadas de barro.

Se me paró el corazón en el pecho. Mi respiración se congeló con una exclamación. Agarré la mesa con tal fuerza que la madera se combó.

—¿Tilla? —preguntó Marlo—. ¿Qué pasa?

Yo no maté a la chica. Eso fue obra de Murzur. Eso es lo que había dicho Chico Guapo. Al menos lo que creía que había dicho. Pero con su acento, le había oído mal. No había dicho *Murzur* en absoluto.

—Conozco a ese hombre —susurré—. Se llama Mercer. Mercer Stone. Era sargento en el castillo de Waverly. Uno de los hombres de mayor confianza de mi padre. —Sabía que quizás debiera huir o esconderme o pelear, hacer cualquier cosa menos quedarme ahí sentada, mirándole. Pero era como si me hubiese tragado un ancla, como si mi cuerpo hubiese echado raíces—. Es el que trabajaba con Chico Guapo. El que asesinó a Markiska.

—¿Qué? —exclamó Ellarion boquiabierto—. ¿Qué está haciendo aquí?

—No lo sé —dije, pero *sí* que lo sabía, porque justo cuando lo decía la vi, vi la verdad que unía todas las piezas. Marlo hablaba de rebeliones por todo el reino como si fuesen movimientos separados, un puñado de semillas que por coincidencia habían germinado todas al mismo tiempo. Pero, ¿y si no lo eran? ¿Y si un hombre estaba orquestándolo todo, enviando a sus mejores agentes por todo el continente, coordinándose con los grupos rebeldes y azuzando insurgencias, todo como parte de un plan más grande de romper el yugo de su enemigo más poderoso, el rey Volaris? ¿Y si sus hombres habían estado en la ciudad todo el tiempo, escondidos entre las filas de los Discípulos Harapientos, espiándome, torturándome, matando a las personas que eran cercanas a mí?

¿Y si todo lo que había sucedido aquí era la venganza de mi padre?

—¿Estás absolutamente segura? —susurró Ellarion de vuelta, y de golpe parecía estar sobrio del todo, como si la llama de sus ojos hubiese quemado todo el alcohol de su cuerpo—. ¿No hay ninguna posibilidad de que te equivoques?

—No —dije, mi vista aún clavada en Mercer. Se acercó a la barra y tamborileó con los dedos mientras esperaba a que apareciera el tabernero. Parecía no haberme visto—. Es él. Reconocería esa cara en cualquier sitio. Era un viejo estúpido. Le gustaba entrenar a los reclutas nuevos obligándolos a dar vueltas al patio corriendo hasta que vomitaban, luego les pegaba con una espada de madera. —Y estaba aquí. Aquí. En Lightspire. En la Subciudad. En el santuario interno. En esta mismísima cantina.

—Eh, eh, calmémonos —dijo Marlo, su voz un susurro urgente—. Mucha gente acaba aquí en la Subciudad. No tenemos que llegar a conclusiones precipitadas.

Pero yo ya había llegado a ellas.

—Era mi padre —dije—. Todo el rato. Se ha infiltrado en los Discípulos. Él envió a Chico Guapo y a Mercer. Él hizo que mataran a Markiska. Durante todo este tiempo, Ellarion, todo lo que ha ocurrido ha sido un complot de mi padre.

Ellarion contuvo la respiración, flexionó los dedos. El aire crepitó, solo un pelín, y una pequeña corriente de aire sopló en torno a la mesa y levantó las motas de polvo a nuestro alrededor en una clara espiral.

—Yo puedo encargarme de ellos —dijo—. Con una gran ráfaga los tiro a todos de espaldas, luego le cogemos y corremos. Encontramos un lugar tranquilo en donde interrogarle. Y le sacamos la maldita verdad.

—Eh, no, no, no, no. —Marlo levantó las manos para apaciguarle—. En serio, no. Esa es una idea malísima. Vas a conseguir que muramos todos. Por favor, no hagas nada...

Antes de que pudiese terminar, Mercer giró la cabeza hacia el alboroto y nos vio. Me vio. Sorprendido, abrió los ojos como platos, y al mismo tiempo su boca se retorció en una mueca.

—Tilla —gruñó.

Ellarion actuó deprisa, increíblemente deprisa. De un solo movimiento, saltó de su silla, adoptó una posición ofensiva y extendió la mano derecha delante de él. Un torrente de viento salió disparado, se estrelló contra Mercer y sus guardias como un demonio aullante...

Pero Mercer levantó su propia mano, la palma bien abierta y estirada, y el aire delante de él parpadeó con un centenar de relámpagos. Un Escudo apareció ante él y, cuando la ráfaga de aire de Ellarion lo golpeó, se dobló pero no cedió. En lugar de eso, el viento salió disparado en todas direcciones, hizo añicos las ventanas de la cantina, volcó mesas y estampó al tabernero contra una pared.

La habitación se quedó en silencio. El momento se quedó colgado durante una eternidad, mientras todos mirábamos pasmados lo que acababa de suceder. Porque ya no había forma de negarlo, de cuestionarlo, no quedaba ninguna duda.

Mercer Stone, un hombre que había nacido en Occidente y había pasado sus primeros cincuenta años sin salir de la provincia, acababa de hacer magia.

Yo tenía razón.

Había tenido razón desde un principio.

Pero Mercer, por supuesto, no estaba pasmado. Sabía exactamente lo que estaba haciendo. Sacudió su otra mano hacia delante, el índice y el dedo corazón estirados, y una estela de chisporroteante relámpago amarillo salió volando, ardiente. Dibujó un arco por el aire hasta golpear en el brazo a Ellarion, que gritó al recibir el impacto y se retorció de dolor mientras la electricidad recorría todo su cuerpo.

—¡No! —grité, y corrí hacia él, pero ahora Mercer venía a por mí. Los labios entreabiertos en una cruel sonrisa de dientes amarillos mientras un guantelete de relámpagos se formaba alrededor de su mano izquierda, lanzando chispas en todas direcciones.

—¡Parad ahora mismo! —bramó una voz de mujer, y fue suficiente para detener en seco incluso a Mercer. Me giré para ver a Lorelia en el umbral de la puerta, flanqueada por sus propios guardias, los brazos cruzados delante del pecho y una expresión de severa desaprobación—. ¿Qué es esta locura?

Eché a correr hacia ella, me tropecé con mis propios pies, pero me levanté a toda prisa.

—¡Ese hombre! —chillé, señalando a mi espalda—. ¡Trabaja para mi padre! ¡Se ha infiltrado en su iglesia, se ha infiltrado en su pueblo! Es... es...

Las palabras murieron en mi garganta. Porque mientras corría hacia Lorelia, pude ver la expresión con la que me miraba, con la que miraba a Mercer. No estaba sorprendida ni alarmada, ni siquiera confusa. Solo parecía enfadada, cabreada, como alguien cuyo plan cuidadosamente diseñado acabara de hacerse añicos.

Los aliados de mi padre no se habían infiltrado en la secta de Lorelia. *Ella* era la aliada de mi padre.

Me dejé caer de rodillas y levanté las manos, porque sabía que no había forma de salir de esa. Detrás de mí, Ellarion había dejado de retorcerse, pero seguía tumbado de espaldas, los ojos cerrados con fuerza, boqueando en busca de aire. Me estiré hacia él, pero una mano agarró el cuello de mi túnica desde atrás y me arrastró hasta ponerme de pie. Mercer. Tiró de mí hasta que quedé pegada a su corpulento cuerpo y pude sentir su aliento podrido en la cara. De tan cerca, pude verle bien los ojos, y había algo profundamente alterado en ellos: unas venas irregulares, tan amarillas como un girasol, salían de sus iris y se retorcían por el blanco de sus ojos como serpientes heridas. Levantó su otra mano delante de mi cara, la que tenía encastrada en chisporroteantes destellos de relámpagos amarillos. Me retorcí y forcejeé para alejarme de ella. Estaba caliente, muy caliente, pequeños hilillos lamían mi rostro con dolorosos latigazos eléctricos.

—Markiska —susurré, porque incluso en esa situación, tenía que saberlo—. ¿La mat...? ¿Fue usted?

—Tu amiguita oriental murió deprisa y sin dolor. —Sonrió—. Pero no te preocupes. Contigo, pienso tomarme mi tiempo.

—Suéltala —dijo Lorelia, pero Mercer solo apretó aún más la mano.

—Esta pequeña bastarda nos traicionó ante los Volaris —dijo—. Consiguió que mataran a mil buenos hombres. Déjeme que la haga pagar por cada uno de ellos.

—He dicho que no —repitió Lorelia, y esta era la verdadera Lorelia, una mujer tan dura como una cuchilla de vidrio nocturno y el doble de afilada, una mujer que haría cualquier cosa, diría cualquier cosa, por salirse con la suya, la mujer que había clavado una daga en la oreja de un hombre sin dudarlo ni un instante—. Su padre pidió que no sufriera ningún daño. Cumpliremos nuestra palabra.

Con un gruñido, Mercer me dio un empujón hacia delante, de vuelta al suelo. Lorelia les hizo un gesto a los guardias que tenía a la espalda. Se acercaron a mí y me ayudaron a levantarme.

—Parece que nuestro pequeño experimento hospitalario ha llegado a su fin. Llevadlos a sus habitaciones. Atadles las manos. Cerrad las puertas con llave.

Los guardias me sujetaban con fuerza, pero yo forcejeé, me retorcí entre sus manos, mi visión borrosa, los dientes apretados. Ahora mismo, no me importaba el reino, no me importaban mis amigos, no me importaba mi propia vida. Lo hubiese tirado todo por la borda solo por tener la oportunidad de rajarle el cuello a Mercer.

—Te mataré —gruñí—. Lo juro por los Viejos Reyes, por los Titanes, por los Doce. Acabaré contigo.

—Ven e inténtalo, niñita —se burló Mercer.

—Uhm... Perdone... Sacerdotisa... Sacerdotisa Gris... —dijo una voz temblorosa. Era Marlo, asomado por un lado de la mesa detrás de la cual se había escondido cuando se había iniciado la pelea. Se levantó, las manos en alto.

—Marlo —dijo Garrus, su tono al mismo tiempo preocupado y compasivo. Lo había sabido. Claro que lo había sabido. Era uno de los guardias privados de Mercer.

El pobre Marlo, el verdadero creyente, era el único al que habían mantenido en la ignorancia.

—Yo solo... estoy... estoy un poco confuso ahora mismo —dijo—. ¿Es verdad lo que ha dicho Tilla? ¿Ese hombre...? ¿Estamos trabajando con los occidentales?

—Sí. Es verdad —contestó Lorelia, y su voz era hielo—. Esto es una guerra, Marlo. Las guerras no se ganan con discursos enfervorizados o rompiendo estatuas. Se ganan con aliados. Con armas. Con sangre.

—Pero... creía que solo queríamos extender la palabra de los Titanes. Creía que queríamos inspirar a la gente a levantarse, hacer que se oyeran sus voces y darles esperanza —dijo Marlo, y pude ver cómo se daba cuenta de lo ridículas que sonaban sus palabras según las pronunciaba—. ¿Era esto...? ¿De verdad es esto lo que quieren los Titanes?

—Los Titanes quieren justicia —dijo Lorelia—. Justicia para los que han sido asesinados por los Volaris. Justicia para todos los inocentes cuyas vidas han robado. Justicia para *mi hijo*. —Inclinó la cabeza hacia un lado y, detrás de ella, sus hombres desenvainaron sus espadas—. Bueno. ¿Vas a ser un problema?

—Yo... yo... —Marlo me miró, la respiración entrecortada, desesperado. Luego miró a Garrus, que estaba negando con la cabeza, sus ojos suplicantes, rogándole a Marlo que no hiciese nada estúpido. Recordé a Zell en las escaleras de la ciudad, hacía tanto tiempo, y cómo le había mirado yo.

—No —dijo Marlo con voz queda—. No hay ningún problema. Que se los lleven.

Respiré hondo cuando los hombres de Lorelia me sujetaron, cuando me ataron las muñecas, cuando levantaron la figura prona de Ellarion, cuando nos arrastraron a ambos fuera de la cantina. Mercer nos observó marchar, los labios aún retorcidos en una mueca llena de odio. Y en cierto modo, me sentí aliviada. De saber que podía fiarme de mi instinto, de saber que el mundo de verdad era como más había temido que fuera. Porque no había escapatoria de mi padre, de mi pasado, de mi destino. Incluso aquí, en la ciudad de su enemigo, detrás de las grandes murallas y rodeada por magos que habían jurado protegerme, mi padre había encontrado la forma de entrar, de hacerme daño, de capturarme. Todas las carreteras llevaban de vuelta a él. Y siempre lo harían. De un modo u otro, esto terminaba en él.

Mientras los guardias me arrastraban escaleras arriba, miré una última vez hacia atrás. Miré a Marlo. Nuestros ojos se cruzaron.

Y él apartó la mirada, avergonzado.

VEINTICUATRO

Me metieron a empujones en el cuarto, me ataron las manos a la espalda con una cuerda gruesa y cerraron la puerta con llave. Supongo que hicieron lo mismo con mis amigos. Sin reloj y bajo tierra, no tenía forma de saber cuánto tiempo pasó. Dado mi nivel de aburrimiento, estoy segura de que estaba en algún punto entre tres horas y un millón de años. Caminé arriba y abajo. Me dejé caer en la cama. Intenté, sin éxito, abrir la ventana con los pies. Me sumí en un extraño estado contemplativo en el que intentaba al mismo tiempo deducir exactamente lo que iba a ocurrir a continuación y también bloquear cualquier pensamiento en mi cerebro.

Un golpe en la puerta me sobresaltó de repente.

—Eh... ¿pase? —Me enderecé en la cama—. Quiero decir, soy una prisionera, así que creo que no tengo demasiada elección.

La puerta se abrió. No sé a quién esperaba. ¿A Lorelia? ¿Marlo, quizás? Pero el rostro que vi, mirándome con odio desde la oscuridad del pasillo, me hizo soltar una exclamación y echarme hacia atrás, apreté la espalda contra la pared de la habitación.

Miles Hampstedt, Señor de la Casa Hampstedt, examigo, actual traidor, entró en mi habitación. Su rostro no había cambiado: mismas mejillas suaves y rosas, grandes ojos grises, labios pálidos y apretados. Pero cuando entró, la forma de caminar, era como si fuese una persona completamente diferente. El caminar torpe y vacilante del empollón baboso que había bebido los vientos por mí durante tantos años había desaparecido. Ahora, cuando Miles andaba, andaba con confianza, con determinación, el caminar de un hombre que esperaba que la gente se apartara de su camino a toda velocidad. Llevaba uniforme de general de Occidente, con un largo abrigo gris que ondeaba a su espalda como una capa, abrochado en el pecho con pequeñas cadenas de plata. Llevaba largos guantes en las manos y botas altas, y su rebelde pelo rubio iba recogido en una coleta que dejaba solo unos pocos rizos sueltos a los lados de su cara, enmarcando una delgada cicatriz pálida que discurría por su mejilla. Se acercó a mí, las manos cruzadas a la espalda, y apenas pude reconocer al chico tímido que había conocido casi toda mi vida.

No sé lo que le había pasado estos últimos seis meses. Pero en algún momento del camino, Miles se había convertido en un *hombre*.

—Miles —murmuré. Miré por la habitación en busca de algo, cualquier cosa, que pudiese usar como arma. No sé por qué tenía tanto miedo de él. Era Miles. *Miles.*

—Tilla —dijo, y cuando sonrió, había una calidez real en su sonrisa—. Tenemos que dejar de tener este tipo de encuentros.

Vale, incluso en mi miedo, sentí una punzada de irritación.

—Bonita frase. —Puse los ojos en blanco—. ¿Cuánto tiempo has estado trabajando en ella?

—Se me ocurrió esta mañana, cuando me enteré de que te habían capturado —reconoció, con un gesto avergonzado de los hombros—. Me pareció una forma de hacer que esto fuera un poco menos incómodo.

—Oh, estoy segura de que va a ser incómodo hagamos lo que hagamos —dije. Miles se acercó más, cogió una silla y se sentó al lado de mi cama. Se me puso la carne de gallina al sentirle tan cerca, pero reprimí el impulso de alejarme de él, de mostrarle ningún temor. En vez de eso, mis ojos se posaron en un broche dorado que llevaba en el pecho, un halcón reluciente, sus garras abiertas, sus ojos pequeños rubíes sangrientos—. ¿Qué pasó? ¿El búho de Hampstedt no era lo bastante feroz?

—¿Hmm? Oh, te refieres al Halcón Sangriento. —Miles jugueteó con el broche—. No estoy seguro de cuándo empezaron a llamarme así los hombres. Tras la batalla de Bridgetown, creo. Cuando me gané esto. —Deslizó un dedo por la cicatriz de su mejilla. Era realmente inquietante lo diferente que parecía, lo seguro de sí mismo, lo herido que estaba. El chico con el que había viajado, el que no podía creerse que había tumbado a un mercenario con la pata de una silla, había desaparecido. Este era un guerrero que había luchado, que había matado, que había visto la locura de un campo de batalla de primera mano—. Tu padre dijo que debía convertirlo en mi emblema. Que ayudaría a infundir respeto.

Mi padre. Esas palabras provocaron un torbellino de emociones con el que no estaba en absoluto preparada para lidiar. Aunque lo más curioso fue cómo pusieron en contexto la nueva actitud de Miles. Porque era a mi padre a quién me recordaba, con ese caminar rígido, ese aire confiado, esa sensación de poder, silencioso y acechante. Mi padre no solo había acogido a Miles bajo su ala. Le había remodelado a su imagen y semejanza.

Era algo demasiado siniestro en lo que pensar.

—¿Qué estás haciendo aquí, Miles? ¿Cómo has llegado siquiera hasta aquí?

—Esa es una historia larga y aburrida, que incluye un montón de sobornos, una travesía por el Adelphus y tres días escondido en un contenedor. —Señaló a su alrededor—. Es gracioso, ¿verdad? Tú y Jax, tan obsesionados siempre con esos túneles. Y aquí estamos, en los túneles más grandes de todos. A veces, de verdad que da la impresión de que el tiempo se mueve en círculos.

Tenía *tan* poca paciencia para sus reflexiones filosóficas.

—¿De qué va todo esto? ¿Qué quieres?

—¿Que qué quiero? —preguntó, incrédulo—. Quiero la libertad, Tilla. No solo para Occidente, sino para toda la gente de Noveris. Tu padre y yo vamos a liberar a este reino. Vamos a acabar con la tiranía de los Volaris de una vez por todas. —Acercó más la silla a mí, demasiado cerca—. Y no podríamos haberlo hecho sin ti.

Sabía que solo estaba intentando hacerme picar, pero no pude evitar morder el anzuelo.

—¿De qué estás hablando?

—Se me ocurrió después del incidente en el Desfiladero del Pionero. ¿Te acuerdas? Cuando mataste a mi madre. —Algo centelleó en sus ojos, algo iracundo y lleno de odio—. Tu padre y yo nos batimos en retirada hacia la costa. Y durante todo ese tiempo, había una sola pregunta a la que no conseguía dar respuesta. Había visto el cuerpo de Razz, había visto a los soldados que Lyriana derribó. Sabía que había usado magia. Pero también sabía, con una certeza absoluta, que le habíamos quitado sus anillos.

»Entonces, ¿cómo lo había hecho? No tenía ningún sentido. —Sacudió la cabeza, sus bucles dieron unos botecitos. ¿Cuántas veces le habría dicho este monólogo al espejo?—. Solo había una explicación. El poder de los magos, su magia, no estaba en sus anillos. Provenía de alguna otra parte. ¿Pero de dónde? Decidí que averiguarlo sería mi misión. Y tardé un poco. Hubo que estudiar y experimentar y hacer disecciones, autopsias. Muchas autopsias.

Pero al final, lo conseguí. —Metió la mano en su abrigo y sacó algo, un pequeño tubo de cristal protegido por algún tipo de artilugio de metal. Una jeringa, pensé, con un tubito hueco en un extremo y un émbolo en el otro. Y en ese vial, dando vueltas, espeso y carmesí, había...

—Sangre —susurré—. Sangre de mago.

—Técnicamente hablando, es una solución: ochenta por ciento sangre de mago, destilada con bayas mei, ceniza orlesiana y unos cuantos compuestos químicos más. Me costó un poco dar con las proporciones adecuadas. —Miles jugueteó con el vial entre los dedos, lo hizo girar como si fuese una moneda. La sangre del interior osciló de un lado a otro, de un rojo exuberante salpicado de cientos de diminutas motas doradas como estrellas en el cielo—. Inyectado directamente en vena, este suero puede convertir en mago a cualquiera. Y además, no en un mago del montón. Son más fuertes, más poderosos, tienen habilidades que ni siquiera los Volaris han descubierto. Magos de Sangre los llamamos. Y nos han ayudado a cambiar las tornas de la guerra. —Sacudió la cabeza con nostalgia—. Madre se pasó la vida entera intentando encontrar una forma de destruir a los magos. Nunca se le ocurrió fabricar los suyos.

—Así que puedes convertir a cualquiera en mago —dije. Más y más piezas iban encajando en su sitio, aunque empezaba a estar aterrada por la imagen que estaban formando—. Chico Guapo... Mercer... —Recordé los brazos de Lorelia, esos cardenales morados en torno a pinchazos rojos—. También Lorelia.

Miles asintió.

—Ella y Lord Kent se conocen desde hace mucho, desde que ella estuvo en Occidente. Ha sido su mejor agente en la ciudad durante años. Toda esta cosa de la Sacerdotisa Gris fue idea suya. Una mujer brillante. Y las cosas no pudieron salir mejor una vez que le enviamos el suero. Le dio el poder que necesitaba y le permitió cimentar su dominio sobre estos bobos sectarios.

—¿Y tú qué, eh? —Le recordé sentado al lado de Lyriana, preguntándole con cierta vergüenza si él sería capaz de aprender a hacer magia cuando no era más que un chico tímido—. ¿Ahora también eres un mago?

—El suero tiene sus desventajas —repuso Miles—. Una vez que lo usas, te vuelves dependiente. Sáltate incluso una sola dosis y pasas por un mono peor que cuando un adicto a la hierbapena deja de fumarla de golpe. —Se encogió de hombros—. Hay quien está dispuesto. Yo, prefiero dejar mis opciones abiertas.

—Has pensado en todo —escupí—. ¿Y Markiska qué, eh? ¿Matarla también era parte de tu plan?

—Eso fue... —empezó Miles, luego se calló—. Ah. No. La última vez que te conté mi gran plan, te escapaste y lo arruinaste entero. No voy a cometer ese error dos veces. —Se puso de pie y dio media vuelta—. Pronto, el rey Leopold estará muerto. La gente de esta ciudad será libre. Y quizás entonces entiendas que ataste tu caballo al carro equivocado. Quizás entonces verás lo que nosotros... lo que yo... soy capaz de hacer.

—¿Por eso estás aquí, Miles? ¿En mi habitación? ¿Para fanfarronear de lo que eres capaz de hacer?

Ahí estaba otra vez, esa ira hirviente detrás de su sonrisa, esa bestia que gruñía y se retorcía en su interior. La había visto una vez, el día que nos traicionó, cuando se había alzado por encima de mí, maldiciendo como un loco, furioso porque había descubierto que me había acostado con Zell.

—No —dijo, y entonces la reprimió, su verdadera personalidad, y la escondió detrás de un despreocupado encogimiento de hombros—. Vine porque… quería verte de nuevo.

—¿En serio?

—Ahora lo tengo todo, Tilla —dijo—. Poder, respeto, soldados a mis órdenes, una provincia entera que me ve como a un héroe. Y las chicas, uau. Las chicas. —Intentó actuar como si fuese muy guay, pero me miró por el rabillo del ojo para ver si reaccionaba, para ver si estaba celosa, y nunca he tenido más ganas de darle un puñetazo a alguien—. Hay una parte de mí que quiere renunciar a ti. Castigarte por lo que le hiciste a mi madre, verte juzgada como la traidora que eres. Pero no puedo hacerlo. Porque a pesar de todo lo que ha pasado, todavía pienso en ti. Todavía te echo de menos. Todavía… Todavía quiero que estés a mi lado.

Increíble.

—Eres un idiota, Miles —dije, pensando en la cabeza de su madre aplastada debajo de aquellos escombros, sin arrepentirme de nada—. Jax está muerto. Lo sabes, ¿verdad? Jax está muerto por tu culpa.

—No. ¡No! —chilló, agitando un dedo enguantado delante de mi cara—. No tuve nada que ver con eso. Eso fue todo obra de Razz...

—¡Una mierda! —le grité de vuelta—. Tú nos traicionaste. Tú eras la razón de que estuviésemos encerrados en esa torre. Si no hubieses montado esa pataleta celosa, los cinco hubiésemos llegado sanos y salvos a la capital. Estaríamos aquí todos juntos, como estaba previsto. Pero no. Pusiste tu interés por delante del de todos los demás. Nos vendiste. Y gracias a tu pequeña pataleta, Jax está muerto. Se ha ido y no va a volver nunca. —Parpadeé para eliminar mis lágrimas—. Puedes hablar todo lo que quieras de libertad y justicia, arrojarme las palabras de mi padre a la cara. Pero te conozco, Miles. Sé quién eres en realidad. Debajo de ese uniforme de general y ese broche tan guay, eres un cobarde egoísta y patético. Y algún día, algún día vas a pagar por ello. Vas a pagar por lo que has hecho. ¿Entiendes lo que estoy diciendo, Miles? —Quería hacerle mucho daño, hacerle sentir todo el daño que él había causado, romperle el corazón una y otra y otra vez—. Te mataré como maté a tu madre.

La mano de Miles salió disparada, me agarró por las mejillas, me estrujó la cara dolorosamente.

—No. Se. Te. Ocurra. Hablar. De. Ella —bufó entre dientes, y ahí estaban, las lágrimas en sus ojos. Bien. ¡Bien! Me estampó la cabeza contra la pared, me clavó los dedos en la cara y sentí su aliento caliente sobre mí mientras jadeaba, vi la rabia, el hambre en su mirada—. Di que lo sientes —escupió—. Dilo. ¡Dilo!

—Que te den —dije, y le escupí a la cara.

Con un gruñido petulante, cerró el puño de la mano libre y la echó hacia atrás, pero nunca tuvo la oportunidad de golpear porque una forma apareció de repente detrás de él, una figura con vaga forma de hombre, que estampó algo grueso de madera contra la parte de atrás de su cabeza. Miles voló hacia delante y se desplomó como un fardo, inconsciente. Y de pie detrás de él, con un garrote en las manos, estaba Marlo.

Jamás había estado tan contenta de ver a nadie en mi vida.

—¡Marlo! —exclamé—. ¿Me estás... rescatando?

—Sí, supongo que sí —dijo, y sacó una daga de aspecto enclenque de su capa. Le tendí las manos, que hormigueaban como si estuviesen llenas de agujas, y empezó a cortar la cuerda.

—Gracias —dije, mirando el cuerpo de Miles ahí tirado. No sé lo que hubiese pasado de no haber aparecido Marlo, pero dudo que hubiese sido bueno—. ¿Cómo has entrado? ¿No están los guardias apostados a la puerta?

—Ya no —dijo Marlo—. Les subí algo de cerveza hace una hora. Aderezada con un pellizco de opio de un apotecario. Están tan noqueados que dormirían aunque hubiese un huracán.

—Ah —dije, y vale, eso era bastante impresionante. Mucho más impresionante que los intentos de Marlo por cortar mis cuerdas—. Los otros... ¿Zell, Lyriana, Ellarion?

—Ya los he liberado —dijo Marlo. Asomaba la lengua entre los labios, concentrado—. Incluso les di unos anillos que robé de la armería. Cuando te saque de aquí, les enviaremos una señal y ellos se encargarán del pelotón de guardias en el exterior.

Había pensado realmente en todo. Lo cual planteaba muchas otras preguntas.

—Uhm... no es por sacar pegas, pero... ¿por qué estás haciendo esto?

—Porque soy idiota —contestó Marlo—. Un idiota que de verdad creía en su fe, que confiaba en la Sacerdotisa Gris, que se tragó todas sus patrañas. Me uní a esta secta porque creía en un mundo mejor. Un mundo más justo. Estaba dispuesto a luchar por eso. A morir por eso. —Frunció el ceño y serró con más fuerza, lo que aumentó bastante mi preocupación por que se le fuera la mano y me cortara a mí—. Pero este sitio se ha convertido en otra cosa. *Ella* nos ha convertido en otra cosa. —Sacudió la cabeza, enfadado—. Tú tenías razón, Tilla. Que le den a lo de estar en un bando u otro. Preferiría morir como un hombre libre que vivir como el peón de alguien.

Por precaria que pareciese la situación, me agradó oír a Marlo respaldarme. Todavía había gente decente ahí fuera. Unos pocos en cualquier caso.

—¿O sea que no lo sabías? ¿Lo de que Lorelia trabajara con mi padre?

—No. Era un secreto para todos, excepto para los miembros de mayor rango de los Discípulos. Incluso Garrus se enteró hace solo una semana, cuando le metieron en el ajo porque necesitaban más músculo. —Las emociones bailaron por la cara de Marlo: dolor, traición y pena—. Dice que su magia es prueba suficiente. Los Titanes han bendecido a los occidentales igual que bendijeron a la Sacerdotisa. Dice que quieren que vayamos a la guerra.

—Es mentira —repuse—. Todo ello. Miles tiene un suero que puede convertir a cualquiera en mago. Lorelia solo… Solo os está manipulando.

—Lo sé —dijo Marlo, pero la congoja en su voz indicaba que deseaba desesperadamente que no fuera así—. Pero hay más. Esta noche va a suceder algo. Algo gordo. Garrus no conocía los detalles, solo que tenía que ver con secuestrar niños y la Mascarada del Día de la Ascensión. Dijo que lo cambiaría todo.

—Miles mencionó algo de matar al rey —murmuré—. Espera, ¿qué es eso que has dicho de secuestrar niños?

Marlo hizo un movimiento brusco con la daga con el que logró cortar una de las cuerdas y hacerme un buen arañazo por fuera de la muñeca.

—No conozco los detalles. Solo que el plan implica secuestrar a los hijos de un puñado de nobles poderosos. Después obligan a los nobles a ayudarles con ese plan, si quieren volver a ver a sus hijos con vida.

Eso me recordó algo.

—El Inquisidor dijo que Jonah Welarus había desaparecido —dije, y entonces recordé la última vez que había visto a Jonah, en los disturbios de la Plaza Mercanto, cómo había podido estar ahí un segundo y desaparecer al siguiente—. El Festival. Por eso provocaron tal caos. Estaban secuestrando a sus objetivos. —Cuanto más organizado parecía todo esto, más miedo daba—. Marlo, ¿a quién han secuestrado?

—Garrus no lo sabía —dijo—. Solo que ya los tenían. Y mataron a una chica, alguien de la Universidad, creo. Para asegurarse de que los nobles los tomaran en serio.

Se me hizo un nudo de miedo en el estómago. Sentí náuseas.

—Markiska.

Porque era esa, ¿no?, la verdad, tan horrible y mundana al mismo tiempo, el tipo de detalle terrible y calculador en los que mi padre se llevaba la palma. Cuando lo escribías en papel, todo parecía muy simple. Envía unos cuantos agentes a la ciudad para imbuir de poder a los Discípulos Harapientos. Utiliza a esos Discípulos para secuestrar a los hijos de varios nobles poderosos. Chantajea a esos nobles para que hagan lo que quieras que hagan. Pero el plan no funcionará si los nobles dudan de ti, si en lugar de acatar tus órdenes van corriendo al Inquisidor, si creen que te estás tirando un farol. Tienes que asegurarte de que sepan que vas en serio. ¿Y qué mejor manera de demostrarlo que matar al hijo de un noble? Y no a un hijo cualquier, tampoco, sino a la hija de un poderoso barón del Este, asesinada en su propia residencia. Necesitarás pruebas, por supuesto. Como las perlas de un brazalete distintivo, uno que ella siempre llevaba puesto, enviadas en un sobre junto con una amenaza.

Después de eso, esos nobles sabrán que vas muy en serio. Y harán cualquier cosa que les digas.

Las últimas dos semanas había estado obsesionada con descubrir la verdad de lo que le había sucedido a Markiska. Pero ahora que lo sabía, era espantosa, devastadora, mucho peor de lo que hubiese imaginado jamás. La muerte de Markiska no tenía nada que ver con Darryn Vale después de todo, nada que ver con la argucia de mi amiga para romper ese compromiso, nada que ver con ella como persona. Solo había sido un peón, nada más, una tarea que tachar de la lista de cosas por hacer, un medio para un fin aún más sangriento. La habían matado como si su vida no importase, una idea de última hora para hacer que el plan de mi padre funcionara. La habían matado como si no fuera nada.

Después de la muerte de Jax, había pensado que odiaba a mi padre y a Miles. Pero había sido un odio frío, un odio atemperado por recuerdos agradables y la esperanza, con mi padre al menos, de que las cosas podrían, de algún modo, en algún momento, arreglarse. Ahora ese odio ardía, ardía con tal intensidad que me clavé las uñas en las palmas de las manos solo para sentir dolor, con tal intensidad que me sentía a punto de explotar. Habían asesinado a una chica, una chica maravillosa, amable, de espíritu libre, una chica que era una de mis únicas amigas, solo para demostrar que tienen razón. Los odiaba *tantísimo*…

La daga de Marlo por fin cortó a través de la última cuerda y liberé mis manos con un bufido.

—¿Estás bien? —preguntó Marlo—. No sé, tienes pinta de querer… asesinar a alguien

—Esa chica que mataron era mi amiga —dije, y me costó un mundo sacar las palabras—. Lo van a pagar. Mi padre. Miles. Mercer. Todos y cada uno de ellos.

—Vale. Sí. Claro. Pero por el momento, centrémonos en salir de aquí. Les dije a tus amigos que encendería una Luminaria roja en el tejado cuando estuviésemos preparados. Deberían estar esperándonos.

—¿Y Garrus? ¿También está con ellos?

Marlo bajó la vista.

—No —dijo, y su voz apenas podía ocultar su congoja—. Garrus es… leal a Lorelia. La seguiría hasta el final.

—Oh —dije, y de algún modo, ver su dolor calmó mi ira ardiente. Yo no era la única que sufría, la única que había perdido a alguien. Mi padre era como una plaga, una mortaja de horror que cubría el reino entero. Todos sufríamos por su ambición—. Lo siento.

—Mientras nosotros hablamos, él está durmiendo la mona de su propia jarra de cerveza opiácea. Le dejé una nota. Espero que algún día lo entienda. —Marlo me cogió de la mano—. Ahora, vamos. Tenemos que ir…

Una explosión atronadora le cortó a media frase e hizo temblar todo el edificio como si hubiésemos sufrido un terremoto. Marlo y yo salimos volando hacia un lado y la pared entera del otro extremo de la habitación se hizo añicos. Nos cayó encima una lluvia de pedazos de madera y cascotes, y yo me pegué un buen batacazo contra el suelo. Me levanté a toda prisa, tosiendo entre las nubes de polvo y humo. Podía oír algunos ruidos procedentes del exterior, gritos de hombres y el entrechocar de espadas y ese omnipresente crepitar de la magia. Con la camisa levantada para taparme la boca, avancé con Marlo, hacia el enorme boquete en la pared de mi habitación.

En el exterior del santuario, el patio era un caos. Había cuerpos de sectarios vestidos de negro tirados por todas partes, junto con unos cuantos hombres pálidos con armadura que estoy segura eran occidentales. Pequeños fuegos ardían acá y allá, y el suelo estaba cubierto de pedazos rotos del edificio adyacente. Guiñé los ojos entre el humo y logré distinguir las formas de mis amigos en medio del patio. Lyriana y Ellarion y Zell. Estaban de pie, todos juntos, dando buena cuenta de los últimos guardias que quedaban en pie. Uno corrió hacia Zell con un hacha, solo para que este le agarrara y le lanzara contra una pared; Ellarion hizo un gesto con la mano hacia una azotea cercana y eliminó a un arquero con una lanza de hielo arrojada con total precisión.

—¡Se suponía que teníais que esperar mi señal! —bramó Marlo.

—¡Pues obviamente no pudimos! —le contestó Ellarion con otro grito—. ¡Ahora venga! ¡Tenemos que salir de aquí antes de que lleguen refuerzos!

—¡Saltad! —gritó Lyriana, gesticulando para dejar claro que sí, que hablaba con nosotros, que nos estaba diciendo que saltáramos de un tercer piso a un campo de batalla urbano.

Le lancé una miradita a Miles, aún inconsciente en el suelo, e intenté pensar en algún modo de poder llevárnoslo con nosotros como rehén o algo. Pero no había tiempo, ni un segundo que perder, no con los gritos que nos llegaban desde abajo y el tronar de pisadas por todas partes a nuestro alrededor. Y mientras Marlo aún se lo pensaba, le agarré de la mano y tiré de él hacia fuera. Atravesamos el agujero de la pared y, durante un segundo aterrador, caímos a plomo hacia la calle. Entonces, Lyriana abrió las palmas de sus manos y las levantó hacia el cielo. Sus anillos palpitaron blancos y una ráfaga de *Levantar* nos envolvió y ralentizó nuestra caída como si acabásemos de aterrizar sobre una nube invisible. A continuación, Lyriana hizo girar sus manos y fue tirando de nosotros como si estuviésemos al final del sedal de una caña de pescar, y flotamos con elegancia hasta el suelo a su lado.

—Eso... eso ha sido... Estábamos... —tartamudeó Marlo.

—Guárdate el alucine para más tarde —ladró Lyriana—. ¿Ahora dónde vamos?

—Eh... ¡a la pared noreste de la cámara! ¡Allí hay un camino que conduce al exterior!

Iba a preguntar al *exterior dónde*, pero un proyectil de metal pasó silbando por mi lado e impactó contra una columna a muy pocos metros de nosotros. Giré en redondo para ver a otro grupo de sectarios que corría hacia nosotros con ballestas en las manos, y decidí que solo *al exterior* era suficiente por ahora. Eché a correr detrás de Marlo, flanqueada por Ellarion y Lyriana. Zell iba en cabeza, así que solo podía verle la espalda.

Sonaron alarmas por todas partes, repicaron campanas y se oyeron sirenas. Esprintamos a través de un mercado, zigzagueando a toda velocidad entre los puestos. Por todas partes a nuestro alrededor, la gente gritaba y nos señalaba, mientras se apartaba a toda prisa de nuestro camino. Decenas de rostros nos observaban desde las ventanas, aterrados y furiosos. Casi sentí ganas de reír: hacía tan solo un día, había estado huyendo por las calles en lo alto para llegar a la Subciudad, y ahora estaba huyendo de esa misma Subciudad. ¿Acaso mi objetivo era que *todo el mundo* en el reino fuera tras mi cabeza?

Un par de Discípulos, armados con garrotes de púas, aparecieron de la nada delante de nosotros, pero Zell se deshizo de ellos antes de que pudiesen gritar *alto* siquiera. A uno lo derribó con un codazo giratorio en la cabeza y al otro le estampó la cara contra el lateral de un edificio.

—¿Cuánto queda? —gruñó.

—Solo un poco... —contestó Marlo, resollando. Nuestros perseguidores se estaban aproximando, sus gritos más altos y más cercanos. Y había algo más, el crepitar de unos rayos, un retumbar de piedra que no auguraba nada bueno. Los Magos de Sangre. Iban tras nosotros—. ¡Allí! —gritó Marlo cuando salimos de entre el batiburrillo de edificios. Unos quince metros de calle nos separaban de la pared de la enorme cámara que albergaba la Subciudad; y de un par de gruesas puertas que eran nuestra única oportunidad de salir de ahí. Pero, claro, tenían vigilancia. Si no, hubiese sido demasiado fácil. Al menos una docena de sectarios bloqueaban las puertas, escondidos detrás de barricadas de madera, unos pocos incluso subidos a torres improvisadas. Tensaron sus arcos al vernos, su comandante dio la orden de matar, y yo entrecerré los ojos y me preparé para el impacto...

Pero Ellarion ni se inmutó. Saltó hacia delante, giró por el aire en una preciosa pirueta lateral y, cuando aterrizó, extendió ambas manos en dirección a los hombres, los puños cerrados y las muñecas enroscadas. El aire crepitó a su alrededor, rieló como una onda de calor, pequeñas chispas revolotearon por todas partes como luciérnagas. Soltó un rugido, su voz el rechinar de unos gigantescos engranajes antiguos, y después un fuego abrasador salió de él, como un demonio expulsado, una inmensa bola de llamas del tamaño de una roca, un sol en miniatura.

Y entonces Lyriana se levantó, dio un salto rápido para ponerse a su lado y extendió sus propias manos, sus dedos se contorsionaron en formas intrincadas, a una velocidad cegadora, como las patas de una araña. Disparó una oleada de fuerza, un Levantar, y la bola de fuego estalló en pedazos, una docena de perfectos meteoros de llamas, cada uno dirigido hacia un arquero con una precisión milimétrica. Los misiles zumbaron por el aire, golpearon sus objetivos, y se reventaron en riachuelos rojos y naranjas. Los hombres gritaban. Las barricadas explotaron. Las torres cayeron. Y toda la línea de defensa fue borrada de un plumazo.

—¿Recuerdas cuando te regañaba por reprimir tu magia? —jadeó Ellarion—. Pues retiro todo lo dicho.

—Tomo nota —contestó Lyriana, y seguimos corriendo.

Las puertas que teníamos delante eran iguales a las que habíamos usado para entrar: gigantescas losas de piedra decoradas con relieves de los Titanes. Lyriana y Ellarion las reventaron juntos. Cada uno lanzó una ráfaga de Levantar que las hizo estremecerse y abrirse de par en par. Detrás de ellas, había otro túnel de piedra como el que habíamos recorrido para llegar hasta ahí, conducía hacia la oscuridad y a quién sabe qué más. En cuanto entré, sentí alivio, no solo por la libertad, sino por la familiaridad. Creo que una parte de mí se sentía como en casa ahí, escondida en pasadizos oscuros, corriendo bajo tierra. Podías instalarme en Lightspire, vestirme con trajes elegantes y mandarme a clase, pero siempre sería Tilla de los túneles.

—¡Alto! —rugió un hombre con una voz atronadora. Miré atrás para ver a Mercer Stone que corría hacia nosotros flanqueado por un grupo de hombres occidentales. A algunos los reconocí como caballeros de élite de mi padre, mientras que otros me resultaban desconocidos. Pero el aire a su alrededor palpitaba y crepitaba, y sus manos refulgían con una luz mágica. ¿Cuántos Magos de Sangre había? ¿Cuántos habían entrado en la ciudad?

Mercer soltó otro rugido y echó los puños hacia atrás, preparado para enviar a la madre de todos los relámpagos en nuestra dirección. Pero Ellarion se le adelantó, se dejó caer de rodillas e hizo un gesto ascendente con las manos medio cerradas, como si estuviese levantando puñados enteros de tierra invisible. El suelo de piedra delante de nosotros retumbó y se retorció, y entonces, unas enormes columnas brotaron de él, gruesas estalagmitas que bloquearon la entrada. Oí relámpagos chisporrotear e impactar contra la piedra, pero la barricada aguantó.

Ellarion, sin embargo, cayó hacia atrás con una mueca de dolor, la frente empapada de sudor, la respiración entrecortada. Abrió y cerró los puños, bufaba de dolor, como un anciano con artritis.

—¡Primo! —exclamó Lyriana, corriendo a su lado.

—Estoy bien —dijo, aunque estaba muy claro que no—. Nunca se me ha dado bien la… magia de piedra. ¡Duele a rabiar!

Zell se volvió hacia Marlo.

—¿Ahora dónde vamos?

—No… no lo sé… No había pensado tan allá —dijo Marlo—. Aquí arriba hay unos cuantos túneles prohibidos. Supongo que podremos despistar a nuestros perseguidores.

—¿No dijiste que estos túneles estaba llenos de «todo tipo de cosas aterradoras»? —pregunté. Luego oí gritos desde el otro lado de las barreras de piedra y el crepitar de la magia. Las columnas se combaron, pequeños fragmentos se desprendieron y salieron volando en nuestra dirección. No aguantarían demasiado—. Vale. Cosas aterradoras será.

Echamos a correr otra vez, siguiendo a Marlo, aunque el agotamiento empezaba a hacer mella en nosotros. Tenía flato y me ardía el costado, Marlo parecía a punto de desmayarse y Ellarion seguía haciendo muecas de dolor, sus manos temblaban mientras las venas que las recorrían se veían abultadas por la tensión. Marlo nos condujo pasillo adelante, luego giró de golpe a la derecha a través de un estrecho pasadizo, luego a la izquierda, y otra vez a la derecha. Por ahí ya no había Luminarias, así que Lyriana conjuró unos cuantos orbes de Luz para que flotaran tras nosotros como luciérnagas.

—¿Queda mucho? —dije resollando, mientras oía el eco de los gritos de nuestros perseguidores.

—No lo sé —contestó Marlo—. ¡Nunca he estado a tanta profundidad! Solo sé que… se supone que no debes…

—Parad —le interrumpió Ellarion. Se quedó inmóvil y se volvió hacia nosotros, su extraña expresión iluminada por el tambaleante resplandor del orbe de Luz—. ¿Notas eso, prima?

—Hum —dijo Lyriana, con la misma expresión de desconcierto en la cara—. Sí, yo... ¿Qué *es* eso?

Yo no sentía una mierda.

—¿De qué estáis hablando?

—Hay magia en el aire —explicó Ellarion—. Pero no es como ninguna magia que haya sentido nunca. Es como... voces cantando... en mi cabeza... nos llaman... antiguas y extrañas... —Se volvió hacia la pared de piedra a su lado y deslizó la mano por ella, casi como si acariciara su superficie—. Proviene de aquí.

Y en cuanto terminó la frase, la pared se iluminó, un brillante halo azul en torno a su mano. Se echó atrás, sorprendido, y la luz se extendió hacia fuera, palpitó a través de las vetas en la piedra como sangre a través de una vena, antes de arquearse hacia el suelo y por debajo de nuestros pies. Las luces se extendieron, serpentearon a nuestro alrededor, y luego se volvieron a unir para formar un claro rectángulo iluminado debajo de nuestro grupo.

—Eh, ¿chicos? —dije—. Quizás... deberíamos movernos.

Pero antes de que pudiéramos hacerlo, la luz azul se intensificó, tan brillante que era cegadora, y entonces el suelo bajo nuestros pies simplemente se desvaneció y no quedó más que polvo. Todos gritamos mientras caíamos hacia la oscuridad, agitando brazos y piernas en todas direcciones, e impactamos contra la superficie resbaladiza de una rampa inclinada. Por instinto, me agarré a ella, intenté clavar las uñas, pero la superficie estaba pulida a la perfección, así que seguí resbalando hacia abajo, abajo, abajo. Por encima de mí, el agujero por el que habíamos caído volvió a sellarse, como una boca que se cerrara después de habernos engullido.

La rampa terminó. Caí, ingrávida por un momento, antes de aterrizar de culo sobre un suelo duro. Los otros cayeron rodando a mi alrededor y nos quedamos todos desparramados en un montón. No era la forma más elegante de escapar de nuestros perseguidores, pero serviría.

Ellarion fue el primero en hablar.

—¿Dónde estamos? —preguntó, y me atreví a mirar a nuestro alrededor. Estábamos en una sala grande, quizás del tamaño del Gran Salón del castillo de Waverly, con un alto techo de piedra con complejos dibujos geométricos tallados en él. Se veía bastante bien, aunque no encontré ninguna fuente de luz, toda la sala estaba iluminada con un tenebroso resplandor azul. El centro de la habitación, donde habíamos aterrizado, estaba vacío, pero por las paredes había hileras de pesadas sillas de piedra. Y sentados en ellas...

Se me quedó el aire atascado en la garganta. Sentados en las sillas había *personas*. No. Personas no. Las figuras de las sillas eran más grandes que personas, medían más de dos metros y medio, con grandes pechos lisos y anchas manos de siete dedos. Estaban desnudos, su piel tan blanca como la nieve, y no tenían genitales, según parecía. Sus cabezas eran calvas, como huevos enormes, y todos tenían exactamente el mismo rostro: grandes ojos azul hielo, narices huesudas y delgados labios naranjas que esbozaban serenas sonrisas tenebrosas.

Titanes.

Estábamos rodeados de Titanes.

Intenté apartarme, pero estaban por todas partes, inmóviles, como estatuas de carne de alabastro, nos miraban fijamente con esos grandes ojos amistosos. Quería gritar, pero lo que salió por mi boca no era sonido, sino algo diferente, una gárgara atragantada, ahogada. A mi lado, Marlo cayó de espaldas, resollando, y Zell daba tumbos, apenas capaz de mantenerse en pie. Algo iba mal en mi cuerpo, en el de todos. Tenía la sensación de estar borracha, el tipo de borrachera en la que todo da vueltas y tú solo suplicas que aquello acabe. Perdí el equilibrio y caí al suelo. Aterricé sobre las manos, pero el suelo ya no era suelo sino piel, cubierta de finos pelos hirsutos que se movieron al sentir mi contacto. Un montón de ruidos inundaron mis oídos: el zumbido de insectos, chillidos de niños, y una canción, un coro lejano, voces entrelazadas en una extraña melodía embrujada. Retrocedí, aterrada, y ahora les estaba pasando algo a mis manos: la piel se ondulaba y retorcía, como si hubiera algo reptando por debajo de las palmas, pugnando por salir a la superficie.

—No, no, no —gemí, y a mi lado, Ellarion estaba apoyado contra una pared y se miraba las manos horrorizado, pues no hacían más que estallar en llamas. Marlo estaba a su lado, hecho un ovillo en posición fetal, llorando como un niño, y Zell estaba de rodillas, susurrando «está muerta, está muerta», una y otra vez. Solo Lyriana parecía mantener la compostura, aunque grandes lagrimones dorados rodaban por sus mejillas; retorcía las manos y estiraba los dedos, como si estuviese intentando desesperadamente hacer algo de magia, pero no conseguía dejar de temblar.

Intenté caminar hacia ella, pero una neblina se había instalado a nuestro alrededor, espesa y gris, empezaba por los bordes de mi visión pero se extendía a cada paso. Todo mi cuerpo hormigueaba, un cosquilleo eléctrico, y se me revolvió el estómago. Nunca había tenido tantas ganas de algo como las ganas que tenía ahora de que aquello terminara. La neblina era ya muy espesa, tanto que ni siquiera podía ver las paredes de la sala o las aterradoras sonrisas de los Titanes. Me abrí paso entre la niebla, paso a paso, hacia el espacio en donde había estado Lyriana. Alcanzaba a ver su silueta, aunque muy borrosa.

—¡Lyriana! —grité, pero al acercarme más, me di cuenta de que no era ella, ya no. Era un hombre, alto, de pelo desgreñado y hombros anchos, un hombre pálido vestido con una túnica occidental.

Se volvió hacia mí y se me paró el corazón.

—Eh, hermanita —dijo Jax.

Y ahí está la cosa, *sabía* que no era Jax. Aún regía lo suficiente como para saber que algo estaba enredando con nuestros cerebros, que estábamos viendo cosas, que esto era una alucinación o una visión o algo. Pero no me importó. En ese momento, simplemente estaba tan contenta de volver a verle, tan contenta de ver su gran sonrisa y su nariz pecosa y su absurda mata de pelo, que me forcé a no cuestionarlo. Era Jax, Jax, maldita sea, y disfrutaría de otro minuto con él fuera como fuera.

—Jax —dije, los ojos llorosos, las rodillas débiles—. ¿Qué... qué es este lugar? ¿Qué está pasando?

Se encogió de hombros.

—¿Cómo demonios quieres que sepa yo eso?

—Porque estás... quiero decir, estamos... —Di un paso adelante y estiré una mano, y estaba segura de que iba a pasar a través de él, pero no, sentí su pecho, tan real como el día en que había estado vivo. Y eso fue suficiente, suficiente para que me desmoronara, para que mis lágrimas cayeran en cascada. Me lancé a sus brazos y le abracé con fuerza, enterré mi cara en su pecho, le apreté como si me fuera la vida en ello.

—Eh, tranquila, hermanita —se rió Jax—. Si aprietas más me vas a partir por la mitad.

—Lo siento —dije, apartándome un poco, y cualquier duda que tuviera de si era real fue sustituida por la sobrecogedora seguridad de que *era* real, porque tenía que serlo—. ¿Cómo es que estás aquí? Quiero decir, estabas…

—¿Muerto? —Sonrió, de esa forma que solo Jax podía sonreír al hablar de estar muerto—. Sí, no sé cómo funciona la metafísica del tema. La magia tiene esas cosas, ¿verdad? —Ladeó la cabeza y me miró de arriba abajo—. Uau. Mírate. Una verdadera chica de Lightspire.

Bajé la vista y vi que ahora llevaba un vestido, el traje azul que llevé a la fiesta de Darryn Vale, que estaba casi segura de que no llevaba hacía un segundo. Una vez más: no me importó.

—Oh, ¿esto? Es solo algo que me dio Lyriana.

—Nah, no seas modesta. —Sonrió y dio un paso hacia mí, y no sé por qué, pero algo en su sonrisa me puso en guardia—. Esto es lo que siempre quisiste, ¿no? ¿Cuántas tardes tuve que pasar escuchando tus rollos sobre los vestidos bonitos que querías llevar y no sé qué joven y apuesto lord con el que querías tener un romance? Aunque obviamente, por aquel entonces todavía tenías aspiraciones limitadas, aspiraciones de occidental rural humilde. ¡Y mírate ahora! ¡Viviendo en Lightspire! ¡La mejor amiga de la princesa! ¡Saliendo con un tío alucinante! ¡Es todo lo que siempre quisiste! —Volvió a ladear la cabeza—. Entonces, ¿por qué pones tanto empeño en joderlo todo?

—¿Qué?

—Quiero decir, ¡lo tenías todo! —Jax abrió las manos por los aires—. Y lo único que tenías que hacer era quedarte tranquilita y aceptarlo. Vale, asesinaron a tu compañera de habitación. ¿A quién le importa? La gente muere todo el rato, ¿no? —Se dio unos golpecitos en el pecho con los nudillos—. Pero no. Tuviste que hacer la misma tontería de siempre, meter la nariz donde nadie te llamaba, romper las reglas, meterte en problemas. ¡Y mira a dónde te ha llevado! Escondida en no sé qué cripta subterránea, perseguida, asustada, con literalmente todos los habitantes de la ciudad deseando verte muerta. La típica Tilla, ¿no? Tirando por la borda todo lo bueno que has tenido nunca. ¿Por qué no puedes hacer lo inteligente y sensato por una vez? ¿Por qué no puedes cuidar de ti misma? ¿Por qué no puedes simplemente *ser feliz*?

—No —me defendí, aunque dolía tanto oír salir esas palabras por su boca...—. Jax, sabes que eso no es cierto...

—Oh, sí que es cierto. —Dio un paso hacia mí, aunque *paso* no era la palabra correcta; fue más como un parpadeo, un deslizamiento fantasmagórico—. ¿Y sabes qué? Si fuese solo tu vida la que estás jodiendo, no sería tan malo. Pero como siempre, has arrastrado a tus amigos al infierno contigo. Lyriana, Zell, Ellarion, incluso al pobre Marlo... todas sus vidas arruinadas porque tú no podías simplemente aceptar las maravillosas cartas que te habían tocado. Vas a conseguir que los maten a todos, ¿sabes? —Avanzó hacia mí de nuevo, otro parpadeo, y ahora su rostro se veía pálido, demacrado, el aspecto que tenía cuando murió, y el mango de la daga de Razz asomaba por su pecho empapado de sangre, y caí al suelo, el aire atascado en mi garganta—. Igual que conseguiste que me mataran a mí.

—No —supliqué. Aquello era demasiado para mí, demasiado cruel. No podía verle así otra vez, del modo que había quedado tendido en el suelo de esa torre, del modo que estaría siempre—. Por favor, no, por favor...

Su rostro demacrado sonrió, le goteaba sangre entre los dientes.

—Eh. Hermanita. ¿Quieres ver un truco guay?

Entonces abrió la boca de par en par y algo salió disparado como una jabalina, un largo dedo huesudo con cinco nudillos de púas y una uña larga y sucia. La pata de un skarrling. Grité y me escabullí hacia atrás, pero cada vez salían más patas de su boca, rajaron su cara de arriba abajo como si fuese papel de seda, y su cuerpo se retorció y tembló, y el suelo debajo de mí se erizó de dientes de skarrling, y entonces...

Una mano, la mano de Lyriana, salió disparada de la neblina a mi lado.

—¡Tilla! —chilló.

La agarré, por instinto, y en cuanto mi piel tocó la suya, todo se desvaneció. La neblina, el suelo, la sensación de borrachera, y esa horrible cosa que era y no era Jax desapareció, como si nunca hubiesen estado ahí. Solo estaba Lyriana, de pie delante de mí, gotas de sudor resbalaban por su cara resuelta mientras su mano libre giraba por el aire dibujando gestos precisos. Boqueé en busca de aire, la agarré con fuerza, como un hombre se agarraría al costado de un barco para no ahogarse.

—Yo... Era... Yo... —balbuceé—. ¿Qué está pasando?

—Magia cruda —consiguió decir, como si cada palabra le costara una enorme cantidad de concentración—. Demasiada. En el aire. Estoy trabajando en un arte *Anulador* para protegernos, pero... —Hizo un ruido gutural y se puso tensa, el ceño fruncido—. No logro mantenerlo en pie...

Miré a mi alrededor, analicé la habitación de nuevas. Parecía la misma que cuando caí en ella, con el techo alto y las paredes geométricas, pero también era diferente. Cuando aterrizamos estaba limpia, impecable, pero ahora se veía polvorienta y vieja, cubierta de telarañas, las paredes medio desmoronadas y los relieves descascarillados. Había unos pocos esqueletos en el suelo a nuestro alrededor, exploradores desafortunados que habían quedado atrapados en este lugar. Y los Titanes...

Los Titanes seguían ahí, sentados en sus tronos. Pero ellos también habían cambiado. Su piel de alabastro era de un gris putrefacto, se agarraba con fuerza a sus esqueletos como cecina seca. Varios tenían agujeros desperdigados por el pecho que dejaban a la vista extraños huesos porosos. Sus rostros ya no eran preciosos, sino cáscaras momificadas y demacradas, cuencas oculares vacías, labios podridos para dejar al descubierto desdentadas encías marrones. Caí en la cuenta de que eran cadáveres, y unos realmente asquerosos, dicho sea de paso.

—Tilla —dijo Lyriana, devolviéndome a la realidad—. Los otros. Tenemos que ayudarlos. Ahora.

Tenía razón. Ellarion, Zell y Marlo seguían atrapados en sus pesadillas, temblaban y gemían y sollozaban. Nos acercamos a ellos, uno a uno, y al sentir el contacto de Lyriana todos salieron de su trance, igual que había hecho yo. Ellarion se puso en pie a duras penas y se unió a Lyriana en conjurar lo que fuera que estuvieran conjurando para mantenernos a salvo, mientras Zell solo me miraba con un alivio mudo y lacrimógeno. Cuando los cinco estuvimos despejados, avanzamos por la sala en silencio, reunidos en torno a Lyriana como si fuera una hoguera en una tormenta de nieve, y nos dirigimos hacia la puerta abierta en el otro extremo. Y cuando todos hubimos cruzado la puerta para adentrarnos en el oscuro pasillo que había más allá, Ellarion giró en redondo y agitó la mano por el aire en un brusco movimiento horizontal que hizo que unas columnas de piedra brotaran de los lados de la puerta y sellaran la entrada a la cámara.

Lyriana se colapsó, exhausta, y Marlo se dejó caer contra la pared con un gemido. Zell se volvió hacia mí, y no tuvo que decir ni una palabra. Vi la gratitud, el dolor.

—¿Qué acaba de pasar? —lloriqueó Marlo—. Por todos los infiernos helados, ¿qué era ese sitio?

—Una cripta —contestó Ellarion con voz rasposa, abriendo y cerrando los puños con una mueca de dolor—. Cuando los hombres mueren, los enterramos en elegantes ataúdes y construimos estatuas para recordar lo gloriosos que eran. Resulta que los Titanes hacían lo mismo, solo que con magia que preservaba su aspecto, así perduraban durante mucho tiempo después de morir. —Sacudió la cabeza, su pelo osciló a un lado y otro—. Pero esa magia se pudrió, quedó suelta y se asalvajó, como un gas venenoso. Se nos metió en la cabeza. Nos hizo ver... —Hizo una pausa—. Pesadillas.

—Los Titanes no construían criptas —dijo Lyriana con voz débil, todavía arrodillada en el suelo, encorvada—. Eran inmortales. Ellos Ascendían a los cielos.

—Está claro que las escrituras dejan mucho que desear —repuso Ellarion.

Lyriana no se lo estaba tomando bien.

—Pero... si esa parte estaba equivocada... ¿qué más hay equivocado? ¿Qué *eran* esas cosas ahí dentro? Ellarion, ¿qué hemos estado adorando todo este tiempo?

—Mejor averiguadlo otro día —dijo Zell, inusualmente cortante, aunque, dado lo que acabábamos de vivir, comprensible—. Ahora mismo, tenemos que alejarnos de esa sala todo lo que podamos.

—Estoy de acuerdo —dijo Ellarion, y se agachó para ayudar a Lyriana a levantarse—. Salgamos de aquí lo antes posible.

VEINTICINCO

Caminamos por los pasillos durante una media hora antes de toparnos con nuestra primera pizca de buena suerte en días: un inmenso grabado en una de las paredes que daba la impresión de ser un mapa de esta parte del sistema de túneles. Para mí no tenía sentido, pero Zell lo comprendió y fue capaz de memorizarlo lo bastante bien como para guiarnos hasta la salida. Después de una eternidad de caminar y un Levantar de Lyriana por un conducto que parecía interminable, nos encontramos andando por los destartalados bordes de un sistema de alcantarillado funcional de Lightspire antes de emerger, por un desagüe, a una esquinita ruinosa del barrio de Moldmarrow.

Era mediodía cuando salimos, y es imposible expresar lo agradable que fue sentir otra vez ese sol de verano sobre la piel. Que le den a Tilla de los túneles; estaba dispuesta a no volver a meterme bajo tierra nunca jamás. Yo igual me hubiese quedado un poco más al sol y me hubiese marcado un bailecito en medio de la calle, pero Ellarion me recordó que los ojos del Inquisidor estaban por todas partes y que nosotros todavía éramos, ya sabes, fugitivos buscados. Así que merodeamos un poco por la zona hasta que encontramos una casa con pinta de estar abandonada y Zell forzó la cerradura para que pudiéramos entrar. Nos instalamos en una habitación vacía, tumbados sobre el suelo de madera, mientras Marlo le contaba a todo el mundo lo que me había contado a mí.

—A ver si lo he entendido bien. —Ellarion se frotó el puente de la nariz con la mano—. Los Discípulos Harapientos están trabajando con los occidentales para matar al rey durante la Mascarada del Día de la Ascensión. Tienen un número desconocido de soldados y... Magos de Sangre... en la ciudad, y los han utilizado para secuestrar a un número desconocido de hijos de nobles, a quienes tienen como rehenes para chantajear a sus desconocidos padres y obligarlos a participar en este desconocido complot. ¿Es más o menos eso?

—Eso es todo lo que sé, sí. —Marlo asintió.

—Tenemos que advertir a mi padre —dijo Lyriana. Todavía parecía consternada y exhausta, recostada contra una de las temblorosas paredes del edificio—. Podemos ir directos a la Espada de los Dioses y contarle todo lo que sabemos. Todavía hay tiempo suficiente de cancelar la Mascarada e intentar sabotear este plan.

—Si hacemos eso, los niños que han secuestrado están muertos —dijo Zell con frialdad.

—Y no olvidemos al otro buitre que tenemos sobre el hombro —aportó Ellarion—. El Inquisidor Harkness ya estaba dispuesto a enviarnos a las cámaras de tortura antes de que una docena de sus hombres murieran durante nuestra huida. Si entramos en la Espada de los Dioses, vamos de cabeza a las Celdas Negras, sin importar lo convincente que sea nuestra historia. Y así no ayudaríamos a nadie.

—Entonces, ¿qué hacemos? —preguntó Lyriana—. No solo se trata de salvar la vida de mi padre. Si él muere, el reino se sumirá en el caos. No sé qué más ha planeado Lord Kent, pero…

—Pero supongo que termina con todos nuestros cuerpos tirados en una fosa común —terminé.

—Supongo que podríamos colarnos en ese baile de máscaras —caviló Ellarion—. Estaríamos disfrazados y puedo encontrar una forma de entrar en la Espada de los Dioses. Podríamos mantener un ojo puesto en el rey y así mantenerle a salvo.

—¿A salvo de qué? —pregunté—. Quiero decir, no sabemos si hay un asesino con una daga o un Mago de Sangre escondido entre las vigas del techo, o qué. No sabemos nada.

—Sabemos *algo* —me contradijo Lyriana—. Sabemos que están chantajeando a Molari Vale, y que estaban chantajeando al Capitán Welarus. Esos son al menos dos de los nobles afectados.

—Vale, pero… ¿qué nos dice eso?

Ellarion suspiró.

—No lo suficiente.

—¿Y si *nosotros* salvamos a todos los niños secuestrados? —ofreció Zell. Se puso de pie y caminó por la habitación, y casi podía ver los engranajes tácticos de su cabeza dando vueltas—. Digamos que los rescatamos antes de nada; entonces sabríamos que están a salvo. Después podríamos buscar a sus padres y averiguar qué les han obligado a hacer por medio del chantaje. Entonces, sabríamos el plan y podríamos proteger al rey.

Ellarion asintió mientras lo pensaba.

—Podría funcionar... pero no tenemos ni idea de dónde los tienen. Por lo que sabemos, es probable que estén en la Subciudad.

—No —dijo Marlo—. Los Discípulos se comunican mediante Susurros, que no entran bajo tierra. Querrían tener a los niños secuestrados en algún lugar accesible, algún lugar en donde pudieran estar fácilmente en contacto con sus mandos y actuar si tuvieran que... —Asintió para sí mismo—. Hay un almacén en los muelles, en Rustwater, que los Discípulos emplean para guardar nuestro contrabando más valioso. La otra noche, Garrus mencionó que había trabajado unos cuantos turnos ahí, pero no quiso decirme qué estaba vigilando.

—Entonces, nos dividimos en dos grupos —continuó Zell—. Un equipo va al almacén y salva a los niños. El otro se cuela en el baile de máscaras y vigila al rey, usando la información del primer grupo para impedir el complot.

—Sí, pero ¿cómo vamos a comunicarnos? —pregunté.

—Yo puedo encargarme de eso —dijo Lyriana, y cuando nos volvimos hacia ella, meneó los dedos—. Magia.

Marlo sacudió la cabeza.

—Mirad, es un buen plan, pero os estáis olvidando de algo. Ese almacén no va a estar ahí esperando sin vigilancia. Van a tener hombres ahí apostados. Muchos. Discípulos Harapientos, occidentales, quizás incluso algunos de esos Magos de Sangre. Ni siquiera los cinco juntos podríamos tomar el lugar, mucho menos si nos separamos en dos grupos.

—¿Podríamos intentarlo?

—Nos matarían.

Se hizo el silencio en la habitación y Ellarion se dio la vuelta con un gruñido. Me dejé caer contra una pared, escondí la cabeza entre las manos y cerré los ojos, estaba cansada, tan tan cansada. Todo lo que quería era hacerme un ovillo y estar lejos de todo esto, de huir y del miedo y de la violencia, de un mundo en el que no podía soportar mirar a Zell a los ojos. Las palabras de Jax, bueno, de esa cosa que era y no era Jax, colgaban pesadas sobre mí. ¿Por qué no puedes *simplemente ser feliz*?

Y por mucho que no quisiera, mi mente se embarcó en esa larga y frenética discusión del «y si». ¿Y si nunca nos hubiésemos escabullido hasta esa playa, allá en el castillo de Waverly? ¿Y si hubiese aceptado la oferta de mi padre? ¿Sería feliz entonces? ¿La hija del Señor de Occidente, a su lado, donde estaba Miles ahora? Para empezar, Jax seguiría vivo, y Miles nunca hubiese descubierto el secreto de los Magos de Sangre, así que este desastre no estaría ocurriendo. ¿De verdad era todo culpa mía? ¿De verdad le causaba dolor y pérdida a todo el que me quería? ¿Qué me había dicho Galen, aquel día en la Espada de los Dioses? ¿Que la muerte me perseguía como una sombra?

Galen…

¡Mierda! ¡Galen!

Me enderecé a la velocidad del rayo.

—Marlo, el Inquisidor no te está buscando a ti. ¿Podrías llegar a un nido de Susurros y enviar un mensaje a alguien en la Espada de los Dioses? ¿A Lord Galen Reza?

—Supongo que sí —dijo Marlo—. ¿Por qué? ¿Quién es?

—Alguien que me debe un favor —dije—. Y probablemente nuestra última oportunidad para sacar este plan adelante.

—¿Qué le digo?

—Eso déjamelo a mí.

El resto del día pasó en una sucesión de esperas. Esperamos a que Marlo enviara un Susurro y luego esperamos aún más a recibir una respuesta. Sugerimos más planes, pero ninguno de ellos tenía sentido en realidad. Marlo nos compró una botella de vino y unos pasteles de carne especiada, pero yo tenía el estómago demasiado revuelto para comer o beber. En algún punto, me quedé dormida y soñé que era otra vez una niña pequeña, chapoteaba con Jax en un centelleante arroyo de Occidente y mi padre nos observaba con orgullo amoroso.

La llamada se produjo hacia la puesta de sol. Todos nos enderezamos y adoptamos posturas defensivas. Zell se puso en cuclillas, listo para pelear, y Ellarion y Lyriana flexionaron los dedos. Con cautela, me acerqué sigilosamente a la puerta y la abrí.

Al otro lado estaba Galen Reza, flanqueado por una docena de sus hombres. Llevaban pesadas capas para ocultar sus rostros, pero pude ver la forma de unas espadas debajo de ellas. Los otros se pusieron tensos a mi espalda y a mí se me hizo un nudo en el estómago. ¿Qué pasa si le había juzgado mal y simplemente nos arrestaba a todos en ese mismo instante? ¿De verdad era tan fuerte nuestro vínculo como occidentales?

Galen entró en la casa, les hizo un gesto a sus hombres para que vigilaran el exterior y yo cerré la puerta a su espalda. Echó un vistazo por la habitación, a nuestras poses atentas y combativas, luego soltó un suspiro cansado.

—Algún día, vais a tener que explicarme cómo conseguís meteros todo el rato en situaciones como esta.

—Créame, a mí también me gustaría saberlo —dije, y sentí que me relajaba, solo un poco—. Me alegro mucho de que haya venido.

—No me des las gracias todavía —dijo Galen, mientras sus ojos saltaban de Zell a Ellarion—. Sois los fugitivos más buscados de todo el reino. Jamás había visto a Harkness tan lívido. Tiene hasta al último de sus hombres ahí fuera ahora mismo, poniendo la ciudad patas arriba para encontraros. —Su mirada se detuvo en mí—. Según él, sois todos una panda de sectarios traidores y espías de Occidente.

—Pero usted no le cree.

—Sé que antes te tirarías del último piso de la Espada de los Dioses que trabajar para tu padre —contestó Galen—. De todo lo demás, ya no estoy tan seguro. Tienes diez minutos para que esto tenga sentido. Empieza a hablar.

Le pusimos al día de todo lo más deprisa que pudimos, aunque debió de sonarle como un batiburrillo confuso. Observé su expresión cambiar de escéptica a alarmada a horrorizada. Cuando terminamos de contarle todo, incluida su parte en el plan propuesto por Zell, se limitó a mirarnos.

—Lo que me estáis pidiendo que haga... no contarles nada al rey ni al Inquisidor... es traición.

—Me da la impresión de que ya ha cometido alta traición en el momento en que vino aquí —aportó Ellarion de forma poco constructiva.

—Puede funcionar, Lord Reza —suplicó Lyriana—. Con su ayuda y la de sus hombres, podemos rescatar a los niños secuestrados e impedir este intento de asesinato. Detendremos a Lord Kent y a sus Magos de Sangre.

—Magos de Sangre —repitió Galen, el labio retorcido en una mueca de desagrado—. Da asco. Robar nuestra magia, nuestra cultura, solo para volverla contra nosotros. —Negó con la cabeza—. Aunque, esto explica muchas cosas. El repentino cambio de tornas de la guerra. La victoria de Bridgewater. Los rumores que nos llegaban y que no tenían ningún sentido. —Se volvió hacia mí—. ¿Cuántos Magos de Sangre te dijo Miles que tenía ahí fuera?

—No lo sé. Hizo que parecieran, no sé... muchos, creo.

—Por el aliento de los Titanes... —Galen apartó la mirada—. Ayer por la noche el rey aceptó mi petición de más ayuda para la guerra, quizás porque está tan desolado por la idea de que sois todos unos traidores occidentales. Cuatro compañías partieron esta mañana. Casi todo el ejército real. Y no tienen ni idea de la trampa que los espera.

—Aún tendremos tiempo —dijo Lyriana—. Cuando hayamos impedido el complot de esta noche, mi padre enviará un mensaje a sus generales. Hará que den media vuelta antes de llegar a Occidente.

—Si sigue vivo para dar la orden —dijo Galen.

—¿Nos va a ayudar o no?

—No debería —repuso Galen—. Debería ir directo al rey con esto. Pero la cuestión es que son su poco juicio y su dependencia de Harkness los que han dejado que todo llegue hasta este punto para empezar. Ellos han provocado este lío. Y no confío en que sean capaces de arreglarlo. —Paseó por la habitación durante unos instantes, pensándoselo, y sabía que debía dejarle espacio, pero no es que dispusiésemos de demasiado tiempo exactamente. Al final, asintió—. Supongamos que hacemos esto a vuestro modo. Rescatamos a los niños. Salvamos al rey. Después, seremos claros, se lo contaremos todo y nos mantendremos en el lado de la honestidad. No más complots, no más misiones de tapadillo, no más conspiraciones. ¿De acuerdo?

—De acuerdo —dije, y lo decía en serio. Todo lo que quería era que aquello terminara.

—Bien, decidido entonces —dijo. Se abrió el abrigo y pude ver las dagas de dos puntas que llevaba a la cintura—. Vayamos a salvar a esos niños.

Habíamos ultimado el plan mientras esperábamos. Galen y sus hombres, acompañados por Zell, se encargarían de la operación de rescate. Mientras tanto Marlo, Lyriana, Ellarion y yo nos colaríamos en la Mascarada del Día de la Ascensión para proteger al rey. Cada uno nos preparamos a nuestro modo. Ellarion practicó sus artes, lenguas de fuego enroscadas en torno a los dedos; Zell repasó algunas figuras sigilosas de *khel zhan*. Marlo caminaba nervioso arriba y abajo. Yo respiré hondo muchas veces. Y Lyriana reunió unas cuantas piedrecitas redondas de la calle, las puso en una mesa y empezó a agitar las manos por encima de ellas mientras centelleaban con diminutas chispas de magia.

Cuando terminó, nos llamó, a mí, a Galen, a Zell y a Ellarion. Las piedras seguían pareciendo en su mayor parte simples piedrecitas, aunque sí que refulgían con una extraña luz morada.

—He tardado un poco más de lo que hubiera deseado, pero deberían servir —dijo.

—¿Servir para qué? —pregunté, e incluso Ellarion parecía confuso—. ¿Me estoy perdiendo algo?

—Se llaman *Piedras Parlantes*. Un arte antiguo de los días de los primeros reyes Volaris, perdido con el tiempo. Encontré un pergamino al respecto en la Biblioteca y llevo intentando recrearlas desde entonces. —Cogió una y se la introdujo en la oreja, lo cual... qué asco—. Sé que parece extraño, pero mientras nos mantengamos dentro de un radio de, digamos, quince kilómetros los unos de los otros, la magia debería aguantar. Al hablar, apretaos en la articulación de la mandíbula, justo al lado de la oreja, y todos oiremos lo que decís.

—¿En serio? —Ellarion cogió una piedra y la examinó—. Nunca había oído hablar de una magia así.

—¿Qué parte de «perdido con el tiempo» no has entendido? —Lyriana sonrió, lo cual hizo que cayera en la cuenta de que hacía mucho que no le veía hacerlo—. En serio. Funciona.

—Vale, pero... ¿tenemos que meternos piedras de la calle dentro de las orejas? —pregunté, y todo el mundo simplemente me miró—. Vale. Lo haré. Pero no me gusta.

Ajustamos las piedrecitas dentro de nuestras orejas y las probamos. Zell salió fuera y cerró la puerta.

Un momento después, mi oído cosquilleó, como si tuviese algo caliente que se retorcía en su interior, y oí la voz de Zell, alta y clara, como si estuviese de pie justo a mi lado. Di un pequeño respingo, y Ellarion le dedicó a Lyriana una sonrisa radiante llena de orgullo.

Para entonces ya había caído la noche y quedamos bañados en ese pálido azul que solo se veía bajo el resplandor constante de la Espada de los Dioses. El baile de máscaras comenzaría en menos de una hora. Así que no quedaba nada más que ponerse en marcha. Nos reunimos fuera de la casa, en círculo, todos juntos una última vez, las manos unidas, las cabezas gachas. Lyriana rezó una plegaria por que tuviéramos éxito en nuestra misión, por que todos volviéramos sanos y salvos; dudó un instante cuando llegó el momento de alabar a los Titanes, pero siguió de todos modos. Yo le di las gracias a Galen por su ayuda, y abracé a Marlo, cosa que pareció pillarle por sorpresa. Y entonces, mientras él, Lyriana y Ellarion partían hacia el Círculo Dorado, y Galen y sus hombres partían hacia los muelles, me encontré sola en el patio vacío con Zell.

—Tilla —dijo, y aún no era capaz de mirarme a los ojos del todo. Estábamos tan solo a un palmo de distancia, pero parecía un kilómetro. El peso de nuestra última conversación en la azotea colgaba de manera sofocante sobre nosotros, pero incluso más pesado que eso era el peso de por qué nos estábamos despidiendo. Porque aunque ninguno de nosotros lo hubiese dicho, aunque ninguno de nosotros se *atreviese* a decirlo, el hecho es que no había ninguna razón para pensar que este plan funcionaría. Zell podía morir intentando rescatar a los niños secuestrados. A mí podían capturarme en el baile de máscaras. Había una posibilidad, una posibilidad aterradoramente plausible, de que esta fuese la última vez que habláramos.

Y no tenía ni idea de qué decir.

—Zell, yo... yo solo... —intenté, pero no me salían las palabras. No estaba preparada para perdonarle, no del todo, porque todavía me dolía todo lo que me había ocultado y porque todavía me sentía muy culpable por todo lo que le había ocultado yo. Pero tampoco estaba preparada para dejarle ir, para aceptar la idea de que quizás nos estuviésemos separando para siempre con esta sensación horrible e incierta. Quería más tiempo, más tiempo para pensar, más tiempo para respirar, más tiempo para entender lo que quería de verdad y cómo me sentía de verdad. Pero tiempo era la única cosa de la que no disponíamos.

—Cuídate, Tilla —dijo Zell.

—Tú también.

Zell me miró a los ojos, posiblemente por última vez. Luego dio media vuelta y se alejó para reunirse con Galen y sus hombres, dejándome a mí fría y sola.

VEINTISÉIS

Lyriana, Ellarion, Marlo y yo teníamos que hacer una última parada por el camino. La Mascarada del Día de la Ascensión era el evento social más importante del año en los Feudos Centrales, una reunión de una opulencia imposible en el inmenso salón de baile de la planta baja de la Espada de los Dioses. Acudían lores y damas de todos los rincones de la provincia, que viajaban durante días solo para ese baile lujoso con la élite de la ciudad. Llevaban sus ropas más elegantes, comían los alimentos más sofisticados y bailaban ese intrincado baile giratorio. La buena noticia era que todos llevaban vestidos largos y elegantes máscaras, lo que significaba que no tendríamos problema en colarnos disfrazados. La mala noticia era que teníamos que conseguir vestidos largos y elegantes máscaras.

Eso suponía un rodeo por la *boutique* de Madame Coravant, una modista de altos vuelos, no demasiado lejos de la Universidad. Hicimos el recorrido hasta ahí por callejuelas estrechas y calles secundarias atestadas de gente. Llevábamos túnicas con capucha que Marlo había birlado para ocultar nuestras caras de cualquier Centinela que pudiese volar por encima de nuestras cabezas. Solo quedaban unas pocas horas para la medianoche, la luna llena apenas brillaba a través del pesado velo de densas nubes negras. Normalmente, esta era la hora de la noche en que la ciudad se asentaba, cuando la gente regresaba a sus casas, cuando los bulliciosos sonidos de las calles se apaciguaban hasta no ser más que el tenue zumbido de la tarde-noche. Pero hoy era el Día de la Ascensión, lo que significaba que la ciudad entera estaba animada y alborotada por alegres celebraciones. Sonaba música en todas las esquinas, el rasgar de las cuerdas de laúdes y guitarras, las armonías de los coros. Las plazas y mercados de la ciudad estaban atestados de parranderos enmascarados, que se desternillaban de risa y bailaban gigas coordinadas. Cada taberna por la que pasamos estaba desbordada de gente, los edificios temblaban con las carcajadas y los borrachos vomitaban en las calles. Los niños tiraban petardos, los vendedores anunciaban sus productos a voz en grito, y a cada rato, un enorme fogonazo de luz mágica cruzaba el cielo, lanzando chisporroteantes estelas doradas, y moradas que brotaban de las alturas de la Espada de los Dioses y daban vueltas por la ciudad como palomas juguetonas.

Dado todo lo que había en juego, hubiese sido un poco mezquino quejarse del hecho de que no iba a disfrutar de mi primer Día de la Ascensión. Pero mentiría si no dijera que parte de mí no estaba un poco cabreada.

La *boutique* de Madame Coravant estaba cerrada, por supuesto, porque nadie compraría su vestido el mismo día del baile de máscaras. Así que nos dirigimos a la puerta de atrás de la tienda, que Ellarion abrió sin dificultad con una pirueta de los dedos. Nuestro plan era que Marlo hiciese de vigía, por lo que se quedó fuera, mientras los dos miembros de la familia real y yo nos apresuramos a entrar en la tienda en penumbra. Recorrimos juntos hileras de despampanantes vestidos y maniquíes inexpresivos.

—¿De verdad no hay ninguna otra forma de hacernos con unos disfraces? —Lyriana miró a su alrededor con nerviosismo—. ¿De verdad tenemos que robarlos?

—El destino del reino entero depende de que consigamos entrar en ese salón y ¿tú estás preocupada por un pequeño hurto de nada? —dijo Ellarion, y aunque en general estaba de acuerdo con él, yo no llamaría a esto «pequeño hurto de nada»; era probable que cualquiera de esos vestidos costara más de lo que una persona media de esa ciudad ganaría en toda su vida—. Ahora daos prisa y coged algo. No tenemos mucho tiempo.

El disfraz de Ellarion fue el más fácil. Cogió una larga levita negra que se abotonaba hasta mitad del pecho, con centelleantes espirales plateadas bordadas en los hombros, mangas con volantes y un gran cuello con gorguera que rebosaba hacia los lados como la cresta de una ola. Se recogió el pelo desgreñado en un moño y se puso una máscara de lo que creo que pretendía ser un demonio atractivo, la cara de un rojo brillante y lustroso, con labios carnosos curvados en una sonrisa de suficiencia y cuatro pequeños cuernos que salían de su frente. Lyriana, en cambio, probablemente se hubiese pasado horas calibrando diversas opciones si no le hubiésemos metido prisa, aunque lo que acabó eligiendo era, por supuesto, espectacular: un vestido rojo y dorado con un cuello alto hecho de rielantes plumas de pavo real, los brazos desnudos y una falda ancha de varias capas que terminaba en una larga cola de encaje. Lo coronó con una media máscara de estilo oriental, los ojos pintados con largas pestañas multicolores y los bordes ribeteados por diminutos rubíes redondos.

Mi disfraz era el más difícil porque mi piel pálida destacaría de inmediato en el salón de baile. Necesitábamos un vestido que cubriera prácticamente todo, cosa que era sorprendentemente rara. Encontramos la mejor opción en el mismísimo fondo de la tienda, un elegante vestido morado con el cuello redondo y alto, mangas largas y una parte delantera que se ataba hasta arriba con una red de centelleantes hebras de seda. Como máscara, opté por lo que creo que pretendía ser un cuervo, una máscara entera tan negra como el vidrio nocturno, con plumas por los lados, un delicado pico curvo y un velo de seda natural que caía hasta mis escápulas.

Al salir de los probadores, Lyriana aplaudió y Ellarion asintió en señal de aprobación.

—¿Sería inapropiado decir que estás impresionante?

Lyriana le dio un codazo en el costado.

—Si es que no puedes dejarlo ni un ratito, ¿no?

Ellarion se encogió de hombros.

—Es un verdadero problema.

Estaba a punto de contestar algo ingenioso cuando sentí un zumbido en la oreja, una cálida vibración. Nos llegó la voz de Zell, aunque estaba al otro lado de la ciudad.

—Estamos en el almacén —dijo en un susurro tenso—. Hay muchos hombres de guardia. Muchos occidentales. Galen va a intentar atraerlos a la puerta delantera para que yo pueda entrar por la lateral. Estamos tomando posiciones, nos deben de quedar unos veinte minutos. ¿Cómo va lo vuestro?

Lyriana, Ellarion y yo nos miramos los unos a los otros, así que acabé por levantar la mano y me apreté el lado de la oreja, un poco cohibida.

—Estamos, uhm, casi listos. Poniéndonos los disfraces —dije, y joder, anda que no sonaba frívolo en comparación con lo que estaba haciendo Zell—. Salimos hacia la Espada de los Dioses ahora.

—Bien —dijo Zell, y resultaba doloroso oírle sabiendo que estaba tan lejos—. Ya no voy a hablar más. Cuando estemos dentro os lo haré saber.

La sensación del zumbido desapareció y nos dejó solo con el silencio de la habitación.

—Bueno. —Ellarion se aclaró la garganta—. En marcha.

Entrar en la Espada de los Dioses era un reto en sí mismo. No había forma de que pudiéramos entrar por la puerta principal, con el resto de invitados. Hileras de guardias armados bordeaban las escaleras en el exterior de la torre y obligaban a todo el que entraba a quitarse la máscara y mostrar su pasaporte. Pero había otras entradas, entradas que solo conocerían personas que llevaban toda la vida viviendo en la torre. Ellarion nos condujo por un retorcido laberinto de callejuelas hasta una enorme pared en la parte de atrás del edificio.

—Al otro lado hay un pequeño patio —dijo—, y una puerta que lleva directamente a las cocinas. Mi cálculo es que habrá cinco, quizás seis, guardias apostados a la puerta. Los eliminamos deprisa y en silencio, y entramos antes de que nadie se dé cuenta de lo sucedido. ¿Entendido?

—Claro —dije, y Lyriana asintió; parecía mucho más confiada de lo que me sentía yo. Nos Levantó a los cuatro por encima de la valla mientras yo respiraba hondo y cerraba los puños, preparada para la pelea que se avecinaba. Aterrizamos en un pequeño patio cerrado por los cuatro costados…

Pero no había cinco o seis Guardias de la Ciudad esperándonos. Solo había uno, un hombre joven con grandes ojos castaños y un gurruño de pelusilla desigual que quizás pretendía ser una barba. Nos miró pasmado, con los ojos como platos, lo que le dio a Ellarion tiempo suficiente para lanzarle una ráfaga de viento que le estampó contra una pared y le dejó atontado. Ellarion cruzó en un par de saltos la distancia que le separaba de él, le quitó la espada de la mano de una patada y le clavó al suelo con una rodilla en el pecho.

—Haz un solo ruido y estás muerto —bufó entre dientes.

—¡Por favor, no me hagáis daño! —suplicó el guardia, tan patético que hubieras creído que era su primer día de trabajo. ¿A lo mejor *era* su primer día de trabajo?—. Haré todo lo que digáis.

—¿Dónde están los otros guardias? ¿Cuántos hay en las dependencias de servicio?

—¡Ninguno! —boqueó el chico, empujando sin ningún efecto contra la rodilla de Ellarion—. ¡Solo estoy yo! ¡Todos los demás están apostados en la puerta de delante o patrullando el Círculo de Hierro!

Ellarion nos echó una miradita, inquieto. Había hecho sus cálculos basándose en lo que había visto en años anteriores, y había esperado que la seguridad fuese mayor este año, dada la situación. No tenía ningún sentido. ¿Por qué tendrían *menos* guardias protegiendo el edificio? Ellarion se volvió hacia el chico, le agarró del cuello y le levantó de un tirón.

—¿Qué está pasando aquí? ¿Quién os ha dado esas órdenes?

—¡El Capitán Welarus! —farfulló—. Trazó todos los planes la semana pasada, antes de que... antes de que ese zitochi... —Abrió los ojos como platos en repentina comprensión—. Esperad un minuto. ¡Vosotros estáis con él! Sois los fugit...

—Duerme —dijo Ellarion, deslizando la mano por el rostro del joven guardia. Al chico se le pusieron los ojos en blanco y su cabeza golpeó la hierba con un ruido sordo. Ellarion se volvió hacia nosotros, el ceño fruncido—. ¿Estáis pensando lo que estoy pensando yo?

—Sabemos que secuestraron a Jonah Welarus —dije—. Debieron obligar al capitán a cambiar las órdenes...

—Y dejar a la Espada de los Dioses más vulnerable que nunca —terminó Lyriana—. Esto no me gusta nada.

—A mí tampoco —dijo Ellarion, y se dirigió hacia la puerta. Se volvió hacia Marlo, que todavía estaba observando al guardia inconsciente con una mirada de asombrada incredulidad—. Marlo, quédate aquí fuera y estate muy atento. Entretén a cualquiera que pretenda entrar. Noquéalos si fuera necesario.

—Por supuesto —dijo Marlo, crujiéndose los nudillos, aunque dudaba mucho de que le hubiese pegado un puñetazo a nadie en toda su vida. Aun así, era el único del que podíamos prescindir y una parte de mí se alegraba de que estuviese lejos del peligro.

Ellarion nos condujo al interior del edificio. Cruzamos una cocina llena de platos y llegamos a los anchos pasillos abovedados de la Espada de los Dioses. El suelo de acero rielante se iluminó con halos dorados en torno a nuestros pies, y círculos de luz azul y dorada bailaban por las paredes a nuestro lado. Se oía música, las elegantes armonías de una orquesta sofisticada, y el suave borboteo de voces en conversaciones refinadas. Esa parte del edificio estaba prácticamente vacía, excepto por algún grupito ocasional de sirvientes afanados en sus tareas, así que nadie nos prestó la más mínima atención. Habíamos conseguido entrar; ahora no éramos más que invitados enmascarados, igual que cualquier otro.

Ellarion nos guió alrededor de una gruesa columna y entonces, ahí estábamos, en el gran salón de baile, ante la fiesta más elegante y asombrosa que hubiera visto en mi vida. El salón de baile era una enorme cámara redonda que ocupaba la mayor parte de la planta baja de la Espada de los Dioses, con un alto techo abovedado y grandes ventanas semitraslúcidas a lo largo de las paredes. Normalmente, estaba vacío, pero ahora estaba lleno de gente, al menos doscientas personas, todas con espectaculares vestidos y elegantes trajes y una asombrosa variedad de máscaras. El vino brotaba con suavidad de una especie de manantiales, rodeados por fuentes de queso y pan que levitaban por obra de alguna magia invisible. Las paredes y las columnas estaban decoradas con gran detalle: guirnaldas de flores de todos los colores, ramas de secuoya y árbol hueso, relojes de arena giratorios llenos de una centelleante arena roja. Unas láminas de cristal colgaban de finos alambres del techo, con imágenes en movimiento proyectadas mágicamente en ellas por un grupo de Doncellas desde una plataforma elevada: los Titanes Ascendiendo a los cielos envueltos en un halo de luz, los viejos reyes Volaris descubriendo sus anillos, el rey Leopold con aspecto fiero y majestuoso.

Una orquesta de al menos treinta personas estaba sentada en sillas en el otro extremo del salón de baile, tocando quizás la canción más bella que había oído jamás. Algunas personas deambulaban por los lados de la sala, las máscaras quitadas, comiendo o bebiendo, pero la mayoría estaba en la pista de baile. Ya había visto bailar a los nobles de Lightspire, Lyriana incluso había intentado enseñarme, pero seguía siendo un espectáculo impresionante. Había más de cien personas ahí fuera, hombre, mujeres y niños, y todos se movían al son de la música con una sincronización perfecta y pasos medidos y simétricos. Con una mano levantada por los aires, daban pasos y hacían piruetas, se deslizaban y giraban, primero de manera individual en tres anillos exteriores, antes de unirse por parejas en un amplio círculo en el centro. El baile tenía una estructura tan precisa, unos movimientos tan refinados y elegantes, que daba la impresión de estar observando el funcionamiento interno de un gran reloj, cada engranaje sincronizado a la perfección con los otros.

Pero no estábamos ahí para admirar a los bailarines (ni para comer uno de esos pimientos verdes gigantes rellenos de carne de ternera con especias, por tentadores que pudiesen parecer). Estábamos ahí para proteger al rey, que se encontraba al otro lado de la sala, enfrente de la banda, en un estrado elevado rodeado de vistosos tallos de saúco en flor. El rey Leopold estaba sentado en un deslumbrante trono de acero rielante, con una larga túnica que cambiaba de color con la luz y una máscara de un ciervo con enormes cuernos dorados. La reina Augusta estaba de pie a su lado, la viva imagen de la belleza, vestida de rojo, con una pequeña media máscara que mostraba la preciosa línea de su mandíbula. La princesa Aurelia también estaba ahí, de pie al fondo, sin saber muy bien qué hacer, su precioso pelo negro ondeaba por detrás de su sencilla máscara de mariposa.

Y alrededor de todos ellos, había Sombras de Fel, sus cabezas calvas sin máscara alguna, sus oscuras capas grises un marcado contraste con la opulencia que los rodeaba. El Inquisidor Harkness también estaba ahí arriba, con un simple traje gris y una sencilla máscara negra. Escudriñaba la sala con ojillos brillantes. Un escalofrío recorrió mi columna. No podía reconocerme, no con mi disfraz. ¿Verdad que no?

—Sombras en el estrado real —susurró Lyriana.

—El mundo entero se ha ido a la mierda —contestó Ellarion.

Estaba a punto de preguntar cuál era el plan, pero justo entonces me volvió a hormiguear el oído, y ahí estaba la voz de Zell. Ahora sonaba más ronco, jadeaba un poco, y pude oír otros ruidos por detrás de él, voces que gritaban y el entrechocar del metal.

—Estamos dentro —dijo—. Galen ha despejado un camino hasta las celdas. He abierto la primera. —Oí el ruido de una tela al rasgarse y luego unas voces aterradas gimoteando—. Aquí hay dos chicos. Jonah Welarus y Darryn Vale.

Así que teníamos razón. Welarus y Vale estaban siendo extorsionados.

—¿Están bien? —pregunté.

—Un poco magullados, pero vivos —contestó Zell—. Vamos a la siguiente celda. Volveré con vosotros en cuanto la haya abierto.

Mi oído se quedó en silencio. Me volví hacia Ellarion, que ya estaba escudriñando la multitud.

—Tenemos que encontrar a Molari y averiguar qué le han obligado a hacer.

—¿Y cómo le encontramos? Quiero decir, ¿no lleva todo el mundo máscara?

—Aun así puedes reconocer su forma general —dijo Lyriana—. Además, Molari siempre lleva la misma máscara, todos los años, es una réplica en oro de su abuelo.

Estaba a punto de preguntarle cómo iba a saber yo eso, pero Ellarion ya se había puesto en marcha e iba hacia las escaleras que conducían al balcón. Se llevó la mano a la mandíbula y oí su voz resonar en mi oído.

—Separaos. Buscad por la pista de baile. Yo lo intentaré desde arriba.

Lyriana se alejó de mí a toda prisa en dirección al otro extremo de la pista de baile, por lo que deduje que esta mitad de la sala me tocaba a mí. Me abrí paso entre la multitud, procurando pasar lo más inadvertida posible, pero aun así casi atropello a un niño pequeño escondido entre las faldas de su madre. Este plan me parecía más dudoso por momentos, y juro que sentía el calor de la mirada del Inquisidor sobre mí, los ojos penetrantes de todos esos Sombras. Incluso disfrazada de la cabeza a los pies, llamaba la atención como un zorro en un gallinero.

—¡Ahí! —dijo Ellarion en mi oído—. ¡A tu derecha, Tilla!

Me giré hacia la derecha y sí, ahí estaba, en la pista de baile, Molari Vale en persona, su corpachón envuelto en un lustroso traje negro. Se movía con una destreza sorprendente, se deslizaba con agilidad sobre los pies como un hombre la mitad de joven que él. Su máscara era legítimamente aterradora, la brillante representación en oro macizo del rostro curtido de un anciano, con unos ojos atormentados que gritaban *matadme ya*.

—¡Le veo! —exclamé, presionando mi mandíbula de la manera más sutil posible—. ¿Qué hago?

—¡Acércate a él! ¡Dile que Darryn está a salvo y averigua cuál es su parte en todo el plan!

—¿Que me acerque a él? —repetí, porque aunque estaba a solo cuatro o cinco metros de mí, eran cuatro o cinco metros de ajetreada pista de baile, en el círculo más interno de los bailarines individuales—. ¿Cómo se supone que voy a hacer eso?

—¡Tú baila! —dijo Lyriana, un poco más borde de lo que hubiera esperado—. Te enseñé a hacerlo, ¿no? Todo lo que tienes que hacer es cruzar hasta él y entrelazar tu brazo con el suyo, y entonces podréis hablar.

—No lo entiendes. La voy a liar y me van a coger —protesté. Los anillos de bailarines giraban ante mí como las cuchillas de una sierra circular. Nunca se me había dado bien bailar, ni siquiera en el castillo de Waverly, y los bailes ahí eran muchísimo más sencillos que los intrincados movimientos que estaba viendo aquí. Mi vestido me estaba dando mucho calor, un calor insoportable, y estaba sudando debajo de la máscara—. A lo mejor puedo esperar a que...

—¡Tilla! ¡No tenemos tiempo! —gruñó Ellarion—. Con suerte disponemos de unos minutos antes de que nos pillen. ¡Ahora sal a esa pista y habla con él!

—¡Vale! ¡Perfecto! —contesté en el susurro más alto imaginable, y me acerqué al borde de la pista.

Pensé en Zell, ahí fuera, en ese almacén. Las manos ensangrentadas. La respiración dificultosa. Arriesgando la vida.

Respiré hondo y di ese primer paso en la pista. Y de inmediato, me vi absorbida por el movimiento. Como un madero zarandeado por un mar tempestuoso, fui arrastrada por la corriente de la pista de baile, me movía con los movimientos de la ola que bailaba a mi alrededor. Levanté mi mano derecha enguantada, el meñique doblado, y me concentré en mis pies. Mi cerebro daba vueltas en un intento por recordar los movimientos que me había enseñado Lyriana: paso, paso, atrás, pivote, ¿suave deslizamiento? ¿O era deslizar y luego pivotar? Intenté lo primero y me salí de inmediato de la secuencia, además de casi tirar al suelo a una anciana con un vestido con miriñaque. Me lanzó una mirada gélida y se me paró el corazón, segura de que ese era el momento en que me descubrían, en que la música se detenía y el Inquisidor gritaba «TRAIDORA» y todo este plan se hacía añicos.

Pero la mujer se limitó a dar media vuelta y el baile continuó, así que procuré seguir el ritmo y no tropezarme con mi propio vestido. Ya estaba más cerca de Molari, quizás a medio camino, pero el reto era cubrir esa distancia sin llamar la atención. Una chica se puso delante de mí, tendría unos doce o trece años, y era justo lo bastante lenta en sus movimientos como para que pudiese imitar lo que hacía. Copiándola (y rezando por que no se diera cuenta), di un paso adelante, luego un ligero deslizamiento hacia un lado, luego un giro con una inclinación, todo en sincronía con la música. No me lo podía creer, pero creo que esa parte conseguí hacerla bien. Lo hicimos otra vez, luego una tercera, ahora con un pivote en medio, y por un instante, un instante fugaz, realmente sentí la música, sentí el ritmo, me sentí natural. Mi corazón se hinchió de orgullo. Puede que fuese una hija bastarda nacida en una provincia rural, pero en ese instante, estaba bailando en una fiesta en el corazón del reino, y estaba realmente encajando.

Y entonces me encontré justo al lado de Molari, y no había tiempo para orgullos. Alargué el brazo y le cogí del hombro, con mucha menos gracia de lo que pretendía, pero él se giró hacia mí y me pasó una gruesa mano alrededor de la cintura para atraerme hacia él. Le pasé los brazos alrededor del cuello, que es algo que nunca había imaginado que haría. Nos deslizamos con gracia al círculo interior, donde estaban las parejas, y rotamos en lenta armonía. No podía ver su cara a través de la máscara, pero podía sentir la incomodidad en su cuerpo y oí el tono alterado en su voz, medio enfadado, medio perplejo.

—Discúlpeme, *milady*. No creo que haya tenido el placer de...

No tenía tiempo para cumplidos. Me acerqué más a él y le susurré directamente al oído mientras me apretaba la mandíbula para que los otros también pudieran oírlo.

—Oh, sí que lo ha tenido. Tilla la occidental. La chica contra la que testificó. ¿Me recuerda?

Sentí cómo tensaba todo el cuerpo. Estaba aterrado. Bien.

—¿Qué quieres? —susurró, mientras seguíamos girando por la pista de baile.

—Escúcheme con gran atención. Hay una operación de rescate en marcha ahora mismo. Ya hemos liberado a su hijo.

—¿Darryn está a salvo? —exclamó Molari, y se tambaleó hacia atrás, cosa que casi me saca del círculo.

De hecho, tuve que tirar de él hacia mí para poder seguir bailando—. ¿Cómo?

—Más tarde. Ahora mismo, tiene que decirme qué le han obligado a hacer. ¿Cuál es su parte en el plan?

—¿Lo que me han… lo que me han…? —repitió, en un obvio intento por pensar una estrategia. Pero se quedó en blanco. Le apreté con fuerza, hinqué los dedos en los pliegues de la parte de atrás de su cuello, y Molari soltó un bufido audible—. Transporte de mercancías. Una docena de contenedores que llegarían a la ciudad desde algún sitio al norte, conteniendo quién sabe qué. Entregados en varios almacenes por toda la ciudad. La gente que se llevó a Darryn me obligó a autorizar el transporte de los contenedores en mis barcos y a declarar que contenían grano de mi propiedad. Por lo general, habría una inspección, pero bueno, el nombre Vale conlleva ciertas ventajas.

—¿Eso es todo? —pregunté, aunque justo al hacerlo recordé lo que Miles me había dicho en la Subciudad, que había entrado en la ciudad en un contenedor de un barco.

—¡Eso es todo, lo juro! —insistió Molari, y ya estábamos casi al borde del círculo interno—. ¡Por favor! ¡No le hagáis daño a mi hijo!

—Mantenga la boca cerrada y no lo haremos —contesté, intentando que mi voz sonara tan baja y tan siniestra como fuera posible. Nos separamos y me deslicé entre los bailarines hacia el borde de la pista de baile. Molari se alejó en dirección a los cuartos de baño arrastrando los pies, tembloroso, y yo me oculté entre la multitud—. ¿Lo habéis oído? Creo que los contenedores son lo que están usando para entrar en la ciudad.

—En uno de esos contendores de grano pueden caber treinta hombres —repuso Ellarion. Podía verle arriba en el balcón, las manos agarradas a la barandilla—. Multiplicado por doce... eso es un ejército.

—Por el aliento de los Titanes —dijo la voz de Galen, uniéndose a la conversación. Sonaba como si estuviese en algún sitio abierto, se oía como si fluyera un río detrás de él—. ¿Cuántos son Magos de Sangre?

—No lo sé.

Entonces sonó la voz de Zell, y seguía siendo rarísimo que pudiésemos estar hablando todos a la vez de este modo.

—Segunda puerta abierta. Aquí hay una chica, dice que su nombre es Sera Povor. ¿Sabéis quién es?

—La hija de Sebastian Povor, líder de los Manos de Servo —dijo Ellarion—. Uno de los magos más poderosos de la ciudad. ¿A quién *no han* comprometido?

—Le veo —intervino Lyriana—. Cerca del vino, a mi lado. Voy a hablar con él.

—Solo queda una puerta —continuó Zell. Los sonidos de pelea a su alrededor parecían más altos, y oí lo que estoy casi segura que era un grito agónico—. Volveré con vosotros cuando la abramos.

Miré a mi alrededor hasta encontrar a Lyriana, al otro lado, iba hacia la mesa de las bebidas. Supe de inmediato hacia quién se dirigía: un hombre mayor de pelo canoso, sentado él solo sobre un taburete, la máscara sobre la frente, bebiendo con manos temblorosas lo que estoy segura que no era su primera copa de vino. Lyriana se deslizó hasta su lado y se inclinó hacia él, susurrando. Le vi ponerse tenso, igual que había hecho Molari, y luego le vi abrir mucho los ojos de alivio. Incluso se le cayó la copa de las manos, pero Lyriana la atrapó a tiempo, evitando así una escena ruidosa. El hombre le dijo algo a Lyriana y ella se enderezó y se llevó una mano a la mandíbula para que pudiéramos oírla.

—Esto no es bueno.

—¿El qué?

—Le obligaron a colarse en el gran mecanismo de la Puerta Central —dijo Lyriana—. Después de que la cerraran para la noche, él la saboteó, rompió los engranajes con su magia. Ahora mismo, esa puerta está cerrada y no puede abrirse.

—Pero hay otras puertas —dije, pensando en la Puerta del Rey por la que había entrado yo, hacía ya seis meses, cosa que parecía imposible.

—Cierto, pero por esas cabe solo un carruaje. El ejército de magos que se marchó esta mañana… no podrá volver a entrar. Nos han aislado de cualquier ayuda posible.

Sentí que se me aceleraba el pulso, que se me comprimía el pecho. Me sentí como lo había hecho en esa playa allá en Occidente, cuando mi padre se encontró con Rolan Volaris, cuando Lady Hampstedt sacó su cofre de bombas matamagos. Iba a suceder algo malo. Algo realmente malo. Y nos estábamos quedando sin tiempo para impedirlo.

—Y ahora… lo que sé es que han estado esperando con impaciencia… ¡el Regocijo Celestial! —tronó el director de la orquesta, y un murmullo de emoción se extendió por toda la sala. Todo el mundo se puso de pie, aplaudiendo, y los niños que había presentes soltaron gritos de alegría. El momento no podía haber sido peor; antes, al menos, podíamos ver algo, pero ahora la gente era tanta y estaba tan apretada… El director agitó las manos de manera dramática y la orquesta inició una canción rápida y animosa, las cuerdas se rasgaban con violencia y los tambores tronaban. Era obvio que este era un baile que todos conocían; la sala entera se movió como un solo hombre, giraban y saltaban y levantaban las manos para dar dos palmadas en ciertas notas clave. Estelas de humo y luz salieron disparadas de las paredes y las láminas de cristal en lo alto centellearon de distintos colores, un arcoíris parpadeante. En el estrado, el rey Leopold se puso en pie, los brazos abiertos, mientras la reina Augusta y la princesa Aurelia agachaban la cabeza.

—Última puerta abierta —dijo la voz de Zell, y ahora costaba oírle por encima del guirigay general—. Niño pequeño. Nombre: Kevyn Tobaris.

—¿Kevyn Tobaris? —Lyriana repitió, confusa—. Es el hijo de Margalyn Tobaris, una amiga de mi madre…

pero ella no tiene ningún poder real. Es solo una noble...

—Es la amiga de tu madre, lo cual es su propio poder —dijo Ellarion—. ¡Allí! ¡La veo! ¡En el centro de la habitación! ¡La de la máscara de la calavera!

Me puse de puntillas para intentar ver algo por encima de la masa de bailarines y conseguí captar un atisbo de ella, creo, una mujer alta y delgada, su máscara una calavera de marfil pulido que se abría paso entre la multitud hacia el estrado. Quizás era solo paranoia, pero me dio la impresión de que se movía con un propósito, la única persona de la pista de baile a la que le importaba un bledo bailar.

Estaba claro que Lyriana pensaba lo mismo.

—¡Es ella! —gritó en mi oído—. ¡Ella es la asesina! ¡Tilla, tienes que detenerla!

—¡Lo estoy intentando! —le grité de vuelta. El tempo de la canción se aceleró y todo el mundo empezó a bailar más deprisa, giraban dando saltitos y palmas al mismo tiempo. Solo lograba ver retazos de Margalyn entre el bullicio, se dirigía a empellones hacia el estrado con una agresividad patente, su delgado cuerpo zigzagueaba entre los bailarines y se negaba a desistir en su empeño. Intenté abrirme paso tras ella, pero cada vez costaba más mantener las apariencias con esa alocada masa bailadora. Todo lo que quería era avanzar, pero acabé esquivando un codo volador y empujando a un viejo que se me cruzó en el camino. Llegados a ese punto, apenas me importaba que me pillaran. Solo sabía que tenía que detenerla, costara lo que costara.

Delante de mí, Margalyn había salido ya de entre la masa de gente y estaba cruzando esos escasos pasos hasta el estrado, su mirada clavada en el rey. Empezó a sacar las manos de los bolsillos. Me abrí paso a empellones entre los últimos del grupo, salí a zona abierta, y vi tensarse a los Sombras del estrado, vi al Inquisidor ponerse en pie de un salto. Era ahora o nunca. Tenía que actuar.

Así que salté hacia delante, agarré a Margalyn por la cintura y le hice un placaje que la tiró al suelo.

Caímos sobre el acero rielante con un golpe sordo. Margalyn soltó un grito de dolor cuando el lateral de su cabeza impactó contra el suelo y su máscara salió volando y resbaló lejos de ella. La orquesta se detuvo al instante y dio la impresión de que todos los presentes contenían la respiración al mismo tiempo, todos los ojos clavados en nosotras. En el estrado, los Sombras se movieron como un solo hombre para proteger a la familia real con sus cuerpos. Por el perímetro de la sala, dos docenas de guardias desenvainaron sus espadas. Pero me mantuve firme y sujeté a Margalyn con fuerza para evitar que se acercara al estrado, que se acercara al rey.

—¿Qué significa esto? —rugió el Inquisidor. A su lado, varios de los Sombras levantaron las manos y unos zarcillos de oscuridad humeante emergieron de sus cuerpos y se enroscaron a su alrededor como serpientes.

La giga había terminado, supongo, así que no quedaba nada más que hacer que ir al grano. Me levanté, planté un pie sobre la espalda de Margalyn y de un solo movimiento fluido me arranqué la máscara y levanté las manos por encima de la cabeza. El rey Leopold y la reina Augusta retrocedieron a toda prisa, como si fuese una leona presta a atacar. Y el Inquisidor me miró con más odio del que jamás hubiese creído que una persona fuese capaz de expresar.

—Tú...

—¡Escuchadme, rey Leopold! —grité, porque ¿qué podía perder?—. ¡Los Discípulos Harapientos están trabajando con mi padre para intentar asesinaros esta noche! Han secuestrado a los hijos de varios nobles para chantajearlos y obligarlos a participar en este complot. ¡Tienen a hombres occidentales en la ciudad, docenas de ellos, y en cualquier momento, van a atacar!

—¡Es verdad, padre! —dijo Lyriana. Había llegado hasta mi lado, después de abrirse paso a empujones entre la gente. Se quitó la máscara y se sacudió el pelo—. Todo lo que estamos intentando hacer es salvar tu vida.

Viendo que no tenía ningún sentido seguir escondiéndose, Ellarion saltó desde el balcón y, con la ayuda de solo un pelín de Levantar, se transportó con gracia hasta nuestro lado.

—Majestad —dijo, con una reverencia—, corréis un grave peligro. Tenéis que escucharnos ahora.

Un murmullo nervioso se extendió por la sala. Vi a la reina Augusta ponerse blanca al mirar a su hija, y la princesa Aurelia simplemente se quedó ahí de pie, pasmada. Uno de los Sombras intentó retener al rey Leopold, pero él le apartó de un empujón y se acercó al borde del estrado.

—¿De qué estáis hablando?

—Majestad, esto es absurdo —dijo el Inquisidor Harkness, poniéndose delante de él—. La occidental está intentando engañaros...

—¡Está diciendo la verdad! —gritó Margalyn desde debajo de mí—. ¡Tienen a mi hijo! ¡Le matarán si no hago lo que dicen!

—¿Qué? —preguntó el Inquisidor Harkness, y ¿era eso verdadera sorpresa?

Levanté el pie de encima de Margalyn porque pensé que ya no era una amenaza.

—El niño está bien —le dije—. No se preocupe. Mis amigos le han salvado. Sea lo que sea lo que le dijeron que hiciese, ya no tiene que hacerlo. No tiene que hacerle daño a nadie.

Margalyn se levantó, se sacudió la ropa, y me sentí un poco mal por haberle hecho un placaje a una mujer mayor.

—No lo entiendes —sollozó—. No iba al estrado a hacerle daño al rey. Estaba intentando advertirle. Las personas que se llevaron a mi hijo, me... me dijeron que todo lo que tenía que hacer era asegurarme de que la familia real estuviese en la sala cuando terminara el Regocijo Celestial.

¿Y ahora qué?

—¿Eso es todo? —pregunté—. Entonces... ¿dónde está el asesino?

Volví a sentir un hormigueo en el oído y me llegó la voz de Zell.

—Tilla. Estaba equivocado. Hay otra celda. Esta es la que más guardias tiene.

Se me hizo un nudo terrible en el estómago. Después de todo, se nos había pasado algo por alto, algo importante de verdad.

—¿Qué pasa cuando termine el Regocijo Celestial? —exigió saber el rey Leopold. Otro murmullo recorrió la sala de baile, este más alto y más urgente. Unas cuantas personas empezaron a moverse hacia las puertas.

—¡Que no se mueva nadie! —rugió el Inquisidor Harkness, su voz atronadora rebotó contra las paredes de la sala—. ¡Bloqueen las puertas! ¡Ahora!

Los guardias miraron a su alrededor, reticentes, y luego obedecieron la orden, retrocediendo para bloquear las vías de acceso. Unos pocos invitados expresaron sus protestas en voz alta, y uno incluso empujó contra ellos, pero la mayoría simplemente se apelotonó en el centro, muy juntos. Miraron al estrado a la espera de instrucciones.

—Estamos abriendo la celda —dijo Zell en mi oído. Me sentía débil, mareada. Quería correr, esconderme, pero no había ningún sitio a donde ir.

—Majestad —insistió el Inquisidor Harkness—. Esto es un complot para arruinar vuestra reputación y allanar el camino para una insurgencia. No debéis escuchar estas mentiras...

Miré a Lyriana, a Ellarion, en busca de ayuda, pero ellos parecían igual de confusos que yo. ¿Qué se nos había pasado por alto? ¿Qué se nos había pasado por alto?

—Aquí dentro hay alguien. Es... es... —dijo Zell, y entonces, incluso a través de la piedra parlante, oí la conmoción en su voz—. Es la princesa Aurelia.

Pero eso era imposible. La princesa Aurelia estaba en el estrado, justo delante de mí, de pie justo detrás de su madre y su padre. Lyriana y Ellarion dieron un paso atrás, horrorizados... y el aire en torno a «Aurelia» empezó a titilar, a temblar, a rielar como el aire de encima de una piedra en un día caluroso.

Oh, no.

Oh, no, no, no, no.

Harkness se volvió hacia Aurelia, la del estrado, pero ya no era Aurelia, sino una cegadora refracción de luz, un laberinto de reflejos en una docena de espejos invisibles. El rey y la reina se apartaron espantados mientras que los Sombras se miraron los unos a los otros, sus hebras tensas y retorciéndose. Esa forma imposible se giró y se contorsionó, y entonces el efecto se desvaneció en un santiamén, y Aurelia desapareció con él. Y en su lugar, encorvada sobre el estrado, un par de pasos por detrás del rey, estaba Lorelia, la Sacerdotisa Gris. Se enderezó, desdoblándose como una navaja automática. Tenía el pelo desgreñado y enredado, y llevaba un raído vestido gris que más se asemejaba más a una mortaja funeraria, ceñido como estaba en torno a la cintura con un cinturón extrañamente grueso. Sus ojos morados refulgían con un ardor imposible. Era la viva imagen de la rabia, de una furia justiciera.

—¿Cómo? —farfulló el rey, toda la sangre desapareció de su rostro—. ¿Quién?

Pero Lorelia no tenía ningún interés en sus preguntas. Alargó la mano hacia ese grueso cinturón, y ahora pude ver que llevaba algo enganchado a él, un par de discos redondos de cuero con estuches de cristal. Y dentro de cada uno de esos estuches había un pedazo de Piedra Corazón, la gema del anillo de un mago, que parpadeaba y ardía con un fuego interno caótico, un huracán atrapado detrás de hielo.

Matamagos.

Se me cortó la respiración. Todo mi cuerpo se quedó de piedra.

Íbamos a morir todos.

—Esto es por mi hijo —dijo Lorelia, y presionó el botón del lateral de los matamagos—. ¡Por Petrello!

Las gemas del interior crepitaron y chisporrotearon.

Y entonces estallaron.

VEINTISIETE

Ese momento duró una eternidad.

A mi lado, Lyriana gritó. Yo me tambaleé hacia atrás. Los Sombras saltaron. El Inquisidor bramó. El rey Leopold se tiró al suelo. La reina Augusta chilló.

Y Ellarion levantó ambas manos, las palmas hacia fuera, los dedos muy abiertos, aullando de concentración. Una viscosa membrana morada brotó al instante de las palmas de sus manos, como agua que flotara en el aire, centelleante agua morada iluminada por pequeñas estrellitas. Un Escudo. Se enroscó a su alrededor, alrededor de Lyriana y de mí, se envolvió en torno a nosotros como una concha traslúcida y se selló a nuestra espalda como una gota de rocío sobre una brizna de hierba. Con la cara empapada en sudor y las manos temblorosas, Ellarion nos selló a los tres dentro de una burbuja de pura magia.

Justo en el momento que Lorelia explotó.

Un segundo estaba ahí. Al siguiente había desaparecido, sustituida solo por una columna de fuego naranja y escarlata, una rugiente pared de llamas que engulló a todos los que estaban en el estrado en un enorme estallido. Su onda expansiva se extendió hacia nosotros, y pude oír a los otros invitados gritar durante solo un segundo antes de enmudecer para siempre. La columna de fuego golpeó el Escudo de Ellarion y yo me encogí, preparada para morir. La membrana morada se combó por el impacto, tembló y se estremeció, pequeñas burbujas brotaron por su superficie como ampollas. Pero aguantó, al menos aguantó, mientras Ellarion apretaba los dientes y dejaba escapar un gruñido primitivo; empleó hasta el último ápice de energía que tenía para mantenerlo en su sitio. El fuego rugió a nuestro alrededor, como si fuésemos una roca en medio del curso de un río, pero no paró para nadie más. Así que observé desde ese pequeño refugio, con la mano apretada sobre la boca, cómo la pared de llamas arrasaba el resto de la sala, consumiendo todo y a todos, hombres, mujeres y niños, vivos un momento y desaparecidos al siguiente.

La cola de la explosión terminó de pasar y salió al exterior, tras reventar las gigantescas puertas principales de la Espada de los Dioses, y justo a tiempo, porque se oyeron unos cuantos chasquidos desde donde estaba Ellarion, que se desplomó, exhausto, sobre las rodillas. El Escudo morado desapareció, pero la pared de fuego también lo había hecho. Sentí la temperatura de la habitación de golpe, el aire denso y de un calor sofocante, el olor a quemado abrumador. Había sucedido deprisa, tan deprisa que mi mente apenas lo había procesado. Pero ahora podía ver exactamente lo que había hecho Lorelia.

El precioso salón de baile era una ruina chamuscada. Las paredes estaba negras, el acero rielante combado y distorsionado. Y la gente, toda la gente que había estado en la sala, los felices bailarines, las alegres familias, habían desaparecido. Todos. Una fina capa de cenizas grises cubría el suelo entero, salpicada solo por ocasionales copos de hueso seco o joyas ennegrecidas. Estaban muertos, todos ellos. Molari Vale. El Inquisidor Harkness. Margalyn. La niña con la que había bailado. Y en el estrado…

—¿Mamá? ¿Papá? —preguntó Lyriana, su voz temblorosa, la más pequeña y débil que la había oído jamás. Pero no quedaba nadie que pudiera contestarle, solo los restos de la máscara de su padre, cuyos ojos vacíos nos miraban desde un montón de cenizas.

De rodillas, Ellarion dejó escapar un gemido ahogado de pura agonía. Lyriana y yo nos volvimos hacia él y tuve que reprimir otro grito. Esos chasquidos que había oído los habían producido sus anillos al estallar, sobrecalentados por el esfuerzo de mantener el Escudo en su sitio. Un mar de lágrimas rodaba por las mejillas de Ellarion mientras miraba espantado lo que quedaba de sus manos. La izquierda era una retorcida masa de carne, los dedos fusionados en una garra llena de ampollas. La derecha había desaparecido por completo, reventada a la altura de la muñeca, solo un muñón abrasado con un trozo de hueso asomando. Ellarion, el imperturbable y confiado Ellarion, levantó la vista hacia mí, completamente aterrado.

—Ayuda —suplicó.

Eso fue suficiente para que Lyriana se pusiese en marcha, para arrancarla de la imagen de los restos de sus padres. Corrió a su lado, rasgó trozos de su propio vestido para envolverlos en torno a las heridas de su primo, y empezó a susurrar en voz baja mientras sus propios anillos refulgían de un intenso verde. Ellarion se colapsó sobre ella, apenas consciente, y ella acunó su cuerpo tembloroso en su regazo.

—¿Qué hago? —pregunté, mi voz a mil kilómetros de distancia—. ¿Cómo puedo...?

—¡Ve a buscar ayuda! —chilló Lyriana, sin apartar la vista de la forma temblorosa de su primo. Fui dando tumbos hasta la entrada, aunque al llegar a la puerta, vi que la situación ahí no era mucho mejor. La onda expansiva se había extendido por las calles, lo bastante lejos como para ennegrecer las paredes de las casas cercanas. Las escaleras de la Espada de los Dioses estaban chamuscadas, cubiertas de cadáveres: plebeyos que se habían congregado solo para echarle un vistacito a los invitados enmascarados, y los guardias que los habían protegido, cocinados vivos dentro de sus armaduras. A lo lejos, pude ver a unos cuantos supervivientes, acurrucados juntos. Rostros aterrados me miraban a través de ventanas rotas.

Entonces oí otra explosión, esta más lejos, desde el otro extremo de la ciudad. Solté una exclamación y retrocedí a toda prisa mientras una columna de llamas brotaba a lo lejos, desde el barrio de los mercados, creo. Después se oyó otra explosión, desde los barracones del ejército, y otra desde la Universidad, y otra desde el Kaius Kovernum. Toda la ciudad estaba explotando, bomba tras bomba, como destellos de relámpagos en la masa de una tormenta. El suelo se sacudía a cada vez y ahora daba la impresión de que la noche misma estuviera gritando.

La enormidad de todo ello me golpeó con fuerza. Este era el movimiento final de mi padre, su órdago a todo o nada. El objetivo no había sido nunca solo matar al rey Leopold. Pretendía matar a *todo el mundo*, a todos los líderes del reino de Noveris, de una sola tacada. Todos los nobles, todos los aristócratas, todos los sacerdotes y todos los académicos eliminados en un único sacrificio brutal. No necesitaba ganar en el campo de batalla, no si podía robar el trono mientras los soldados estuviesen marchando hacia Occidente. Incluso la serpiente más grande era solo tan peligrosa como su cabeza, y esta noche, esa cabeza había sido cortada.

La Puerta Central no había sido bloqueada para mantener al ejército fuera. Había sido bloqueada para atraparnos a todos dentro.

Sentí ese hormigueo en la oreja y de repente me acordé de la otra mitad de nuestro grupo.

—¡Tilla! —gritó Zell, su voz apenas audible por encima del rugido de la ciudad—. ¿Qué está pasando? ¿Estás bien?

—Estoy... estoy viva. Lyriana y Ellarion también. Pero todos los demás... —dije, y me pareció imposible articular una sola palabra más—. Están muertos, Zell. Todos ellos. Han matado a todo el mundo.

—¿El rey...? —preguntó la voz de Galen, y mi silencio fue su respuesta—. No. ¡No!

—¿Qué hacemos? —Miré a mi alrededor y me sentí muy pequeña, muy perdida. Detrás de mí, Lyriana todavía acunaba a Ellarion sobre el chamuscado suelo del salón de baile, susurraba sin parar mientras intentaba cauterizar la sangre que manaba del muñón derecho de su primo. Delante de mí, columnas de humo subían hacia el cielo desde todos los rincones de la ciudad como los zarcillos que habían flotado alrededor de esos desaparecidos Sombras de Fel. Las nubes tronaron en lo alto, y sentí los primeros goterones de lluvia sobre la cara, una cálida lluvia de verano en una oscura noche sangrienta. Los gritos y los alaridos todavía cortaban el aire, pero ahora también empecé a oír otros ruidos, ruidos más preocupantes: el crujido del hielo y un chisporroteo de rayos, el repicar de acero contra acero. La masacre aún no había terminado. No había hecho más que empezar.

—Tenemos que luchar —intentó Galen—. Reagruparnos en alguna parte, unirnos a la Guardia de la Ciudad, ponernos en contacto con el ejército, y...

—No —le interrumpió Zell. Su voz sonaba dura y fría, como el filo de una navaja—. La batalla ha terminado. La ciudad está perdida. Todo lo que podemos hacer es huir para salvar nuestras vidas.

Pude oír a Galen respirar con fuerza, forcejear con la inevitable verdad de esas palabras, antes de dejar escapar un suspiro desgarrador.

—Vale. Escuchad bien. Ahora estamos a salvo, pero hay signos de lucha por todas partes a nuestro alrededor. Los occidentales están bloqueando todas las carreteras y apresando a todo el mundo. Es solo cuestión de tiempo que nos cojan.

—Entonces, ¿cómo salimos de aquí?

—El río —dijo Zell—. Pueden bloquear las carreteras y cerrar las puertas, pero no pueden impedir que el río siga fluyendo. No de inmediato.

—Sí. Sí —contestó Galen—. No estamos lejos de la orilla. Podemos requisar un barco, subir a estos niños y al resto de mis hombres a bordo y alejarnos río abajo por el Adelphus.

—¿Qué pasa con Tilla y los otros? —quiso saber Zell.

—El Canal Real discurre por al lado de la Espada de los Dioses. Tilla, ¿sabes cómo llegar a los Muelles Selvarus? —preguntó Galen.

—Sí —contesté. El Canal Real era una estrecha lengua de agua que discurría por el corazón de la ciudad, frecuentada por barcazas itinerantes que vendían sus artículos en una serie de pequeños espigones. Había estado ahí unas cuantas veces con Markiska, comprando tintes y sedas de comerciantes orientales. Los Muelles Selvarus estaban cerca de la Espada de los Dioses, quizás a unos veinte minutos si atajábamos por callejones—. Conseguiremos llegar.

—Entonces esa es nuestra mejor opción. —Hubo otra explosión, pero no pude saber si la había oído de verdad o a través de la piedra parlante—. Tenemos que ponernos en marcha. Me pondré en contacto otra vez cuando estemos más cerca.

—Muy bien —dije, aunque nada parecía ni remotamente bien en esa situación—. Y escuchad... si no lo logramos... Si no estamos ahí cuando paséis... seguid adelante. No nos esperéis. Simplemente seguid navegando y salid de aquí mientras todavía podáis. —Miré a mi alrededor, a los escalones chamuscados y a los cuerpos desmembrados—. Ya ha muerto demasiada gente.

No hubo respuesta, así que tuve que asumir que lo habían oído. Regresé al salón de baile, y una vez más tuve que reprimir el horror al ver semejante carnicería. Lyriana había conseguido estabilizar a Ellarion; sus dos manos estaban envueltas en telas, la hemorragia había cesado y él parecía al menos medio consciente.

—¿Habéis oído el plan? —les pregunté.

—Lo he oído —dijo Lyriana con voz queda—. Huir de la ciudad. Abandonarla a estos asesinos.

—La Piedra Corazón —farfulló Ellarion, cada sílaba un esfuerzo—. Tenemos que proteger la Piedra Corazón. Si se apoderan de ella... se apoderan de todo.

Comprendía sus reticencias, pero también sabía que no tenía tiempo para eso.

—Sé que no es fácil, pero no tenemos elección. No hay forma de que podamos luchar, no en las condiciones en las que estamos. Debemos huir.

Lyriana levantó la cabeza, sobresaltada, y me pregunté si lo que acababa de decir resultaba sorprendente por algún motivo. Entonces me percaté de que estaba mirando más allá de mí.

—¿Oís eso? ¿Pisadas?

Tenía razón. Unas pisadas venían en nuestra dirección, cada vez más altas, tronaban por encima de los gritos y las explosiones. Me giré para mirar hacia fuera por la puerta, y ahí estaban, acababan de llegar al pie de las escaleras, al menos una docena de hombres con cascos relucientes. Occidentales.

—¡Mierda! —le grité a Lyriana, porque llegarían aquí arriba en cualquier momento—. ¡Tenemos que escondernos!

Corrí hacia ella y, juntas, ayudamos a Ellarion a levantarse, sus brazos por encima de nuestros hombros, su cabeza colgaba inerte mientras nos apresurábamos a buscar un escondite. No teníamos tiempo de cruzar la sala y llegar a la puerta de atrás, y la salida lateral más próxima estaba bloqueada, así que nos decidimos por la única opción que nos quedaba: nos deslizamos debajo del esqueleto ennegrecido de una fuente que al menos nos ocultaba a la vista, aunque justito. Lyriana plantó una mano delante de la boca de Ellarion para ahogar sus gemidos, y yo tuve que hacer un esfuerzo sobrehumano por reprimir los temblores de todo mi cuerpo y el abrumador impulso de levantarme y echar a correr.

A través del reflejo en una columna que tenía delante, pude ver a los hombres entrar. Eran soldados, eso estaba claro. Occidentales, sus armaduras doradas y rojas. Avanzaron con las espadas desenvainadas, supongo que dispuestos a matar a cualquier superviviente con el que se toparan. Todo mi cuerpo se tensó cuando uno de ellos se dirigió hacia nosotros, pero se detuvo a solo unos pasos de mí y nos dio la espalda. De pronto se pusieron todos rígidos, firmes, las manos cruzadas a la altura de la cintura. Era un saludo occidental, la forma en que nuestros soldados recibían a su señor. Lo que significaba...

Entraron otros tres hombres en la sala, se movían con mucha más decisión que la vanguardia. A la izquierda estaba Mercer Stone, aunque había deseado con todas mis fuerzas que hubiese muerto en las catacumbas. Su armadura de cuero marrón estaba salpicada de gotas de sangre, y pequeños relámpagos parpadeaban en torno a sus dedos como luciérnagas. A la derecha estaba Miles, el general Miles, el Halcón Sangriento, Hampstedt, y era inquietante lo natural que se le veía con una espada envainada a la cintura. *Debí matarle,* pensé, *allá en la Subciudad. Si solo hubiese actuado un poco más deprisa...*

Pero se me fue el santo al cielo en cuanto reconocí al tercer hombre, el del centro. Era mi padre, Lord Elric

Kent en persona. Parecía más grandioso y más impresionante de lo que le había visto jamás, con una reluciente coraza de plata decorada con la minuciosa imagen de un águila en vuelo. En las caderas llevaba sendas dagas de empuñadura enjoyada, y una larga capa roja revoloteaba tras de él. La guerra le había envejecido, igual que había envejecido a Miles, las arrugas de su frente eran más marcadas, y el pelo, que aún le colgaba hasta los hombros, tenía hebras grises. Su pulcra perilla era ahora una barba entera, recortada para terminar en una afilada punta debajo de su barbilla. Y lo más destacable eran sus ojos verdes, los ojos que tanto se parecían a los míos, los ojos que siempre había pensado que eran el vínculo entre nosotros. Mientras que antes eran centelleantes, llenos de astucia y profundidades ocultas, ahora estaban inyectados en sangre, exhaustos. El tipo de ojos que parecían desesperados por disfrutar de un descanso.

Cerré los puños con tanta fuerza que se me clavaron las uñas en las palmas de las manos. Era mi padre. *Mi padre.* En la misma habitación que yo otra vez, después de todo lo que había pasado. Mi padre, el hombre responsable de esta matanza en masa, de la muerte de Markiska, de la de Jax. Por primera vez, no sentía ningún conflicto interior, ninguna punzada de arrepentimiento ni anhelo infantil. Solo sentía dos cosas.

Miedo.

Y odio.

Los tres hombres caminaron hasta el centro de la sala en silencio, la trascendencia del momento pesaba incluso para ellos. Mercer apartó una copa de una patada, que rodó por entre la ceniza, mientras Miles miraba asombrado y boquiabierto el techo abovedado.

—Por los Viejos Reyes, es precioso. Es muchísimo más bonito de lo que había imaginado.

—Sí que lo es —dijo mi padre—. Y ahora es nuestro.

Miles se volvió hacia él, e incluso desde donde estaba, pude ver la adoración en su rostro. Siempre había querido un padre. Parecía que el mío había ocupado ese puesto.

—Lo ha hecho. Lo ha hecho de verdad. Occidente es libre. Los Volaris han muerto. El reino es suyo, Lord Kent. —Se calló, luego inclinó la cabeza—. Quiero decir... Rey Kent. Majestad.

Rey Kent. *Rey* Kent. Parecía tan incorrecto, tan imposible, y aun así, al mismo tiempo, inevitable, como si esto fuese lo que mi padre había deseado desde un principio, el único resultado posible del viaje en el que llevaba embarcado toda la vida.

—No podría haberlo hecho sin ti, Lord Hampstedt —dijo mi padre, aunque había algo extraño en su voz, una vacilación que contradecía esa muestra de respeto—. Tus Magos de Sangre han hecho que esto fuera posible.

En el suelo a mi lado, Ellarion se retorció y Lyriana apretó más la mano sobre su boca. Sus ojos se cruzaron con los míos, y se veían furiosos, chispas ardientes de rabia dorada, los signos de su pasión sobrepasaban su autocontrol. Alargué una mano para darle un apretoncito en el hombro y mantenerla tranquila; con Magia de Corazón o sin ella, no podíamos acabar con todos los presentes.

—Desearía que mi madre estuviera aquí. —A Miles se le quebró un poco la voz—. Desearía que pudiese ver esto.

—Nos está viendo desde el Salón de los Viejos Reyes —contestó mi padre—. Todos nuestros antepasados nos están viendo. Tu madre... mi padre... todos los occidentales que alguna vez lucharon y murieron, todos los occidentales que alguna vez soñaron con la libertad, nos están viendo aquí, ahora mismo, sus corazones henchidos de orgullo.

Miles soltó una risita.

—Ya está dando discursos dignos de un rey.

—Supongo que viene con el paquete.

—¡Majestad! —gritó una voz, y todavía no lograba reconciliarme con la idea de que alguien llamara así a mi padre. Un soldado salió corriendo de los cuartos de baño en el extremo más lejano de la sala. Arrastraba a un hombre tras de sí, un hombre corpulento con un traje elegante. Molari Vale. Había conseguido esconderse durante la explosión. Emitió un gemido cuando el soldado le empujó hacia delante y cayó sobre las rodillas y las manos delante de los tres hombres.

—¿Qué tenemos aquí? —preguntó mi padre.

—Muy grande para ser una rata. —Mercer sonrió.

—Mis señores. Mi rey —suplicó Molari, sin atreverse a levantar la cabeza. Estaba jadeando, temblando, y su voz llegaba en pequeñas bocanadas roncas—. Me comprometo a dedicar mi vida y todos los cuantiosos recursos de la Casa Vale a vos. Lo juro. Os serviré con lealtad y fidelidad. Es una promesa.

—¿La misma promesa que le hizo al último rey? ¿Al que traicionó? —Miles sacudió la cabeza, y la ironía de Miles llamando a cualquier otro traidor fue suficiente para hacerme rebosar a *mí* de Magia de Corazón. Se volvió hacia Mercer y se encogió de hombros—. Mátale.

—¡No! —gritó mi padre, pero era demasiado tarde. Mercer Stone agitó una mano de manera casual hacia Molari, y lo que parecía una cuchilla hecha de relámpago salió disparada, silbó por el aire y se incrustó directamente en la frente de Molari para después salir por la parte de atrás de su cráneo. Molari soltó un único gorjeo débil, se le pusieron los ojos en blanco, se inclinó y cayó. Muerto—. ¡Maldita sea, Miles! —rugió mi padre, cogiéndole del cuello y tirando de él hacia delante—. ¡Podría habernos sido útil!

—¡Nos hubiese traicionado a la primera de cambio! —protestó Miles, forcejeando, y cualquier dignidad que se hubiese ganado con su capa y esa cicatriz tan chula desapareció de un plumazo. Ahí estaba el Miles que conocía, el chico mimado e insolente, que se retorcía para liberarse de las garras de alguien más grande.

—¡Tú no eres quién para decidir eso! —bramó mi padre.

Mercer Stone dio un paso adelante, y estaba convencida de que iba a abofetear a Miles o algo. Pero en vez de eso, alargó un brazo y agarró a mi padre, plantando una mano firme sobre su hombro.

—Majestad —gruñó, y no sonaba deferente.

Era una *amenaza*.

Mi padre le miró de soslayo, solo un poco sorprendido. Pero entonces asintió y soltó a Miles y, con un gesto afirmativo, Mercer le soltó a él. Miles se apartó, enderezó su ropa, el labio retorcido en una mueca de indignación mezquina. Apenas podía creer lo que acababa de ocurrir, pero explicaba muy bien esa extraña tensión en el ambiente, ese desequilibrio de poder. Mi padre era, incuestionablemente, el rey…

Pero los Magos de Sangre respondían ante Miles.

¿Había algo más aterrador?

Mi padre dio media vuelta, su boca una dura línea, furioso. Incluso ahora, en su momento de mayor triunfo, seguía atrapado, seguía teniendo que luchar por la libertad. Mi padre era como un tiburón, siempre en movimiento, siempre urdiendo planes. Nunca contento.

Se oyó un suave *ding* desde un lado de la sala. Todos los ojos saltaron hacia ahí, hacia un aravin que acababa de llegar desde algún lugar en lo alto del edificio, un aravin que prácticamente temblaba de magia acumulada.

—¡Al suelo! —gritó Mercer, lanzándose delante de mi padre y de Miles. Las puertas del aravin se abrieron, y una ráfaga de energía atravesó la sala como una onda expansiva, una ola de magia tan cruda y furiosa que sentí como si una lluvia de agujas se clavaran en mi piel. La tierra tembló y me llegó un olor a escarcha y a tierra y a sal de un mar revuelto. Entonces, columnas de hielo afilado brotaron del suelo del salón de baile, se alzaron como una pared entre mi padre y yo, y clavaron a un soldado occidental directamente contra el techo. Pude ver Manos de Servo en el aravin, cuatro de ellos, incluido el que había testificado contra mí en el juicio. Estaban en fila, giraban las manos en círculos mareantes mientras decenas de estalactitas salían disparadas de ellas y volaban como lanzas hacia los soldados occidentales.

No tendríamos nunca una oportunidad mejor que esa.

—¡Corred! —grité, y me puse en pie de un salto. Ayudé a Lyriana a levantarse y Ellarion echó a correr detrás de nosotras, lo bastante espabilado como para saber que teníamos que movernos. A nuestra espalda, los Magos de Sangre habían empezado a defenderse: levantaron extraños Escudos de luz pulsante y lanzaron ráfagas de fuego de vuelta al interior del aravin. Mercer columpió el brazo y disparó otra de esas cuchillas de relámpago, y un Mano aulló cuando le dio. Miles retrocedió a toda prisa y se escondió detrás de una columna.

Y entre el caos y la violencia y el calor abrasador, mi padre todavía parecía fuerte, impertérrito. Sus ojos se cruzaron con los míos justo cuando alcancé la puerta. Los abrió como platos por la sorpresa.

—¿Tillandra? —preguntó.

Y entonces desaparecimos, esprintamos por los pasillos y dejamos la batalla atrás en el salón de baile. Salimos en tromba al patio de la parte de atrás del edificio, donde habíamos dejado al guardia dormido. Marlo seguía ahí de pie (y benditos sean los Viejos Reyes, estaba bien), pero nos miró boquiabierto, temblando de los pies a la cabeza.

—¿Qué...? ¿Qué est...? ¿Qué...? —balbuceó, y detrás de él pude ver las columnas de humo que emanaban de aún más explosiones.

—¡Te lo explicaremos más tarde! Ahora tenemos que movernos —le ordenó Lyriana. Esta vez no se molestó en Levantarnos con delicadeza por encima del muro; se limitó a extender las dos manos y una ráfaga de fuerza cruda hizo saltar la pared por los aires y lanzó sus ladrillos volando hacia la calle. En una noche normal, eso hubiese hecho girar todas las cabezas y la Guardia de la Ciudad se nos hubiese echado encima al instante, pero aquella desde luego que no era una noche normal.

Sin embargo, de pie en la calle, justo al otro lado del agujero recién abierto en la pared, había un trío de Discípulos Harapientos, con túnicas negras y máscaras igual de negras. Porque claro, ¿cuándo podía tener yo un golpe de suerte? Dos Discípulos larguiruchos blandían espadas mientras que el grande del centro sujetaba un inmenso garrote de madera. Se volvieron hacia nosotros sobresaltados. Yo me agaché y adopté una posición de combate. A mi lado, Lyriana maldijo y cerró los puños, preparada para la pelea.

Sin embargo, el Discípulo grande se nos adelantó. Columpió su garrote en un gran arco que se estrelló contra el lado izquierdo de la cara de su compañero y le lanzó hasta el otro lado de la calle. El otro Discípulo se giró hacia él, aturdido, justo a tiempo de recibir un puñetazo en la mandíbula. Su máscara se hizo añicos y el hombre cayó al suelo como una piedra. El Discípulo grande se volvió hacia nosotros y se arrancó la máscara para desvelar un rostro conocido, con pelusilla de varios días y un hoyuelo en la barbilla.

—¿Garrus? —dijo Marlo con voz temblorosa. Incluso ahí, a pesar de todo lo que había pasado, parecía que no podía creer la suerte que tenía—. ¿Nos... nos has salvado? ¿Has venido a buscarme?

Garrus corrió hacia delante, estrujó a Marlo en un abrazo efusivo y le levantó por los aires.

—Por supuesto que sí —dijo, y los ojos del grandullón relucían de lágrimas—. Te quiero, idiota.

Marlo se inclinó hacia delante, apoyó su frente en la de Garrus, sin palabras por una vez. Entonces, resonó un estallido dentro de la Espada de los Dioses, luego un grito y el tronar de pisadas.

—Muelles Selvarus —le dije a Garrus, que asintió y deslizó un brazo en torno a Ellarion para ayudarle a sostenerse en pie. La tierna reunión tocó a su fin. Teníamos que correr.

Pasamos a toda velocidad a través del agujero que había hecho Lyriana y echamos a correr a través de la ciudad. Para entonces, todo el Círculo Dorado se había convertido en zona de guerra. Los tejados ardían por todas partes a nuestro alrededor y el cielo apenas se veía entre las columnas de humo negro. Llovía con más intensidad, con esos gruesos goterones típicos del lugar, pero dudaba que fueran a servir para apagar los fuegos. Una familia pasó corriendo por nuestro lado, padres arrastrando a niños llorando, mientras dos hombres forcejeaban en el suelo de un callejón cercano. Dentro de una casa, una figura invisible tapiaba frenéticamente las ventanas con tablones mientras un par de mujeres, sentadas en un tejado cercano, agitaban las manos suplicando ayuda. Había Luminarias rotas por todas partes, sus brasas azules y amarillas refulgían sobre los adoquines resquebrajados. Una espiral de fuego verde cruzó el cielo con un agudo chillido y se incrustó en un lado de la Espada de los Dioses; riachuelos de llamas cayeron en cascada desde lo alto. Y lo peor de todo era el ruido, tan ensordecedor y abrumador que hacía temblar el suelo: gritos y llantos, el entrechocar de espadas, el crujir de piedras, el chisporroteo de las llamas y el ruido desgarrador de la tierra al agrietarse. Era como si toda la ciudad estuviese viva, un animal gigantesco que se retorcía de agonía.

—No —gimió Lyriana—, ¡no! —y no pude ni imaginar lo que era para ella, ver su ciudad, su hogar, tan devastado. Al ver la desesperación en su rostro, supe que el sufrimiento de esta noche no la abandonaría nunca; sería una herida perpetua, una cicatriz en su vida, el momento en que todo cambió. Me sentía mal por ella, me sentía fatal, pero también sabía que si queríamos llegar a tener una vida, teníamos que movernos.

Seguimos corriendo a través de calles destrozadas y callejuelas atestadas de gente, cruzando la ciudad en dirección al Canal Real. Me dolía el costado de flato, me ardían lo pies por el esfuerzo y mi pelo empapado se me pegaba a la cara como una fregona. Ellarion seguía adelante con nosotros, aunque sus ojos parecían hundidos y su respiración llegaba en esforzados jadeos. Sus manos mutiladas colgaban inertes a sus lados, envueltas en luz reluciente y cubiertas por vendas improvisadas. Parecía un cadáver andante, con justo la animación suficiente como para seguir en marcha, a punto de colapsarse entre los brazos de Garrus en cualquier momento.

Llegamos al final de un callejón y salimos a un patio lleno de gente. Si lo que había visto hasta entonces era la periferia de la batalla, aquello era un auténtico infierno. Había hombres luchando por todas partes, una frenética melé de caras ensangrentadas y espadas que chocaban. Era difícil descifrar el caos, pero parecía un grupo de Guardias de la Ciudad peleando contra una masa de Discípulos, las espadas pulidas de los unos repicaban contra las hachas y garrotes de los otros. Un guardia tuvo un golpe de suerte y le abrió la cabeza a un sectario, solo para recibir a continuación una cuchillada en el costado. Otro se giró para ayudarle, pero cayó con un hachazo en el cuello.

Una puerta se abrió en el otro extremo del patio y una mujer de los Feudos Centrales salió por ella, el pelo recogido en un moño, los dientes apretados con determinación. Levantó las manos y sus anillos palpitaron con luz blanca y turquesa mientras el aire crepitaba lleno de magia. Unas luces cegadoras centellearon en las caras de los sectarios, como si una docena de petardos hubieran estallado justo ante sus ojos. Era una Doncella de Alleja, así que no exactamente una guerrera curtida, pero su magia estaba funcionando: los sectarios retrocedieron dando tumbos, cegados. Entonces uno de ellos echó su capucha hacia atrás y vi piel pálida, pelo rubio y unos grandes ojos en los que latían unas venas verdes. Un occidental. Un Mago de Sangre. Extendió las manos hacia delante y unas pequeñas bolas de hierro salieron disparadas de sus mangas, cruzaron el aire a una velocidad imposible y perforaron varios agujeros en el cuerpo de la mujer, de un lado al otro, como si fuera de papel.

—¡No! —chilló Lyriana y levantó su propia mano. El Mago de Sangre salió volando por los aires hasta acabar estampado contra la esquina del edificio más cercano. Al impactar contra él, se oyó un desagradable crujido, y dejó un largo rastro de sangre por toda la pared. Los Guardias de la Ciudad se abalanzaron sobre los sectarios y la batalla continuó, un torbellino de metal centelleante, un frenesí de cuerpos en colisión. Podía ver la agonía en el rostro de Lyriana, el deseo, la *necesidad* de ayudar... pero a su lado, Ellarion soltó un gemido ahogado y vi sangre brotar por sus vendas, gotear de sus muñecas. Nuestros ojos se cruzaron, y Lyriana supo tan bien como yo que no podía detenerse aquí.

El Canal Real no estaba lejos del patio, solo unos cuantos callejones más y un atajo a través de un mercado cerrado. No estábamos tardando demasiado, creo, más o menos lo que había calculado. Quizás incluso lográramos salir de ahí.

Es decir, si es que Galen había conseguido hacerse con un barco. Si es que el río no estaba bloqueado. Si es que él y Zell seguían con vida.

Doblamos una esquina y nos topamos con un largo tramo de escaleras, flanqueado a ambos lados por altos edificios. El Canal Real estaba justo al otro lado de esa colina, justo al coronar esas escaleras. Creo que jamás había estado tan cansada, pero seguí adelante, obligué a mis pies a seguir corriendo. Paso tras paso desaparecía bajo mis pies, y ya podía oír el flujo del canal y el chapoteo de los barcos en el agua agitada. Sentí el conocido hormigueo en el oído y ahí estaba la voz de Galen, apenas audible.

—¡Tilla! —gritó—. ¡Tenemos el barco! ¡Casi hemos llegado a los muelles! ¿Estáis de camino?

—¡Ya llegamos! —grité de vuelta. Garrus estaba casi en la cima de las escaleras, Ellarion colgado sobre su hombro, y Lyriana y Marlo estaban solo unos pasos detrás de él—. Estaremos ahí en cualquier mom...

Nunca logré terminar la frase porque, desde algún lugar cercano a la base de las escaleras, brotó una explosión que hizo temblar el suelo entero, seguida de un relámpago que golpeó los escalones justo delante de mí. Explotaron en una lluvia de ladrillos y luz, aunque en realidad no lo vi porque ya iba volando por los aires, de vuelta hacia abajo. El mundo giraba como loco. Sentí un dolor atroz cuando golpeé el suelo con el hombro y caí rodando al menos media docena de escalones más antes de detenerme. Me pitaban los oídos con una especie de tronar mortecino, y tenía el sabor de la sangre en la boca. Jadeaba, resollaba, pero logré apoyarme sobre las manos. Había caído casi hasta abajo, me dolía el brazo a rabiar, veía borroso. Por encima de mí, un irregular cráter del tamaño de un pomelo humeaba donde había estado hacía tan solo un segundo. Lyriana y Marlo estaban tirados justo al otro lado, pugnando por ponerse en pie. Y detrás de mí...

Mercer Stone caminó hacia nosotros desde la callejuela, la cara contorsionada en una mueca furiosa. A su lado iban media docena de soldados de Occidente; blandían lanzas y espadas, las caras ocultas tras yelmos plateados. Alrededor de Mercer bailaban relámpagos, rayos de un amarillo parpadeante que nadaban en torno a su cuerpo como anguilas. Tenía un corte largo en la frente, con lo que estoy casi segura que era una esquirla de cristal asomando, pero estaba en un estado en el que ya no parecía sentir ningún dolor, solo una rabia ardiente y asesina. ¿Sería ese el aspecto que había tenido antes de matar a Markiska? ¿Sería su odiosa cara lo último que ella había visto?

Al verme revolverme por el suelo, su boca se retorció en una sonrisa de dientes amarillentos.

—Matadlos, ahora —gruñó.

Intenté levantarme otra vez, pero mis piernas seguían estando demasiado débiles, mi cabeza todavía daba vueltas, así que caí de espaldas. Los soldados se lanzaron escaleras arriba. Volví a hacer un intento por levantarme, conseguí ponerme en cuclillas, pero fui demasiado lenta, era demasiado tarde. El soldado más rápido, un hombre enjuto con el casco mellado, casi había llegado hasta mí. Cargó el brazo para golpear, echó para atrás su lanza. Y yo me preparé para el fin.

Una sombra se movió, cayó en picado desde un tejado como un halcón a por su presa. Se estrelló contra el soldado y le estampó contra el suelo. Levanté los ojos y vi que era un hombre, un hombre de pelo corto y negro, vestido con el uniforme de la Guardia de la Ciudad. Llevaba una espada corta en cada mano.

Zell. ¡Benditos fueran los Viejos Reyes, era Zell!

Con una precisión fría, incrustó una de las espadas en el hueco de la armadura debajo de la axila del soldado; la sacó envuelta en una lluvia de salpicaduras rojas.

Los otros soldados se detuvieron en seco, sobresaltados, y Zell se puso en pie. Apartó de una patada el cuerpo del hombre, que aún sufría espasmos. Se irguió, alto y fuerte, entre mí y nuestros perseguidores, sujetaba las dos espadas a los lados mientras un riachuelo de sangre goteaba de las hojas. Iluminado por las llamas titilantes, se veía aterrador, imparable, la viva imagen de la muerte misma. Incluso Mercer parecía impactado.

Se me cayó el alma a los pies, mi corazón tronaba en mi pecho porque sabía muy bien lo que estaba haciendo. Había decidido convertirse en una línea divisoria, en un muro, quedarse a luchar para que los demás pudiésemos huir.

—No —dije—, no, Zell, no...

Se giró hacia mí, solo un poco, para que pudiese verle de perfil. Tenía el pelo mojado apelmazado por la lluvia y un fino corte recorría su mejilla de arriba abajo. Pero, de algún modo, sus ojos seguían siendo tan dulces, tan marrones, tan preciosos... Eran los ojos tiernos a los que había mirado tantas noches desde el otro lado de una almohada, los ojos que habían centelleado cuando decía que me quería, los ojos que me habían encandilado por primera vez en aquella Mesa de los Bastardos, hacía una eternidad. Después de todo lo que habíamos pasado, todo lo que habíamos hecho, seguían siendo los mismos ojos que amaba, que siempre amaría.

—Márchate —susurró, pero sus ojos decían tantísimo más.

Lo siento, decían.

Yo elijo esto, decían.

Te quiero, decían.

Adiós.

Entonces, uno de los soldados soltó un grito de guerra y se abalanzó sobre él. Le lanzó un tajo al pecho en un movimiento horizontal casi invisible. Zell lo bloqueó con una de sus espadas y se giró para golpearle en la base del cráneo con la empuñadura de la otra, mientras dos soldados cargaban hacia él y Mercer extendía los brazos y producía un fogonazo de magia. Una mano me agarró y me puso en pie, y me encontré mirando a la cara exhausta de Lyriana.

—Tenemos que irnos —me conminó con voz rasposa—. Tenemos que irnos ya.

—No... —dije, pero me estaba moviendo, arrastrada escaleras arriba hacia la cima, hacia la libertad, hacia la seguridad. Garrus ya estaba ahí con Ellarion, mirando hacia el otro lado.

—El barco está aquí —gritó—. Pero vienen soldados pisándoles los talones. No pueden parar mucho rato.

—Lo siento —dijo Lyriana, las mejillas empapadas de lágrimas o de lluvia o ambas cosas—. Pero tenemos que irnos. —Me sentí ingrávida, flotaba, mientras ella tiraba de mí hacia arriba, cada paso me separaba otro kilómetro de Zell. Oí espadas entrechocar y voces aullar, oí a un hombre gritar y un cuerpo golpear el suelo. Ya estábamos casi arriba, casi al lado de Ellarion, casi en el barco. El aire a mi espalda chisporroteó y oí la voz de Zell gritar de dolor, un sonido que parecía querer llegar a lo más hondo de mí y romperme el corazón.

Miré. Tenía que mirar. No podía no hacerlo. Y vi a Mercer Stone alzar las manos, levantar a Zell por los aires como si fuese una muñeca, y estamparle con fuerza contra el patio de piedra a su espalda. Oí el grito de Zell cuando su brazo se hizo añicos contra la piedra y oí el horrible crujido de su cabeza al impactar contra el suelo. Sus espadas cayeron de sus manos con un estrépito metálico. Tosió sangre y rodó sobre el costado. Mercer me dio la espalda, extendió los brazos a ambos lados, una onda de relámpago se formó a su alrededor, acumulándose para el golpe final.

Y dejé de correr.

Lyriana volvió a tirar de mí, pero arranqué el brazo de sus manos. En ese momento, en la ciudad devastada, rodeada de llamas y ruinas y muerte, de repente sentí una calma abrumadora. Era como si el tiempo se hubiese detenido, como si todo el miedo y la ansiedad y el pánico hubiesen salido de mí de golpe. Era la calma que venía con la certidumbre, la calma que venía con haber sido liberada de preocuparme por lo que debía hacer, la calma de estar por encima de la necesidad de elegir. Durante los últimos seis meses había vivido en un estado de perpetua incertidumbre, intentando ser alguien que no era, intentando forzarme a mantenerme oculta, en silencio, quieta. Durante los últimos seis meses, había intentado ser la chica que elegiría la seguridad, la chica que seguiría andando, la chica que se asentaría, la chica que sería feliz.

Pero esa no era yo. Esa nunca sería yo. Yo era Tilla de los túneles, Tilla la traidora, Tilla la exiliada, Tilla la bastarda. Era la chica que elegía la rebelión, la chica que amaba a un guerrero zitochi, la chica que lo arriesgaba todo para vengar a su amiga. Yo era imprudente y temeraria, y era tonta, y es probable que jamás fuera a estar a salvo. Pero era *yo*.

Y no estaba dispuesta a dejar que Zell muriera solo.

Esprinté por las escaleras empapadas y resbaladizas por la lluvia, haciendo caso omiso del grito de Lyriana. Quedaban dos soldados con vida, pero estaban de espaldas a mí, contemplando el espectáculo de Zell pugnando por ponerse en pie mientras Mercer preparaba el fogonazo que terminaría con él. Corrí como no había corrido en la vida, cogí la espada de uno de los cadáveres, una espada ligera, apenas más larga que mi antebrazo, con un robusto mango de madera. Los soldados no me oyeron acercarme, no por encima del rugido de la ciudad y la lluvia torrencial, y ese fue el pelín de suerte que necesitaba. Arremetí contra el primero, le rajé un lado del pecho de arriba abajo y le tiré rodando por las escaleras. El segundo se giró hacia mí, columpió su pesada hacha en un gran arco. Pero era lento, demasiado lento, y mi cuerpo aún recordaba el *khel zhan*. Me incliné hacia un lado, esquivé su golpe, y giré como un torbellino para rajarle el cuello con la punta de mi espada. Dio una sacudida hacia un lado, su respiración sibilante, y se le escapó la vida en un chorro carmesí.

Eso solo dejaba a Mercer, que aún me daba la espalda, los ojos aún clavados en su presa. Echó la mano hacia atrás, las anguilas relámpago se enroscaron para formar una pelota de llamas en su palma abierta, pero nunca tuvo ocasión de lanzarla porque corrí hasta él y le apuñalé por la espalda. Incrusté mi espada hasta la empuñadura en la base de su columna, de modo que la hoja carmesí salió por su estómago como un clavo a través de una madera.

Mercer dio un grito ahogado y se tambaleó hacia delante, pero no cayó. Se me resbaló la espada de entre las manos y él giró la cabeza para mirarme, le resbalaba sangre entre los dientes, sus ojos palpitaban con tal fuerza que parecían a punto de salírsele de las órbitas.

—Muere —dijo, y giró esa mano llena de relámpagos hacia mí...

En ese momento, Zell se movió. De un solo gesto fluido, saltó hacia delante, agarró una de sus espadas y la clavó en el pecho de Mercer, hasta que la hoja salió por su espalda a solo unos centímetros de mi cara. Mercer dejó escapar otro ruido, este más parecido a un borboteo, y los relámpagos que le rodeaban parpadearon y luego se extinguieron, las venas de sus ojos retrocedieron dentro del blanco. Se quedó ahí de pie, mi espada en su espalda, la espada de Zell en su pecho, luego se colapsó sobre el costado y se quedó inmóvil.

Zell y yo nos miramos, los dos jadeábamos, nuestras caras empapadas de sangre y lluvia, rodeados por los cuerpos de los hombres a los que habíamos matado. Entonces dio un paso hacia mí, y yo di un paso hacia él, y me envolvió entre sus brazos y me sujetó con fuerza, y ahí estaba, la fuerza, la calidez, la seguridad. Esto era lo correcto. Esto era lo que importaba. Los dos habíamos cometido errores terribles, pero justo entonces ya no importaba porque nos teníamos el uno al otro, porque los dos estábamos vivos, porque todavía podía aspirar ese olor a escarcha y sentir su mejilla caliente apretada contra mi frente. Esto era mejor que todos los vestidos elegantes y los bailes lujosos, mejor que besar a un millar de magos, mejor que la seguridad, mejor que la felicidad. El mundo era una tormenta, pero juntos, éramos un puerto en calma. Juntos, podíamos hacerlo.

—¡Vamos! —gritó Lyriana.

Cogí la mano de Zell, sentí su piel contra la mía, sentí nuestros dedos entrelazarse.

Y juntos otra vez, corrimos.

VEINTIOCHO

El barco era una nave mercante de tamaño medio, una cosa robusta con un mástil alto y un mascarón de proa dorado con forma de sirena. Flotaba sobre la suave corriente del Adelphus, lo bastante lejos de Lightspire como para solo poder ver las murallas ennegrecidas, la enorme Espada de los Dioses y los cientos de columnas de humo que ondulaban hacia el cielo. La mañana empezaba a asomar por el este, los primeros rayos de sol pintaban el cielo de un suave color rosáceo, aun cuando la ciudad seguía en llamas. Era un nuevo día, el primer amanecer de un nuevo mundo, y la salida del sol fue de una belleza casi burlona.

Estaba de pie sobre la cubierta del barco, la mano apoyada en la barandilla mientras cabeceábamos con suavidad por el río. Docenas de barcos navegaban a nuestro alrededor, llenos del resto de la gente que había logrado salir antes de que los Magos de Sangre incendiaran el río a la salida de la ciudad con columnas de llamas mágicas. Éramos una flota de refugiados, una armada de exiliados, unidos no por a dónde nos dirigíamos, sino solo por el hecho de que habíamos huido. Al mirar a esos barcos, vi a nobles y plebeyos por igual, codo con codo, contemplando la ciudad en llamas con los ojos atormentados, anegados de lágrimas.

Estelas de luz centelleante cruzaban el cielo por encima de nuestras cabezas. Susurros enviados a llevar la noticia al resto del reino. Las murallas de Lightspire todavía estaban en pie. Pero aun así, la gran ciudad había caído, destruida desde el interior, destrozada no por un gran ejército sino por amor, el amor de una madre por su hijo, el amor de un padre por su hija. La dinastía Volaris muerta; el rey Elric Kent sentado en el trono; y todo el continente era suyo para moldearlo a su gusto.

Le di la espalda a la ciudad, a los otros supervivientes, para mirar otra vez a nuestro propio barco. Galen había dejado subir a todos los que pudo, así que estaba igual de cargado que todos los demás, pero pude distinguir unas cuantas caras. Darryn Vale estaba sentado con los pies colgando por la borda, lloraba con la cara escondida entre las manos. Marlo y Garrus estaban juntos en la cubierta superior, abrazados, contemplaban la ciudad con la culpabilidad grabada en el rostro. La princesa Aurelia estaba tumbada con la cabeza en el regazo de una mujer mayor de aspecto dulce, que le acariciaba la mejilla con una mano arrugada y le prometía que todo iría bien.

La puerta a las cubiertas inferiores se abrió, y Lyriana salió por ella. Se había lavado un poco, se había secado las lágrimas y se había recogido el pelo en una coleta, pero nada podía borrar su expresión devastada.

—¿Qué tal está Ellarion? —pregunté cuando se acercó a mí, aunque estaba aterrada de cuál podía ser su respuesta.

—Vivirá —dijo—. Hay dos Hermanas de Kaia atendiéndole abajo. Le han estabilizado y han cerrado sus heridas.

—Pero sus manos...

Lyriana bajó la vista, en silencio, y eso fue respuesta suficiente.

Una brisa sopló por encima de nosotros, un viento frío y pesaroso que silbó entre las jarcias y la vela y nos hizo estremecernos a todos. Cogí la mano de Lyriana y subimos juntas un tramo de escaleras hacia el puente de mando del barco. Zell y Galen estaban ahí, ayudando al timonel y estudiando un mapa de elegante manufactura desplegado sobre una mesa cercana.

—Atracaremos en Ashelos mañana —dijo Galen—. Conozco al director del puerto, y no se tomará bien este golpe de estado. Nos acogerá, al menos hasta que los hombres de Kent vengan en nuestra busca.

—¿Y después? —preguntó Zell.

—Después... —repitió Galen, y dejó escapar un largo suspiro derrotado. Nunca le había visto así, nunca había imaginado que pudiera estar así siquiera—.

Después no lo sé. Huimos y nos escondemos, y huimos otro poco, huimos hasta que nos atrapen y claven nuestras cabezas en picas...

—Galen... —dijo Lyriana, pero él agitó una mano para acallarla.

—¿Qué podemos hacer? Hemos perdido. Ellos han ganado. Eso es todo lo que hay.

—No —dije, y todas las cabezas se giraron hacia mí. Todo el mundo a mi alrededor, hasta la última persona, estaba sumido en la desesperación y la impotencia, actuaban como si la única opción que nos quedaba era aceptar nuestra muerte inevitable. Vale, lo entendía. Lo que había sucedido, lo que había hecho mi padre, era inimaginable. Pero yo todavía sentía esa calma que había sentido en esas escaleras, todavía sentía esa certidumbre que venía de tener una sola opción. Mi padre nos había quitado la posibilidad de elegir. Y a su propia forma, eso era una bendición.

—¿No? —preguntó Galen.

—No —repetí—. Hoy han ganado, sí. La batalla es suya. Pero ¿la guerra? Esa solo está empezando. —Me di cuenta de que más gente se volvía hacia mí, empezó a formarse una pequeña multitud, y sentí una extraña sensación de desconexión, como si fuese una anciana repasando mi vida, reviviendo este recuerdo. *Esto era importante*, lo sabía. *Este era el momento en que todo cambiaba*—. Mi padre y Miles apenas están de acuerdo en nada. Los Magos de Sangre actúan duro, pero los he visto derrotados. Hay un reino entero de gente que no se arrodillará. Y tenemos algo que mi padre no tiene.

—¿El qué? —preguntó Lyriana.

—Nada que perder —contesté. Zell asintió y vi la sonrisa en sus ojos, la mirada de determinación que tenía siempre cuando se preparaba para una pelea—. Todos os habéis acostumbrado a estar arriba, a estar al mando. Bueno, pues ¿sabéis qué? Ahora sois rebeldes. Sois luchadores. Y si hay una cosa que hemos aprendido hoy, es que una banda de rebeldes decididos puede derrocar incluso al más poderoso de los reinos. —Vi cabezas asentir entre la multitud, oí murmullos de aprobación—. El viejo mundo ha muerto. Esta es nuestra oportunidad de construir algo nuevo, algo mejor, de romper los ciclos de la historia y encontrar nuestro propio camino. ¿Esto de aquí? Es el principio de la resistencia.

—Tienes toda la razón —dijo Galen, y estampó una mano con fuerza sobre el timón, vivo otra vez, decidido—. ¡Por los supervivientes! —gritó, su voz se proyectó por encima del agua hasta los otros barcos—. ¡Por la resistencia!

Una multitud de voces se alzó a nuestro alrededor, gritos de complicidad, puños levantados al aire. Galen volvió a gritar, arengando a la multitud, y sentí el brazo de Zell deslizarse alrededor de mi cintura, abrazarme con orgullo y amor y determinación. A mi otro lado, Lyriana me apretó la mano con fuerza, y nos quedamos así, de pie, juntos de nuevo, mientras nuestro barco nos llevaba hacia el sur. No sabía lo que nos depararía el futuro. No sabía cómo terminaría todo eso. Pero sí sabía lo que iba a hacer, lo que debía hacer, y eso era suficiente.

Resistiría. Sangraría. Pelearía y mataría y derrocaría a mi padre y a Miles, acabaría con su reino, y les haría pagar por cada persona que habían matado, por el rey y la reina, por Markiska, por Jax. Lideraría el camino hacia un futuro mejor.

Y pelearía hasta mi último aliento.

AGRADECIMIENTOS

En el mundo editorial, todo el mundo te dice que tu segundo libro será el más difícil que escribirás en la vida. Ahora, puedo confirmar que esa afirmación definitivamente es cierta. Este libro ha sido una auténtica labor de sangre, sudor y lágrimas, y *whisky*, y jamás hubiese conseguido llegar al final sin mi increíble red de apoyo.

En primer lugar, gracias al asombroso equipo de Hyperion. Siempre estuvisteis ahí para mí, ya fuera aguantando una de mis frenéticas llamadas telefónicas con los nervios del principio o compartiendo la emoción del lanzamiento. Gracias a mi editora, Laura Schreiber, que sigue siendo una leyenda absoluta y me ayudó a desenmarañar los muchos hilos complicados de esta historia. Nunca en mi vida he estado tan contento de ver un correo con notas editoriales. Gracias también a Cassie McGinty, una maga de la publicidad que preparó un lanzamiento espectacular y me enseñó los trucos básicos de una gira, y siempre estaba ahí con una respuesta alegre y grandes consejos. Y gracias a Mary Mudd, Tyler Nevins, Levente Szabo, Sara Liebling, Guy Cunningham, Dina Sherman, Kevin Pearl y a todos los demás miembros del Equipo de los Bastardos.

A mi gran defensora y agente única en su especie, Sara Crowe, que partió la pana a cada paso del camino. Brindo por este y por muchos más.

A mi grupo de debutantes, por los ánimos y los consejos y la solidaridad a lo largo de todo este año. Entramos como idealistas de mirada ingenua y salimos como guerreros curtidos. Un reconocimiento especial a Jilly Gagnon, Stephanie Garber, Emily Bain Murphy, Nic Stone, S. Jae-Jones, Ashley Poston, Scott Reintgen y Misa Sugiura.

Una de las alegrías de publicar un libro es tener la oportunidad de conocer a otros autores, de aprender de los que vinieron antes e intentar no vitorear demasiado a tus héroes. Unas gracias inmensas a Dhonielle Clayton, Roshani Chokshi, Dahlia Alder, Parker Peevyhouse, Randy Ribay, Kelly Loy Gilbert, Jessica Taylor y Tara Sim.

Y luego están todos los amigos sin quienes no podría haber hecho esto y cuya compañía me ayudó a superar los momentos más duros:

El Wednesday Nite D&D Crew, por proporcionarme el mejor entorno de escritura que hubiese podido desear: Owen Javellana, Chelsa Lauderdale, Eric Dean, Jennifer Young, Keyan Mohsenin y Jessica Yang.

El Bullmoose Party por siempre estar ahí con unas risas y nunca abandonarme a mi suerte Michelle y Geoff Corbett, Owen y Nikki Wiles, Brendan Berg, Brian Resler y Christian Rose.

Los Boardgame Boyz, porque a veces uno simplemente tiene que beber unas cuantas cervezas y tirar unos dados: Sean McKenzie, Geoff Lundie y Brendan Boland.

A mi familia por su apoyo sin fin: Ann y Simon, Yakov, Yulya, Marina y Daniel. Os quiero a todos.

Y por último, a Sarah y Alex, mi corazón y mi alma. Todo esto es por y para vosotros.